小风暴

1.0

Little Storm 1.0:
Rose of Time

时间的玫瑰

肖茉莉 著

中信出版集团 · CHINA**CITIC**PRESS · 北京

图书在版编目（CIP）数据

小风暴 1.0 / 肖茉莉著 . -- 北京：中信出版社，
2016.11

ISBN 978-7-5086-6419-4

Ⅰ . ①小… Ⅱ . ①肖… Ⅲ . ①金融投资 Ⅳ .
① F830.59

中国版本图书馆 CIP 数据核字〔2016〕第 195608 号

小风暴 1.0

著　　者：肖茉莉
策划推广：中信出版社〔China CITIC Press〕
出版发行：中信出版集团股份有限公司
　　　　　（北京市朝阳区惠新东街甲 4 号富盛大厦 2 座　邮编　100029）
　　　　　（CITIC Publishing Group）
承 印 者：北京楠萍印刷有限公司

开　　本：787mm×1092mm　1/16　　印　　张：24.75　　字　　数：319 千字
版　　次：2016 年 11 月第 1 版　　印　　次：2016 年 11 月第 1 次印刷
广告经营许可证：京朝工商广字第 8087 号
书　　号：ISBN 978-7-5086-6419-4
定　　价：45.00 元

献给青春，献给你。

每个人都在大时代里，创造自己的小风暴。

目录
Concents

人生中那些重要的事，其实是大道至简

这些人，这些事，这些年。

这些年，我遇到了一些有意思并让我感动的人，经历了一些瞬息万变的事。

于是用了小说的形式，把这些人这些事讲给有缘读到这本书的朋友听。

作为这些人物和事件的创作者，我遇到的第一个提问来了：即便是最熟悉我的朋友们，看到这本书之后，也会问，这些人物的原型是谁？

这些人物的原型是谁？我在心里也好几次问过自己。

我必须承认，他们真的无法被一一对号入座，但归根结底，在过去一些年的职场生涯里，我遇到过许多小说中的处于个人奋斗期的高山、秦沃、许信、木心喜、谷东、易佳佳等人物形象，甚至是已经成为社会举足轻重的角色的 Robin 以及秦盛生们。

我也问我自己，为什么要塑造生活在平行空间的这些人。心里的答案，其实很简单。

有些故事 一直在我心里

自古以来，仗剑走四方而后功成名就的男子才会获万人景仰。各种商业报道里，这样的被视作成功人士、时代偶像的男子比比皆是。

可是某一天我发觉自己很想写写那些铁骨铮铮的男儿柔情的一面，写写他们人生中那些藏在辉煌的光环背后的故事，比如商场压力、兄弟情深、家族的期望、情感的无奈，等等。

因为在我的理解里，人生的精彩体现在它有高峰也偶有低谷，有掌声也偶有倒彩，而只有体验了这两种对立人生还能站起来的男子才是真正的男子。

小说里的高山就是这样的男子。

而美好的女子是什么样子的呢？因缘际会，我所在的创业和投资圈的女性多是些独立女子。她们不但接受了良好的教育，聪明美丽，而且懂得去追求自己梦想中的人生。

在我的眼中，这是美好的女子。

但是，这些女子同样也有背后的故事。比如有些因为把年少时光用来追求梦想，而无暇兼顾爱情；或者是因为霸气外露的女强人形象，气场强大到十米之内人迹罕至，业绩突出但有时又不受欢迎；或者是因为练就了"世事洞明"的眼睛，一直在坚持自己的价值观，成了都市里早早进入围城的人们眼中的奇怪女子。

可是，我却觉得自己很是懂得她们。她们的喜乐和忧伤，当然还有独立与坚强。所以我塑造了小说里的秦沃这个女子。

小说里讨论的主题，也是十分简单：关于爱，关于成长，关于梦想。两条线相互交错，时间跨越近 20 年，从 1997 年到 2016 年。在这风云变幻的 20 年里，他们度过了少年、青年和进入中年的岁月。

场景毫无疑问地设置在了我所在的创业和投资圈。这两个圈子在过去的十几年里，伴随着互联网创业大潮的风起云涌，如孪生兄弟般紧密相连。

《辞海》中关于创业的解释是：创立基业。从名词解释上，我们就知道真正的创业从来就是九死一生，异常寂寞的事。

没有人能随随便便实现自己的梦想。亦如高山，从年少的 17 岁开始，经过了 20 年高低起伏的磨难，才站到了一个高点上面；秦沃呢，也是白手起家，兢兢业业近 8 年光景才把创业公司带到了新的高峰。故事里，其他的主要人物无一不是在接受时间的锤炼，在自己所选择的人生道路上艰难但是积极地跋涉着。

这便是《小风暴 1.0：时间的玫瑰》的起源。这是一个很简单的故事。人生中那些重要的事其实是大道至简。虽然有时候，看起来又比较复杂而纠缠。

关于写作，这个实实在在的梦想

写作不是一件一蹴而就的事，但却是一个实实在在的梦想。

我觉得写作是一件神圣的事情，专业经验和人生积累很重要。我本来的规划是 40 岁之前只是积累经历与素材——在创业界和投资界积累一些经历，认识一些有趣的人、经历一些精彩的事，然后安心开始写作。

对于一位想成为作家的青年人来说，人生最重要的是体验，它无关成功或者失败的经历，总之多多体验就是了。机缘巧合，毕业 3 年时有幸和合伙人一起创业，而又有在毕业第 5 年后有缘加入顶级风险投资公司的经历。

但时机比预想中来得早一些。

写《小风暴 1.0》的启发是，我之前在考虑转型做投资人的时候，居然没有找到一本感同身受、可以告知人们如何进入投资行业的书籍。所以当时我在想，估计很多根本不在这个行业但希望将来进入这一行业，或是对投资行业充满好奇的人们也有同样的苦恼吧。

所以，从自己的需求出发，两年前的一天，我开始在键盘前敲下第一行字，从此便一发不可收拾。正是有了这样"是不是可以在帮助自己的同时，也让有缘看到的年轻人获得一些启示"的使命感。所以在后来的时光，只要是工作行程允许，我便开始一个字一个字地完成这部作品。

现在呈现在你面前的小说，历经两年，过程有些波折。作品的 20 万字，基本用 6 个月的时间完成了，但后来因为我在一个快速奔跑的行业，做着一个需要全身心投入的工作，同时还用两年半的时间去修了商学院的两个学位，期间的压力可想而知。而我既不是中文系，也没有写过小说，也没有可以参考的投资和创业小说。还好自己的这股"初生牛犊不怕虎"的傻傻的勇气一直都在，通过大量的阅读、访谈和 11 次大的情节修改，最终历时两年，它终于来了。

《小风暴 1.0：时间的玫瑰》和大家见面了，而幸运的是，在写作这第一本书走了不少弯路的两年之后，第二部《小风暴 2.0：伴你同行》很是神速，它会在2016 年下半年完稿。

很多写字的人会把自己的作品比喻成自己的孩子。但纪伯伦先生在《先知》里的一段话让我记忆深刻："你的儿女，其实不是你的儿女，他们是生命对于自身渴望而诞生的孩子。他们借助你来到这个世界，却非因你而来。"我想这个作品也不是属于我自己的，它只是存在于我的脑海中，借由我的写作来到了大家面前。

始终相信的是，把眼前的事情做到最好，美好的事情自然会发生。凡事都是机缘，正如因为《小风暴》系列出版的缘故，我们在文字里相遇。而之前我并不知道你，而你也并不知道我一样。但我选择了用写作的方式和你对话。

在大时代里，应该相遇的人终将会相遇

无数个安静的夜里，当我伏在书桌上打造这个文字的国度时，我一直盼望着它出生，可以对有幸看到这本小说的你有些帮助和启发，哪怕是些许的，便已足矣。

无论你是创业者还是投资人，在人生经历无数的悲伤、痛苦、不理解的时刻，乐观坚强，保持好你的初心和好奇心，有勇气有意志地坚持下去。到有一天，你会发觉，感谢不曾放弃过自己和团队、不断努力的自己。

而我不过是借由一个平凡的我，借由自己平凡的经历，告诉你：若我都可以做到实现我的小小梦想，你也一定会实现你的梦想。

人生从来没有白走的路，如乔布斯所言的，你必须相信人生的无数个点会在你未来的某一天串联起来。你必须要相信某些东西：你的勇气、目的、生命、因缘。

在这第一本小说里，我本来穿插了 10 首以前写的诗歌，但最终只留下了 3 首。借由下面这两首我非常喜欢的诗歌的节选部分，和你分享时间的美丽。

当守门人沉睡 / 你和风暴一起转身 / 拥抱中老去的是 / 时间的玫瑰。

镜中永远是此刻 / 此刻通向重生之门 / 那门开向大海 / 时间的玫瑰。

——北岛《时间的玫瑰》

茉莉好像 / 没有什么季节 / 在日里在夜里 / 时时开着小朵的 / 清香的蓓蕾。

——席慕蓉《茉莉》

世事如书，见字如面。

Chapter 1
高山

每个人都有自己的天命。

他少年黄金时代的结束，也是他天命的开始。

1997 年。

哪怕 10 年过去了，哪怕已经站在儿时梦想中的纳斯达克上市公司整栋楼的大屏幕前，高山永远记得 17 岁在故乡的那个下午。

当他和所有的考生冲出教室时，他好像才真正感受到了夏天的气息。7 月的南方城市，天气有些燥热。刚刚经历完高考，高山松了一口气，听觉、嗅觉也变得异常敏锐起来，好像突然能闻到擦肩而过的女同学身上的花露水的味道了，一阵阵聒噪的蝉鸣，也盖不过满校园的欢笑和尖叫声。

高山如释重负地抬头，快黄昏了，天边的太阳却依然耀眼。在刺目的一片白花花的太阳光之中，高山咧着嘴笑了，他自信满满的目光穿透了太阳的光芒，仿佛到达了另外一个更宽广的世界。

"高山，你在看什么啊？"一个男孩冲过来拍拍高山的肩膀，同时顺着高山的视线看过去，却发觉除了太阳光什么也没有，而且阳光太刺眼了，忙伸手挡住了阳光。

高山转头一看，原来是隔壁班的同学，他笑笑算是打过了招呼。

"你看，今年的夏天多美好啊。"高山的回答更像是自言自语。

男孩有些无聊地撇撇嘴，似乎听出了高山话中的一语双关："是是是，未来的理科状元同学！你当然感觉美好啊，大好前程在等着你呢。我们这些非优等生左看右看也看不出来哪里美好。"

　　高山不再搭话，往前走了几步到阳台边上，望了望楼下的广场，发觉无人，然后把背在肩上的书包取下来，高高举起，一个倒扣，书本、试卷、铅笔、本子从包里滚落，刚好一阵风吹过来，高山那些用各种颜色笔画得密密麻麻的试卷纷纷扬扬地飘满了整个天空。走廊上的其他同学见状，都跟风似的冲了过来，把以前做过的试卷和做满笔记的书本撕碎、抛出，于是各种各样的纸片撒满了整个天空，校园里一片欢呼声。

　　这一场告别式的狂欢，宣泄了这些年轻人的青春，也终结了他们在校园里的青春。

　　起码对高山来说是的，他从来都是胜券在握的人，高考也一样。还没走出考场，他已经知道自己的下一站可以去到哪里。而那里会开启他真正的人生，但还未经世事的高山那时还不明白一个道理：人，也许能战胜自己，有时却无法战胜命运。命运是什么？那时并没有人告诉年少的他。

　　"高山，要不要和我们一起去庆祝一下。我们的高考终于结束啦！"一个男孩冲过来拍拍高山的肩膀。

　　高山回过神来，朝他摆了摆手："不了，我得赶紧回家。我和我爸还有个约定，我得尽快回家好好报告报告。"他笑着对那个男孩说，留下热切期待一起疯狂的同学，快速地骑车往家的方向赶去。

　　高山所说的约定，是之前和父亲高丰打了个赌：若是他能拿到燕园的录取通知书，父亲会带他去梦想中的香港玩一圈。在过去的几年里，高丰无数次向高山提起过那个他梦想中的城市——香港，不仅仅因为 1997 年香港终于要回归了，更因为高丰的企业——青润农产品公司一直筹划在香港上市。

　　高山骑得飞快，他听到一路上沿街的商铺为了招揽生意，大声地放着一些歌曲，比如这首刘德华的歌。

　　　　曾经年少爱追梦，一心只想往前飞。
　　　　行遍千山和万水，一路走来不能回。

　　那个时候的他，还是个意气风发的翩翩少年，他心里总是想着，不能回又如何，有着千山和万水的远方难道不是更美好吗？若干年后，当他想回不能回的时候，再哼起这几句歌词、再回忆起当年骑自行车飞快奔驰的岁月时，竟会觉得那才是最好的时光、最好的自己。

高山满头大汗骑进大院，刚准备把自行车锁到一边，却意外地看到自家楼下停着几辆救护车和警车，院子里密密麻麻地围满了人。

他诧异地四处张望着，想看看究竟发生了什么事，却忽然看到楼道里穿着白大褂的医护人员抬着担架从里面走出来。

高山本能地心中一紧，快步飞奔上前，想扒开人群一探究竟。让他意想不到的是围观的人们看到高山，也都让出道来，齐刷刷看过来的眼睛里充满了同情和有些复杂的责备，各式各样的声音很快飘进了高山的耳朵里。

"高厂长的儿子高山回来了！"

"老林两口子真是想不开，积蓄没有了也不用开煤气寻死啊。现在一家三口都没了，可惜啊，青青多水灵的一姑娘……"

旁边的阿姨也在窃窃私语："听说是煤气中毒，他家总是吵，闹腾得很。好几次我们都能听得清清楚楚，说是青润公司破产了，两口子都下岗了，而且之前向亲戚借的集资款没希望还，日子过不下去了。"

高山的脑袋一下子蒙了，他顾不上细想，不顾众人的阻拦扑到担架前掀开白布。他看到了青青，她像是睡着了一样，小小的清秀的五官在空气里散发着青春的气息，马尾上还扎着许久未换的湖蓝色的蝴蝶结。前几天她还缠着高山说，若是高山真的考上了第一志愿，高山必须送她一个新的湖蓝色蝴蝶结，就要校门口那家店的。但现在，青青一动不动地躺在那里，依然好看的鼻子，大大的眼睛紧闭着，只是她的身体是冰冷的。

高山傻傻地站在那里，感觉自己的呼吸像是要停滞了。他还来不及做出反应，但紧接着发生的一幕却像定格的电影一样，在此后的若干年里，在无数个或者痛苦或者欢愉的时刻，一遍又一遍地在高山的脑海里回放着，每一次，他都好像重回这一刻，一遍又一遍地经历生离死别。

高山的父亲高丰从楼上下来，戴着手铐，在他的身后，跟着两名警察。

人群立刻一阵骚乱，也有人大哭起来。

"青润公司破产了，咱们都被高厂长害惨了！"

"高厂长！原本说好的带大家伙儿一起过的好日子呢？"

"这日子都没法过了！高厂长，我们要怎么办？"

高山远远地看到父亲，他好像一夜之间苍老了好多，但倒是比较镇定，他大声地向骚乱的人群喊话："大家不要急，青润公司已经被余杭大隆集团接管了，后续的资金问题，大隆集团会给大伙一个交代的。"

为了控制眼前混乱的局面，两位警察规劝高丰尽快上警车。

高山急忙挤过人群，大声地对着父亲的背影喊了一声："爸！"

高丰应声回过头来，意味深长地对高山喊了一声："高山，照顾好你妈妈。"此刻他的神态看上去满是疲惫，却在离别的时刻不忘交代高山。

高山还没来得及和父亲好好道别，而押送高丰的警车鸣着笛，已经绝尘而去。

这一切都太突然了，突然得高山来不及问一句父亲事件的缘由，就眼睁睁地看着警车和救护车载着他生命里最重要的人一前一后驶出了大院。

时间仿佛静止了几秒，高山终于回过神来，拔腿朝警车和救护车的方向追了过去。

"爸你等等我……青青不要走……"

高山在心里呐喊着，他恨不得让声音冲出喉咙替自己拦下他们，去拽住自己爱着的两个人。

追不上了，永远追不上了。他满头大汗地停下来，抬头又看到了远挂在天边的太阳，和下午在学校时看到的一样，太阳还是那个太阳，光芒甚至因为蒙上一层昏黄而更加温暖，可世界却已经不是那个世界了。

多年后回想起来，高山只是觉得人生充满了戏剧化，悲伤而又无奈。

这种情绪，是他多年后依然无法忘记而又深藏于内心的，也许有太多的事抓不住了。

这一年的夏天就这么结束了。

Chapter 2

秦沃

那些极度欢愉、热闹的盛宴之后，
迎来的总是泪流满面的离别。

1998 年。

若人生分四季的话，16 岁这一年的时光对秦沃来说是秋天。有些本来她以为会一直存在的暖色，很快就凋谢了。

1998 年 2 月的余杭城，整个城市还沉浸在春节喜气洋洋的氛围里。街上满是已经燃放的烟花爆竹的痕迹，不远处还不时地传来欢庆春节的爆竹声。

也许是受了正月里喜庆气氛的感染，一向低调的秦盛生，反常地包下了杭州城最高档的酒店，要为他最爱的小女儿秦沃开生日宴会。

秦沃的生日在 2 月 14 日，正好是 1998 年的正月十八，这一天也是西方情人节。在意大利的特尔尼，这一天以爱之名，成为人们的法定假日。人们以此来表达对无私无畏的纯粹爱情的崇尚和向往，千载不灭。这是一个因宗教而起、因爱情而延续、颂扬个性与勇气的节日。

爱是美好的，爱也是动力。

"在这一天来到人世的秦沃，大概本身也预示着美好吧。"

秦盛生总是对这个小女儿疼爱有加。

那天，杭州城有头有脸的人物都到齐了。秦沃穿上爸爸托人从香港买回来的红色洋装，站在秦盛生身边，接待来参加宴席的叔叔阿姨们。

秦沃不是特别喜欢这样的场面，感觉浑身都不自在，但碍于父亲的面子，她还是一直满脸幸福地微笑着。让她意想不到的是，所有的人都急不可待地往秦沃手里塞着一个个厚厚的大红包，然后或捏捏她的脸，或拉拉她的手说："沃沃长成大姑娘了！""沃沃生日快乐啊！""沃沃今天真漂亮啊！"

秦沃刚开始是傻乎乎地笑着，到后来慢慢有些待不住了，不停地朝一旁的爸爸使眼色，示意秦盛生她不想再站在酒店门口接待客人了。秦盛生却总是假装没看见，依然与各路秦沃认识的不认识的叔叔阿姨们热络寒暄。

秦沃逮着个间隙，偷偷溜进内堂找到了正在帮忙安置客人的姐姐秦沁。秦沃把秦沁拉到一边，夸张地向她展示自己的整整一书包红包。

"姐，爸爸为什么忽然这么大张旗鼓地办生日会，为什么这么多人给我这么多红包？"

秦沁比秦沃大 7 岁，秦盛生夫妻忙碌不在家的时候，她就是家里的小太阳，心思自然更人精一些。

秦沁哈的一声笑了出来，语气里满是自豪："这个生日宴会，你以为只是给你办的啊？这是给爸办的。这些给你红包的人，以后啊，他们都有用得着爸爸的地方。你来我往，这是人情世故！咱爸多聪明的一人。"

"而且，"秦沁郑重其事地按了下秦沃的肩膀说，"沃沃，咱们家和从前不一样了。"

秦沃有些茫然。

秦沁神秘地眨了眨眼："爸爸的公司上市了。"

"姐姐，爸爸都唠叨上市好几年了，姐，上市是怎么一回事儿啊？"

"就好像把公司作为整体，嗯……比如说像一个蛋糕一样，放到资本市场上去买卖，形式主要是股票。股票你见过吧？"

秦沃摇了摇头。

"其实我也没见过，不过听爸爸讲过一些。这么说吧，你可以把股票想象为一种票据，作为一种买卖的凭证。总之呢，上市是一种很光荣的事情，说明公司的价值更大了，蛋糕做大了，每个人也就有更多的蛋糕可以分。"

"原来咱爸发达了。也就是说，爸爸事业有成了。"

"当然。嗯，我觉得呢，我们家会很快换一所更大的房子，而且你会有更多的新衣服！"秦沁兴奋地摇晃着秦沃。

秦沃还在努力思索着秦沁话里的意思，秦盛生和林芳两口子已经在众人簇拥下走过来。秦盛生冲姐妹俩招手，众人也大叫："沁沁，沃沃，快过来拍张全家福。"

秦盛生和林芳这几年事业上都忙，以前他们还会像多数家庭一样，一年拍一次全家福。但此刻夫妻俩竟然发觉这是一家四口这几年来第一次一起拍照，免不得表情有些异样。

倒是秦沁和秦沃都很开心，姐妹俩互相做鬼脸的模样逗乐了秦盛生和林芳，夫妻俩相视一笑被摄影师抓拍了下来。这一家子幸福的样子感染了起哄的宾客们，不少人眼里都带着艳羡。像秦盛生这样事业有成，家庭幸福，是多少男人一生的终极梦想，而且秦盛生现在正值壮年，后面还有大把好时光。

秦家两口子当然读懂了众人的羡慕神情。

秦盛生是退伍军人出身，因为脑子聪明，跟紧了下海的大潮，很快就成为一名出色的商人。林芳是中学老师，因为业务突出，还担任着中学教导主任的职务，外加贤妻良母的角色。本来两人性格有些差异，但过去 20 多年来倒也相处得很融洽。

在这样特殊的喜庆日子里，和睦的家庭也就格外让人羡慕。

待到酒桌开席的时候，众人都起哄要秦盛生两口子讲话。

秦盛生推辞不过，识趣地端起一杯酒敬给了林芳："那我就说说吧。今天是个好日子，是我小女儿的生日，我要特别感谢我的妻子，要不是她，我不会有今天的一切。"

秦盛生说完，拿起酒杯，朝林芳微笑了一下，一饮而尽。

秦沃看到平常颇有气势的当教导处主任的妈妈，这时候倒有些别扭和局促了。

大家起哄嚷着叫林芳说话。

林芳终于站了起来："秦沁、秦沃，来，过来敬诸位叔叔阿姨们一杯。"林芳并没有说什么舍小家为大家的豪迈之言，只是淡淡地叫来了在隔壁桌的姐妹俩，两人很听话地拿起杯子，向众人敬了一杯。

众人一阵配合地哈哈大笑过后，又掀起一波热闹的高潮。

"秦总，公司上市，我们厂子也有钱了，接下来有什么规划？"

"咱有钱了，就得做些大买卖。我们也赶了个潮流，公司顺利上市了，大伙儿都有钱了。英雄时势造，只要最后的结果是成功的，之前经历的种种事情，都是值得的。"秦盛生说完最后一句话时，看了看林芳。

旁人倒是有些激动："秦总，我们当时也是丢掉铁饭碗加入公司的，从一间15 平方米的小房子跟着您一步步把公司做起来，我们不但把人押您这儿了，还把资金也押您这儿了。还好，您没有让我们失望，我们的股票倒是真的值钱了啊。这故事真是相当鼓舞人心啊。"

"只不过是凭着一股不服输的热血摔了铁饭碗下海而已，还好运气不错，抓住了机会。哈哈，最重要的还是因为大家的信任！"

"看，爸爸今晚真是神气。成王败寇，成功人士就该受到众人的敬仰。"秦沁也越发得意起来。

秦盛生像一个凯旋的将军，一整晚在众人的拥护下眉飞色舞，侃侃而谈，脸上的王者气质尽显无余。

但林芳一整晚话都不是很多，虽然从宴会一开始就陪在秦盛生左右，但敏感的秦沃却觉得妈妈似乎开心不起来。

一家人好久没这么热闹了，她总觉得这极度的繁荣下隐藏着一个可以随时撕裂一切的切口，心中有些隐隐不安。她不时地望向妈妈，而此刻林芳的脸上却是如水般平静。

席间，秦沃硬拉着秦沁陪自己去了一趟洗手间，把自己的顾虑跟秦沁说了。秦沃心思比秦沁细腻。

"姐，我觉得妈妈今天并不高兴。"

秦沁扑哧笑了，安慰地拍了拍秦沃的肩膀。

"妈妈才高兴呢，你啊，别想太多了。回去吧，今天的每一秒我们都不能错过。"秦沁不由分说地拉着秦沃回到了席间。

　　而事实上当那些极度欢愉的盛宴结束时，紧接而来的总是泪流满面的离别。

　　秦沃的直觉印证了这个道理，而秦沁却是用了此后若干年的生活经验终于总结出这一人生规律。

　　那天半夜，秦沃是被父母的争执声吵醒的，她害怕地推醒了熟睡的秦沁。当姐妹俩小心翼翼摸索到父母房门前的时候，秦盛生愤怒的喊叫伴随着玻璃碎地的声音从里面传了出来。

　　"离婚就离婚！"

　　秦沃和秦沁顿时吓得睡意全无。

　　"我知道你现在是成功人士了，需要一个幸福家庭的表象，今天这么大的场面我努力配合了，以后的路我们各自走吧。"是林芳平静的声音，她的淡然让焦急的秦盛生在这场感情纠纷里败得一塌糊涂。

　　"林芳，商场就是这么残酷，哪怕是对挚友。是董事会集体商量最后决定不投资了。说到我那战友，这也是后来他们市领导找到我们，主动要求我们并购那家公司的。"

　　林芳的指责还是没有停下来："说撤资就撤资，于情于理都说不过去，还让人家陷入困境。他会资金断裂，还不是你们临时决定不投资，但人家为了能吸引你们投资，已经开始了上下游的公司收购。现在好了，因为你们的撤资受了牢狱之灾，所有的错，他一个人全背了！"

　　"林芳，生意上的事儿，我不想和你吵。撤资，是因为有对赌协议的，我们要根据商业规则来。"

　　"秦盛生，你有你的经商大道，我有我的情和义。这日子过不下去了，离婚。"

　　秦沃一下子蒙了，本能地向后退了一步，不想碰倒了桌上的花瓶，花瓶一下子倒在地上，鲜花、碎玻璃、水溅了一地。

　　林芳和秦盛生听到响动，两人都从房间出来，看到杵在客厅的姐妹俩。

　　此刻秦沃才恍然大悟，原来那天拍摄的全家福，是一家人对幸福生活的一个告别。

　　她后悔不已，如果知道得早一点多好啊，那么自己就能笑得再甜一点，也能甜甜地演好自己知名企业家女儿的角色，毕竟以后的生活再也不会这样了。

　　只是她不明白，为何白天还是好好的生日宴会，到了晚上，却成了父母离婚的最后演出。

　　引起父母争吵的事件，究竟是什么？她有无数个问号留在脑海里。

　　但第一个需要她去接受的事实是，美满的全家福以后只能出现在照片里了。

Chapter 3
高山

一年前，
高山一家还是周围人的焦点。

1997 年。

那时候，高丰还在，青青一家也还在。

那时候的某一天，高山看青青她爸林叔叔兴高采烈又小心谨慎地怀揣着什么，老远笑着朝高山和妈妈吴爱玲跑过来。

"爱玲姐，你看这里装的什么？这满满一袋子的钱。"林叔叔小心地看了看四周，特别小声地说，"高厂长最近和我们说要我们购买员工股，说是将来要带我们公司上市呢，走向国际啊。我还在想这么好的事儿，一定不能错过。这不刚刚去亲戚家，借了三万元，准备都投进去。我们不懂上市，但我们信高厂长。这几年厂里的效益越来越好了，全是高厂长的功劳。高厂长说让我们做啥，我们就做啥。"

吴爱玲赶紧让林叔叔早点进屋去："也感谢你们的信任，厂子效益越来越好，也是大伙儿一起努力的结果。具体的事情我也不太清楚。但他爸也一直在说，要弄出个大动静出来。"顺便又说："晚上让青青来家里吃饭。"

听到妈妈晚上让青青来家里吃饭，高山一下子来了精神。青青是高山从小到大的好妹妹，也是院里的孩子中除高山外的另一焦点，不但成绩优秀，永远的年级第一，而且性格乖巧，十分招人喜爱。

高山妈妈也很喜欢青青，只要家里有好吃的，都会叫上青青。高山是家中独子，有这样一个优秀的邻里妹妹，他也很喜爱。

和许多 20 世纪 90 年代初的企业一样，高山的父亲高丰带领着青润公司开始了筚路蓝缕的创业之路。青润公司一路由小到大走过来，能有这样的发展和创始人高丰的经历是分不开的。高丰从部队复员后，本来只是青润农产品公司一名普通的产品销售人员，但凭借自己的聪明勤奋，加上军人敢为天下先的性格，自己筹集资金承包了青润公司。1988 年后的 9 年时间里，他把青润公司从一个濒临破产的小工厂，一举做成市里的重点企业。

现在青润公司正筹划在香港上市。

众人来到这里也是为了商讨这个大事。

那段时间，高丰经常出差，只要一回来，高山老远就看到大院里聚满了人。高山爸爸站在人群中间，对大家讲话。高山心里乐了，心想太好了，爸爸每次回来都会带些好玩意儿和一些逸闻趣事，得赶紧把作业做完了，等爸爸有空了，一定缠住他。

但每次等高山做完作业回到院中，众人还是没走。高山索性也搬个小板凳，听众人谈笑风生。

"高厂长，我这份子钱都准备好了，就等您一句话了。"众人都在附和。高山看到爸爸的表情很凝重，但是透露着一股激动："谢谢大家伙儿的信任。我们需要更多的资金来扩大规模，进行行业上下游的收购。所以我们也像那些上市公司一样，股改，进行股权激励计划。大家可购买公司份子，等上市了融资了，很多倍地返还给大家。吃香的喝辣的，有酒一起喝，有肉一起吃。"

"高厂长，我们这就回去筹钱，给我们多留些。人生的机会赶上就赶上了。"

"高厂长，就您一句话的事儿，我这就让老婆把家里买国库券的钱取出来。"

高山看到众人在谈论一些新鲜的词儿，比如上市、股改、股份、资本市场、融资。他看看众人对父亲毕恭毕敬的态度，觉得父亲的形象又高大了不少。

爸爸送走众人后，便走过来抱住高山："儿子啊，老爸都一个多月没见到你了。想你啊。"

高山很快回到自己最关心的重点，眨巴眨巴眼睛，用渴望的眼神望着父亲，很好奇地问高丰："爸，什么叫上市？资本市场是什么啊？很厉害吗？"

高丰喜悦地摸了摸高山的头："儿子，来，老爸也是刚接触，出差就是为了这些事儿。和你说说上市吧，就是把一些发展潜力好的公司放到证券交易所，向投资者增发股票，用来募集企业发展基金的过程。市场好的话，钱投入多收益就会多，钱投入少收益就少。"

高丰一看高山似懂非懂的表情，顿了顿又道："嗯，用你能听得懂的话来说吧。就是假如把公司比作一棵苹果树树苗，上市就等于放到市场上给大家看，若是大家都觉得这家公司是一棵好的苹果树树苗，那么就会提前用钱来购买这棵树长大之后结出的苹果。在这个市场上会有专门的人来给它浇水，也会有人帮助施肥、松土，等它真正长大结出了果实，再按照各家的购买份额来分，之前贡献大的人家分到的就多，贡献小的人家分到的就少。当然，也有风险，若是收成不好，那之前投入的钱就打水漂了。"

高丰的这个苹果树的举例比较形象，所以高山大约听懂了。

"爸，我怎么觉得风险很大的感觉，好像会牵涉的人很多啊。"

"是啊，最近我和律师、投资者一直见面就商量这事。就目前而言，公司得达到更大的体量才好。这不，听取了他们的建议，我就向咱厂里的员工公开募资了。"

"爸，您刚才也说若是收益不好的话，之前投入的钱就打水漂了。那要是失败了的话，那叔叔阿姨们的钱岂不是也没了？"

高丰神色立刻凝重了些："儿子，你看老爸的白头发。"高丰掀开头发的表层部分，给高山看。

高山看到高丰头发里层已经花白的头发，有些心疼："爸，这新长的白头发就是这么愁出来的？"

"嗯。老爸也不是很懂上市，压力也很大。但爸尽力把咱这山里小城出来的厂子，也带到香港上市去。"

"我们即将回归的香港？爸，太牛了。那我以后岂不是也可以一起去咱们的香港了，太好了太好了！"

吴爱玲看着聊得眉飞色舞的爷俩，倒是挺镇定："高山，让你爸歇会儿，从下午回来到现在，水都没喝两口。你快回屋写作业去，学学人家青青！"

提到青青，高山立刻乖乖地进屋了。

"这孩子，有志气。"高丰心满意足地悄声对吴爱玲说，"像我。"

此后，家里经常来不少叔叔阿姨，都和高丰聊股改、募资、上市的事儿，有时高山也在听着，着实长了不少见识。

看到父亲时而高兴、时而眉头紧锁，高山越发崇拜起父亲来。高丰出差越发勤了，他以前并不经常在家里谈论工作上的事情，但是最近一段时间，偶尔回来，便在饭桌上和吴爱玲聊，高山也安静地听着，觉得很受教。

"厂里的集资也很顺利，很大一笔钱。压力大，好多员工家里条件并不好，但就觉得这事儿能成，信任也是很大的压力啊。我不能把这事儿搞砸了，不然对不起厂里的兄弟姐妹啊。"

"临市的酒厂，谈判真是很艰难。他们也不理解为什么农产品公司要收购酒厂，但上下游打通了，这事儿才能做大，才好上市。谈了几个月，终于谈成了，厂子又扩大了一倍，以后要两边跑了。"

"爱玲，县里养猪场的并购没有谈成，市里没批，说是怕形成垄断，对百姓的日常生活造成伤害。他们倒是批准了饲料厂的并购。这样的话，我们的产品线又多了一条。"

"市里很支持这次的上市。我和来自香港的律师谈过了，真是不容易，他们的访谈清单有上千条。能否上市成功，不单单关系到募资员工的未来，也关系到青润市的荣誉啊。作为市里的人大代表，任重而道远啊。"

"爱玲，并购不是最难的事，最难的事是并购之后厂与厂之间的整合，费力又劳心。整合的跨度有些大，我们的产业线好像有些长了，顾不过来，能否上市是关键。"

"爱玲，上市成功与否，是厂子成功与否的关键啊。"

或好的，或不好的消息，不时地传到高山的耳朵里。

一时间，好像整个市里都在谈论青润公司的上市，这在这个南方的小城里着实成了头等大事。青润公司备受关注，身为总经理高丰的唯一公子，高山在学校也被各年级的小伙伴簇拥着，一时间风光无限。

但不久之后，事情却在意料之外。

昨日光景不再。

出事的那个下午，高丰倒是异常平静，他突然叫了一声"老婆"。

吴爱玲吃了一惊，高山慢慢长大之后，高丰再没这样唤过她。

吴爱玲像是感觉到高丰有什么要说的话一样，回过头来怔怔地望着自己的丈夫。好久没有认真看过他，仔细一看才恍然发现这半年来他一下子衰老了好多。

她忽然有种强烈的不好的预感。

但高丰只是说了句："有些饿，给我下碗面吃吧，煎个鸡蛋。"

吴爱玲面食做得好，是高丰的最爱。她不敢怠慢："好好好，就来。"

吴爱玲不是南方人，是小时候跟着父母从北方迁过来的，但性格却有南方女人的温润贤良，嫁给高丰后一直当着幸福的家庭主妇。高丰就是她的天，她的一切。她的忧愁就是看到高丰皱眉，她的快乐就是听到高丰说今天心情不错多喝一杯。

哪知吴爱玲刚端着做好的面上桌，就听见外面一阵骚乱。

有人在外面喊着说："老林家两口子在家里开煤气自杀了，青青还在家呢！"

高丰这时刚拿起筷子，一时没拿稳，筷子跌落在地上。他自己也一下子瘫坐在椅子上，整个人像被抽去了灵魂，眼泪从他脸上滑落下来。

吴爱玲站在厨房门口，不知道该如何反应，这是她第一次看到自己仰望了一辈子的男人流眼泪。吴爱玲反而镇静了，走过去一把握住高丰的手，他的手冰冷得像刚抓了冰块。

"是不是厂子出事儿了？老林家煤气自杀和这有关系吧？丰哥，你之前一直唠叨上市的事儿出大问题了吗？老林家自杀，这是命案啊，丰哥快走！你放心，家里有我呢！"

丰哥，是他们谈恋爱写情书的时候，吴爱玲对高丰的称呼，这一刻就这么脱口而出。

高丰并没有正面回答吴爱玲，依然像雕塑一样没有任何反应，坐在那里一动不动。

吴爱玲见高丰还是不动，目光里都惶然起来。

"我……我给你收拾东西去。"

吴爱玲一转身，却被高丰拉住，他站起来一把把吴爱玲紧搂在怀里。高丰每次出差回来都会在进门的时候和吴爱玲拥抱，这是近 20 年来延续下来的习惯。

一样的拥抱，但吴爱玲却感受到了这一次的不一样，高丰从来没有这样用力地抱过她，力度大得像是离别。

"老婆，高山长大了。我就担心你，万一我有什么事儿，你要好好的……"

两人的话还没说完，外面响起急促的敲门声。

"去开门吧。"高丰很冷静地示意吴爱玲。吴爱玲刚一开门，两名警察闯进门来，将高丰带上了警车。

高丰被带出门的时候转了个身，回头冲吴爱玲笑了笑，像往日出差之前那样，然后就消失在门口。吴爱玲整个人滑倒在地上，桌上那碗面还冒着热气。

她哪里知道，这一别就是永久。

高丰被警察带走后的三天里，吴爱玲不言不语，就坐在餐桌前一动不动地看着高丰留下的那碗面。高山要把面撤了，吴爱玲不让，说你爸还没吃呢。

吴爱玲三天三夜不吃不喝，默默流泪，也顾不上问高山高考的事儿。

高山看得揪心，却没有时间痛哭。

这三天来，不少青润公司的员工登门。虽然出于对高丰的尊重，他们没有像强盗一样冲进来见什么搬什么，拿走值钱的东西，但是他们口中愤恨的话语，让人不寒而栗。

高山拉上门，把妈妈锁在里屋，自己像个大人一样应付来访的人们，几天之间骤然长大。

父亲不在的时候，他要像个男子汉学会承担父亲留下的债。他站在门口任人谩骂，不流泪不解释不反击。久了，人们也就心软了，互相劝着，毕竟孩子没有错，青青家的死是他们自己的决定，还是放过这对母子吧……然后才四散而去。

高山趁妈妈哭累了，睡着的时候打开电视，偷偷看了新闻。刚好青润台还一直播放着警察把高丰推上警车的画面。

"青润公司由于并购不成功，导致资金链断裂运营困难。不但无法实现青润市第一家香港上市公司的梦想，而且企业宣布破产。其法人代表高丰现已被司法机关带走。据悉，青润公司破产后，其主体已被余杭大隆企业迅速收购。在我们对相关人士的访谈中获悉，导致青润公司资金链断裂上市失败的主要原因，是余杭大隆企业在关键时候撤回原定投资……"

高山还在新闻里看到了自己。当时高丰上警车前看到了愣在人群里的高山，冲高山招了招手，但当时的高山已经吓傻了，并没有马上上前。高山在新闻里看到了爸爸眼中当时对自己的渴望和叮嘱，可他却始终没有冲上去说一句话。

高山怎么也不相信，父亲原本的雄心壮志会演变成这样的结果。

一夜之间，一切一去不复返了，那时候的高山还并不明白背后到底是一股什么力量让一个世界在顷刻间覆灭。

电视画面突然黑了下来 。

吴爱玲黑着脸挡在了电视机前面。高山不知道她是什么时候醒的，看到她这个样子，害怕她情绪波动太大，不安地站了起来。

"不，你爸从来不出错，是那些人错了……对了，你爸说饿得慌，要吃面来着……我去把面热一热……"

吴爱玲慌慌张张地端着桌上那碗面进了厨房。高山突然失控了，冲过去抢过她手里的碗。

"妈，您都不吃不喝三天了。您醒醒吧，爸爸进警察局了，青青一家都走了了，全都走了……"

房间里瞬间死一般沉寂，没有任何声响。

高山一下回过神来，仿佛意识到了什么，紧张地望着吴爱玲。

片刻，吴爱玲出乎意料地点点头，目光空洞地看着高山就像看着一个陌生人。

"我知道了。"吴爱玲又温顺起来。

高山愣住了，他本来觉得吴爱玲又要哭闹，但她只是默默地走开了。

从那天开始，吴爱玲变得沉默。她总是一个人默默地坐在沙发上，把家里的老照片全部翻了出来，一张一张地回忆着。

后来高山把燕园的录取通知书放到她面前，她抬一下眼，看了一遍，又回过头看高丰的照片去了。她仿佛活在了过去的回忆里。

人们眼中的燕园才子，新科状元高山，还来不及从父亲入狱的悲痛中走出来，就紧跟着跌入担心失去母亲的惶恐中。就连吴爱玲去厕所，他都得在门口守着，生怕自己的一个不留意，妈妈也没了。

1997 年的夏天，成了高山人生记忆里最冰冷的一个寒冬。

Chapter 4

秦沃

相爱容易，相处太难。

世事如书，横亘在20年的恩爱夫妻之间的这个事件究竟是什么？

1998年。

秦沃从来没想过自己有一天也会面临这样的选择：跟爸爸过还是跟妈妈过。

那天早上，秦盛生装作早起没睡醒的样子，迷迷糊糊想要去抱在厨房做饭的林芳。他们这段时间虽然睡在同一个房间，但其实秦盛生一直睡在卧室的沙发上。

年轻的时候，两人每一次激烈的争吵最后都会以这样的方式和好，秦盛生想再试一次，试图先低头和好。但林芳却有些厌恶地推开了他，头也没回地继续做早餐。

秦盛生心里立刻清楚了，林芳是不会回头了。

早餐的时候，林芳、秦沃、秦沁都各有心事。

秦盛生反而平静了，表情比较舒缓。

林芳很决绝，她骨子里的强势和倔强秦盛生是了解的，这也是当年他爱上她的原因。

秦沃首先打破了寂静："爸爸，妈妈昨晚提到的，您的公司出了什么问题吗？不是都上市了吗？"

秦盛生心里震了一下，然后表情很自信地回答秦沃："爸爸的公司没有出什么问题，倒是爸爸朋友的公司出了问题。"

"爸爸，我有些听不懂了，您的公司都好好的，您还要和妈妈要分开吗？"

林芳没有直接接上秦沃的话茬儿，倒是看着有些迷惑的秦沃，很认真地说："你要知道，沃儿，爸爸妈妈无论如何都是很爱你的。"

秦沃忽然有了一种不祥的预感。

果然。

"爸爸和妈妈决定暂时分开一段时间。"秦盛生缓缓开口，恢复了他作为公司掌舵人该有的沉着冷静。若是无法改变的事实，就只有面对。

"爸！"秦沁最先反应过来，她生气地放下碗筷，瞪着秦盛生。

秦沃只是静静地看着。

"爸！您的公司上市了有钱了，难道就要抛弃我们了吗？说离开就离开。秦沃还小呢！"秦沁似乎很愤怒，也把秦盛生最爱的秦沃拉出来加重分量。

"这是我和你妈一起做的决定。"

秦沃疑惑地望着妈妈。她记得小时候，妈妈总爱给她读《致橡树》。妈妈说这首诗是她和爸爸的定情诗。她最喜欢读："我若爱你，我必将是你身旁的一株木棉，以树的形象和你站在一起。"她说这就是她心中最好的爱情。

"妈妈，是因为爸爸长成了参天大树，而您不想做木棉了，所以你不爱爸爸了吗？"

林芳和秦盛生听秦沃这么一说，有些吃惊地迅速互看了一眼。

他们的定情诗《致橡树》。

往事并不如烟。

林芳甚至都心软了，眼眶也红了起来，但还是忍住在眼眶里打转的眼泪，摇了摇头，摸了摸秦沃的脑袋。

"沃沃，沁沁，你们想跟爸爸过还是跟妈妈过？当然，不管你们选择谁，我们都像从前一样爱你们。"

若是有时光穿梭机，秦沃很想回去抱抱那时候的自己，还有林芳和秦盛生。

因为从此后一家人在一起的时光就一去不复返了，最后温馨的记忆就停留在那一刻。

此后秦盛生很迅速地搬离了原来的家，也很迅速地在市里新开盘的别墅区购置了一栋别墅。刚开始，只要秦盛生在市里，都会把两姐妹接过去，在新别墅里一起聊天吃饭，似乎像是和过去的天伦之乐一样，虽然画面缺少了林芳的身影。

秦沃一度还盼望父母有一天还能走到一起。

但一年之后，秦沃在秦盛生那里碰到一位年轻漂亮的阿姨，秦沃感觉到了父亲的变化。她也想再做些尝试，一度就不再去父亲那里了，无论父亲的司机来接几次，她都不去。

秦沃想通过这样的方式引起父亲的注意，潜意识里希望爸爸还是选择自己和妈妈。

年少的她，绝对没有想到的是，作为偶像和人生标杆的父亲，会慢慢淡出她的生活，一来是因为他越来越忙，公司越做越大，"余杭大隆"的大名可以经常在新闻上听到；二来是因为他也需要新的家庭，来维持他幸福又体面的成功企业家形象。

不久后秦盛生再婚，又很快壮年得子。

聪明如秦盛生这样的商人，自然懂得成功的事业总需要佳人相伴才能相得益彰。

林芳对这一切像是不怎么关心，从来都不主动打听秦盛生的新闻，偶尔在电视上看到余杭大隆或者秦盛生的采访，也只是很平静地看着。

她也有了新的生活。

她从教导主任做到副校长只用了一年半的时间。她成为全校唯一的女副校长，当然也成了校长的后备人选。

和秦盛生不同的是，林芳此后没有再婚，一心扑到了事业上。

一切看起来似乎又恢复了平静，各自美好着。

在秦沃的眼里，父亲秦盛生和母亲林芳，两棵曾经紧紧依偎互相支撑的大树，各自分开而又各自有了自己新的轨迹和道路。

此后，秦沃在无数个睡不着的夜里，带着一颗少女怀春的心，思考着爱情的意义时，秦沃能感受到，妈妈对爸爸的爱，其实从来没有变过，无论她以多么波澜不惊的方式过着自己的生活，但她心里是孤独的。

对于他们的分开，秦沃隐隐觉得，和他们那天晚上提到的父亲的那位战友叔叔是有些关系的。

相爱容易，相处太难。世事如棋，横亘在 20 年的恩爱夫妻之间的这个事件究竟是什么？

　　她很想揭开这层蒙在父母心上的伤疤。在平日里，她好几次想问，但又不敢去打扰表面装作一切都没有发生的母亲。

　　2000 年，18 岁的秦沃在离开余杭要去读大学的前一夜，还是按捺不住，满腹疑问地走进了林芳的卧室。

　　卧室的灯关着，秦沃看到母亲已经和衣睡下。秦沃有些不忍心叫醒她，刚准备悄悄离开，林芳却坐了起来，招呼秦沃坐到床边。

　　对于女儿们，林芳一向疼爱有加。秦沁已经毕业参加工作了，一年也就回来几次，而小囡要去上大学了，虽然是件喜庆的事，但还是要面临更多分离的时光，心中有些不舍，她抬头想多看看秦沃。

　　她看到秦沃欲言又止的样子，猜到秦沃怕是要问什么事情了。

　　"沃儿，有什么事情吗？"

　　"妈妈，明天我就要去北方了。这两年我一直想问您，为什么您和爸爸如此恩爱，却最终选择分开？沃儿一直没想清楚。"

　　在离开去开始新的生活之前，秦沃总算问出口了，也算了了自己的一桩心愿。只是她害怕伤害到妈妈。

　　林芳果然深叹一口气，半天才说："你爸是个商人，我是个人民教师。商场虽然如战场，他有他的经商大道，但我有我的朋友情义。我在他身边，忍不住用我的情义对他的冷酷无情指手画脚。他憋屈，我痛苦。你爸爸的公司也上市了，他有他的阳关大道。妈妈也想通了，爱他就让他痛快地过他的日子，一个人好过总比两个人凑合好。"安静的夜里，林芳第一次说出自己真实的心声。

　　"妈妈，果然您还是深爱着爸爸的。这些和那天晚上您提到的事情有关系吗？"

　　"商业上的事，我也不是太懂。沃儿，等你长大了，有些事你自然就会明白的。"林芳说了些没头没脑的话，并没有细细告诉秦沃那个最真实直接的导火索。

　　秦沃知道秦沃崇拜她父亲，那么就这样吧，有一些真相并不是所有人都有必要知道，让秦盛生当那个英雄一般的父亲吧。

　　次日，一列轰隆隆的火车载着对新生活充满憧憬的秦沃驶向了北方。

Chapter 5
高山

此时此刻真正站在这里的时候，
他比自己想象中平静。

2001 年。

午夜一点的中环，平静之下隐藏着喧嚣，诸多高档写字楼里还灯火辉煌，无数金融界精英人士正在挑灯夜战。

这是一个没有硝烟的战场。

高山站在街边，仰头望着漆黑天幕下一格又一格亮着灯的窗户，在脑海中勾勒出此刻里面一帮西装革履的年轻人热火朝天埋头苦干的景象。他感觉自己体内的血隐隐热了起来，似乎已经看到未来他也会经历无数个这样的夜晚。他即将在这个没有硝烟的战场，像一个嗜血的勇士上了战场般竭尽全力地冲锋陷阵。

这里就是他的战场，香港中环世贸国际的摩天财团，他未来奋战的地方。

若是来到香港，就不得不去趟世贸国际。即便在高楼耸立的中环，你也很难不被这座楼吸引：它的外观造型，是理性思维中透出感性的想象，全面玻璃的装修，让它白天徜徉在各种光的照射里，高端大气；而到了晚上，又反射出国际大都市固有的纸醉金迷。

2001 年的国际顶级投资银行摩天财团，在内地只招收两名投资银行部分析师。高山一路过关斩将成为万里挑一的幸运儿。

兵贵神速。他夜里才刚从北京乘坐九龙航空抵港，在公司已经预订好的中环一家五星级酒店稍作休息后，便起身出门，步行来到摩天楼下。

　　此刻的高山被全香港最高档的写字楼、顶尖的购物商场和无数如兰桂坊一样灯红酒绿的酒吧包围着。身处这个纸醉金迷世界的最中心，除了即将大展拳脚的冲劲，高山还隐隐有些担心。

　　上一年并不是多么宁静的一年：2000 年 3 月，市场调整开始，一直持续到 4 月，这一连续调整导致了华尔街股市的大灾难，纳斯达克指数连续 40 天下滑，股票市场不断探底。最受华尔街瞩目的网络股泡沫开始破裂，美国股市出现了自 1987 年股灾以来最大的震荡，纳斯达克综合指数至 4 月 15 日跌至 3 321 点。在这样的大背景下，很多老牌资本公司也未能幸免，宣布关闭并清盘。

　　美国经济也在 2000 年开始整体降温，在这样的大背景之下，道琼斯指数和标准普尔 500 指数的跌幅虽然没有纳斯达克指数那么大，但是两者也都从 2000 年年初的高点开始下滑。和欧美股市相连的亚洲资本市场也不能幸免。刚从 1998 年亚洲金融危机中缓过劲儿的香港金融市场也未能幸免。

　　仰望高高矗立的世贸国际中心，高山思虑着，不知道在如此的经济形势之下，相对于学生时代的完美答卷，迎接自己的会是一场怎样的风暴。

　　学生年代的高山，的确有足够令别人羡慕的资本：从高中时代开始的学霸、年级大队长、省重点中学、高考状元，17 岁进国内最好的大学，21 岁从国内最好的大学毕业，被国际顶级投资银行录取，成了这一年被摩天集团录取的两名内地学生中的一员。

　　在金融界的战场上，自己能否在这风暴之中乘风破浪、游刃有余？

　　急促的手机铃声将高山的思绪拉了回来。

　　来电显示是吴东娜，他一同赴港的同班女友。吴东娜毕业之后收到了香港一家中资投行万商银行研究部的 offer（录用通知），比他早一周来香港。

　　高山这才恍然想起落地香港，他急于要来公司楼下走走，而忘记联系她。

　　一边接起电话，高山一边加快步伐往公司的方向走去。

　　“东娜，抱歉我太累了，刚到酒店，现在出来走走。对，明天一早去公司报到。”

　　高山一边说着话一边走着。

他的身后，是流动着的不夜城，是他青年时期无数次听爸爸说起过的香港的商业核心地带，是父亲铩羽而归的梦想之地，是他在燕园求学岁月里一直向往的地方。

但当他此时此刻真正站在这里的时候，他比自己想象中平静。

几个小时之后的早晨，当他重新回到中环的时候，无论迎接他的是疾风骤雨还是蓝天白云，都必须以无惧一切的姿态勇往直前，除此之外，别无选择。

"香港，你好。"他在心里默念。

早上 8 点，高山来到办公室。他环顾四周，此刻办公室里人不算多，遇到的大多是年轻人，正用流利的英语和粤语各自忙碌地打着电话，每个人都专心致志无暇他顾。

高山观察着他们，同时也在心里猜测着他们的年龄和工作经验。

"高先生，除了例会，平常办公室里人并不多，而且在办公室里的大部分是比较初级的分析师。"

说话的是负责接待新员工的漂亮的人事部秘书 Jojo（乔乔）。

她微微一眨眼，仿佛看透了高山眼里的疑惑。刚报到的投资银行部的新人，其实都是百里挑一的高才生，也是未来资本市场的精英，人事部自然也当宝贝，Jojo 对高山耐心又有礼貌。

"Jojo，北京来的另一位分析师报到了吗？"

"你指的是苏江源吗？他已经到了，刚刚被孙总叫到办公室去了。"

Jojo 指了指办公室右边敞开玻璃的办公室："孙总的办公室在那边。"Jojo 口中的孙总，是高山的直接上司、投资银行部的高级经理孙狸，在摩天已经工作 5 年了。

高山友好地朝 Jojo 点点头表示感谢，便主动走向孙狸的办公室。心里想着规定的报到时间是 9 点，为了留下好印象，自己特意提前了一个小时，没想到这个菁华大学的苏江源比自己到得还早。

高山礼貌地敲了敲孙总的门，走进去看到孙总和另外一名年轻人谈笑风生，他想，这必然就是苏江源了。高山打量了一下他，这是个穿着时尚洋气的年轻人，比他想象中还要俊朗。

"孙总，您好，我是高山。"高山报到第一天，免不了有些忐忑，主动笑着向孙狸伸出手。

孙狸淡淡地伸手，收回了脸上的笑容，让高山有点尴尬，只好转头去看自己旁边的同龄人，热情地自我介绍："您好，你就是苏江源吧？我叫高山，燕园管理学院的，我之前就听说过你了，没想到你比我早到，咱们都从北京过来，以后请多多指教。"

高山说了半天，"苏江源"都没有搭话，而是嘴角上扬，坏坏地笑着看着他。高山似乎觉察到什么不对，赶紧停了下来。

"唔好意思，认错人喇，我系 Adam（亚当）。"这人开口甩出一句标准的粤语，呛得高山满脸通红，高山转头看向孙狸寻求解围。

"这是 Adam，你这错误犯得太低级，要是客户怎么办？"孙狸语气依旧不冷不热，但字里行间责备的意思很明显。高山尴尬万分，脑子里寻思接到的通知明明说今年只有两个新人，一个是自己，一个是苏江源，所以才敢自信地打招呼，没想到却热脸碰了冷屁股。高山一冲动差点把自己犯低级错误的理由说出来，但转念想想自己刚才在玻璃门外看到孙总和 Adam 谈笑风生的画面，而且对外宣称的两个人，突然变成了三个人，高山似乎明白了什么，把到嘴边的话咽了下去。

"不好意思。"高山细节上出了差错，也不再多解释，少说为妙。

"马上到 9 点钟了，9 点是我们名义上的法定上班时间，但是以后你会经历无数个没日没夜的时刻，我带你们去工位吧。"

高山老老实实地跟着孙狸走到一玻璃之隔的开放办公室，一个穿着时髦职业装、有着精致妆容的女孩立刻迎了上来。

"孙总。"女孩很恭敬。

"Adam，山，这是 Nico（尼科），我们团队的秘书。"孙狸介绍。

Nico 礼节性地微笑着向两人致意，高山也浅浅笑笑。

"他俩的位置安排在哪？"孙狸问。

Nico 带着三人到一边，指着两张相隔不远还空着的桌子："就是这两处。"

孙狸扫了一眼，不动声色地指着就近的一张："高山，你坐这里吧，宽，光线好，离茶水间也近。"

孙狸突然态度大变倒让高山吃惊起来，忙不迭地谦让起来。

"我没关系的，Adma 坐这里吧，我去那边没问题的。"

Adam 别有深意笑笑，按着高山的肩膀让他坐下来，用蹩脚普通话对他说："不用客气啦，哪里都一样啊。"

坐在椅子上看着自己电脑屏幕上映衬出身后孙总办公室的那一刻，高山才恍然大悟。从此以后，自己电脑显示屏上显示什么以及自己的一举一动，背后那双眼睛都可以看得一清二楚。高山倒吸一口凉气，想他纵横燕园几年，却还是缺少职场实战经验，第一天就被上了一课。高山暗自提醒自己要变得更加警惕谨慎才行。

还没等高山回过神来，孙狸就从 Nico 手里接过厚厚一沓资料扔到高山桌子上。

"我现在要去开视频会议，三个小时后出来的时候，我希望你已经写完了分析报告。"孙狸言简意赅地布置完任务转身就走。接下来的三个小时，高山除了中途去了一趟卫生间之外几乎眼都没眨一下。而与此同时，不远处的 Adam 却无所事事，找人聊聊天，上网看看新闻，下楼买杯咖啡。

晚上的新人欢迎宴会上，高山终于见到了苏江源，也搞清楚了自己和 Adam 的差别。

投行惯例，新人欢迎宴会都往豪华里操办，今夜的宴会点选在了香港最奢华的五星级酒店，成功的投资银行家们穿着笔挺的西装侃侃而谈。高山手握着装有某大领导法国酒庄自酿红酒的水晶杯时，无法控制地向他们靠近，想成为他们中的一员，似乎想和他们一起统治这世界。

苏江源是主动跟高山打招呼的，他走近高山，冲他举了举杯。

高山眼前看到的，是一位看起来很朴实的小伙伴朝他举杯，这人的个子比高山矮一点点，很是敦实，给人一种可以信赖的感觉。和周围的人比起来，不知为何，高山立刻对他有了一种亲切感。

凭直觉，他猜测这位才是苏江源。

"Hi，高山，我是苏江源，面试的时候我见过你，但你没看到我。"苏江源认真地自我介绍。经过上午的乌龙事件，苏江源的平实让高山一下子轻松下来，整个欢迎宴会上两人都待在一起，互相倾诉着来到香港的各种感受。

快散场的时候，苏江源搂着高山的肩膀站在宴会厅偌大的落地窗前，指着那些用英语说着自己参与的几十亿的大项目的人群，指着落地窗外维多利亚港的夜色，语重心长地说："高山，加油干，总有一天我们会拥有全世界，还有什么工作能给刚入社会的年轻人这么牛 × 的一切。"

高山知道，苏江源有些醉了。

但自己不能醉，一个欢迎宴会，高山已经搞明白了，原定的新人只有他和苏江源，而 Adma 是空降的 VIP（贵宾）。他是孙总一个大客户的儿子，留美回来的香港人。更坏的消息是，高山还打听到苏江源的领导万总，和自己这边的孙总向来不对付，两人牵扯的核心利益太多，万总跟上层领导关系较好，而高山正是万总推到孙总团队的！

本来微醺的高山一下子清醒了，长叹一口气，觉得未来的日子可不轻松。

突然手机连着响两声，进来两条短信。

一条是吴东娜的，一条是秦沃的，高山点开秦沃的短信。

"高山哥，你去香港适应了吗？祝一切好。"高山不自禁地浮起了笑容，从什么时候开始，这个小丫头对自己礼貌起来了呢？

高山快速地回秦沃："很好，谢谢。"高山也不明白自己从什么时候开始对她如此客气起来，他也说不清楚这客气里是陌生的疏远还是其他别的什么东西。

高山愣了一会，才打开吴东娜的短信。吴东娜说房子已经收拾妥当，问他今晚要不要去她那里。高山想了想，回复吴东娜说明天一大早有会，先住在公司给新人统一安排的酒店里，过几天再说。

高山的身后，依旧是都市车水马龙的喧嚣，而他落寞地站在角落，从宽大的落地窗往外看去，漆黑一片。还好，从父亲进监狱的那一刻，他便与这种孤独感为邻。

只是，他本希望进入投行是一个新的开始，但不曾知道这也是一个新的战场。他知道从今往后，在孙总手下一天，他就会被提防一天。

Chapter 6
秦沃

那个冰雪男神，
葫芦里卖的什么药？

2000 年。

2000 年的北方，和江南的小情小景相比，多了些大气磅礴的景致。秦沃很快发觉自己很是喜欢北方的生活环境。

开学已经一月有余，秦沃已经适应学校的一切，不但知道了食堂哪个档口有好吃的家乡菜，也开始认真地练习字正腔圆的普通话，还总结了经验知道什么时候去电话亭不用排队就能给妈妈打上好几分钟的电话。

一切看起来都很顺利，也很平淡，直到那天下午木心喜带回来消息。

"秦沃，秦沃，来不及了，快点……"木心喜突然急速地冲进寝室，拉起秦沃就往外冲。

木心喜虽然一直以来都是这样大呼小叫的，但像今天这般匆忙，秦沃倒是没有见过。

"木心喜，你干吗这么着急啊？"秦沃一头雾水，准备松开木心喜的手，没料到被木心喜拉得更紧了。

"我带你去见一个传奇，燕园管理学院的。"木心喜拉着秦沃，一边跑一边转头跟秦沃做了个鬼脸。

木心喜是秦沃的室友。她本是法学院的，报到时来得晚了些，法学院寝室不够分，就被安排到秦沃的上铺。两人虽然都是新生刚认识不久，但木心喜的没心没肺和秦沃的大大咧咧气质相投，她们像是相识多年的姐妹一样，很快打成了一片。

在木心喜的引导下，两人气喘吁吁地到了一个挤满了人的教室。

秦沃满脸狐疑地四下张望着，周围都是些和自己一样稚嫩的脸孔，有不少的女学生，一个个脸上都写满了欣喜和期待。

木心喜拉着秦沃卖力地往里面挤，连连惹起好几个女孩子不满的埋怨，她也无所谓，倒是秦沃不住地给人赔礼道歉。

"看见这阵势了吧。今天啊，是咱们学校最牛的社团'投资协会'招新，我就是老天爷派给你的福星，我刚一打听到就赶紧去拉你过来了，要不你哪来的福气站在这里。"见秦沃一脸懵懂，木心喜凑到她耳边得意地说道。

"投资协会？招纳新学员这么多人捧场？"秦沃入学以来一直都是两耳不闻窗外事，不像木心喜，哪儿热闹往哪儿凑，自封"燕园百晓生"，而木心喜也丝毫没有愧对这个称号。

"捧场？都是捧他们社长高山的场，那可是个传奇人物。你不知道他有多厉害，用半年时间就把投资协会变成市里最好的学生投资组织。据说投资圈里最知名的投资银行、私募股权基金和风险投资公司都买这个社团的账，只要是这个社团的成员，出去找工作都比别人容易三分呢。"

木心喜感叹着："最重要的是据说这人长得帅。"

"可是投资协会让外系的人进吗？"秦沃兴趣不高，拉着木心喜想走。

"你傻啊，进不进的再说，先饱饱眼福。"木心喜拽紧了秦沃的手。

就在这个时候，秦沃见到了高山。一个高大健朗，看上去沉稳无比的大男孩，跟着好几个人一起走进教室，但秦沃几乎一眼就可以判断出，他就是木心喜口中那个传奇人物。

秦沃安静了下来，仔细打量他。

他走路很快，大概是因为个子比较高的原因，显得有些鹤立鸡群，被人群簇拥着的他看起来像个明星，白净的脸上浓眉大眼，同时透出一股精明劲儿，所以也难怪从这张好看的脸上，很容易看出来有些傲气。

可是一旦他开始讲话，又犀利得让人意外："我想知道在场的各位同学，哪些是冲着我来的？"高山没有多余的废话，言简意赅地开场。他一说话，整个教室就安静了下来。

好多女孩子们羞羞答答地举起了手。

秦沃借机扫了一眼，起码有三分之二。秦沃不禁暗自笑了一声，多少少女梦。

"好了，你们可以离开了，请走后门。"高山冷冷地做了个请的姿势。

这一句话像一块大石头投进河里，一下子溅起不少水花来。本来欢呼雀跃的女孩子们脸上一脸狐疑，大家叽叽喳喳地讨论，互相探寻着答案，而台上的高山，并不像开玩笑的样子，满脸严肃。

看来传说中的这位高山是个狠角色啊。大家忙撤回自己高高举起的手，嘻嘻哈哈的样子也都收住了。但偌大的教室里，拥挤的人群居然没有一个人要走，都是一副跃跃欲试的样子。

木心喜不禁得意起来，附在秦沃耳朵旁说："怎么样？是个传奇吧？六亲不认的冰块男神！"秦沃倒是比较镇定，心想这高山葫芦里到底卖的是什么药？

看到并没有一个人离开，台上的高山又接着说话了。

"我知道很多新生把加入我们社团作为入学目标。你们中的很多人还没来得及想清楚为什么就稀里糊涂地坐在这里了，这样的人，不是我们投资协会欢迎和喜欢的。但你们既然不愿意走，那好，就请拿出你们的十八般武艺，挤破头打败站在你们身边的对手，加入这个非常非常非常无聊的社团。"

高山一连说了三遍"非常"，虽然他说得严肃，却逗得不少女生笑起来。而人群中的秦沃却暗暗给高山下了个八字评语：过于张扬、自负自大。

接下来的半个小时，高山阐述了投资协会在过去两年的发展。很多的专业术语，对于秦沃而言，是陌生的。

但是又和年少时对父亲的回忆重合了：投资、并购、上市和整合。有一种似曾相识的感觉。

高山结束宣讲会，匆匆离去，留下一屋子的人，大家都很踊跃地去抢报名表。木心喜欢欢喜喜地抢回两张，兴致勃勃地拉着秦沃要填。秦沃却很犹豫，这里大多是金融背景的，她俩凑什么热闹呢。

"填一张又不会死啦，反正你也选不上。"木心喜塞一张报名表到秦沃手里，很认真地问道，"不过你说我要写什么才会让社长注意到我，让我可以进下一轮和他单独面试啊？"木心喜笑嘻嘻地说完，咬着笔杆子冥思苦想起来。

一周后，投资协会的第一次放榜倒是让人很意外：秦沃进入了下一轮面试，木心喜却出局了。木心喜很是吃惊：她还记得秦沃的报名表填得很是普通，也没什么大优势，而她为了证明自己对数字的敏感度，把三岁就能数 1 000 个数，被亲戚称为文曲星下凡的事情都写上去了。

"佳佳，别的我不敢说，就申请投资协会这个事情，你说好歹投资法律一家亲，你说秦沃怎么就选上了，我就没选上？他们把那社长高山吹得多神气似的，我看就是个睁眼瞎嘛。"木心喜一边扒拉着饭，一边鬼哭狼嚎地向她们另外一个好友易佳佳哭诉自己遭遇的不公。

易佳佳是行政管理系的，相比木心喜要娴静得多，相比秦沃又更沉稳、心思缜密一些，三人在一起，优势互补，很快结成姐妹淘，关系十分融洽。

"向来都是有心栽花花不开，无心插柳柳成荫，不争即为争了。"易佳佳笑着安抚木心喜。

"你也别急，属于你的那个社团也许……还没成立呢。"秦沃调皮地调侃木心喜，但也很奇怪自己怎么就被选上了。

木心喜着急嚷嚷："秦沃让你得意，高山这样的冰天雪人，肯定不会给你好果子吃。祝你早日被冻成冰棍！"

真是够凶狠！秦沃也没太在意，木心喜这人就是刀子嘴，内心还是为秦沃高兴的。

很快就到了投资协会面试的日子，秦沃倒没什么压力，但到投资协会办公室的时候，情况却让她有一些吃惊。她以为至少有三四十个进入下一轮的人一起面试，但推开办公室门，发现里面除了上次见过的高山，别无他人。

秦沃自如地走进去坐下，但她感觉从进门开始，坐在屋子里的高山，就一直盯着她，有种怪异的不友好感。

"难道因为我是外系的？"秦沃在心里自我安慰着。

从秦沃的视线看过去，高山坐在稍显空荡的屋子里唯一的横桌后面，可能是屋子朝向的原因，他的脸隐在窗户背光的阴暗处，看不清表情。他的双手交叠在桌子上，背靠在椅子里，用一种奇怪的眼神上上下下地打量着她。这种审视的感觉，让秦沃有些不舒服。

"你是秦沃？"他在她坐下之后，沉默了很长时间，然后问道，声音冷冷的。

秦沃被看得有些不自在，回答道："对，人力资源的秦沃，没想到被选上了。那天就是被朋友拉着填了报名表。你要觉得我不合适的话，没关系。"秦沃不停地说话，仿佛只有这样才能让气氛不尴尬。

"你爸爸叫秦盛生？"高山终于又开口了，一边翻看着秦沃填写的报名表，一边打量秦沃。

秦沃点点头。

她看到高山一直盯着报名表上父亲姓名以及单位一栏上的"余杭大隆有限责任公司"。

她看到他一直满不在乎地靠在椅子里的上半身，像是要靠近自己一般，前倾了过来。但又好像在克制什么似的，只是视线从报名表上移到她身上，又低头盯着桌子上的那几张纸。一句话也不说。

秦沃看着怪异的高山，以为他不舒服，忽然自己也不知道怎么的，主动套近乎地询问："高山哥，高山哥，你没事吧？"

"谁是你高山哥！"高山很久没有听人这么喊过自己，莫名打了个寒战。他反应很激烈，抬头怒瞪着秦沃。

他突如其来的暴怒吓到了秦沃，她从小到大几乎没受过什么委屈，被一位面试的学长这样吼还是头一回。本来只是想感激一下高山给了她这次机会而想关心他一下，不料这位冰雪男神脾气如此火暴。

高山深呼出一口气，好像在努力克制自己的情绪，低头看着秦沃的报名表，装作没看到她写在眼神里的委屈。

"余杭大隆？我好像听说过这家公司，似乎是一家上市公司？"高山努力让自己的语调平稳。

秦沃怯怯点头："我爸爸是创始人秦盛生。"

"你爸爸是一位称职的企业家吗？你了解他吗？"

秦沃感受到了高山的挑衅，抬头咬着牙瞪着高山。

"你是面试我，还是面试我爸爸？这就是人人都想进的投资协会？我看你们改名叫人口普查协会算了。"秦沃腾地一下站了起来，没好气地对高山说。

秦沃明显地直面了高山的不友好，她二话不说转身走出了办公室，把自以为是的高山扔在身后，心里想着以后要离这个人远远的，此生再也不想相见了。

世事总是事与愿违。

生了一肚子闷气的秦沃，晚上连食堂都不想去，只是躺在床上看小说。木心喜冲了进来，一把将她拽起来。

"秦沃，你不是说你把投资协会的会长高山臭骂了一顿吗？"木心喜摇晃着秦沃。

秦沃没好气："是啊，那个自大狂……"

木心喜抢白："不是吧，难道冰雪男神对你一见钟情了？"

"你胡说什么，他对我很不友好，似乎恨我恨得牙痒痒。"秦沃对木心喜莫名其妙的推断很无语。

"可是你知道吗，投资协会报名的 300 多名学生中，你是最终入选的 20 名会员之一，而且你是唯一的非金融专业的！还是唯一的女生！"木心喜连说了两个唯一，啧啧感叹的同时眼中充满了羡慕。过一会儿，她一拍脑袋："难道他是想通过刁难你的方式引起你的注意，实际上对你一见钟情了！"木心喜笑了起来，沉浸在自己幻想的故事中，又惊又喜。

秦沃却呆住了。在她站起来转身走出办公室的那一刻，她就没想过能通过这次面试。高山看起来明明很讨厌自己的样子，为什么却做出了让她进投资协会的决定，这一切让她迷惑不已。

这个冰雪男神，葫芦里卖的什么药？

Chapter 7
高山

聪明的努力，

这句话永远地留存在了高山的脑海之中。

2001 年。

9 月中旬，公司计划要派新人去纽约总部进行为期 10 周的培训，这几天，高级别的同事便抓紧时间让初级分析师们多干活儿。高山这组呢，小到打印复印，大到报表和周报，基本都是扔给高山他们去做的，级别高一些的同事绝对不自己动手。

从入职以来，高山就不分日夜地奋战在各种表格和 PPT 当中，以至于偶有几个小时的睡眠，梦中都还在快速地练习 Excel 表格修改术。

"就咱俩，名校毕业的优秀学生，从高考的千军万马里闯过了独木桥，又从庞大的毕业队伍里杀出了一条血路，难道不应该是在各种灯红酒绿的场合和客户谈上市项目吗？怎么净干这些工作？而且还不知道要干多少个月。"半夜吃消夜的时候，苏江源和高山聚在一起发牢骚，抱怨梦想和现实的落差太大。

其实高山更惨。Adam 上班第一个月就用家里的关系为公司拉来一单业务，于是被供了起来，基本上就不怎么碰辛苦的活儿了，大家一有事都下意识地想到高山。

"投行是个资源导向型的行业，要给公司拉来项目，拉不来项目，累死累活，等于做无用功。"高山安慰苏江源，也是给自己打气。

"外表看上去光鲜亮丽，你觉不觉得咱实际上更像是一个高级的办公室秘书？"苏江源说这话的时候，已经是深夜两点了，他玩笑似的看着高山。

待得久了，高山就知道苏江源是要宝型的，表面轻松，实际一丝不苟。高山甚至觉得苏江源其实更像个 IT Geek，极客派，产品型。

因为经验的原因，有些事情他虽然处理得也不那么熟练，但表面上看起来似乎永远不急躁，能在最短的时间里找到犀利又能对症下药的解决方法；态度温和，但做起事来却尖锐得像刀子划在玻璃上。

"你要是做经理了，会加班来做这些基础的活儿吗？"高山头也不抬，喝了口咖啡继续埋头对数据。

"那必须不啊……我也得锻炼新人不是。"苏江源甩甩头，得意一笑，"不过还是等熬到那天再说，没准我死半路上了。"

"江源，这是我们的新世界，也是我们通往未来世界的世界，加油！"高山突然抬头，认真地看着苏江源。

"我下班了啊，你走不走？未来世界在哪儿我不知道，我就记得马上要飞纽约。"苏江源边收拾东西边说道。

"我走不了。"高山耸肩，哭笑不得。

"还没弄完？"苏江源瞟了一眼高山电脑屏幕上的 PPT，于是朝 Adam 的座位使了使眼色，"你可是做两个人的活儿，不，至少是四个人的活儿。那么，劳模，我看你就不用睡觉了，把手里堆积的事儿给处理干净了。"

苏江源往外走了两步又回头喊了高山。

"高山，去纽约我介绍一位华尔街的师兄给你认识。"

"好啊。"高山一听是华尔街的，来了兴趣。

"我入职前，师兄告诉我，让我小心点不要得罪领导。这行，领导讨厌谁，派很多活儿是最直接的方法。活儿太多，不可避免会影响到质量，要从中挑毛病很容易，只要被发现有错，想整你基本是手到擒来。"

苏江源慢条斯理地说完，做了个拜拜的手势，出门了。

高山细细品味这句话里的意思，明白这是苏江源在提醒自己，本来席卷而来的困意又消失殆尽，他又打起精神来盯着电脑屏幕。

"周五，两市强劲反弹。一年期央票的发行量大幅减少，意味着本周央行可能继续实现资金净投放，同时农行申购发行接近尾声，均有助于缓解市场对资金紧张的忧虑。"高山一个字一个字小声念着检查确保无误。

这份资本市场周报他从今天一早就开始做了。周报涉及搜集数据，做 PPT，运用数据库等各项基本技能，大多数新人做起来很慢，但对高山来说，并不算是太难的事。他实习期的时候就已经做到不用做这些基础活儿的阶段了，今天是因为中间穿插了帮 Adam 改材料，帮其他同事做 PPT 等杂事，一直拖到现在都还没完成。

高山起身去茶水间泡了一杯浓咖啡，喝了一口，瞬间清醒很多，又全心投入到周报上去。

高山心里响起一个声音："我们可以不登山，但心里一定要有一座高山。"曾经的投资协会上，他把这句话说给其他人作为警醒。如今，他知道，他在自己的高山之下，一步步走向山顶，更不能有一丝一毫的懈怠。

一直加班到终于把周报发送出去，高山关了手机蒙头大睡。

等醒来打开手机的时候，他发现自己的手机都快炸了。几十个未接来电和十几条短信，高山迷迷糊糊还没打开来看，手机响了，是苏江源。

高山怕有什么紧急的事情，一个激灵，清醒了。

"你怎么才接啊，快看新闻！出大事了！"苏江源的声音虽然温和却听得出来有些急躁不安。高山不敢懈怠，忙打开电视。

国际频道的画面让高山大吃一惊。

播音员站在浓烟滚滚的背景前，进行现场报道："纽约时间早晨 8 点 46 分，位于华尔街中心的纽约世界贸易中心被恐怖主义分子劫持的飞机猛烈撞击，导致世贸双塔倒塌，保守估计将造成上千人死亡，目前失踪人数还在追加中。政府认为这是历史上第二次'珍珠港事件'，也是迄今为止人类历史上最严重的一次恐怖袭击。"

苏江源快速在电话里说了事情的始末："两架客机撞上了世贸双子塔，应该是被劫持了。天啊，在电视上看着世贸大厦一个接一个地倒了。另外，现在还有不知几架被挟持的飞机在美国上空飞着，不知道死了多少人！现在看报道感觉像是世界末日……第三次世界大战不会就要打起来了吧！是谁居然敢动美国人啊！世贸附近是全球最集中的金融区，估计全球金融市场都会歇菜……"

高山一边看报道一边和苏江源总结："第一，看来我们的美国之行要延期了；第二，经济下行势必更为严重了，不知道是不是严冬。美国打喷嚏，咱们都不能不感冒。"

挂了苏江源的电话，高山看了下十几条短信几乎全是秦沃发的，未接来电除了秦沃的就是吴东娜的。

秦沃只知道高山最近会去纽约，不知道具体时间，所以格外担心，每条短信里都是惊恐。

"你去没去纽约？"

"你没去吧？"

"你在香港是不是？还是你在飞机上？你怎么不接我电话也不回我短信？"

"真是急死人了，高山，你说话呀！"

"电话不通，你快说话啊，你回我电话，以后我再也不和你斗嘴了，你说什么就是什么，你让我做什么就做什么。"

"……"

高山一条条读下去，忍不住嘴角上扬。他笑了笑，给秦沃回了一个电话过去。电话接通的瞬间，他首先听到的是秦沃在那边的尖叫声。

"我活着呢。"高山忍住内心的窃喜。

"太好了，我以为我再也见不到你了。"秦沃仍有余悸。

"你说话算话？"高山问。

"什么？"秦沃开始装傻。

"我说什么就是什么，让你做什么就做什么啊？"高山忍不住笑了。

"那你要我做什么呀？"虽然不乐意，但确定高山没事之后，秦沃也宁愿低头认输。

"好好学习，保重自己。"高山顿了一顿，很认真地说道。

秦沃一时不知道怎么接话茬儿，两人有了片刻的尴尬。

"那你赶紧忙吧，我还得给东娜打电话。"高山打破宁静。

"东娜……东娜姐她还好吧？"秦沃问。

"嗯，好。"高山挂了电话。

　　高山给吴东娜打了个电话，她接起电话就娇嗔地抱怨："我们可是恋人啊，你来香港之后也不管我了，见你一面真不容易。你看，世贸大楼都消失了！世间的意外来得多快，所以我们要更加珍惜彼此才对嘛，是不是啊，高山？"

　　"你的房子安置好了？"高山话锋一转，也很好奇过去都一年了，吴东娜大小姐还在热恋期的状态。

　　"有没有良心啊，不应该先关心关心我吗！房子的事情是我爸爸帮我搞定的，他在香港的世交把一处寓所，两居室的，免费借给我用段时间。"

　　"你看，你多厉害，都不需要我，自己就搞定了，大小姐。"

　　"是我老爸厉害，不是我。不过衣食住行你不用担心，你啊，就负责陪本小姐开心。"

　　"我可没太多时间陪你开心，美国出了这么大的事情，波及面太广了，一场大风暴就要席卷全球经济了。"

　　高山预估的情形没有错。纽约证券交易所闭市达 4 天之久，这是自 1914 年以来时间最长的连续停止交易，而美国所有的民航航班也禁止运营长达数天。

　　而对高山来说，还有另一场风暴在等着他，但并不是受美国恐怖袭击影响。

　　当天深夜高山收到孙总的回邮："材料里面的数字全都是错的！你自己有没有看过一遍？"高山一个鲤鱼打挺就从床上翻起来了。

　　高山本以为周报做完发过去就完了，但是突然收到孙狸这样一封邮件，不禁吓了一跳。工作邮件是群发的，所以会抄送给很多人，包括上层大领导们，这意味着孙总回复的内容上至高层，下至实习生全都看到了。

　　高山连夜核对了一遍所有的数字，并没有发现任何错误，不禁愤懑不已。

　　"你的周报我看了，但领导们没有时间下载附件来验证孙总说的是否属实，怎么办，这邮件你回还是不回？"苏江源特意给他来了电话。

　　"这么多人都在收件人里，一方面大家会烦，另一方面解释自己没错的邮件就是在说孙总不对，让我想想吧。"高山冷静下来，已经厘清关键所在。

　　"你赶紧把你做的周报重新粘贴发一遍，并附言说多谢孙总批评指正，错误已修正，敬请孙总审阅，这事儿就过去了。"苏江源给高山想了个法子。

但次日的部门会议结束时，高山还是站了起来，把自己的 PPT 放了出来。

"孙总，知道您很忙，抱歉耽误您两分钟，我昨夜通宵核对了数据，没有发现错误所在，烦请指正。"高山最终还是没有采用苏江源给的建议。

大家都陆陆续续站了起来准备出会议室开始工作，高山突然来这么一出，所有人脸上都出现了要看好戏的期待神情。

高山虽是个新人，此刻脸上却丝毫没有惧色。他直直地望着孙狸，面上是诚恳，但大家都清楚，这实际上是一种极具火药味的反抗与回击。

孙狸毕竟也是老江湖了，慢条斯理地站了起来，对上高山的眼神："通宵核对没有找到错误？觉得自己满肚子委屈？"

高山没有说话，依旧只是看着孙狸。孙狸走向高山，推开他，自己操控电脑鼠标，快速翻找到一页，立即用红色标出一块。

高山一下傻眼了，这个数字应该加上千分号而他没有加。因为孙狸强调的是数据错误，所以他对了一晚上数据，但这个明显不属于数据错误，而是粗心造成的格式问题，所以他没有检查出来。

"投行是高端服务业，完美不是目标，而是及格线！你现在连格都及不了，还有什么好委屈的？还来跟我说你昨晚通宵工作？努力有什么？愚蠢的人才需要非常努力！我们要的是聪明的努力！"孙狸毫不留情地发飙。

骄傲如高山，俨然感受到了寒冬般的温度。

但聪明的努力，这句话永远地留存在了高山的脑海之中。

Chapter 8
秦沃

仿佛慢慢地从他的世界里淡出，
但他却一直都在她的世界中心。

2000 年。

秦沃再见到高山时，已经是秋天了。投资协会招新，竟大动干戈地搞了一个月。

内部会议上，高山为新人做了工作安排和介绍。那天的高山没了招新会上的盛气凌人，倒是平易近人了。新入的社员都围着高山问这问那，而高山也一一耐心回答。

于是新人老人会后齐聚一堂，围坐在高山周围，说说笑笑，气氛倒也活泼轻松。就只有秦沃远远地坐在角落里，偷偷翻看《围城》，既然没人主动搭理她，她也乐得清静。

秦沃并没有注意到高山不时瞟过来的眼神，安安静静地专注于自己的世界，直到手中的书被突然抽走。

秦沃抬头对上了高山冷冷的脸。高山合上书，看着书名，念了出来。

"《围城》。"

高山这么说的时候，没来由地想起了还在狱中的父亲，他也在"围城"之中，寸步难移。而眼前秦盛生的女儿，却在这里安静地看着书。想到这一切，高山心里就愤懑难平，神色也变得复杂起来。

透过眼角的余光，高山能感觉到身边其他会员异样的眼神，于是努力用学长对学妹关心的口吻说道："这位同学，难不成你有结婚狂的潜质？"

"围在城里的人想逃出来，城外的人想冲进去，对婚姻也罢，职业也罢，人生的愿望大都如此。就比如这投资协会，外面的人拼命想进来，进来的人也就觉得不过如此。"秦沃猜测高山不喜欢自己，索性不用伪装想怎么回答就怎么回答，反倒舒服起来。

众人都吃了一惊，暗暗替秦沃捏了把汗，都以为高山会斥责秦沃几句。但高山反倒平静，仿佛没把秦沃的话听进去，只是面无表情地指了指外面："那这位不过如此同学，麻烦你去给大家买些喝的，辛苦了，谢谢。"

高山说完把手里的《围城》轻轻放到秦沃面前的桌上，转身走开。

高山话音刚落，大家都吃了一惊，看热闹似的看着秦沃，期待她会有什么反应。秦沃转头瞥向窗外，这才懂了大家眼里的诧异，不知道什么时候变的天，此刻外面暴雨如注，电闪雷鸣，而自己津津有味地读着小说，没有留意到天气变化。

秦沃不禁打了个寒战，她怕打雷不说，这大雨天的去淋一场暴雨，她的小身板根本就吃不消。

高山背对着秦沃漫不经心地催促道："不过如此同学也不过如此嘛。"

秦沃明知是高山的故意刁难，但也咬咬牙，仿佛是要证明自己似的站了起来。

"好，去就去。"

雨越下越大，噼里啪啦地砸在地上，明明是下午4点，却暗得像夜晚，一道道闪电蓦地劈下来照亮天际，像是末日前的大毁灭。

秦沃看着这光景，心里已经后悔自己的逞能，可要强的她又不愿意认输，只好咬紧牙关硬着头皮一头扎进雨里。

一脱离高山和其他人的视线，秦沃的眼泪就滚落下来。她紧紧地抓住伞，无奈雨太大，浑身还是湿透了。

"该死的高山！"秦沃在雨里边哭边骂，"该死的投资协会！"

她家教良好，不曾骂过人，想不出什么狠毒的话，翻来覆去就这两句，已经是她的极限了。

几百米的距离好像跑了好远。

秦沃奔进最近的小卖店时，全身上下都被淋得湿透了。她胡乱装了一袋子各种饮料，心想赶紧给他们送回去交差，于是又猛地冲进暴雨之中，却突然被人拽住胳膊，拉到了一把大黑伞之下。

秦沃惊诧地抬头，看到了一张纯真的笑脸。大大的眼睛、高高的鼻梁，瘦瘦的，浑身书卷气的一个男孩。

男孩很不好意思地伸出手："外语系的许信。"

秦沃将拎着的一袋子饮料提了提，有些吃力。许信忙接过来，见秦沃愣住了，他有些腼腆地一笑，解释道："我刚看到你在雨里狂奔，怕你淋坏了，就跟过来了。你要去哪里，我送你吧。"许信说得诚恳认真。

秦沃回过神来，也朝许信伸出手："人力资源的秦沃，非常感谢你的帮助。"

落汤鸡一样的秦沃，几乎是把一袋子饮料砸到高山面前的桌子上的。跟进来的许信也被淋得浑身湿透了，但他只是收起伞安静地站在秦沃身后。

高山打量着这两人，依旧没有什么表情。倒是其他人明明知道是高会长整治秦沃而刚刚不能跟着秦沃，现在看秦沃淋成这样，都有些不好意思起来。于是众人纷纷围上去，给秦沃递纸巾让她擦掉雨水。

秦沃没好气地继续倔强着："水买回来了，算我请你们的。"

秦沃丢下这一句也不看高山，转身走了。

许信似乎有些不放心她，也撑开伞跟了上去，护送秦沃回到了寝室。

经过一下午的折腾，秦沃对许信不由得心存感激。至少在这样狼狈的时候，他的突然出现守护了自己最后的尊严，也给了她些许的温暖，不像那个高会长。

接下来两天，秦沃感冒了，发烧烧得迷迷糊糊的，身体虚，课也没去上，全靠木心喜和易佳佳轮番照顾。

许信意外地也来过几次，不过他自己也打着喷嚏呢，又是送药又是送汤的，说是一个姑娘怪可怜的，倒让秦沃不好意思起来。

木心喜和易佳佳知道高山的恶毒行为之后，对高山进行了各种抨击。

"太没有人性了，我找他算账去。"木心喜依旧是冲动的侠女风范，被易佳佳拉住了。

"你现在倒是出气了，以后秦沃还要在他手底下做事呢，他还不得把气继续撒到秦沃身上啊？"

"还去投资协会？还让秦沃去招惹他啊？"木心喜咬牙切齿，"真是没想到，外表看上去是男神，整起人来是禽兽。"

易佳佳被木心喜逗笑了，宽慰两人："不过他这故意刁难太明显了，不会……"易佳佳卖了个关子。

木心喜立刻意会了易佳佳的意思，笑嘻嘻地看着刚刚有点精神气儿的秦沃："秦沃，高山几次花时间捉弄你，总会是有什么方面的原因。难不成他是喜欢你？我和你讲啊，这种看起来光鲜亮丽的男生特别要面子，他绝对不会主动说出来，而是通过某种奇特的方式来表达。"

秦沃刚喝进嘴里的热水径直喷了出来，大声嚷嚷起来："拜托你们可别再这样说了，得倒多大霉才会被他喜欢上。"

"高山才不会喜欢你的，别自作多情了。"一个陌生的声音突然响起，吓了三人一跳。三人往门口看去，这才发现门口站着一个身材高挑、面容姣好的女孩。

"你好，我叫吴东娜，投资协会副会长。"女孩自信一笑，走近秦沃床边主动打招呼，"上次开会我去晚了，听说你冒雨去给大家买饮料，本想好好谢谢你，没想到你回来扔下饮料就掉头跑了。"

秦沃看着吴东娜感觉有一些熟悉，努力回想，好像那天高山身边是有一个这样的女孩。

"这有一些感冒药，协会的心意。"吴东娜见秦沃纳闷，把带过来的药放到了桌子上，"听说你被淋成重感冒了，我来看看你，你要没事，我就先走了。"

吴东娜不疾不徐，浑身都透着一股自信优雅的光芒，衬得秦沃三人像小屁孩似的。

"等一下。"秦沃叫住了吴东娜，"我会被开除吗？"

吴东娜头也没回丢下一句"跑腿的一把好手，干吗开除你？"就走出去了。

"都怪你，都怪你，什么破投资协会，你给我挖了一个大坑，现在就差把我直接埋了。"吴东娜走后，秦沃倒在床上翻来覆去地打滚，不停指责木心喜。

"你们知道这吴东娜是什么人吗？"木心喜八卦起来。

"我才不管她是什么人，反正从此以后这个协会的人都是我的仇人。"秦沃撒娇要赖。

"她啊，是高山的准女朋友。"木心喜丢出一枚重磅炸弹，果然易佳佳和秦沃立马都安静下来看着她，示意她说下去。

"她追了高山几年了，两个人关系好得很呢，所以你没听她满含醋意地说，'高山才不会喜欢你的'嘛。"木心喜眨眨眼，模仿着刚才吴东娜的语调。

"什么满含醋意，你别胡说八道。"秦沃抗议。

"不过我觉得高山是不会喜欢她的。你想啊，追了几年都没追到，这哪是爱情啊，是倒贴。"木心喜补充。

易佳佳打开吴东娜丢下的各种感冒药，翻来覆去地看着："追了高山几年的她给你送感冒药，这是个人行为还是组织行为，是关心还是来刺探敌情？"

"佳佳，咱俩想一块儿去了。你说她是不是醉翁之意不在酒啊？"木心喜来了兴致，大呼小叫。

秦沃赶紧用被子把脸一蒙，用装睡的办法让这两人闭嘴。但秦沃一闭上眼睛，就是高山面无表情看着自己的样子。秦沃一遍遍回忆着，自己把一袋子饮料砸到高山面前的时刻，揣测着他有没有被自己震慑住，想来想去又纳闷，怎么总想他！

秦沃给妈妈打电话的时候会抱怨几句，说学校里有一个学长处处跟自己过不去，不知道自己做错什么了惹得他怀恨在心。而妈妈劝慰她，把自己的事情做好，一定会让这位学长有所改变。然而秦沃心里明白，高山针对自己是出于本能的讨厌，无论自己把事情做得多好，也无法赢得他的好感。可秦沃不明白的是，这个素不相识的人为什么这么讨厌自己，越是困惑，秦沃越是想要弄明白，于是她决定继续在这个投资协会待下去。

后来的很长一段时间，高山一如既往地刁难秦沃，把很多额外的工作交给她一个人去做。

"秦沃，这份资料周五前请你整理完毕。"

"秦沃，请你留下把会场打扫干净。"

"秦沃，今天开会会很晚，你去食堂帮大家打饭吧。"

后来，吴东娜也非常喜欢使唤秦沃，无论到哪里都拿秦沃当跟班。再慢慢地，大家都公认秦沃是打杂跑腿的，甚至给她挂了秘书的头衔以便大家更名正言顺地使唤她。久而久之，秦沃便习惯了，心想不就是跑点腿嘛，只要不是人格侮辱，就大人不记小人过，不跟他们计较，乖乖把任务完成就行了。也好，跟着一帮金融系的高才生，也算是见了世面，开拓了眼界。

秦沃仿佛慢慢地从高山的世界里淡出，但高山却一直都在秦沃的世界中心。虽然自从那次面试过后，秦沃和高山再没有单独相处过，但关于高山的一切秦沃都了解得一清二楚。

"听说高山最近去投行实习，拿到了优秀分析师的奖，他们学院都高兴坏了，说这个奖本来只颁发给正式员工的。"

学校里关于高山的种种传闻从未消逝，而木心喜总是能把各种小道消息带回宿舍，不管秦沃愿意不愿意，都兴致勃勃地讲给她听。秦沃也就当听个乐子，心里揣测着高山一开始的刁难也许只是为了图一时痛快，现在忙起来了，早把自己忘到九霄云外去了。可能自此以后和这个风云学长不会再有太多交集，就此不再相见，桥归桥，路归路，倒也挺好。

但是不久之后，却发生了一件让秦沃意外的事情。

Chapter 9
高山

总有人能把你拉到太阳底下，
看清你所有的付出。

2002 年。

说起来，中环的人都知道这家咖啡厅，即使是在节假日，也可以看到附近楼宇里的银行家、律师、基金经理模样的人在这里和朋友、客户约谈。

高山此刻就坐在靠窗的角落里。

因为"9·11"事件导致未能前往美国培训，苏江源却一直惦记着要把华尔街的师兄陈为民介绍给高山认识。恰逢陈为民来香港出差，苏江源赶紧约了下午茶。

高山是最早到的。

此刻从窗户望出去，可以直接看到维多利亚港，高山陷入了沉思。

眨眼间，入职竟已一年有余，先是美国总部派了人来给高山他们培训，紧接着又投入到应对"9·11"事件给香港金融市场带来的影响的工作中去，基本每天12~14 个小时的工作时间，办公室里人人都像在打仗，仿佛只是转了个身，时间就悄悄流逝了。

工作太忙，惹得吴东娜抱怨不已，多次强调要拜托她那万能的老爸替高山谋个更轻松的职位，被高山拒绝了。他没有想过走出金融的领域。

苏江源先去酒店接陈为民，然后驱车和陈为民一起到这家咖啡厅和高山会合。

高山看到苏江源口中多次提起的这位陈为民师兄，忍不住打量了一下：陈为民的个头和苏江源差不多，大约是在美国专业金融机构工作多年的原因，所以高山很容易从他身上感觉到一位投资家的精明和专业气质。倒是陈为民一看到高山，便露出很职业的笑容。

苏江源连忙介绍道："高山，这位是我一直提起的陈为民师兄。师兄在华尔街是做二级市场的，现在一级市场不太好，倒是二级市场还算是不错的。"苏江源已经带着陈为民站在了高山面前，将高山的思路拉了回来，高山忙站起来与陈为民握手寒暄。

只是一坐下来，陈为民便很快变身为大师兄。和高山、苏江源刚入职场的新人相比，陈为民成熟稳重，待人和善诚恳，让高山有一见如故的好感，三人相谈甚欢。

三人很自然地谈到本来要去美国的培训经历。高山不无遗憾："我许久以来对华尔街的生活都挺向往的，本来这次是说要去华尔街培训的，但因为突发'9·11'的原因，所以这次也没有机会去华尔街感受下顶级金融圈的气质。"

陈为民很有耐心地给两位师弟做了指导，似乎是位导师的模样："作为现在的金融重镇，华尔街你们是一定要去的。其实，等你们做到了分析师第二年或者第三年，也会面临很多的选择，但是基本上是三条路：第一，升职为经理；第二，跳槽到别家投行；第三，去商学院深造，跳槽到投资公司。但现在你们还是在起步阶段，这时的分析员必须训练自己的思路，清晰地分析问题，接下来才有可能会成为高级经理。经理级别需要同样的技能，只是要求更高一些。等再进一步到达事业的中期，你们的成功取决于你和客户交流并顺利做成交易的能力。当然，对大环境也应该了如指掌，还要了解市场情况、政治和宏观经济情况及其运作机制。"

苏江源一直在认真地听着，说到前途问题，他难得地话多了起来："虽然现在我们还在起步阶段，但是您觉得哪条路更好？看起来这个问题说得有些早，我们也想听听您的看法。"苏江源显然之前也认真思考过职业发展的问题。"或者说，我觉得还是有第四条路。你知道，我本来是计算机专业毕业，但是因为种种机缘巧合，进了顶级的投资银行。但是心中却觉得创业的'贼心'不死，有一天我也想去纳斯达克敲钟，但不是以投行人士的身份，而是以公司创办人的身份。不过，高山想的和我不一样，高山想的，还是做世界顶级的投资人士，他的兴趣，还是在资本市场。"

陈为民并没有直接评判两人对于自己前途的规划孰好孰坏："各有各的好。创业需要的是毅力和坚持，九死一生；而投资呢，需要的是眼光。两者都是人生的一场赌博，做自己想做的人，过自己想过的人生吧，因为人生并没有固定的定义。而我呢，独爱二级市场，在看不到子弹的枪林弹雨里，快意恩仇。每个人都有自己的选择，只要坚持做下去，终究会取得不错的成就，而大成则靠的是天时地利人和。"

三人皆有同感，于是举杯共饮。

"不过投行有投行的光鲜亮丽，同时也有背后的艰辛，尤其你们初入者。发现什么困难了吗？"陈为民还是很关心两人的适应性。

"对于我而言，我可能更喜欢和人沟通，但现在所参与的基本还是核对数字报表，于是有做不完的财务表格和改不完的格式标点。"苏江源忙倾倒苦水。

"没有战友情谊，多的倒是互相之间因为斗争和站队导致的纷争，同事之间是这样，老板对下属更是这样，少有信任和感情，不喜欢。"高山耸肩，说得很隐晦。

但苏江源心里明白，高山运气不太好，是和孙狸竞争副总裁的万总指派到孙狸团队下的。孙狸对高山备加提防，生怕他是万总派过来的奸细。为此高山白吃了不少苦，至今都没有参与到任何一个项目的核心事务里去。

第一次相见，三人便聊得热火朝天，直到陈为民要去参加饭局不得不离开了，才依依不舍道别。此刻的高山绝对没有想到，苏江源无意介绍的这个人，将来会对自己产生多么大的影响。

第二天回到公司，高山的机遇突然来了。公司有个大的再融资项目，孙狸竟指派了高山参与。那次高山和孙狸在办公室公开对决之后，孙狸也调整了自己的行事作风，不再明显地针对高山，但明眼人都看得出来，他不信任高山，每次去见客户或者处理重要的事情都交给 Adam 去做。

这次高山难免有些受宠若惊，猜测也许是自己的默默努力终于打动了孙狸，也许机会就要来了。

国庆节后，孙狸带高山一起去见客户。除了孙狸外，公司的董事总经理迈克也一起。客户是一个颇有气质的中年男人，孙狸介绍说，这是于总。

通过迈克、孙狸、于总三人的讨论，高山很快明白了，于总所在的华庆公司是 A+H 股上市公司，于总是大股东。由于 A 股市场火爆，公司股票 A 股估值远高于 H 股，因此于总想在 A 股市场进行非公开发行前发点 A 股股票融资，同样数量的 A 股估值更高、卖得更贵，这样融到相同的钱对股权的摊薄比例比 H 股更小。

"但是，我持有的股份基本都在 A 股，不持有 H 股。"于总意味深长一笑。

"如果进行 A 股定向增发，需要召开类别股东会议，即必须 A 股股东、H 股股东分别召开股东大会同意此次 A 股定向增发才行。"孙狸看向高山，似乎在帮他理清思路。

"于总虽然是大股东，但是因为他会参与此次定向增发认购，属于关联交易，需要回避，所以不能参与股东大会表决。于是，这次 A 股定向增发能否执行取决于其他股东的支持程度。"高山脑子灵活，思路也快，一下子找到症结所在。

虽然只是分析师，但是高山的勤奋和独特的视角，给迈克留下了深刻的印象，迈克意外地冲他点了点头，这给高山很大的鼓励。

接下来的几天，高山一心扑在这个项目上面，三天两头去华庆公司做前期的沟通，费了九牛二虎之力，最终其他持有 A 股的股东均表示支持；但是，H 股股东反对。

高山才明白过来，怪不得好事突然落到自己头上，这个项目十分棘手，并不好做。后来高山才知道公司其他团队是推了这个项目的，但因为于总和迈克是密友，孙狸为了讨好迈克，揽下了这个活，而他又把这个烫手的山芋甩给高山，要是做好了，功劳也是他的，做不好，又给高山挖了一个坑，好一个一箭双雕。

但高山天性不服输，又是难得的机会，他吃饭走路睡觉脑子里都在死磕这个项目。吴东娜约他去看电影，约了好几回，高山都推了。他们又一个多月没有见上面了，说实话，高山心里对这份感情期望很低。

夜深人静埋头加班受苦受累的时候，他脑海里闪现的是另一个模糊的身影，他知道是谁，却觉得他们之间，隔着万水千山。

晚上，高山留在公司继续研究华庆公司的股权结构，埋头好几个小时让他烦躁不已。夜深人静，公司已经只剩他一个人，他突然想找个人说说话。

他把电话打给了秦沃，秦沃那个小丫头，不知道她现在过得怎么样。电话拨出去了，高山才意识到已经是夜里两点了，忙想挂断，但那边却迅速接了起来。

"喂，高山哥。"秦沃声音急切、清晰，不像在睡觉的样子。

"你没睡？"

"嗯，我复习 GRE（美国研究生入学考试）呢，准备申请香港一些院校的研究生，你听上去好累啊，是在加班吗？"

"GRE 先考着也是不错的，但你确定不去美国看看？"高山越来越把自己放到一个大哥哥的位置上去。

"我们专业倒是没有太多必要去国外，国内的人力资源专业更懂国内行情，本来不想申请研究生的，但是现在改变主意了，想去香港念书。主要是……"秦沃噼里啪啦讲着，突然欲言又止。

"怎么改变主意了？"

"别说我了，娜娜姐还好吧？"秦沃把话题岔开了。

"工作太忙了，私人的话题，我们下次再聊。"高山顿了顿又再度开口，"不太好。我知道我对于感情有些迟缓。我总是感觉可能有些困难了。"

"你不要天天只跟工作谈恋爱啊，女朋友是要哄的，毕竟……能走到一起也不容易。"

"她这边朋友比我多，反正她也没有闲着，比我开心。让她自己玩吧，免得说我闷。到投行这么久，我发觉因为忙、赶进度，倒真是越来越闷了。东娜说我越来越无趣了。"高山握着电话苦笑。

"哪里有！你在我心目中是最优秀、最上进、最有内涵的！"秦沃脱口而出的话倒让高山觉得如沐春风。

"这倒是大半夜的鸡血，我又有能量继续工作了，你早点睡，别熬夜背单词了。"高山嘱咐秦沃几句挂了电话。

挂上电话之后，他好像清醒一些了，浑身充满了战斗的力量。

于是又继续开始工作。对于他而言，华庆公司的案例是他能获得更多机会的通道，所以他只有一条出路，就是解决它。

第二天下午，高山兴致勃勃地冲进了孙狸的办公室，把自己的方案说出来。

"我研究了于总他们的股权结构，也请专家做了访谈和建议，我们可以采用一般性授权的方案。"

"说说看。"孙狸放下手中的工作，看着高山。高山能从孙狸表情中看到一丝诧异。

"具体操作为：先举行全体股东大会，授权董事会年度一般性授权，即授权董事会发行不超过公司类别股本 20% 的股份，无须规定是 A 股还是 H 股。在该授权下，董事会发行股份无须通过股东大会开会批准。然后，董事会执行这项授权，并明确为全部发行 A 股，由于在股东大会授权内，因此无须召开股东大会。此时，于总再跳出来说我要认购。因为关联交易，所以大股东回避表决，剩余股东召开全体股东大会投票。"高山滔滔不绝。

孙狸认可地点着头，思索着高山方案的可行性。

"上述操作中，由于两次召开的会议均为全体股东大会，而非类别股东大会，因此，在第一次全体股东大会中，由于于总是大股东，全票支持，一般性授权议案很容易通过。在第二次除于总外的全体股东大会中，由于 A 股和 H 股股东混在一起开会，而 H 股股东占比较少，因此只要 A 股股东赞同，H 股股东的反对意见基本没用，议案还是可以通过。这样，就避开了 H 股股东的反对，议案就顺利通过了。"见孙狸有所认同，受了激励的高山更加激情澎湃地阐述了自己熬了几个通宵整理出来的思路和方案。

"好，你去准备材料吧。"孙狸第一次肯定了高山的方案，高山欣喜万分。

华庆的项目最终获得了成功，原本很难做成的事情可行性大幅度提高。高山给出的方案让于总高度赞赏，一时间，大家对高山也都刮目相看了。

高山已经明白，这个行业待得久了，每个人都学得一身见风使舵的好本领，永远对着那被鲜花包围的人微笑，他希望自己保持警惕。

两个月后，于总办了个小型答谢酒会。酒会上，于总很尽兴，频频举杯。

"你们果然是国际投行，非同凡响，太厉害了。不过这个点子到底是谁想出来的。"

孙狸立刻接上："我啊。目前上市公司这样做的还不多，有法律漏洞，我也是铤而走险啊。"

高山并没有说话。没有想到的是，自己费了那么多体力脑力，最终功劳却是孙狸的。

但是，随着时间的推移，在接下来的几个月，高山越来越多地被迈克钦点参与客户访谈。他本来就是一个聪明人，总是能够很快抓住重点，领会客户意图，于是慢慢地在这方面的才能得到了迈克的认可。

在一次公司聚餐中，迈克主动走向了高山。

"山，我最近要把孙狸晋升为高级副总裁了，他也到了应该晋升的时刻。但他还是你的直线老板。"

高山一下子愣住，没想到孙狸凭此一役打败万总，顺利晋升，而自己，成了他打胜仗的枪。

"山？"迈克用酒杯碰了碰高山手中的酒杯。

高山一下子回过神来，又努力猜测迈克现在告诉自己这条还没公布的消息是否有什么意图。

"那我得好好恭喜孙总了。"高山忙强颜欢笑。

"你不委屈？"迈克突然话锋一转，倒让高山一惊。

高山没有直接回答，看着迈克笑了："孙总在摩天这几年打拼，他的辛苦大家看在眼里，是他应得的。"

"山，我知道华庆的方案是你想出来的，我了解孙狸。"迈克耸肩。

高山更是摸不透迈克的心思了。

"我觉得你是很有才华的人，以后会大有作为的。我手里有另外一个案子，想邀请你一起参与。"迈克品了一口酒，慢悠悠地说道。

那一刻是高山入投行一年多以来，第一次体会到仿佛全身笼罩在阳光下。自己本已接受被孙狸推到阴影之中的现实，但真正的现实是，原来付出不是没有回报。总有人头脑清楚，眼睛明亮，能看清你的所有付出，把你拉到太阳底下。

"我当然愿意。"高山忙不迭地应承下来，即便并不知道这个神秘的项目到底是什么。他只知道，眼前这位高层看到了自己的才能，这是一份知遇之恩。

高山重情，最怕辜负，他暗自下决心，要好好帮助迈克。

Chapter 10
秦沃

风很凉，但这风，
还是吹到了她的心里，起了涟漪。

2001 年。

大一的下半学期，秦沃在投资协会担任秘书的同时，也从文学社低年级的协会秘书升到了副秘书长。文学社多数的活动，都由她来组织。

宿舍的姐妹都说，秦沃是有三头六臂的，兼顾学习的同时还横跨了管理学院和文学院的社团工作。

秦沃每每跟妈妈汇报自己的成长和变化都兴高采烈，只有说到投资协会才沮丧不已，因为无论她多么努力，都改变不了高山的冷漠和嫌弃。

例会上，高山说他要去参加一个社团的颁奖活动，想挑选一个社员同他去。往日里这种事情都被吴东娜独揽，这次恰好吴东娜有事请假了。

于是所有人都蠢蠢欲动。高山却出乎意料地钦点了平日里最不受待见的秦沃，让众人大跌眼镜。

这天，秦沃刻意打扮了自己，穿上了白色小洋装，黑色小皮鞋，还戴上生日时爸爸送她的珍珠项链。她小心翼翼地跟在高山身后，看着高山众星捧月般地被人围着，听他礼貌地与众人寒暄，风趣地与朋友们侃侃而谈。

这是平日里秦沃不曾见过的高山另一面，成熟，绅士，恰如其分，甚至让她感受到了一种独特的男子气概。

高山代表投资协会站上领奖台的时候，秦沃恍惚间有了一丝错觉，好像整个礼堂的灯都照在了他一个人的身上，光芒万丈。

"帮我拿着。"从台上下来后，高山把奖杯塞给了秦沃。他终于对秦沃说话了，不疾不徐地，好像才注意到她的存在。

秦沃乖乖接过奖杯，一晚上了，还不知道怎么开口跟高山说第一句话。是"为什么让我同你来"还是"我到底哪里不好，你那么讨厌我"，好像哪一句都不适合在这个时候讲出来，于是索性闭嘴不语，直至散场。

结束后，高山一帮朋友拥过来，拉着他要聚聚，秦沃被挤到了一边，不知所措，人群中的高山突然走过去拉住她。

"一起去。"少了往日的奚落和刻薄，高山最平淡的语调竟也让秦沃受宠若惊。

众人笑嘻嘻地哄闹起来，以为秦沃是高山的女朋友。秦沃霎时羞得满面通红，倒是高山主动解围说秦沃是投资协会的秘书，众人才放过了秦沃。

大家买了一堆的零食去 KTV 唱歌，包厢里灯光闪烁，气氛哄闹，唱的唱，跳的跳，闹的闹。秦沃却一直心不在焉，脑海中不断地回闪着高山从人群中穿梭而来拉起自己手的画面，怎么也挥之不去。秦沃觉得她和高山之间隔着说不清道不明的迷雾，有时候近，有时候远，可如若今晚莫名的脸红是近的话，她倒宁愿像以前一样远更自在些。

秦沃思索着，偷偷斜眼瞟高山，他正准备开唱。高山喜欢刘德华，轮到他时，总是刘德华专场。

"你知道吗？"高山开唱前，总是要回头给众人来段开场白，"刘德华不是香港最帅、最有才气、最有背景的，但是他到现在依然是港人心目中的一面旗帜，你知道为什么吗？勤奋，超乎寻常的勤奋。我喜欢勤奋努力的人。"接着就是《新不了情》《忘情水》刘式唱腔铺天盖地。唱完了，还对大伙儿说："掌声在哪里？"

这时他不再像个叱咤校园的风云人物，而只是一位刘德华的普通粉丝，说着一位普通粉丝的朴实感言。

秦沃也和大家一起热烈鼓掌，毕竟很难见到高山耍宝的时刻，她甚至产生错觉，觉得高山好像是她生活中一个亲密的兄长。

"能进投资协会当秘书，应酬少不了，想必酒量一定过人吧？"一个高高的男孩站起来，举着酒杯走向秦沃，热情地招呼她喝酒，看来是有些醉了。

秦沃本想拒绝，但根本没时间想太多，只好接过这人递过来的满满一大杯啤酒就要往嘴里灌，临到嘴边，被人拦下了。

秦沃回头，看到高山眯着眼看着自己，一副你胆子够大啊的表情。

高山抢过秦沃手里的酒，笑嘻嘻地与那人搭话："我们社团里女孩少，是保护动物。这酒我替她喝了。"

说完仰头一饮而尽，拿着空杯子晃了晃，朝那男孩笑笑。这举动倒让秦沃一愣一愣的。

突然，包厢的门被猛地踹开，房间内一下子亮了起来，蹦蹦跳跳的众人还有些蒙，一只啤酒瓶就朝着对着门站着的秦沃扔了过来。秦沃来不及反应，愣在原地不知所措，幸好高山反应迅速，跨前一步揽过秦沃的肩将她抱进自己怀里。

秦沃只听到大家慌张的尖叫，然后感觉自己被高山重重地扑倒，两人一起滚倒在地。

高山的后脑勺被啤酒瓶砸伤，鲜红的血不断地往外冒。而那个扔瓶子的女孩慌慌张张地想跑，被大家拦下了。她吓得浑身哆嗦，说是来抓男朋友的奸情，没想到进错了包间，狗血到让众人连脾气都发不起来。

大家慌忙地开灯，报警，喊救护车，乱成一团，受伤的高山意识不清，躺在秦沃的身边。秦沃吓傻了，眼泪扑簌扑簌地往下掉。她用自己的手掌垫着高山的头，按住伤口，温热的血液从她的指缝间溢出。秦沃冷得全身僵硬，唯一的触感就是这血液的温度。

此后多年里，这温度一直在她心中。

高山被送进医院缝了七八针，人是没大碍了，但因失血过多一直处在昏迷状态。

后半夜，秦沃一直在病房里陪护，其他人也就各自回去了。秦沃一直在打吴东娜的手机，一直不通。后来终于打通了，吴东娜很是紧张，说立刻赶来医院。

秦沃说她会一直等吴东娜过来，于是一个人看着病床上的高山。他看上去安静平和，秦沃鼓起勇气伸出手，慢慢地划过他缠满纱布的头。

这是秦沃第一次认真打量高山，明明已经很熟悉了，却还是觉得好陌生。

"你不是讨厌我吗？"秦沃不住地小声喃喃，"谁要你来救我？"

高山忽然睁开眼，用一种奇怪而又欣喜的眼神，看着秦沃，喊了句："青青，青青你回来了？真的是你吗？"

秦沃一下子没有回过神儿来，以为高山说梦话呢，却不想高山伸出了双臂猛地一下将秦沃抱进怀里，让她紧紧贴近自己的胸膛："青青，你知道高山哥哥有多想你吗？我经常会梦到你，但是等我醒来你又不见了，你也想高山哥哥吗？你还好吗？"高山迷迷糊糊地说起了胡话。秦沃本来想推开他，但高山抱得太紧了，她个子太小，所以不能挣脱开来。然后，她听见高山开始哭了："对不起，青青，对不起……"

秦沃不再挣扎了，她第一次看到高大如山的高山，居然像一个孩子一样哭了起来，一时有些六神无主。但是，为什么高山会对自己大哭起来呢？思来想去也不明白，大概是因为高山喝了酒，又受了伤，睡不踏实，恐怕还做梦了，有些错觉了。

倒是这一拥抱，使得秦沃对高山的距离和隔阂一下子消失了。

此刻的高山，不再是那个平时对她咄咄逼人的精英人物，也不是那个在聚会时百般刁难她的会长，更不是那个有事没事儿挤对她的坏蛋，而是一个紧紧拥抱住她的学长。

秦沃被勒得有些喘不过气，又生怕有护士闯进来瞧见了误会，便狠狠地推开高山，站了起来。这一下子，高山似乎有些清醒了，怔怔地看着秦沃，大概是有些回忆起刚才的情景。

秦沃瞬间不好意思，抓起自己的书包慌张地跑出了病房。

在走廊上，秦沃撞上了匆匆赶来的吴东娜。吴东娜很慌张，拽着秦沃的胳膊不住地摇晃。

"高山没事了吧？高山没事了吧？"直到秦沃点头，吴东娜才放松下来，放秦沃走，走了几步又回头喊住秦沃。

"我听说高山是替你受的伤？"

秦沃不知道怎么回答。

吴东娜神色复杂地点点头，伸手指着秦沃，最终什么都没说，转头往病房跑去。

接下来有好几天，高山都没有联系秦沃。而秦沃不时地后悔，那可是自己的救命恩人，自己怎么就那么仓促地逃脱丢下他不管呢。不过想想幸好自己推开了他，不然要是被吴东娜撞见了，自己可没好果子吃。

可秦沃更好奇的是那个突如其来的拥抱，算什么呢？

秦沃本以为这会是一个未解的谜，但没过多久，高山的电话打到秦沃宿舍，是木心喜接的。

木心喜一听是找秦沃的，便开始猜测："你是不是高山啊？"

"你怎么知道我？"

"除了你是你们系里的名人，我们之所以知道你，还因为秦沃经常提起你。"

电话那头的高山倒是有些诧异："哦？秦沃是怎么提到我的？"

"我先替我的好姐妹抱不平，她招你惹你了你没事总欺负她，你知不知道她为你哭多少回了都？"木心喜毫不客气。

电话那头的高山愣了一下，把这问题搪塞过去了，只是留下时间和地点让木心喜转告秦沃自己在等她。

秦沃得知这一消息时，已经是一个多小时以后了。于是一放下书包，便迅速朝校咖啡厅跑去。

高山肯定是有什么急事儿找她。

果然，秦沃远远地看到高山就在咖啡厅里。

透明的玻璃窗里，穿着 T 恤衫和蓝色牛仔裤的高山手上拿着一本书，安静地翻着，又不时地看看前面的地方，似乎像是看看秦沃来了没有。

捧着书本的高山，安静得出奇，白色的窗帘不时地被风吹动着，高山也似雕塑般一动不动地等待着她。

秦沃知道，内心有什么地方被一下子击中了，可能是因为上一次的意外或者是因为和高山有了一次亲密接触，或是安静的高山如王子一般引发了她的联想。每个少女都怀春，从此，她有了这件心事。

在门口徘徊了段时间，她最终还是走了进去。

秦沃努力掩盖自己的紧张感，若无其事地开口："学长，久等了，你找我？"话语中没带任何的情感。

高山听到秦沃打招呼，立刻合上书本站了起来："你来了？"

"嗯。"

"也没什么太重要的事儿。"高山忽然有些奇怪的样子，难得地说话慢吞吞起来，"上次……"

秦沃生怕他提起那个拥抱，于是马上抢先道："上次谢谢你替我挡那一下，你没事了吧？好了吧？"

高山摇头。

秦沃一时无话。

"我们去荷塘那边逛逛吧。"高山提议。

夜幕降临，高山和秦沃隔着不远不近的距离围着荷塘走了一圈又一圈，月光倾洒，微风拂面，风很凉，但是吹在脸上还是暖暖的。秦沃知道，这风，还吹到了她的心里，起了涟漪。

而她心中这种朦胧的感觉，也许只有云知道。

如果云知道的话。

Chapter 11

高山

在并购的世界里，对于卖方顾问来说，一半是想象力艺术，
另外的一半是专业的估值、交易结构、谈判和交易促成等。

2003 年。

初冬的香港也有丝丝凉意，不少人已经穿上了薄薄的羽绒服。但是对于十分在乎职业形象的投行人士来说，却依然还是白衬衫加外套。

高山今天穿了件水绿色的衬衫，但外面还是套了件黑色西装，一进公司就走进迈克的办公室。

和迈克熟悉之后，高山才知道，头发有些谢顶的迈克，其实才 35 岁，也逐渐知道作为有 13 年工作经验的投行家，迈克在纽约工作了三年，来香港工作两年后，加入这家著名投行的香港办公室的筹备工作，因为业绩突出，后来便平步青云。

高山看到迈克在打电话，于是在门口站住了，想着等迈克打完电话后再进去。

没想到迈克透过玻璃门看到了高山，于是示意高山进来。

很快迈克打完电话，从他的表情上推测，高山大概猜到又是一桩不错的大单。

迈克想挑优秀的投资人员组成新的团队，若不是高山在华庆项目里的突出表现，迈克这样的高层也不会注意到这位还不到两年工作经验的分析师。

"山，华庆的案子实在是让人对你刮目相看。作为一个新人，你是如何有这样的胆魄的？我有些好奇。"迈克给高山递过来一杯咖啡，"这可是刚运回来的牙买加蓝山咖啡。"

早就听说迈克这里的牙买加蓝山咖啡极为正宗，这次高山可是有口福了。

"我们进入投行的第一天，您就告诉我们要努力。为了华庆这个案子，我把本

土同行业上市公司基本研究了个遍，于是发觉很多案例其实都有章可循。"

他当然并没有告诉迈克，这些年来，他一直紧盯港股上市的大隆集团的所有交易结构，为了找出其破绽，他也把所有的本土同业上市公司做了个对比。

说完这些，他喝了一小口，确实有种奇怪的味道。他也不知道平时人称追命三郎的迈克为何今天如此热情。

迈克当然不是请他过来喝咖啡的，对于时间宝贵的投行人士来说，时间就是金钱的观念早已植入骨髓。

果然，迈克看到高山脸上的表情，大致猜得出高山有些不习惯这咖啡的味道，便开口说："人和人的不同最根本还是思维，所以圈子非常重要。每一个圈子都有它的规则，刚开始也许不习惯，但慢慢你会爱上你所选的圈子。这个习惯，就如品尝这牙买加蓝山咖啡。"

到投行时间两年，高山对于迈克所说的圈子文化，多少有了一些体会。

迈克笑笑："其实今天找你来，是因为手上刚好接到一个案子。不是一桩小生意。"迈克话锋一转："你知道市面上目前零售行业最好的三家连锁上市公司吗？"

高山没想到迈克会问到零售业的连锁巨头，对于他紧跟了四年的大隆公司，他不可能不熟知，甚至可以说，连整个行业他都了如指掌。

当然，他还是假装思考了一下，报出了这三家公司的名字："您说的是货美、大隆以及亦家吗？前两家是上市公司，它们的股价表现虽然受到大盘的影响，股价有所下降，但市值还是可观的；亦家一直在积极准备上市，但亦家受到这轮经济大潮的波及，营业状况受到极大影响，亏损严重，所以中途决定取消上市计划，准备出售给行业巨头了。"

高山的回答，让迈克有些诧异，又有些惊喜。高山猜测迈克对他的信心又增加了一些："亦家委托我们公司替它出售，这是个优质的并购目标。整个股市的表现欠佳，但对于表现还不错的巨头公司来说，相反是极好的收购时机。但总体上来说，三家公司中货美行业第一，大隆尾随。我之前收到消息称，货美集团最近也正计划收购一些公司。我也和货美的高层确认过了，若是有不错的标的，他们是很想参与的。"

在并购的世界里，对于卖方顾问来说，一半是想象力艺术，另外的一半是专业的估值、交易结构、谈判和交易促成等。

高山暗暗地倒吸了一口气。令人高兴的是，他终于可以亲自参与到秦盛生相关行业公司的业务了，他等这一天好久了。但是，让他失望的是，这次的项目虽然是大隆的同行业，但是收购目标事件可能和大隆无关。

刚开始大隆闪烁其词地表示有一定兴趣参与收购，但最后表示只是观望。所以这场并购案，对于亦家来说不是一件好事，因为最大的两个买主货美和大隆，因为大隆的观望，购买方只剩下货美一家了。虽然货美对此表示了兴趣，但没有到并购案交割的最后一刻，任何事情都可能发生。

迈克告诉高山，依然不能掉以轻心。

在有竞争力的买家为数不多的情况下，亦家是否能卖出好价格？迈克也走了一着险棋：任命年轻的高山为协调员，负责和亦家高层管理团队、投资人、律师事务所的日常沟通工作。

第一次沟通会的场面很是宏大。高山虽然也是见过大世面的投行人员，但到达会议室的时候，还是吓了一跳：会议室里有15个专业人士，除了总裁王宣、首席财务官、首席战略兼投资官，还有财务、精打细算的会计师，以及有创造性思维的企业战略及投资部门负责人，可见亦家对这次并购案的重视。

亦家像是做好了准备，提供了全面的股值因素分析和企业股值。但在迈克的示意下，高山做得更是到位，还很好地梳理了产业链并准备了详细的并购之后的发展战略。

准备充足，王总裁对于摩天投行很是满意，当即决定把这次的并购案例交给迈克，也非常快速地签订了交易服务定金。

高山非常感谢迈克给的这次机会，也知道这是千载难逢的接近大隆的机会。

虽然是首次作为年轻的项目组织人员，但高山看起来干练专业，每天基本上泡在亦家公司里。他也慢慢获得了亦家公司上至总裁王宣、首席财务官、首席战略兼投资官，下至一些部门的被访谈人士的信任。同时，迈克对高山的表现越来越满意，也提高了高山在投行团队中的位置。

大家都看得出来，迈克在重用这位年轻人，所以大家也不敢怠慢这位年轻的同事，而是积极配合高山的工作。设置时间表和开展公司尽职调查，包括客户保密备忘录等，这是项目开始的重头戏，而保密信息备忘录所包含的公司发展的细节内容对最终能否成功出售至关重要。其实客户准备备忘录是短时间内深入了解亦家公司最快、最深入的方法，但由于整个团队对高山很是信任，所有机密信息都向投行团队敞开。

一个月之后，一切准备充足。

迈克建议亦家通过公关公司放出风声：由于受经济形势影响，亦家的亏损严重，于是公司管理层决定取消上市计划，转而寻求被企业并购作为退出方式。

消息发布之后不久，货美作为行业老大，自然很快表示了强烈的兴趣；但大隆含糊其词，似乎表示不参加竞拍。

高山忍不住告知迈克，自己有些看不懂大隆的这步棋。

迈克也有些摸不着头脑："像秦盛生这样的行家，一般是能提早嗅出好的并购标的的，但为何我们专业调研出来的好标的，大隆一点反应也没有呢？现在亦家在贬值寻求被并购的出路，为何大隆不感兴趣呢？"

"您和秦盛生之前有业务上的往来吗？"

"秦盛生还是一个比较谨慎的人，大隆曾经的并购案基本就只是和一直与他有业务往来多年的投行合作，他确实很喜欢用并购的方式来优化产业链。上市之后，从资本市场融到的资本，他都大胆地用来做投资并购了。这些年下来，大隆从一个自有产品生产加工公司，发展成了一个可以同时销售多样产品的连锁企业。"

高山有些黯然，离秦盛生如此之近，难得这次这么好的机会，难道会和他失之交臂？

但高山有投行家的基本准则，这个时候投行人员应该做的是安静，因为真正的主角是买家与卖家。

货美倒是志在必得。

亦家也积极反应。

于是货美停牌，发表公告，告知资本市场：货美将收购亦家，并且很快速地给出了收购意向书。

让人意外的是，在这种占绝对优势的情况下，货美居然放弃了排他期，也就是说它让亦家保留了其他潜在收购方的竞拍权。

对此，迈克有他自己的解释："货美本来就是行业老大，大隆又无意收购，所以，货美是想把这场并购案做成一场拯救案。这样一来，既避免了外界指责其行业垄断，同时也将了大隆一军：根本不敢来应战。当然，这是表面功夫，相信背后货美也做足了功夫。"

到 2003 年秋天，这个案子忙了几个月，看起来很快会了结了。

高山虽然暗暗有些不安，但还是稍微地松了一口气。此刻，才想起来，好久没和吴东娜联系了，都是吴东娜主动联系高山，他就没有主动联系她。

她最近一定不寂寞，所以才这样。想到这里，高山也舒心了，也许这段关系这样地淡下去，对彼此也是一种解脱，而他并不想也没有时间去关心和打听她的近况。

倒是秦沃又在心头浮现。

忙得有些忘了秦盛生是秦沃的父亲，那个撤回投资导致他父亲公司破产、害得青青家破人亡的恶人。

所以，他多次拿起手机又放下，因为心里有道坎，他还是跨不过去。

倒是秦沃告诉他，她的 GRE 成绩不错，也在申请学校，又问他的建议。

"我来香港的学校怎么样？"

高山发自肺腑地建议她去美国："那里不单单有世界的金融中心，而且也是能孵化梦想的地方。"

说完这话，高山明显感觉到电话那头秦沃不高兴。虽然高山说的是实话：若她想要更好的发展，自然在年轻的时候去美国更好。

他没精力去猜秦沃为什么不高兴。

因为接下来一系列意外的事情接踵而来。

就在大家都以为亦家是货美囊中之物的时候，中途居然杀出一个程咬金：一家名不见经传的并购基金——都美基金参与了竞拍。

而且更让人意外的是，都美给出了亦家无法拒绝的价格：比货美的报价高了15%！

摩天投行紧急召开会议，和货美买方的团队沟通。

摩天也向货美呈报了对都美的尽职调查，并告知货美有一周的时间来考虑是否需要和都美进行竞拍。

"我们给出的最后建议是：觉得这个价格贵得离谱，况且都美的收购对于整个行业格局并不造成影响。所以在最后的时刻，货美放弃了收购。"

一切在意料之外。

在竞拍过程中，至少有一家潜在买方会笑到最后，提出的报价会让企业出售方难以拒绝，最后成交价只是众多买方在竞标过程中共同演奏的一场音乐会。

两个月后，都美高调宣布收购亦家，并宣称准备独立发展其连锁业务。

都美是赢家，作为首次担任协调员的高山来说，也是赢家。

迈克私底下告知他，已经提议他升为投资经理，这比正常的晋升通道快了一年。

"高山，好好努力，你必将前途无量。"

经此一战，高山终于扬眉吐气。无数个通宵加班的日子，铸造了此刻有些精英气息的高山。

终于可以休两周的年假了。

但高山并没有像其他同事一样，去塞舌尔或地中海晒太阳，倒是悄无声息地回到了省城里，到狱中和父亲喝了场大酒。

他并没有提他差一点就有机会和秦盛生正面交锋。话到嘴边，看到高丰为他有出息而高兴的样子，他怕那个名字会扫父亲的兴。

他想让父亲高兴，也想让他早些享天伦之乐，现在他有能力照顾父亲了。

高丰叹了口气："虽然刑期减到 10 年，但可能怕是没机会出去了。"

高山觉得事有蹊跷，后来从狱医那里得知，原来父亲由于之前积劳成疾，最后确诊是肝癌晚期。原来父亲并不如表现出来的那般解脱和豁达。

　　而这一切的源头是什么？秦盛生三个字一直在他脑海里盘旋。

　　人生又一次的孤独感凶猛地袭来，虽然母亲的精神状态好多了，但父亲肝癌的消息还是在那刻击垮了高山。

　　此刻，他能做的，就是好好陪父亲几天。

　　哪知，刚过了一周，迈克的电话急促而至："高山，快回香港！出大事儿了。"

Chapter 12
秦沃

> 因为一个人，有时候，
> 你对于那个人所在的城市也莫名地喜欢起来。

2001 年。

暑假前夕，许信约秦沃在学校的水滴石餐厅里吃饭。秦沃远远地看见许信拿着一大把白色玫瑰花冲她招手。

"还有花呀。"秦沃有些惊喜。相识以来，秦沃和许信虽不像密友天天见面，但许信隔三岔五地会约一约秦沃，其实也没有重要的事情，就是喝喝咖啡，吃个饭，或者逛逛图书馆，聊聊近况。

许信送花，还是头一次。

"你上回说最喜欢白色玫瑰花，我看到这束开得很美，就买了。"许信腼腆地笑笑。

秦沃认真打量着许信，忽然发觉过去一年来，自己面前的这个男生和她所认识的许信有了很大的不同。头发由之前的中分已经换成了齐整的板寸，休闲的 T 恤也换成了洁白的衬衫，很正式的样子。

许信傻傻地望着秦沃，突然说了句："你可以做我的女朋友吗？"

秦沃吓了一跳，慌乱不已，连茶杯都差点没握住。当别人进入大学都在花前月下的时候，她还在课堂和社团之间奔波。当许信默默关心她的时候，她的心里其实是另一个人模糊的身影。这突如其来的表白，让秦沃慌了手脚，不知道如何开口。

就在这个时刻，秦沃听到有人喊自己。

是高山。

秦沃回过头，愣住了，显然是没想到高山会出现，没想到他会看到这一幕。

不过她很快镇定地介绍："这是许信，外语系的。这是高山。"

许信和高山互看一眼，其实彼此都知道对方。高山是学校的风云人物，自然有名；而许信，高山也记得那一次暴雨中拉秦沃到伞下去的那个身影。

许信很礼貌地伸出手："学长你好，久闻你的大名。"

高山和他握完手后，不是很客气地回头看着秦沃："秦沃，我不是有意打断你们的约会。"

"我不是在约会……"秦沃急于辩解。

高山像没听见，自顾自说道："协会马上要选代表参加北京市大学生的投资项目大赛，正找你开会呢，没想到在这碰到你。"

秦沃甚至都没来得及跟许信说再见，就被高山拉着走出了餐厅。

"我早看到你们了，看你为难我才打断你们的。你别多想，不过你肯定感谢我替你解围吧。"高山踱踱地说，原来会议不过是他随口胡编的！

秦沃却因此忽然有些开心，忍不住猜测着高山这么做背后的各种动机。

那段时间，秦沃整天魂不守舍的，心里有了一个人，就好像一下长大了，再也不是那个大大咧咧的小女孩了。

秦沃的小心思，还是被木心喜和易佳佳看出来了。

这天一年级学生们在一起上大课，三人毫无悬念地坐在一起。"秦沃，你不是恨他恨得牙痒痒吗？现在是什么意思，我看你都快走火入魔了。"下课的时候，易佳佳小声问秦沃。

"啧啧啧，什么意思你还看不出来吗？欢喜冤家呗，受虐狂爱上她的大仇人了。"木心喜开玩笑，惹得秦沃嗔怪不已，追着要打木心喜："你不许胡说，我让你胡说。"

两人笑着闹着，易佳佳突然喊住秦沃。

"秦沃，秦沃，你快看。"

不远处人群中那个熟悉的背影，秦沃一眼就看到了，而旁边有个挽着他胳膊有说有笑的女孩子——也只有吴东娜有那个特权吧。

秦沃的笑容一下子僵住了，要去打木心喜的拳头也直直地落了回来，心里某个地方好像被刺了一下。

木心喜撇撇嘴："高山这样的男人，像海上的一束光，看着近，实际远着呢。"

木心喜一针见血："秦沃你趁早了结情愫吧，还能保个不死。"

易佳佳则推了推木心喜，示意她别说话。

"别听心喜的，能够在年轻的时候遇到自己中意的男生，是件幸福的事情。吴东娜也只是追他而已，你也可以啊。"

"追他？"

"遇到喜欢的人，要创造机会啊。我男朋友，也被动着呢，我知道他不敢说，有一次聚会我故意装醉，他才有机会表白的。"易佳佳嘻嘻地笑了。

"他这么遥远，我不是很确定。况且我晚了一步啊，我希望他幸福就好，哪怕只能做他心中最值得珍惜的朋友，我也知足了。"秦沃思索着。

"万一他也喜欢你呢，你们也许不只是朋友的缘分好吗？你这点小心思，请问他知道吗？他都不知道！"木心喜偶尔毒舌，但心里却真为姐妹着急。

几天后，秦沃在木心喜和易佳佳的"蛊惑"下，决定找个机会试一试高山的心意。

三姐妹还在筹划呢，投资协会就通知全员出席一个案例分析会。这次会议搞得很神秘，要求所有人正装出席。秦沃听人说，这是高山作为投资协会会长最后一次出席案例分析会，于是也不由得重视起来。

"人都来齐了，我们直接开始吧。"会议是吴东娜主持的，她淡定地扫了一眼长条会议桌。

在场的除了秦沃外，都是学金融的，对于这种实战的案例分析，大家都显得兴致勃勃，只有秦沃无所谓地转动着手里的钢笔，有意无意地偷瞟吴东娜旁边的高山。

吴东娜一边给大家分发资料，一边介绍案例的情况。

"今天我们要讨论的是一起 20 世纪 90 年代中小企业谋求上市失败的典型案例。"吴东娜走到了秦沃面前，把资料递给她，笑了笑。秦沃也回之以微笑，接过资料瞟一眼，却猛地看到了"余杭大隆"几个字。秦沃不解地看向吴东娜，吴东娜已经走开。

秦沃立刻拿着资料认真看了起来。

"我先来介绍一下案例情况。4年前，青润市最大的农产品公司为谋求上市，不顾实际情况盲目扩张，在最后关头因资金链断裂导致企业宣布破产……"吴东娜回到了自己的位置上介绍起来。

秦沃读完资料，似乎有些明白了刚才吴东娜的那个意味深长的笑容。

资料上说，这家公司破产是由于余杭大隆的临时撤资。秦沃揣测今天的案例分析会的目的恐怕是针对她来的，在入会资料上父亲详细信息里秦沃诚实地写下了她爸爸所管理的企业的名字，余杭大隆，这一点，恐怕吴东娜是知道的。

"你够了！"高山突然站了起来，把资料啪地扔到了桌子上，咄咄逼人地望着吴东娜突然吼出来。

大家被吓了一跳，讶异地看着二人。

"谁料青润企业最后的下场是员工倾家荡产，甚至有人开煤气自杀导致一家三口命丧黄泉，负责人高丰也被带走调查，至今仍在牢狱。"吴东娜并不理会高山，继续一字一句说道。

秦沃打了个冷战，拿资料的手也不禁微微发抖，"一家三口命丧黄泉，负责人至今仍在牢狱"，这两句话不断在她脑海之中盘旋。但还不等秦沃反应更多，吴东娜丢下另一枚重磅炸弹。

"大家开始讨论前，我想请我们的高山会长，也是青润公司负责人高丰的公子，从亲历者的角度来介绍下当时的情况。"吴东娜依旧不动声色地端坐着，不去看站着的高山。

突然，像是上千只受惊吓的蜜蜂钻进了秦沃脑子里，嗡嗡嗡响个不停。秦沃听到自己身体内一声炸响，双手一下子牢牢抓住了桌子腿，本能地去看高山。

而高山也正用复杂的神色看向她，隔着吵闹的人群，他俩这一对视里隐藏着千言万语。秦沃突然醒悟，面试时高山不停逼问关于父亲的细节，提到余杭大隆时他的不屑和鄙视，高山一直以来对她的刁难和责难，过往的种种画面像放电影一样在秦沃脑海中快速闪过。

秦沃张了张嘴，想说点什么。高山已经转身大步流星走出了会议室，把讶异的众人丢在原地，而其他人见高山走了，这才放开了七嘴八舌地讨论起来。

"也就是说高山会长的爸爸现在还在监狱里？平时这么积极阳光，看不出来原来他经历过这么大的变故啊？"

"你们看资料，高丰收购方的领军人物秦盛生是高丰的战友，他所领导的大隆公司本来作为青润公司的意向投资方，后变成青润公司破产后的收购方。"

"这个秦盛生在紧要关头毁约，撤出投资，致使高丰失去了最后的救命稻草。这是被自己的战友坑了啊！"

他们的每一句话都像一把匕首，一下又一下捅在秦沃的心口上，又像万箭穿心，再多待一秒她可能就会倒地。

秦沃拔腿跑出了会议室。

后面的一周，秦沃不去上课，也不怎么说话，整日躺在床上试图想清楚这件事情。但除了极大的羞愧和耻辱，她的脑子一片混乱。

她总是想起自己 16 岁生日时的盛大宴会，那天的父亲像一个英雄被众人包围，而自己也像一个公主一样接受所有溢美之词。

那么在世界的另一端，那一刻，高山过着怎样悲惨的生活呢？

秦沃决定自己去问高山，问他那些辛苦的日子是怎么熬过来的，问他自己怎么做才能弥补父亲犯下的过错，要如何才能得到他的原谅。

秦沃见到了高山之后反而一个字都说不出来，太多的话堵在嗓子眼让她不知道从哪开始说起。

倒是高山一直在故作轻松地告诉她一些她不知道的事。

"那回暴雨让你去买饮料之后，我回了一趟老家去监狱里看我爸。我爸爸说你是个很可爱的女孩，说每回去你家想抱你，你都装肚子痛去厕所，因为他的胡茬儿回回都扎到你。"

高山喝了一口咖啡，继续说："我爸让我别欺负你，说你是我妹妹。"

高山这么说的时候，秦沃的眼泪毫无征兆地就滚落下来。她忙端起水杯喝水掩饰，却已经被高山看在眼里。

高山把纸巾放到她手上："你别为难了，我本来也打算去找你的，跟你告别。"

"告别？"

"嗯，我拿到香港那边投行的 offer 了。"

"香港？"秦沃吃惊。

怎么会这样，她好不容易才鼓起勇气坐在这里，想要把她和高山之间的迷雾给拨开。秦沃现在才意识到，木心喜说的没错，高山是大海上的灯，不，更准确地说，是灯塔，是可以指引她方向的灯塔。

"嗯，香港。我小时候爸爸总从香港给我带很好玩的东西回来，他很喜欢香港，当年他就想把公司带到香港去上市。"高山说话的时候不经意转头看向窗外。

秦沃的心隐隐疼了一下，脑海里努力搜索着要说出口的词汇。

说什么呢，说我喜欢你吗？能说我在意你吗？再不说还有机会吗？说了又怎样呢？我有资格说吗？

"我还有些协会的交接要处理，我先回去了。"高山还不等秦沃开口，就站起来要走。

"高山。"秦沃情急之下跟着站起来，叫住了他，这还是她头次喊他"高山"。

高山停了下来。

"你刚才说我是你妹妹，那么以后，我还能联系你吗？你还愿意拿我当妹妹吗？"秦沃鼓起勇气说出来的，终究不是她心里最想说的那句话。

"当然。"高山头也没回，径直走了。

没几天，木心喜就带回来消息，说吴东娜不知道用什么法子，终于搞定高山，和高山在一起了，两人要一起去香港。听到这个消息，秦沃比想象中轻松，似乎一切都在预料之中。

后来秦沃和吴东娜碰见过一次，吴东娜拦住了秦沃，承认那次案例讨论会是她故意安排的。

"秦沃，你知道你给高山带来的痛苦有多深吗？你知道他妈妈现在还在定期做抑郁症治疗吗？我就是想让你知道你是他的灾星，请你从此远离他。"吴东娜毫不留情。

那个暑假，秦沃过得很痛苦，姐姐打来电话问秦沃为什么不回家。

秦沃以实习太忙为由推脱了，她不愿回家看到爸爸的成功，因为她知道了这些成功是怎样得来的。

9月，开学没几天，她收到高山发的一条短信。

"我走了，你好好学习。高山。"听说高山举行了小型的送别会。秦沃并未受邀，没想到还能收到他的短信，秦沃欢喜起来，把手机紧紧捧在心口。

"愿你一切安好，高山。"她在心里一遍遍默念。

极好的告别。从此以后，如小时候所看的武侠小说一样，她的英雄，她的灯塔，仗剑走天涯。

她打开地图，开始查找：尖沙咀—海洋公园—迪士尼乐园，最后在中环按上红色图钉……

因为一个人，有时候，你对于那个人所在的城市也莫名地喜欢起来。

"香港，我要去香港，读研究生，追上他的脚步。"秦沃大声对易佳佳和木心喜宣布。

她在心里暗暗地下了决心：我要成为这个行业最好的猎手，一如他会是投资行业最好的投手一样。

原来时光，并不曾改变什么。

Chapter 13

高山

完美的布局，
似曾相识。

2003 年。

高山急匆匆从省城返回香港。

他隐隐觉得有些不安，虽然在电话里询问过迈克是什么急事，但迈克在电话中说还是得当面告知他。

他行李也来不及放，就先赶回了办公室。

迈克很淡定地给高山泡了一杯咖啡："把你叫回来，是因为一件很大很大的事情，和你自己切身相关的。"

他用很无奈的眼神看着高山："高山，我一直是看好你的，公司也愿意给你更多的机会。但是有的时候，为了顾全大局不得不委屈你一下。"

高山才反应过来可能是升职的事情："没关系，对于升职一事，我其实看得不重。"

"不，是比这更严重的。"迈克摇了摇头，定定地看着高山的眼睛，"公司本来的决定，是希望你离开香港公司。但我极力争取，帮你争取到一个补偿：公司会送你去美国，攻读一年的商学院课程。你将来必定大有前途，所以趁此机会休息一年也不是坏事情。"

高山一下子愣住了，如今他在公司的成绩人人看在眼里，早已不是初入职场的新人，不委以高薪重职，已足够让大家在茶水间八卦一会儿了，却还要赶他走，这是让他无论如何都想不到的一个结果。

但高山心里很快明白过来，自己又掉入了一个旋涡之中，虽然现在还看不清这个旋涡的中心，到底藏着谁的眼睛。

"我可以接受，但是为什么？"高山明白，迈克对他说出了这样的话，事情已无回旋余地，与其挣扎，不如接受，体面好过难堪，大家以后还是要见面的。

"山，我很抱歉，这是高层的决定。亦家的收购案你功不可没，大家都知道。我只能透露，收购方提出了一些条件，其中之一就是希望你离开团队。我无能为力。"迈克真诚而愧疚地看着高山，他的眼神，不是装的。高山懂了，知道自己再说什么都是徒劳，所以只是点了点头。

"我知道了，迈克，我会尽快交接。"高山平静地说完，转身走出了迈克的办公室，但是心里却有许多无法显露的凄凉。

2003 年年末，摩天财团最受瞩目的青年精英高山，在众人瞩目中到纽约大学攻读一年的商业课程。

业内人士都知道这种突然被公司派遣到国外学习的举动意味着什么。所以高山明显感觉到一些同事背后的窃窃私语，本来的明日之星一转身被迫"出国学习"。

这种坐过山车一样的感觉，在 17 岁父亲入狱的时候，他体会过。不过那时他还年轻，根本不知道如何应对。在竞争最为激烈的投行经历了两年的磨炼之后，他的处理方式也极为平静：在苏江源的陪同下，去兰桂坊买醉了一晚，接着把自己关在寓所两天，然后，准备收拾行李离开。

只是吴东娜怎么办？他不知道该如何面对她，倒是她仓促而及时到来的婚礼解放了高山。

离开香港的时候，他收到了吴东娜的结婚请帖。

她和一位香港的世家子弟闪婚。也许对于她，这是最好的结局。他给不了她想要的荣华富贵，眼前的安稳和卿卿我我。他还身负家族期望，要远渡重洋，到他念念不忘的华尔街。

与此同时，秦沃告诉他，她想申请香港的学校，这样就可以见到他了。

高山的整个情绪还在秦盛生的身上，他用一种淡然的口吻对秦沃说："很遗憾我们不能在香港见面了，我要去纽约了，公司派遣我去学习一年。"

费了诸多周折之后，高山后来知道她放弃了香港，而选择了留在北京，在最好的金融猎头公司里，安静而努力地做个投资界猎手。

路在前方，他没有那么多的时间感伤。

一直在选择命运的高山，这一次好像是被命运选择了一把。他被推到了纽约。13 个小时的航程，再一次，改变了高山的轨迹。

走下飞机呼吸到美国第一口空气的时候，高山苦笑，然后告诉自己，那么，美国，我来了。

纽约的张力极大，无论是联合广场还是曼哈顿的中央车站，仿佛是一幅历史画卷。这座城市的魅力之处就在于，它让所有来到这里实现梦想的人，如鱼得水。

高山学习的学校坐落在一片近海的山坡上，离纽约市区有段距离。作为有100 多年历史的校区，各种参天大树伫立路边，林荫小道穿插在葱绿的树木里。各种古朴的建筑到处可见，还有极宽广的草地，郁郁葱葱，空气自然清新，阳光也很是适中。对于习惯了紧张工作的高山来说，刚来的一周还恍惚地以为自己在度假。

和其他学院不同的是，商学院是能看到很多穿西装打领带的学生的地方，不少大步快走、口中冒出最新商业名词的精英们，在教室和图书馆进进出出，发奋研读商业时代的圣经书籍。

高山置身在这些朝气蓬勃的面孔之中，很快适应了自己的新身份。他在学校附近找了一处不大但是足够干净的公寓。

从酒店搬进公寓那一晚，迈克给他来了电话。

电话那头的迈克沉默良久后问高山："你就一点都不抱怨高层的决定吗？"

听迈克说话时，高山一直注视着书桌上挂着的一幅字画："久伏者，必出头。"这是他下午去唐人街采购时在一个中文书店偶遇到的。

"迈克，我没有时间抱怨。如果我不够强大，那么我便只有一直被选择，而我，想要有选择的权力。"

迈克听他这样说，放心下来，笑了。

"山，无论在哪儿，你一定有你的大好江山。我知道你想问我什么，放心，在可以说明的时候，我一定会第一时间告诉你。"

高山挂了电话，他不愿去猜测，尽管心里隐隐感知到什么。

三个月后，高山知道了答案。

那天下午，他和小组同学正在一起做教授布置下来的调研作业。趁买杯咖啡的工夫，他上网刷了新闻，这是他到美国后的习惯，每天都会关注国内的新闻动向。

高山突然愣住了，一条新闻标题吸引了他的注意。

大隆集团宣布收购都美基金持有的亦家 100% 股权

这几个字像磁铁一样吸引住了他的眼球。

那一瞬间，很多前尘往事都涌进他的脑子里，他的脑子里一片混乱，很多问号，很多答案。直到咖啡店服务生用一口卷舌过度的英语不断催促他结账，他才回过神来，忙从兜里掏了钱放到柜台上，咖啡也没要，急急忙忙地跑回了公寓。

高山打开电脑，详细看了这一条也许在国内并没有多大影响力却在他心里激起千层浪的新闻。

也就是说，刚被都美收购的亦家最终落入大隆掌心。这意味着什么？高山强迫自己冷静下来思考。

自己被迫"流亡"美国时，高山曾第一时间想到了秦盛生和他的大隆，却觉得不可能，因为都美是独立基金。而现在，当大隆终于以胜利者的姿态出现在这个案例中的时候，高山如梦初醒，这一次，他败了，败给了老奸巨猾的秦盛生。

先是都美基金收购亦家，然后大隆再收购都美基金持有的亦家 100% 股权。这样一来，秦盛生以掌控的新大隆集团改变了整个行业的格局，大隆总股本超过了货美，坐上了龙头老大的位置。

几十秒的时间，高山已经理清了这条新闻背后的前因后果。

苏江源的电话很快打了进来。

"大隆这一步棋走得太不要脸了。"苏江源愤懑不已。

"要脸？这个弱肉强食的世道。江源，这是游戏规则？"高山的话里，满是讥讽。

毕竟是好友，苏江源明白了高山心里的憋屈，便想安慰他。

"不要脸只能嚣张一下子，高山啊，咱们这么年轻，还要嚣张一辈子呢。大隆这回也付出了代价，不但在都美收购案中出了高价，而且坊间传闻大隆其实早有准备。这样一来，大隆也戴上了阴谋家公司的帽子，消费者好感度下降了许多。等着看吧，它那一套商业手段已经在走下坡路了。"

高山已经听不进去苏江源在说什么了，他的思维已经回到了过去。秦盛生的这一坐收渔人之利的招数，高山似乎还有印象：大隆假意帮青润公司做产业扩张，青润公司现金流断裂，大隆关联企业收购青山公司，大隆收购其关联企业并将青润公司优质资产装在大隆公司，然后打包上市。

完美的布局，似曾相识。

"高山，高山，你在听吗？怎么许久不说话？哎，胜败乃兵家常事，且看下回分解。"

"江源，好戏快开始了。"高山突然没来由地说了这么一句。

"开始个屁，这都拉下大幕了。"苏江源莫名其妙。

但高山心里已经厘清了一切，他成了这场交易的筹码：一年的年假，其实就是暗地里的解雇。

挂了苏江源的电话后，高山想起了迈克，他想证实这中间的细节。

"是秦盛生安排的这一切。他在我们提供的竞购说明书里，看到了你的名字，细节我也不是很清楚。但出于对我们的客户亦家的专业运作，我们接受了都美的投资并购要求，这样我们能使得亦家的价值最大化。但是，秦盛生提出的唯一条件是，让你不再参与这个项目。山，你和秦盛生有什么过节吗？我也很好奇，一位商业大佬为何阻击一位投行初级员工？"

高山本来不想说什么，但出于对迈克的知遇之恩，简单地回复了一句："他是我父亲的一位故人。"

那天晚上，高山独自一人去了酒吧，点上一杯红酒，消化自己的情绪。红酒是他为数不多的爱好之一。他怕自己待在公寓里，会忍不住打电话给秦沃。

很明显，虽然他还没有见过秦盛生，但秦盛生已经知道了自己的存在，而且主导了将自己赶出香港的这场好戏。那么这就意味着，是秦盛生，吹响了战争的号角。是个男人，就该站出来迎战，新账旧账一起算。

高山喝多了，回家倒头大睡一场，次日再起床时，他看似恢复了属于自己的平静，上课、结交朋友，偶尔参加一场派对。

一切看起来都很正常，只有他自己知道心中还有暗涌。

秦盛生这个名字一直压在他的心头，决不能就这样让他破坏商业规则，为所欲为。还记得父亲从小告诉他，失道寡助，高山决意久伏下去，看自己出头的速度能否跑得过秦盛生商业帝国发展的速度。

Chapter 14
秦沃

多少人，以朋友的名义，
爱着一个人。

2008 年。

爱，也是一种动力。秦沃一直在努力靠近高山的世界。其实她一直在等他。

哪怕是好久以来，他从不曾回国看她一次，似乎是在保持和她的距离。

她等，哪怕她多次故意搞砸了秦盛生安排的相亲会；哪怕是生日，在繁忙的北京城，她也只是想一个人待着，虽然有吴妈做的佳肴。

2008 年 2 月 14 日。

情人节，对沐浴在爱情幸福时光中的人来说，这是一年中最值得期待的日子。

对于秦沃来说，也是。

今天是她 26 岁生日。

她如往常一样，还是 7 点钟醒来。

吴妈做了比平常更丰盛的早餐。林芳坚持坚守家乡的教育事业第一线，所以并没有搬来和秦沃一起住。于是，阿姨吴妈和秦沃在一起两年多了。她家离秦沃家很近，周一到周五早上 7 点就来秦沃家帮她做早餐，有时候秦沃这边有需要也会过来做晚餐。日常的家居活儿她都包干了，基本相当于秦沃的家居管家了。

但在秦沃眼里，她就是半个妈妈，时间久了，也便有感情了。

"今早的银耳红枣莲子羹很棒，吴妈。"秦沃尝了一口，自言自语，"每年的生日，我总是在想，这个时刻应该是在先生的拥吻中醒来，若是有女儿了，她也会送给妈妈一幅生日快乐的画作，然后就是很多很大声的笑，很大束鲜花……"

"鲜花在这儿呢。"吴妈捧来了插满粉白色玫瑰的花瓶，"这是你昨晚带回来的，真是漂亮。"

哦，鲜花是自己买的。

秦沃笑了下，摸了摸头，觉得头还有点疼，原来昨晚睡前喝的那杯红酒12度。

昨晚随手从酒柜里拿了一瓶，有点喝多了。睡前一杯红酒，秦沃是有这个习惯的。从22岁毕业那年开始，她就坚持每晚睡前喝杯红酒，这个习惯开始于她的高山哥，但昨晚他并不在。

其实他一直都不在的。

甚至不在她的世界，但他会给她寄红酒。

"家里的酒柜早上刚擦过了，好像有段时间没有添酒了。高山没给你寄？"

每次，秦沃带回新的红酒，就告诉吴妈说是高山寄回来的。久而久之，吴妈也知道是他寄的，知道他经常去许多不同的国家，每次都会给秦沃带不同的葡萄酒。

"这是浓缩的精华，每次他都这么说，然后一一讲解。他好久没回来了。吴妈，你还没见过他呢。"

"是啊，有机会真想见见。"吴妈话里有话地看了她一眼。

看秦沃不好意思地低头吃早餐，她便忙活去了。

酒柜旁边，贴着高山引用的一句话，解释了他爱红酒并给秦沃推荐红酒的理由：

"瓶壁外面到里面的距离，是三毫米。这三毫米的旅程，一颗好葡萄，要走10年。不是每颗葡萄，都有资格踏上这三毫米的旅程……"

秦沃曾在一本杂志上见过这段煽情的文字，它也并未夸张一瓶佳酿的诞生过程。从栽下一棵葡萄苗到它结的葡萄可以酿好酒，的确要过10年，而且在它可以酿酒的那些年，水土、天气、人工都要达至上佳。除了专业人士，几乎没有人会有耐心去看每一个步骤。

葡萄酒如此。

人也是。

世上本没有不经历打磨就夺目的钻石，亦没有不经历磨炼就获得成功的人——天才出于勤奋，说的大抵就是如此。

读书时候，秦沃觉得高山是海上的灯塔，她想，往他的方向不停地奔跑，总能追得上吧。多年过去，灯塔已经成为钻石，光芒四射，高高在上，秦沃终究还是没有把这光芒收入囊中。

多少人，以朋友的名义，爱着一个人。

不知不觉 8 年过去了，秦沃依然是高山偶尔关心的小妹妹，却不知晓她心底努力隐藏的涟漪。

秦沃今早在吃饭的时候，花了些时间。

用吴妈的话说，"今早有些磨蹭"。

"我不是磨蹭，是在回忆呢，一早上就有很多回忆。"

两人谈话里的高山，虽然现在是美国投资界人士，但他也是大学时代就开始的校园诗人。诗人和浪漫的葡萄酒是不可分割的。

他们一直是很好的朋友，后来，8 年过去了。

秦沃也由当年的"初生牛犊不怕虎"的小姑娘变成了今天的职场精英。

但她还是那个当年的姑娘，而他也一直在她的记忆里发芽。

她并没有主动开启过记忆。

从和他相遇的那一年开始，她就只能站在一旁，束手无策地看着他的离去与归来。然后，他挠挠她的头发，喊："丫头！"

回忆完毕，感伤完毕，然后匆匆下楼。

努力工作，努力赚钱，26 岁的秦沃，和大多数的单身女性不一样的是，毕业三年就可以单独住在北京 CBD（中央商务区）高档公寓里，小巧但整洁。每天上下楼的时候，会收到门口一口浓浓山东口音的年轻警卫甜甜的"秦小姐"的称呼，然后秦沃会回以一个微笑。

她把昨晚整理好的资料和随手带回来的杂志装进大大的公文包里。在出门之前，对着镜子最后检查了一遍，觉得清爽可人了才开门向外走去。

出门之前看到了开放式的衣橱，秦沃忽然发觉自己的外套只有三种颜色：黑白灰。也不知道从什么时候开始，她每次去商场都是挑选这些颜色。秦沃记得，念书的时候，她最喜欢鲜艳的颜色，加上长得比较娇小，经常会被人看作是刚来报到的大一新生，甚至在她的感染下，宿舍的大姐大也穿起了兜兜装，在那个白衣飘飘的年代。

喜宝说，我要很多很多的爱；如果没有很多很多的爱，我要很多很多的钱；如果没有很多很多的钱，我要很好很好的健康。

秦沃想，自己一不小心，没有了最重要的东西，但还好，虽说不算有很多很多钱，但也算小康，然后身体健康。

她经常挂在嘴边的是"我一个人吃饭旅行到处走走停停，也一个人看书写信和自己对话谈心"。在宽大的玻璃阳台上蜷伏着，然后淡淡地看书，这是个非常简单的青春。

为了接近那个人，她使劲成长。

电话铃声把她拉回到现实生活中。

助手 Jasmine（茉莉）的电话来了。

"Mary（玛莉），告诉你一个好消息。"电话里，秦沃听到 Jasmine 的笑声。

"呵呵，什么好消息？不过肯定是很好的消息，不然你也不会这么早就给我打电话。"秦沃很是喜欢这个 24 岁的女孩，因为业绩突出，短短两年的时间做到了顾问，比一般的新人缩短了整整三年的时间。

"记得我们给高木资本找的那位从华尔街回来的投资经理吗？听说他父亲马上要升职为掌握世界经济命脉的那家机构的全球第一总裁了。客户公司的一个好朋友刚刚打来电话说的，外面的新闻都没有报道哦。"

秦沃心里咚的一下："看来消息还是真的了。"

秦沃顺带也做了个项目总结："Jasmine，你刚入这行时，我就告诉你这份工作的诸多好处。比如，你可以第一时间知道高管们的最新流动动向。高木资本，说起来大家都能想象它来势汹汹，在为他们招聘人员的时候，听闻老板的无情都放弃了。这种以工作业绩为导向的上司也有其长处，就是没有最好只有更好。习惯了这样客观的老板，用工作品质说话，而不掺杂个人的憎恶和喜好情绪，会发现这也是很好的工作环境和团队，但年轻的时候多数不懂得。但我们推荐的这位候选人足够成熟，能辨认这种好老板，同时他还有如此巨大的背景附加值，实在是不可多得的人选。"

按照往常的安排，秦沃 10 分钟到达公司楼下。一抬头，大大的公司招牌"智通国际人力资源顾问有限公司北京办事处"闪闪发光。虽然在 500 强和各种金融机构林立的 CBD，这家公司说不上豪华气派，但这里就是传闻中很多高管经常出没的地方。

现在的秦沃，是投资圈最好的猎手。

这是她最初没有想过的一条路，当初她满心欢喜正准备奔赴香港读书的时候，却突然得知高山要去美国商学院。秦沃如同被人浇了一盆冷水，希望落空的滋味并不好受，但如今再回忆起来，也都过去了。她最终也没去香港，高山的步伐太快了，这一次，她没跟上。

来到办公室，她快速浏览财经报纸杂志，从《经济观察报》《第一财经时报》到《中国企业家》《环球企业家》等。大致看了一下，具体的内容等周末有时间的时候再好好消化。

表面风平浪静，实际波涛暗涌。

秦沃发现马上又到新一季的人才抢夺大战了。

深吸了一口气，打开今天的备忘录，收发邮件，猛然发现诸多候选人发过来的 Merry Valentine's Day（情人节快乐）的邮件。

喝了口刚泡好的最爱的摩卡，木心喜的电话进来了。

"是不是该祝你生日快乐啊？这周来不来上海？我们三姐妹什么时候聚聚啊？想死你们了。"

还没等秦沃回答，木心喜立刻记起来了什么："佳佳都准备怀宝宝了，我呢，是不打算结婚的。就你，让我干着急。那么，在你生日的时候，我替你许个愿吧：祝你今年可以和你钟情的对象打开天窗，希望我这个祝愿马上实现。"

木心喜的声音依旧鬼马精灵，她一说话，秦沃就觉得时光能倒流，她们能分分钟重新回到青春无敌的大学时代，她经常会怀念那些最好的姐妹陪自己一起哭一起笑的岁月。

木心喜毕业之后直接去了上海，担任某律所的中国律师，一毕业直接进入 IPO（首次公开募股）项目，这相当于拥有了进入顶级交际圈的钥匙；易佳佳是温柔贤良淑德型，刚一毕业就被创二代老公套上了戒指，直接进入围城，用婆家人的说法，事业这玩意儿女人别追求，干得好不如嫁得好，在自己公司随便干点啥不闲着就行；而秦沃是拼命三郎型，勤奋努力力争上游，在外人看来，活得最不洒脱却也最透彻。

4 年过去，木心喜在上海得偿所愿，换了几任外国男朋友还在坚持着做不婚主义者；易佳佳也乖乖地做着豪门少妇；唯独秦沃，变成了指点江山的潜力股"白骨精"。

"说实在的，我挺羡慕你的。对了，易佳佳在和老公度假前，让你快递给我的礼物已经收到。要越来越有魅力，做电死人的白富美。不过我听说你现在很风光啊。"

好姐妹的祝福，足够开心一天了。

"无所谓风光。外人看来是成功后的风光，身处其中的人看来，是辛苦。现在我多数夜晚是在约谈和报告中度过的，总是想自己不能辜负客户的信任，一定要帮助客户搜寻到最合适的人选。我一直相信，好的猎头搜寻人才的过程就是一个人力资源管理咨询过程。你做上市律师的，感受不会比我浅吧？"

所以，秦沃会要求自己做远远超出很多高级顾问的工作。

"你这事儿看起来蛮简单的啊，不就每天和人聊聊天吗？"

"看着简单，其实不是。比如，在职位进来之时，负责任的顾问会很认真地和团队的顾问对客户的岗位职责进行科学分析，也就是推荐候选人之前，除了要了解行业的情况，客户的情况，包括企业文化、现有的规模、经营和管理模式、公司的人员和部门构造、高层的风格等，还要详细地了解此职位的业务范围、部门职责等。这是巨大的资料收集和消化过程；到了推荐的时候，还要根据候选人的专业能力、个人发展背景、处事风格等，判断与客户的匹配度；除此之外，当双方达成一致意见时，作为一位称职的顾问还要给企业此候选人的背景调查等，同时身兼数职，需要多次和候选人、企业之间保持良好的沟通交流。所以，直到事情完结，不亚于给企业做了一次该职位的人力资源疏导和重新定位工作。"

秦沃意识到自己一口气说了太多，顿了顿："所以，你看真正的高管搜索工作不是你们想象中那么简单，而且每次的单子都是独一无二不可重复的。这是我喜欢这份工作的原因——永远充满挑战，所以永远都有新鲜感。"

现在的她，清楚地知道凡事都有动机。

"心喜，想起当年大学毕业的时候，我面临的选择，是 4 种不同类型的工作：一种是众人羡慕的 500 强企业内部 HR（人力资源）的职位；一种是我梦想的被称为无冕之王的记者职位；一种是可以实现小众文艺青年理念的著名媒体公司的品宣；还有就是进入之前想都没想到的猎头行业成为一名顾问。我几乎是没怎么思考就决定选最后一个，不是因为高薪——第一份工作已经很有诱惑力了；也不是因为其强大的社会责任感——记者所带来的社会报道效应拥有更多的说服力；更不是为了整天可以曝光在闪光灯下。"

"别给我那么多理由。"木心喜自然是心直口快，"很重要的一点还不是这一个，这项工作可以留在他的投资圈子里，以为我不知道吗？不过我所遇见的金融男，没几个是靠谱的，所以还是老外的感情纯粹。我现在的男友找的都是老外，他们爱就是爱，不爱就是不爱，从来不含糊。"

这个时候有新电话进来。

"心喜，这么早的电话，可能是比较重要的事儿，我先挂了，一会儿再打给你。"

秦沃接起另外一个电话。

"秦小姐吗？我这边是悠悠票务中心，今晚刘德华 VIP 门票和您确认一下，您只需要带您的身份证核对身份即可入场了。"电话中是极其温暖的声音。

"我没有订票啊？请问您是不是搞错了？"秦沃有点糊涂了。

"嗯，是这样的，秦小姐，我这里查到的是一位叫作高山的先生帮您订的。"话务小姐不温不火地回答。

哦，高山。秦沃笑了，他人在美国，还给我订演唱会的门票呢，这是唱的哪出？高山，她在心里默念。

秦沃在三姐妹的 MSN 群里，告诉易佳佳和木心喜，高山给她订了刘德华演唱会的门票。

"秦沃，好兆头。这就是生日礼物啊，你记得要打扮得漂亮点，没准他会把自己装在一个大箱子里邮寄到你面前。"

而木心喜的看法相反："秦沃，别多想，那都是没吃过苦的豪门太太想象出来的情景。你俩啊，一个倔强打死不表白，一个是工作狂，毫不知情，根本没心思正儿八经想感情这事儿。都 8 年了，日本鬼子都被打跑了，你喜欢他这道坎儿都没勇气迈过去，难不成你还期待他突然开窍，知道你暗恋他？"

是啊，8 年了。

秦沃在心里默念，可是真的是没有勇气吗？不是。要是换个人，秦沃早就快刀斩乱麻了。可这是高山啊，秦沃又想到那年吴东娜主持的案例讨论会，每每想到当时高山的眼神，秦沃便不敢往下多想。表白，自己有那个资格吗？

"大小姐！我觉得他没有许信靠谱儿，许信真是瞎在你手里了。"隔了一会儿，木心喜的消息又弹出来，"当年你拒绝他的时候说什么，想嫁个在外交部门工作的，免费旅游，人家就去了。"木心喜发了一大串大笑的表情，"你怎么就没说想嫁个美国总统呢？"

"许信无论在哪个国家，每年都会给你快递精心准备的礼物啊，有这么一个追求者，也是挺幸福的。"易佳佳也跟着打趣，"我也同意心喜的观点，要是你说想嫁美国总统就更好了，现在我们还能跟着沾光呢。"

秦沃都能想象到屏幕另一端，易佳佳和木心喜捧腹大笑的样子。

秦沃也不跟她们斗嘴，毕业之后聚得少了，难得三人之间依旧没什么隔阂，姐妹情深还能如此互相调侃。

高山，许信，易佳佳，木心喜，他们都相识在 8 年前。

时光真的好快，一晃 8 年了。

Chapter 15
高山

华尔街的法则就是丛林法则，
成王败寇。

2008 年。

虽说这 7 年都在奔波劳累，但值得欣慰的是，他站立的这个地方是全世界精英都向往的华尔街！

西装革履的高山端着一杯咖啡在有宽大落地窗户的办公室与金发碧眼的同事们开会的时候，脑子里突然闪现出这个想法。

"这是全世界的精英都向往的华尔街，我也在这里站稳了脚跟，但我真的属于这里吗？"

如今的高山，打破了黄种人在投资界晋升困难的魔咒，用最短的时间做到了公司的高层，也赢得了其他同事的尊重，已经是母校成功人士的范本。还记得之前在香港工作时来美国出差，高山出于敬仰和好奇，专程奔到华尔街，一睹其风采，希望自己有一天可以来这个最大的金融圣殿工作。

到他真正从香港到了这里，才发现华尔街全长就 500 米，在百老汇街和华尔街的交界处，是著名的三位一体教堂，教堂的前方是纽约证券交易所，背后是美国证券交易所，两侧是密密麻麻的大楼。能看到的有形物体就是这些大楼，而那些无形的金融证券市场是看不见、摸不着的，只给他提供了巨大的想象空间。

华尔街也因此蒙上了一层神秘色彩。

华尔街和好莱坞一样，实际上已经不是个地理概念了。就像好莱坞是美国主流电影业的别称一样，华尔街就是美国证券市场的代名词，是全球 80% 以上金钱的集散地。所以现在的华尔街已经成为世界的金融中心，它的神话是大小不同的金融玩家们共同创造的。最大的投行大约十几家，莫过于高盛、摩根大通等。

华尔街曾经也是一个人人都重视和在乎信用体系的场所。然而，20 世纪 80 年代，伊凡·博斯基（Ivan Boesky）和迈克尔·米尔肯（Michael Milken）等人的犯罪行为却使得华尔街名声开始败坏。

在 21 世纪的头几年，很多知名企业里拿着高薪却欺骗股东和员工的 CEO（首席执行官）们继续作恶，他们的贪婪本性给华尔街造成沉重打击。

2001 年毕业进入香港投资银行的场景历历在目。

虽然发生在 2001 年的"9·11"事件，引发了世界经济下滑，但高山依然没有放缓前进的步伐。虽然中途被迫离开香港，但也算是加入了另外一条快速通道。

2004 年底从商学院毕业后，高山没有再选择投行，而是听从了金融系华人师兄陈为民的建议，并在他的帮助下，幸运地进入了私募股权基金和风险投资行业。

年少时，在湖南小县城里，他从来没有想过有一天可以站在华尔街，和世界上最聪明的一群人，参与追逐利益的游戏。

可突然降临在他们家的那一场噩运，改变了他的轨迹和命运。如若不是那场事故，他不会那么迫切地想要进入这个看似云谲波诡的行业，不会那么迫切地想要通过自身的努力为家庭的灾难找到一个答案，或者说是替自己奉为英雄般的父亲，找到一个开脱。

可越真正深入风暴中心，高山越发明白，没有答案，也没有对错。

因为这里是华尔街。

华尔街是全球最重要的金融中心，这背后便是资本的力量。第一次产业革命之后，资本变成了主要的生产要素，它的核心是钱，是货币。当然，最早的金融中心是伦敦，随着新经济中心的确立，华尔街成为引领整个世界经济的枢纽。

这样的资本体系，决定了华尔街的辉煌，也聚拢了最优秀的人才。正是华尔街的核心地位吸引了世界上最优秀的聪明人加入其中，而不是因为有很多的优秀金融人才才造就了今天的华尔街。在华尔街这个伟大的博弈场中的博弈者，过去是，现在还是，既伟大又渺小，既高贵又卑贱，既聪慧又愚蠢，既自私又慷慨。

　　周末，高山在中餐馆请华人留学生协会的燕园师弟吃饭。来美时间虽然不长，但他已经成了燕园驻华尔街办事处的组织人。师弟们对高山敬仰不已，不停地说能在华尔街混得出人头地真算是幸运，而自己多想拥有这样的幸运。

　　人们经常说高山是幸运儿，只有他自己知道，所谓幸运，永远是你比别人付出更多，你比别人更快更准。

　　幸运儿中的幸运儿才会出现在华尔街。但在主流公司资深的从业人员中，华人不多。20 世纪 80 年代之前，华尔街基本上是美国主流白种人的天下。随着互联网的兴起，越来越多做电脑软件的中国留学生进入这个领域，但还是以辅助性的技术支持为主，后来慢慢地不少数学物理高手进入华尔街做模型分析，中国留学生进入华尔街现象才引起了美国主流社会的关注和认可。

　　除了权力欲望能得到满足，华尔街诱人的地方还在于收益丰厚。比如，像高山这样直接进入投资银行的，从一开始就是底薪十几万美元，除去税也还有不少。后来他加入的私募股权基金，到了董事总经理级别，动辄几十万美元的高收益。

　　"不过不少人，尤其是华人，做到这个级别，都自己去做 fund（基金）了。这和中国人宁做鸡头不做凤尾的观念有关。"高山热心地与师弟探讨起来。

　　"师兄你呢，是一直做凤尾还是也想做鸡头？"

　　高山想起了陈为民："我有一位前辈，燕园的数学硕士，美国名校的数学博士。起先，在华尔街的投行做了两年模型，后来做了 8 年固定收益部的交易员，现在和一个华尔街老美大腕儿合伙新创了一个专门投资的二级市场基金。即使是这些母公司在纽约的投资公司，目前对国内的各种投资机会也越来越感兴趣，正在做功课。"

　　"典型的华尔街路径，先在华尔街镀金，离开以后怎么混都不会太差。"青涩的男孩话里不无羡慕，"现在有华尔街工作经验的人，回国后正是创业潮下的香饽饽，师兄打算什么时候去踩一脚？"

　　这个问题居然把高山问住了。什么时候回国？他漂泊多年，有时也问自己归期，可有人提起，他还是一愣，心里有东西蠢蠢欲动。

　　高山笑笑："我也不知道，等时机到了自然就回去了。"

　　高山没想到，第一个时机居然来得那么快。

吃完饭埋单的时候，高山发现自己居然把信用卡忘在了办公室里。

高山有些尴尬，忙打开钱包的各个夹层拼凑现金。这个 BV（葆蝶家）钱包是去年秦沃送的，从来未打开过里层，这次他打开一看，意外地看到一张字条。

"如遇紧急事情，请联系：……如你捡到这个钱包，请联系：……"

写的都是秦沃的手机号码。

高山感到心头一热。

近 8 年陪他一直走下来，见证彼此成长的人，就是秦沃。他想起当年，吴东娜和他分手的时候，哭喊着对他说："高山，我再也不想自欺欺人了，你不爱我，从一开始就不爱我。一直以来都是我在委曲求全，当爱情里的傻瓜。可是你知道吗？尽管这样我也比你强，因为我勇敢，我敢面对自己的心。我挑明了你和秦沃之间的恩怨，虽然很残酷，可我只是想和你在一起，我偏不让你和秦沃在一起。你就是个懦夫，缩头乌龟，我会诅咒你，诅咒你和秦沃永远迈不过你们中间的那道坎，你们永远也不会在一起。"

吴东娜并不在高山的心里。

这么多年，高山自己都有些糊涂了，心里某个地方一方面一直在屏蔽"仇家的女儿"秦沃，另一方面又在爱护"青青妹妹"秦沃。他不相信自己喜欢秦沃，那是怀念，不是爱吧。

那就继续克制，保持距离。

因为秦沃是秦盛生的女儿。

而秦盛生最爱的这个女儿也很是叛逆。

她并不想接受秦盛生的荫护，也不想成为创二代里的小公主，而是依靠自己的力量，打出了一片天地。秦沃，毕业后加入 500 强的猎头公司，从最初级的寻访员到区域总监，只花了 4 年的时间。这比普通的外国雇员快了 4 年，也成了这家公司进入中国 20 年来的第一位本土诞生的中国籍区域总监。

他不意外，对，这就是他所认识的秦沃。一个安静但妖娆绽放的、这 10 年来不是妹妹胜似妹妹的人，是他心里另一个青青妹妹。这份感情，高山觉得没有人懂。

秦沃长大了，她有她自己鲜活的生活。她每次见到他都很开心，也说自己有心爱的人。

虽然他从来都没有见过这个人，莫不是许信？

但至少高山有些牵挂她。

高山也知道秦沃牵挂他，对此他无能为力。

他很少真正面对自己，给自己的时间也不是很多。和吴东娜分手后，他一直没有正儿八经谈恋爱，当然莺莺燕燕也少不了，不过都是没多少真心交付的，包括新近的朱珍。

他没有时间和精力想其他的事情，这里的其他指的是工作之外的事情。为了早日实现自己的事业梦，他把自己封闭起来了。从这个意义上来说，他是个典型的工作狂，直到今天他打开秦沃送给他的这个钱包，看到了熟悉的字迹，或是在异乡漂泊太久，总之，高山身体里仿佛有什么东西被激活了。

黄昏来临，高山站在第 66 层的纽约办公室里，楼下车水马龙，室内灯火通明。偌大的办公室外面，职员们行色匆匆，他想知道为什么表面上这么热闹，而他的心却这么空呢？

忽然觉得自己有些变化了。他还是没有时间去思考这个变化，或者说他不习惯这种变化。传统中国男人身上的三十而立的思想，让他有种莫名的压力，以至于他觉得要慎重地考虑这个由青年时期向中年时期转化的阶段了。也许和年龄无关，可是又是什么呢？

深夜一点的时候，他本是拖着疲倦的身子回到公寓，睡前已接近深夜两点，忽然起床给秦沃发了封邮件。

他本来想发首自己写的诗歌，但从以前的作品里，他找了一会儿没有找到一首满意的。他本来想兴致来了，自己写一首，但写完后发现还是不太满意，因为他真的忘了怎么写诗了，写出来的东西只能算顺口溜而已。

到最后，他只好发送了一首北岛的《时间的玫瑰》。

> 当守门人沉睡 / 你和风暴一起转身 / 拥抱中老去的是 / 时间的玫瑰
>
> 当鸟路界定天空 / 你回望那落日 / 消失中呈现的是 / 时间的玫瑰
>
> 当刀在水中折弯 / 你踏笛声过桥 / 密谋中哭喊的是 / 时间的玫瑰

　　当笔画出地平线 / 你被东方之锣惊醒 / 回声中开放的是 / 时间的玫瑰

　　镜中永远是此刻 / 此刻通向重生之门 / 那门开向大海 / 时间的玫瑰

这是他最爱的一首诗歌，他读了一遍，按下了发送键，然后开心地睡去了。

明天早上还有早会，身为几家被投公司的董事，他必须要准时出现。

第二天早上 8 点，他打开邮箱的时候，意外地发现，她没有评价，而是平静地发给了他一首聂鲁达的《我喜欢你是寂静的》。

　　我喜欢你是寂静的，仿佛你消失了一样

　　你从远处聆听我，我的声音却无法触及你

　　好像你的双眼已经飞离远去

他读起来忽然感觉有些莫名其妙。这丫头是怎么了？但在邮件的最后，她留下了一行字："学长，预祝情人节快乐。"

他一下子坐了起来，明天就是情人节，她的生日。原来如此：她发了一首情人的诗歌，配合情人节。

每年都是铺天盖地的广告，提醒他到了这一天。

高山情不自禁地掏出了钱包，拿出那张纸条，紧紧攥在手里。

高山迅速拨通了助理的电话。"请立刻帮我订张北京时间 2 月 14 日下午抵达北京的机票。记住，不惜任何代价都要订到！这个时候若头等舱没有了，商务舱、经济舱也可以。"他顿了顿，"然后，你再看看，那天晚上北京有没有什么大型的演唱会或者音乐会什么的。"

他看了一下表，若是想在北京时间 2 月 14 日下午 4 点到达北京首都机场的话，那他最晚应该乘坐北京时间 2 月 14 日凌晨 3 点的飞机，也就是纽约时间 2 月 13 日下午两点。时间很紧迫，倒推的话，只剩下 4 个小时了。

安排好此事，他急忙赶到一家已经投资的公司开董事会，看来他要提早离开董事会了。

开到一半的时候，他查收邮件看到助理刚刚发给他的邮件。"刚刚好。"他暗暗地在内心叫了一声，2 月 14 日晚，北京居然有刘德华的演唱会。

真是华人影视圈的劳模啊。

他喜欢这样的劳模，就订这个演唱会了，他紧急告知助理。

2 月 14 日下午到北京，晚上和秦沃一起看刘德华的演唱会，帮她庆祝生日，完美至极。他觉得此刻枯燥的董事会也是生机勃勃，他一下子提出了很多的问题，让被投公司的管理团队来回答，而忘记了昨晚他只睡了 4 个半小时。

但他此刻精神焕发。

Chapter 16
秦沃

时光，是等待和他站在一起，
哪怕风化成一座神女峰。

2008 年。

大学时代，最开心的事，就是三个闺密在一起谈论那些青春的懵懂。

易佳佳属于幸运的类型，在一次聚会上，遇到了后来的先生刘裕康，发展一直很顺利，包括他们的热恋期，让秦沃和木心喜很羡慕。但木心喜喜欢的是体育系的篮球队员，骨骼健壮型，所以为了吸引篮球队员的注意，她经常拉着秦沃和易佳佳去篮球场。

她们俩说起来比秦沃幸运，还能经常见到中意的类型。秦沃却成了"望山崖"（木心喜的戏称）：大二之后，高山在香港工作，后来是去美国，她极少见到他，偶尔也就是他出差回国，在学校附近的餐馆里，匆匆和秦沃见上一面。

"秦沃，你的反差也太大了：上学时候的秦沃其实最像的还是一个文艺青年。就像安妮宝贝笔下的薇安，一身的棉布衣服，高高的马尾，平底鞋，大大的背包，一阵风似的走过校园，哈哈哈。现在是全套的职业装。"

"是啊，当时投资协会开会的时候，高山都会特别叮嘱我，一定要穿得职业点，不要太文艺。"又绕回来了。

闺密时间。

高山去了香港的投行工作，从此步入精英圈子。有一份好的工作作为职业生涯的起点，自然要走得快多了。

从他经常在邮件中夹附着的照片上可以看到他一如既往的自信和踌躇满志的笑。

她想，我不想消失在他的视线之外。

她不想落后。

于是她脱下了棉布衣衫，穿上了职业装，选择了高档写字楼的工作。造化物弄人。

于是，最讨厌穿职业装的秦沃，选择职业的时候，用她自己的话说，"没有选择可以随意发挥的文艺青年，而是跟随了自己的专业，搬进了高档的写字楼，穿起了职业装，板着脸孔和各种职业经理人刀光剑影"。

处理完手上的一家客户拜访，在回公司的路上。

三环好堵，在堵车的空隙，她给已为家庭主妇的易佳佳发了条短信："昨晚和一位要转型做管理咨询的姐姐探讨了很久的平衡问题。美好的家庭也是一笔人生的财富，其实工作和生活是完全不冲突的。一半心灵一半外物，生命本来就是一趟美丽的人生旅程，所经历的冲突，不过是引导我们去学习原本的短板和需要加强的部分，很好的礼物往往隐藏在里面。"

"你得找到那个人啊，你得去找啊。不能一直靠近，一直等啊，要行动，要变成现实。"易佳佳是行动派。

"我想念他，他并不知道我的思念，而我却一直将这种美好投射在他的身上。"

"你们俩这样不是事儿，或者说你总是这样不是事儿。真正的爱，一定会说出来的，或者说句不好听的话，他不够爱你，或者他爱你但没有意识到。也许最好的时机都没有到。"

有些女生，总是能把自己的生活过得很女人，很轻盈。易佳佳就是这样的女子。

女人之于女人，因为懂得，所以慈悲。在相似的工作背景、地位和品位的同行面前，她们很容易就能找到和自己相同的因素和特点，所以这就找到了一个可以让自己最真实、最放松的圈子。这也许是如今大女人、小女生争相建立自己的姐妹淘圈子的初衷吧。

像台湾娱乐圈最有名的"姐妹淘"，大 S，小 S，范晓萱，范玮琪，阿雅。一个人失恋或者遇到难事的时候，其他的姐妹都可以长久地陪伴其度过最困难的时光。小 S 幸福婚嫁的时候，说了很多感谢姐妹淘的话，感谢她们为自己保驾护航。

作为秦沃姐妹淘中最活跃分子，易佳佳每周都会和秦沃见上一两面。易佳佳在老公的公司做行政经理，虽然秦沃关注的是金融行业，而易佳佳关注的是 IT 行业，但是依然可以有很多的经验和心得可以分享。

除此之外，她们在服装的品位、护肤品的品牌和对很多事物和人的看法皆趋同。所不同的是，易佳佳是丰满型的女性，而秦沃真的很瘦，所以每次的购物会面也会成为双方相互调侃的时间。易佳佳这妞儿，其"扫荡"能力可不是一般的。记得有一次，两人在燕莎、西单、华宇、新世界、崇光百货，一天扫荡 5 个地方。当天，穿着运动鞋的秦沃怎么也跟不上穿高跟鞋的易佳佳。这个时候，秦沃忽然发觉，原来购物狂也是需要体力和潜质的。在高手易佳佳面前，秦沃甘拜下风。

对于品牌，秦沃没有过多的要求，不是越贵越好，而是要富含感情和特色的。那时候，学校的东门有一家服装店，她在那里买到了一顶非常漂亮的白底印花遮阳帽，很大的帽檐，配上白色的连衣裙，漂亮极了。从那个时候开始，她爱上了这种布料的帽子，觉得这是一种回归自然的感觉。她记得有一年的夏天，她头上戴着一顶粉红的布帽，穿着粉红浅绿相间的吊带裙，足下是双帆布鞋，背上是草编的包包，同学们都说，像是刚从马尔代夫度假回来的。

马尔代夫，她喜欢那个地方。若是将来结婚，要去那里举行婚礼。

易佳佳一直陪伴她，走过整个青春岁月。有的时候，她们甚至穿一样的同款品牌的衣服，不过易佳佳穿 L 尺码而秦沃穿 S 尺码，甚至于挑选围巾的时候，也会挑同一款的不同颜色。到后来，易佳佳说，秦沃你赶紧找个男人，我等你一块儿结婚吧，我们在同一年生小孩子，然后来个娃娃亲。

是的，她们有很多的相同，但是有一点是很不同的。易佳佳是幸运的也是幸福的，用她自己的话来说，她有个赶也赶不走的男友，相爱 7 年，同居 4 年，视她如珍宝。而秦沃一个人，在最难的时间里，易佳佳陪她走过。

秦沃一边想着易佳佳的话，一边回到办公室，还没好好坐下来歇口气，急促的电话铃声响起。

"秦沃。"极其低沉的男中音。

"高山哥。"秦沃确实觉得有点措手不及，但是立刻又镇定下来。他每次的电话都让她心跳加速。

"还好吗？好久没有联系了。也是好久没有见到你了，呵呵……"一阵高山特有的爽朗笑声。

"三年零二十八天。"秦沃嘴快地说完立即就后悔了，仿佛最隐秘的心事展露无遗，窘迫不已。

"是啊，我们不是经常发邮件或者通电话的吗？你是想见到我吗？"高山的声音透露出一丝神秘感，"你说，会不会你这几天会见到我呢？我在想这个问题。"

玩神秘？秦沃刺猬风格出来了："谁不知道我们的高总，可是超级空中飞人啊，哪有时间 land in（来）北京啊。"秦沃马上也发出了没心没肺的招牌笑声。

这些年，掩藏得真好。

秦沃猜想高山和自己一样明白，只有无爱无恨，才能成知己。秦沃努力遗忘那件事带给自己的阴影，除了每年回家按惯例去父亲家拜年的时候无可避免地想起，与此同时，也必须努力遗忘自己对这个人的爱意，若无其事，才能刚刚好。

"好，你们楼下大堂正门，你若是准时下班的话，还有 5 分钟，我已经在这里等了 15 分钟了。"高山的声音忽然严肃起来，秦沃知道这下是认真的了。

她很了解高山什么时候是开玩笑，什么时候是极其认真的。

"秦沃，"高山忽然顿了顿，"丫头，生日快乐！"

丫头，是的，这么多年来，无人的时候，他就叫她丫头。

秦沃觉得有些奇怪，前几年他都祝她生日快乐，然后从美国快递一份礼物。但是这两年他并没有这么做，解释说是太忙了，忘记了。

但是今年他回来给我过生日？真的？为什么？

秦沃忽然想起来那张演唱会门票。

"对了，今晚是要去看刘德华的演唱会吧，我以为你的生日礼物是让我一个人去看刘德华！"

"怎么会让你自己去看，我可是刘德华的超级粉丝啊。"

"那个时候，你唱刘德华的歌，经常跑调，高山哥。"这个时候的秦沃还是忘不了调侃他。秦沃在学着当他真正的朋友，像易佳佳、木心喜之于自己，会取笑，挤对，也会安慰，鼓励。

"赶紧下来，要不过时不候了。"高山故意吓唬她。

秦沃从 27 层电梯下来之前，临时去衣帽间整理了一番。脱掉西装，就白衬衣配黑色套裙。

她看着镜子，就如木心喜说的"浑身透着职业的气质，不再是文艺青年了"。

一身职业气息的秦沃，看到大堂里的高山的时候，还是非常熟悉的感觉。这个人她看了近 8 年了，典型的南方人士，浑身透着股聪明劲。

高山呢，西装笔挺，洁白的衣衫，油亮的皮鞋。

这样的装束，是她每天见到的那些职业人士的标准装束，但是同样的装束在这个男人身上，她觉得特别帅气和精神。

"我刚下飞机，就奔来了，怎么样？够情谊吧？"高山一点都不意外看到一身职业装的秦沃。

"车在门口，租来的。"

他打死也不坐出租车，因为曾经把极其机密的项目资料丢在了出租车上，让小组一个月的努力因为没有备份而付诸东流，给当时的客户留下了不专业的印象。此后，严格要求自己的高山坚持所到之处，若非专车接送，便请当地的朋友提前替自己租车出入。

刚一上车，高山从车后座拿出一大束粉色的玫瑰："生日快乐，丫头。"鲜花永远是珍爱品，秦沃喜欢粉色的玫瑰，温馨而安静。

"你今天应该擦点鲜亮的口红，丫头。"正在开车的高山忽然对身边抱花沉思的秦沃说，"一会我们去家店，换身行头，再去看演唱会。"

很快，他们把车停在了国贸附近的一家品牌店。

"丫头，我们的演唱会 7 点 30 分开始，7 点 15 分进场，现在是 6 点半，刨去路上堵车的时间，我们只有 15 分钟的时间选衣服换衣服了，注意控制时间。"这时候的高山看了下手表，提醒曾经是购物狂的秦沃。

等秦沃换下黑色套裙白色衣衫，选了件微喇的天蓝色羊绒连体裙，配上淡粉色的高跟鞋出现在高山面前的时候，秦沃明显感觉到高山的眼神不一样了。

"丫头，成熟了，也更有气质了。"这还是秦沃第一次听到高山这么夸自己，不禁有些脸红。

"需要快点了，我们不要错过。"一身便装的高山极其矫健，让秦沃忍不住多看了两眼这位 28 岁的男人。

时间真快，秦沃想着当年那些趣事的时候，不知不觉到了工体。演唱会区域内人头涌动的情景自然是不用说，本来几步的车程居然花费了 10 分钟。等进场的时候，更是不知东西了。这时候的秦沃只能顺着高山胳膊的引导走路了，很快，找到座位。VIP 的，秦沃发现，居然是情侣座。

"没有办法，丫头，只有这个了。"高山明显地一脸无辜，"我应该建议他们设置兄妹座，毕竟一起来看演唱会的异性可不只是情侣啊。"高山自顾自说道。

这个时候，刘德华出现了，时间刚刚好。

刘德华，永远年轻的刘德华。他永远都是那么拼命，就好像身边的这个人。

此时的高山就像个孩子一样，随着万人的热情一起欢呼，正在刘德华的指挥下，很带劲地唱着《冰雨》《来生缘》《天意》，还有 17 岁那年那场变故之前他听过的《忘情水》。真是奇怪，高山就像台上的刘德华，每次看到他，都是那个年轻时候的样子，和活在她的记忆里的那个他是一样的。

近在眼前，虽然多数时刻他远在天边。

现在的他，就好像真的钻石王老五一样，身边永远围绕着很多的异性，金童玉女才最登对。天鹅就是天鹅，而秦沃，永远是他关照的好妹妹，秦沃是这样想的。就好像在学校的时候一样，秦沃充当的是他身边的那些追求者的"机密信息"窃取者，因为秦沃是唯一可以和高山走近的异性。当然，他高山有女朋友的话也只能是吴东娜这样美丽的女生才配得上他，而她这样所谓的"心灵美"的女生，白马王子大概是不会关注的。

回想当年，投资协会有各种活动时，高山也会叫上她，不过她的职责是照顾那位众星捧月的官二代吴东娜。再到最后，高山和很多人一样去美国工作的时候，很理智（秦沃觉得很没人性）地和系花分手了。倒是秦沃，他和秦沃的亲密关系一直保持了下来，丫头，高山哥称呼了 8 年。

高山倒是乐意告知她好与不好的事。她看着他高兴或者是忧伤，却也是倔强地保守着自己内心的秘密。

"世界上最远的距离，就是我爱你，而你还看不见。"

高处不胜寒。她看着他一步步从国内到国外，从华尔街的普通亚裔职员奋力做到今日的公司首脑；看着他的知心朋友越来越少，看着他越来越孤独，看着他和她说越来越多的话。

因为是一个大学出来的人，他们之间有无数话题，而且更重要的是，这个世界上，除了他的父母，她相信再没有人比她了解他更多。他喜欢读的书，喜欢听的歌曲，她看过他看过的书，听过他听过的歌，待在他所在的圈子里。

而他也知道她喜欢的食物、歌曲和歌手。

"秦沃，下面出来的是你喜欢的表演嘉宾刘若英。"

秦沃顺着高山的指向望去，奶茶静静地从后台走了上来。年近四十的奶茶就像个少女一样，扎着极高的马尾，白色的连衣裙，还戴着秦沃喜欢的金色手套，在台上唱着《落跑新娘》：

> 这个决定是多么艰难
>
> 爱你却选择离开
>
> …………
>
> 抱歉我 我知道自己不负责任
>
> 虽然我 很认真想过和你过一生
>
> …………

秦沃记得毕业那年，刘若英在北京的那场演唱会，她去了。

奶茶说，我碰到了很多的人，也一直很喜欢一个人，可是我却不敢和他走近。因为希望和他在一起而害怕失去他，所以每次都会选择逃跑。希望你们所有的人，都不要做逃跑的人，要勇敢地抓住那个爱人的手，一直走下去。

那时的秦沃，决定了要去做个金融圈的职业顾问，那时的高山在美国商学院念 MBA（工商管理硕士），离她好远。

今天奶茶继续唱着《落跑新娘》，而此刻的他离她好近。

百感交集，眼眶湿了。

"借你手帕。"高山递过一块深灰的手帕，给正沉浸在奶茶歌声中的秦沃。

"我又没哭。"忽然一滴泪滑到了手上，她一抹脸，湿的。她慌忙接过手帕捂住了脸。这时，高山体贴地转过了脸，没有再看她。

直到演唱会结束，他们没有再说话。

当刘德华唱完 20 首歌，谢完幕后，秦沃一看表，10 点半。

他们约好去吃饭。

秦沃听到高山说，我想和你过个完满的生日。

Chapter 17

高山

聪明人没日没夜地做着金钱游戏，
这里的人都奉贪婪为一种美德。

2008 年。

在这个全世界聪明人都很向往的华尔街，聪明人没日没夜地做着金钱游戏，这里的人都奉贪婪为一种美德。永不停步，追逐永无止境的胜利。不停步，以高速获得世俗的成就。

比成为一个在华尔街的投资家更能激励人的事情，是回到自己的国家，独立地去处理亚洲的事务。

高山迟早会走上独立的道路。亚洲市场越来越受到国际投资公司的关注，虽说中国大陆目前的创业空间远不如美国等发达国家，但是每次回国他都感觉到一个不一样的发展。两年前，他就告诉自己，我一定会回去的。

这段时间的公司董事会上，管理层考虑在香港或者北京、上海设立办事处的事情，那么他肯定是最好的人选。

虽然中概股在美国市场上市日趋流行，但依然不是一件容易的事。高山投资的风格：看人比看模式更重要。

相对于医疗和能源行业，他更喜欢互联网和消费结合的领域。因为工作关系，他也经常去硅谷办公室筛选早期的项目。

和华尔街相比，硅谷是创业者的天堂，极大改变人类生活方式的高科技就从这里产生，然后通过网络散播到全世界。高科技成就了无数的富人，在全球富豪排行榜上，因网络科技而发家的富翁占据了大半。在硅谷，每天都至少有几十个亿万富翁产生，无数个百万、千万级的富翁出现。跟对高科技老板，也是对职员眼光的考验。人们通常不计较现金部分的收入，而是需要更多的 "Stock Options"

（股权）。股权是普通人致富的快速通道，在公司上市之后，股权所有者能以某个价格购买自己公司一定数目股票。如果那时公司股票的市价超过公司给你的股权的价格，那你赚了。差价的部分，就是你的高投资回报了。

人们更多想进很有希望上市的初创企业，这些公司大多和网络网站有关，也就是所谓的 DOT COM。这些公司员工的工资并不高，但都有股权，好些公司甚至以股权代替部分工资。这些公司一旦上市，股票价格往往就会飙升。硅谷流传着一位女秘书的故事：做了 5 年，拥有一些股权，在公司上市后她赚了 200 万美元！在这些故事的诱惑下，我们凡人能不动心吗？那些年，人们见面问得最多的一句话就是："你的公司 IPO 了吗？"

对于一位职业投资人来说，对创业项目的甄别便是看家本领了。什么样的人适合做一个优秀的创业者？条件千差万别。

本来高山开始的定位是在 C 轮及之后的 pre-ipo（上市前）项目。后来随着时间推移，他越来越感觉个人的爱好更多在更前期的项目，B 轮为主，有时是更早期的项目。而对于比较早期的项目来说，对优秀创业者的甄别便是重中之重了。

在投行的时候，高山所参与的项目基本是关于实体经济的，这和整体的经济环境有关系。但是在美国受到追捧的是互联网市场。之前，高山就敏锐地嗅到美国互联网的强劲发展带动了中国互联网的发展。回溯到 1999 年，号称是中国的雅虎的互联网门户网站——china.com 成功上市，把投资者引向了中国。一时间诸多互联网公司纷纷成立，在过去的几年里，也有不少互联网公司纷纷奔赴纳斯达克上市。

其中引起高山注意的是电子商务市场的发展，也就是人们在网络上进行交易和购买各种商品，这成为美国人的一种最基本的生活方式。

"这种新的生活方式的普及，在国内得到什么时候才能成为不可扭转的趋势呢？"高山在脑海之中画下了这个问号。

他一直在关注电商方面的中后期甚至早期的项目。幸运的是，由于所在投资机构的特殊性，他刚好也有这样的机会：他可以在华尔街谈论中后期的项目，也可以在硅谷见早期的创业者，运气好的话，还能碰到华人创业者。

机会来了。

比如，他在国内见的一位叫田希凯的创业者。

田希凯早年曾在美国留学，学校离硅谷不远，所以有机会回学校参加活动的时候，也会顺道去硅谷参加些创业者的活动。一来看看硅谷，二来也是为自己的中国项目寻找投资。

刚好有次高山也在。那次的活动，华人不是很多，当高山看到田希凯的时候，凭直觉觉得有必要主动去打个招呼。

不想却引出了一段佳话。

巧合的是，田希凯曾是大隆秦盛生的部下。他早年曾在 500 强连锁机构做到高层，后加入秦盛生的公司，因在工作中对电子商务的接触日益增多，而多次在大隆主张发力电商业务，但一直未能得到实质性推进。后来，因为田希凯觉得电商才是未来，希望能顺势做一家优秀的网上商城，所以选择放弃了大隆上市公司期权和丰厚的待遇，走上了创业之路。

高山明白，如田希凯这样的创业者，都有强烈的进取心。这点足以把创业者与普通人区分开来；而且不是光想而已，是真的要行动起来。因为想得到，并且真的会去做，要靠创业改变眼前，欲望是创业的最大推动力。

顺势而为，田希凯也是看中了电子商务的大趋势。进军新创事物总是需要具有前瞻性，对趋势的把握需要商业敏感度，田希凯也具备这点。企业家能够大成，光靠勤奋是远远不够的，一定要找到风口。战略是在对的时间点，做对的事情。做对事情，对企业家来说很容易，但是找到对的时间点非常难——这也是企业人士魅力所在。

基于对田希凯的调研，高山力排众议，赢得了美国投资团队的支持，成为正德投资在中国本土市场的第一个早期项目。

但高山心里明白，除了电商的大趋势，以及对田希凯这人的绝对信心，还有很重要的一点，他是从大隆出走的创业者，他熟悉习惯于破坏规则的秦盛生和他的局限性。

对抗秦盛生的话，除了趋势，还需要有熟悉他的团队。

田希凯无疑是对抗秦盛生的一个筹码。

而田希凯也确实不负众望，在 2008 年 1 月的春节的活动中，他所创建的新源电商展开了一系列市场活动，当然线上也配合了商品促销活动。

果然大获成功。

但高山低估了秦盛生。秦盛生很快关注到新源和田希凯，也不知从哪里打听到背后的投资人之一是高山。

"高先生吗？我是大隆集团秦盛生先生的秘书，若是你最近回国，秦总想要见面请教一下。"

比预想中要快一些。

而当助理帮他订好回国的机票时，电话又不期而至。

"高先生，秦总知道您于 2 月 14 日回京，刚好他也在北京。您看什么时间方便？秦总想和您约个时间。"

电话里的声音很是客气，却有些咄咄逼人。

不如就见面过招吧，终究还是躲避不了的。

而高山并不曾预计过，他在 2 月 14 日晚上和秦沃一起过生日，而在第二天去见自己的家族仇人秦盛生。

也许，这只是一种巧合吧。

不去多想了。

但他现在第一重要的是秦沃的生日，所以他暂时忘记了第二天要和秦盛生见面。

看完演唱会后，高山直接把车开到了小南国餐厅，南方菜，秦沃是最喜欢的。

一桌子的菜，小巧，精致，就连看一看都食指大动。

这时服务员推过来一个很精致的小蛋糕，接着上来一盘米糕，上面铺着一层薄薄的红豆沙，居然和秦沃小时候吃到的很相似。

秦沃有些疑虑："这味道？"

"我以前听到你提过红豆沙糯米糕，不知道做的是不是你小时候提到的那样。我可是费了一番周折，才搞到你老家的配方。"高山回答得很正经。

天，还真的很类似，这是关于童年的记忆和美好的思绪。因为这个特别的蛋糕，秦沃忽然心情大好。

"许个愿吧，寿星小姐。"

许愿，忙得连愿望都没有了，秦沃低下了头，十指相扣。待她睁开眼的时候，高山睁大了眼睛问："我没有别的要求，就是你能告诉我你刚才许的愿吗？"

"保密，说出来就不灵了。"秦沃狡黠地笑了一下。

"我好久没回国了，正好有假期，回来转一圈，今晚看来我要霸占你了，你的两个铁杆闺密不会怨我吧？"

"哈哈，易佳佳和木心喜？现在她俩都很忙啊：易佳佳现在准备怀宝宝了，木心喜又有了新的男友，这次好像是个德国人，挺对她的路子。"

高山忽然抬起头："下次我再回来，可以叫上她们一起聚聚。丫头，你还是没有结婚对象？"

"不告诉你。那你为什么不结婚？你看我都不问你的女朋友们。自己的问题还没处理好还来管我？男人是要负责任的，再说，你也不小了。"她特意在"女朋友"后面，加了个"们"。

高山本来是好心，没想到却被她教训了一番："先说你的事情。每天遇到的那些精英，你随便划拉一个不就大功告成了？"高山依然慢悠悠地开场了，问了个自己最想问的问题。

秦沃顿了顿，轻轻叹了口气："外人看来是风光，身处其中的人看来，是辛苦。年龄越大，就越难发现一个有感觉的人。"

"为什么，嗯？"高山忽然觉得自己被问住了，因为这也是他一直在思考的问题。大概每个人对于这样的提问都会有不同的回答吧。高山清了清嗓子，说："可能随着每个人的人生阅历增加，对自己和别人的要求都会增加。比如我们小孩子的时候，得到一块棉花糖就很开心了，但是到了中学时代，可能得到一台个人电脑会很开心，而棉花糖不管是一包还是一箱都满足不了我们对于世界的探知了。对人的诉求也是这样。就拿多数男性来说，年轻的时候多是眼球取向——美女自然是最具吸引力的，但随着年龄的增长，更希望有个善解人意、知冷知热的对象，当然不能忽略外表太多，于是要求一多，矛盾就出来了。"

秦沃没有说话。"可能是在听我怎么说。"高山想。他吃了一口冬笋炒肉，他极爱此菜。"有的时候，人也是需要搭配的，比如这道冬笋炒肉，新鲜的肉加上脆脆可口的笋，笋中和了肉的油腻，这样的搭配才更诱人。所以，这需要的是匹配，就好比你所做的猎头工作中的原则 ——不是寻找最好的人，而是寻找最匹配最合适的。"

话题转到秦沃的职业领域，高山看到秦沃会意地笑了一下。这丫头，还是这样，只知工作不知道风花雪月。

但他又何尝不是如此？

"哦，那个许信呢？后来不联系了？"

"一直有联系，他本来一直在驻外，去年倒是回来了。"

"你们同在北京，他又对你极好，你难道不考虑下？"

"我心里有喜欢的人。"

这是她第三次告诉他，她有喜欢的人了。刚想继续问问，电话响了，他一看，朱珍打过来的，他刚交了三个月的"女朋友"，他还没有告诉秦沃，因为他觉得朱珍还不是他的女朋友。

纽约的女友朱珍在电话里东扯一句西扯一句，高山可不想被她占据了太多和秦沃难得的时间，而且透过眼角的余光，他分明感觉到，丫头虽然没有不高兴，但大概认定了这是一段新绯闻的开始。

他极其快速地结束了和朱珍的谈话，用了个莫须有的理由：晚餐之后有电话会议之类的，专心吃饭也很重要。朱珍也知趣地打住了，混迹金融和模特界的精英，自然是情商极高的一群人。

和纽约商圈混过的人交往，觥筹交错，觉得过瘾之余，有一种怅然若失的纠结；而朱珍来电话的时候，高山觉得这种纠结尤为明显：其表象之一就是他很珍惜和秦沃谈话的时间。

而面对秦沃他觉得尤为轻松，不单单是因为相识 8 年的交情，安心，甚至可以说是经常的交心。正是因为这种尤为可贵的感情，使得他觉得保持这样的距离刚刚好，不敢再做其他的想法了。在这样鲜明的对比面前，高山忽然不知自己是如何定位自己的了。但他又很快调整了自己的姿态，故意哈哈了两声："哈哈，没事，纽约的朋友打电话过来，谈谈项目的事情，顺便闲扯了几句。"

他看了一眼秦沃，这丫头，居然毫无反应地在吃红豆糕。罢了，亏我一片苦心，照顾她的情绪。

"哦，没事啊，你聊你的，我嘛，这红豆糕真是好吃，色香味俱佳。"秦沃停下来，很认真地问道，"你以前很少关心我的私人事情啊，怎么现在忽然这么关心了？还帮我过生日。"

为什么？

对不起，我不知道。高山内心答复了，顺其自然。有些事是我不知道的，比如，我忽然一冲动从纽约飞回来，有了这样精细的安排，我只是忽然想这样做而已。

他转移话题："可怜你啊，除了许信，最近就没其他追求者了？"

"干吗刨根问底啊，我现在单身，单身代表现在一个人，但不代表将来一个人。况且，爱人如己，我好好爱自己，不就是爱爱我的那个人了吗？那么你呢？"

球又被抛回来了。

这丫头搞什么问题游戏，高山愣是没听清楚她什么意思，还被反问了。

"你还不知道我？今天这个城市明天那个城市，这月在这个国家，下月在另一个国家。变成电话情人，对人家不负责任。"

"哦，你什么时候变成这么负责任的人了？没找到中意的吧？"

这点，他想，秦沃是误会他了，正是因为要对人家负责，所以一旦发觉不合适，并非是他想情定终身的人时，他是会直接告知她们的。短期她们会恨他，难受，但是从长远来看，情感上的债，他还是不希望越欠越多。他从来不是张无忌之流，不知道如何拒绝别人，有此刻的拒绝才有下一次正确的相逢。

弱水三千，只取一瓢。懂的人不用说，但是他也是慢慢才懂自己的。所以他慢慢地理清自己的思路时，他的言行也是有些改变的，大约她也感觉到他这些年在情感方面的得与失积累到一定时候忽然有了成熟的迹象吧。

或者说，他知道自己了吧。

12 点到了，他瞄了下表，应该送秦沃回家了。

"秦沃，千万别感谢我来和你庆祝生日，我还得感谢你听我絮絮叨叨这么久。和你交谈，我很愉快。"他哥们儿式地拢了拢她的肩，"嗨，我希望你也可以这样，在你最想说话的时候，记得我。"

秦沃哈哈笑着，在高山肩上擂了一拳。

相视一笑，有些话，其实是不用说出来的。几声哈哈，又没心没肺的，把原本的深情局面拉回到了好哥们儿似的情景中。

她知，你知；或者她不知，你知；或者她本来就知道，但装作不知道。但这是不重要的，因为此刻，他很安心，可以和她一起吃顿开心的饭。

和现在的她吃饭，这是一种前所未有的幸福感，也是工作无法替代的一种幸福感。

而接下来，他要去面对她的父亲了：和秦盛生的会面，就定在第二天中午。

Chapter 18
秦沃

唯有爱与梦想，
不可辜负，也不可估量。

2008 年。

这家伙，绯闻还真多。

高山对着手机蹦出朱珍名字的时候，秦沃心里咯噔了一下，但若无其事地掩饰过去了。后来才知道，她猜对了，那是他刚交了三个月的女朋友。

她没有权利质问他。

后面说了什么，秦沃没有听到，只是低下头吃着自己眼前的美味佳肴，唯有佳肴。忽然她觉得特别能理解风靡一时的《BJ 单身日记》的女主角肥胖的身体，有的时候，人是可以寄托些感情到美食中的。所以，现在若是面前有卡路里高的巧克力、薯片或者是奶油的话，她想今晚可以吃很多。

今夜，高山只是从美国专门飞回来给她过生日的多年好友。

她多希望他可以再停留几天，但他很快要回美国了。

高山送她到翠思写意寓所的门外。一路上，高山不断在逗她。

"早点安定下来啊，红包我都准备好了呢。"

"有没有良心啊，你比我还老呢。我怎么觉得你在催促我啊，难道觉得我嫁不出去吗？"

"绝对没有。26 岁，多黄金的年龄啊，人生是要活出自己的特色来才比较好。不要有压力，丫头，找个相爱的人相爱到老。"

高山忽然变得很深情："时光好快，你看我又要走了，下次不知道何时回来，但最终我还是要回来的。"

车载电台忽然播放《很爱很爱你》。

很爱很爱你所以愿意，舍得让你，向更多幸福的地方飞去。

秦沃心里低声合唱着。离别，分离，回归，团聚，忽然很应景。

两人都有些沉默，气氛忽然变得有些尴尬。

"爱，忽然很奢侈。"高山打破沉默，"我们在都市里，走着走着忽然有些迷失。你是不是也是这样？也许爱，很简单吧。就如小米粥，浓稠简单，但是味道怡人。"

"我……还好，我有我的梦。"

"好吧，你的梦。"高山打开窗户，看了看窗外，"你到家了，我又要赶回美国了。"他耸了耸肩。

她对高山说了声"谢谢高山哥"，便下车了。

"秦沃，以后要常联系。"高山叫住了她，"你一直都没有去过纽约吧，下次有时间的话，去纽约休假吧。我带你好好看看我生活了这些年的城市。"

"那挺好，外面世界好大，好像我一直在我的梦里。"

"不冲突，你先有完美的小世界，到大的世界的时候，你才会有底气，不慌张。"

"我一直在仰望你……的人生。"她犹豫了很久，最后还是在"我一直在仰望你"后面加了个"的人生"。

前者算不算是表白，她想。

"我可不可以，拥抱你一下？"高山看着她的身影，忽然觉得应该给她个拥抱。

秦沃看着他，笑了下，点了下头。

高山下车，轻轻地抱住了她，然后在她耳边说："知道吗？认识8年，这是我第一次真正地拥抱你。你好小好瘦，要照顾好自己。要是哪里需要我的帮助，你一定要告诉我。"

"好，我会的。"她没有看他，而是快速地走进大楼里。含在眼睛里的眼泪，在进楼道时，在他看不到的地方，如雨下。

她还是不够勇敢，还是不太自信，还是没有胆量。

但起码，刚才在他拥抱她的时候，那浓厚的男性气息，她朝思暮想的他的怀抱，今晚都给她了。

他关心她，她收到了信息。

只是不知道她在 8 年前就比他更胜许多。

开门。

北京早春的天气还是有些凉意的，早上出门时没有关窗，室内空气是凉的。

她走去关窗的时候，发觉高山车子还在下面，正准备给他电话的时候，发觉他已经启动车子离开了小区。

人生的相逢只是为了下一次的别离；而此时的别离，是为了下一次的重逢。

秦沃朝高山走的方向微笑了一下。

到家，卸妆，敷上保湿面膜，泡在易佳佳送给她做生日礼物的泡泡浴里。

今天，虚岁 27 岁的一天过去了。

她才记得打开闺密送的礼物盒。

易佳佳送的礼物真是实用，秦沃把自己完全地沉入浴缸之中。她喜欢这种茉莉花的味道，可以闻到满房间的芬芳。嗯，哪怕知道高山的生活中，又出现了另一个吴东娜，在此刻清新淡雅香氛包围中，秦沃也依然还有力量觉得生活美好，值得热爱。

秦沃从浴缸里钻出来的时候，头发和脸上都挂满了水珠，这样就分不清是泪水还是洗澡水了，秦沃心想。她修炼了这么多年，依然没有练就一身金钟罩，在这种时刻，心依旧隐隐抽搐，可是有什么办法呢？必须去适应啊。一个吴东娜走了，还会来下一个李东娜，张东娜，什么时候都轮不到自己吧。因为无法更改的东西叫命运啊，她和高山之间，横亘着的，可不就是命运嘛。

秦沃还是忍不住，用浴巾裹住自己，趴在床上，给易佳佳打电话。

"秦沃，你怎么了，谁欺负你了？"电话里断断续续的抽泣声吓坏了易佳佳，她着急地询问起来。

"佳佳，高山……交女朋友了。"

易佳佳安静地顿了两秒，叹了长长一口气。

"秦沃，你自己选择了这条路，这些不都是你可预测的烦恼吗？如果你在乎，就告诉他，你不愿意捅破，未来还有无数类似的烦恼会困扰你。你问问自己，你到底要什么？"易佳佳的声音温暖，却无法给秦沃力量。

"佳佳，你不懂，我和他，没可能的。捅破了，就连朋友都没得做了，现在我至少还是他的哥们儿，是他的知己啊。"

"好吧，你总说我不懂，我不懂，我确实不懂，你不说出来，我们怎么懂啊？"易佳佳有些恨铁不成钢的气急败坏。

"佳佳……我有些辛苦……"这一句话，秦沃费了好大劲才说完整，让易佳佳听得心疼。

"好，沃沃，我们不需要懂，我只要懂最近哪里新开了一家 SPA（水疗）馆就好，周末我去接你，咱们去舒服舒服。乖，点上我上回从日本给你带回来的精油，好好睡一觉，明天起来又是一个新的秦沃。"易佳佳柔声安慰，终于让秦沃平静下来，挂了电话。

秦沃习惯了他来，然后他走。她其实也很想说，希望你可以不走，但是她知道她还没有这样的资格。

好多事其实是有时机的，她不知道好的时机什么时候来，时机来了，若你没有准备好，再怎么急也抓不住。所以在漫长的修炼时间里，唯一能做的，就是把自己准备好，等时机到来的时候，便可以刚刚好。

就像张爱玲所说的，没有早一步也没有晚一步。

在他走后，她要做的是，过好她的本来生活。

她的生活里，有母亲林芳细心的关心，半个月前就准备了一堆家乡特产快递给了秦沃。今天早上的时候，就打电话叮嘱她今天一定要像以前一样吃两个红鸡蛋。

秦盛生的电话是半夜的时候来的，他告诉秦沃，他刚好在北京。

"沃儿，爸爸忙到现在。快告诉爸爸，你想要什么？明天爸爸买给你。"

"爸，您好好的就好了，我什么都不缺。"

第二天，秦盛生和秦沃约好在国贸大饭店见面。

秦沃看到父亲意气风发的样子，就知道他最近事业风生水起。

倒是秦盛生，一副很担心秦沃的样子。

"你本是爸爸的掌上明珠，本可以好好享福。但你自己选择了在北京一个人打拼，还好总算没让爸爸失望。爸爸啊，其实最希望你早日嫁个好人家，这样爸爸可以早日成为你孩子的外公了。对了，爸爸给你介绍的世伯的儿子，听说你连见都不见？这是你推辞的第10个了吧？"

"爸爸，工作忙，实在顾不上见那些富家公子。况且我都和您说了，我有我喜欢的人。"

"你大学一毕业就告诉我你有喜欢的人，4年了你都没领回来让爸爸见下。难不成丑女婿无法见公婆吗？"

"爸爸，他一直在国外，在国内的时间很少，也很孝顺，基本上在国内就陪他病中的妈妈了。况且，他那么优秀。"

"难道说你一直在仰望这人？"

"爸，我欠他的吧。我和他一直是好朋友，就是没有捅破这层纸。因为我怕，万一捅破了，连朋友都做不成了。"

秦沃本来想说，我们家欠他的，但怕秦盛生追问，于是改口说是自己欠他的了。

"男女之间的事情，往往是一个愿打一个愿挨，没有谁欠谁的。若是差不多了，需要我帮你搞定他，你告诉我，没有谁不给你爸爸面子。"

"爸，我自己会处理的。眼下需要的是，努力工作。"工作中的秦沃的确有"拼命三郎"的称号，"只有自己足够强大了，才更有力量去获得我能把握住的幸福。我相信这世间也是有足够好的事，自己可以把握住。除了等待，那就是把自己变得足够好。"

秦沃有时候就是认死理儿，只要是认定做一件事情，一定要把它做得够好。这样很累，但是得到结果的感觉也很让人满意。

秦盛生觉得自己有些娇宠这个小女儿了，现在想让她回头，看来还需要慢慢来。只是那个男人是谁？他倒是有些好奇了。

但秦沃就是不说出来，只是回答可以说的时候自然会说。

秦盛生没办法，只好把秦沃送回家，然后自己回酒店去陪现在的娇妻爱子了。

秦沃如昨晚看着高山离去一样，透过窗帘又看着父亲的车子绝尘而去。

父亲和爱人，这两个她生命里最重要的男人，让她左右为难。

一回头，忽然看到床头上的镜框里学生时代的照片，觉得有点物是人非了。

那个少女，照片中极其搞怪的少女，是我年少时候的模样吗？

这一年以来，她的话越来越少了，她开玩笑说是把所有的话都放在工作中了，生活中越来越低调、内敛、寡言少语了。

这两日倒是说了不少话，难得一见的高山，难得一见的爸爸。

她打电话给木心喜："我以前挺酷的啊，但凡碰到感兴趣的话题，只要是有我在的地方，便能听到阵阵的笑声，侃侃而谈地指点江山，是激情飞扬抑或是青春幼稚的荷尔蒙在作怪。

"现在每天在公司里 push search team members（搜索团队成员）、phone or face-to-face interview（电话或面对面会谈）、CRM or BD new clients（客户关系管理或拓展新客户），然后晚上参加些朋友聚会或者是应酬。

"但最近总是希望推掉一些应酬，晚上早早地回家，看看书。这个来源于我小时候家里那满满两大书柜的书的好习惯，的确一直陪伴我走过了多年的时光。只要是有开心的或者是不开心的事情，就会安静下来看各种书。"

"生日过得开心还是不开心啊，哈哈哈。"木心喜别有所指。

"鬼丫头，不和你说了。我要去写点东西。杂志社和我约的稿子还没搞定呢。"

忽然想起，中午的时候，杂志社的莫离来电，说是无意中从公司购买的畅销杂志上看到了秦沃的文章，顿时喜欢得不得了。所以，想约个时间聊聊，让秦沃成为他们的定期撰稿人。

已经是第 4 家杂志了，看来这辈子也许和文字脱不开干系了。

当然，舞文弄墨的理由只有一个，就是喜欢。

"秦沃，听我的，这种书，你别看了，生活中的你和你的文字一样敏感而生动。"

敏感，秦沃忽然发觉自己其实现在一点也不敏感了。

对判定人和职业的匹配度敏感，这是职业使然，也是专业的要求。

但对待感情上，她是有些迟钝的，易佳佳的话可是清楚记得的。

所以，当易佳佳每次说，赶快随便挑一个人，或者干脆就情定许信，然后结婚生子像我一样时，她的回答是：

"佳佳，你知道我心里是怎么想的。我有我的关注点，热爱的工作，还有那么一个人让我牵挂，让我觉得我和他之间好大的距离，我想要走得更近点。"

佳佳知道，这个人是高山。可是，他并不知道。

易佳佳经常调侃秦沃是女强人，一个人就能过好生活的女汉子。

秦沃后来和她说了高山的故事。

高山是这些年来她生活的重心。

在此之外，还有感动过她的许信。

在梦里，她经常梦到第一次见到许信的样子。

后来的大学时光，他为她所做的努力，她只是感动，她也确实被感动了。

但是还是要面对现实。距离是可以产生美的，连古人都这么说，但是过于远的距离就会适得其反。后来一位姐姐说，所谓的丈夫丈夫，一丈之内的夫才能称作丈夫，其他的终究只是过客。好多朋友的异地经历应验了这一预言：对于他们本来很纯洁而美好的恋情，在长久的分离之后，有种感觉叫作淡忘。于是他们也和所有的初恋一样，相忘于江湖了。

许信在努力证明自己和走进秦沃的时候，也让秦沃看到了她自己，她何尝不是在走进一个人啊。

她没有和他做过多的解释，只是说，自己也是一个事业心很强的女子，有很多的梦想，对于人生没有安全感，所以才当"拼命三郎"。

她有很多梦想，其中一个是他。

唯有爱与梦想，不可辜负，也不可估量。

许信回国看到职业装的她时，总是说，那个梳着高高马尾、穿着棉布衣服、安静看书的秦沃，真实的秦沃去哪儿了？

出现在众人眼前的，从此之后是职业范儿的她了。

人，是在行走的过程中慢慢地认识自己和归顺自己的，也慢慢成为更好的自己。

很快，秦沃混迹在投资界，周围精英云集：他们有着远大的理想，把社会利益放在个人利益之上，把长远利益摆在短期利益之上，同时，他们也愿意脚踏实地为实现理想而终生奋斗。他们中的多数人有着很好的个人素质，有着广博的知识，有着创新的思维和能力。他们能够团结和带领身边的人一起为实现理想而奋斗。一个社会如果没有一个精英阶层，没有这样一群人，这个社会要进步是不可能的。

你可以被这样的一层生活圈子的人笼罩，但是对于秦沃来说，这层光环不过是一层附加值而已，就好像秦沃每次完成了一个项目之后，会给自己一大捧白色的玫瑰一样。白色的玫瑰是秦沃的最爱。

当然，北京的地铁站的每个出口，都站着三三两两的卖花者，或者是活泼可爱的少女，或者是沿地铁口四处走动的少年，抑或是手举一大捧花吆喝的大娘。这个时候来来往往、川流不息的人群或驻足观望或挑出其中的几朵，顺手带回家给亲爱的家人，或者干脆拿上好几大捧，在众人羡慕的眼神中轻快地消失。这时候，面对鲜花的所有的眼睛都是带着微笑的，在这些微笑的眼睛里，你忽然觉得北京的春天也分外新鲜起来。

办公室正对着国贸的地铁站，从 27 层大大的窗户向外望去，可以看到三三两两的卖花者和五颜六色的人流。所以，她也经常顺手买上一大捧鲜花。因为是熟客了，卖花的大娘一见到秦沃便会很快速地递上鲜花，并加上一句："这是早上刚摘的，新鲜着呢。"新鲜的鲜花带给人的，不单单是心情的愉悦，还有一份浓浓的心动和关爱。就像妈妈的，女人要关爱自己，哪怕世界上没有人爱你了，你还是应给自己关爱。所以，就好像王菲的《给自己的情书》一样，给自己一捧鲜花吧，你起码知道自己是爱自己的。

秦沃来到办公室脱下外套的时候，忽然发觉桌上的花瓶是空的。哦，原来那束开得正娇艳的白色玫瑰花，被闺密易佳佳给顺手牵羊了，说是"从没见过开得如此诱惑的花"。

因为懂得照养，连花儿也懂得报答。但是，秦沃想，我照料它们的时候，没有想到过回报。

因为无私，所以才有盛放。

Chapter 19
高山

金融界的犹太圈子
就是那 20% 的精华人脉。

2008 年。

秦沃上楼后，高山突然想想抽支烟，然后他下车，点燃了一支烟，看着秦沃的灯慢慢亮起来了：刚开始应该是走廊，然后是客厅、卧室，然后他看到秦沃走到窗户旁边，朝下面看了一下。是的，看到了他坐的车，但是没有看到他点燃的烟。

每次很开心，或者不开心的时候，他就会点燃一支烟，然后在烟雾缭绕中细细寻找内心最真实的想法。在去机场的路上，他想那么现在的这个时刻呢？我是很开心的，大概我没有多少时候像现在这么宁静了。

这个宝贵而短暂的宁静时刻，他在她楼下待了一会儿。然后，回酒店，晚上倒是睡得香甜，虽然第二天他要见的人，是秦盛生。

这是这 11 年来，一直压在高山心里的一个男人。

这个男人一直都是人生赢家，现在也是风生水起，是他所在行业里呼风唤雨的枭雄。

若不是年少时候的那段经历，他没准也会尊秦盛生为前辈，只是高山有了太多的疑问，却也无从开口。

那么便只谈眼前。

在国贸大饭店，高山比预定的时间早到 15 分钟，却看到一位中年男子早已等在那里。

如果没有猜错的话，这人就是秦盛生。

眼前的这个男人，比高山想象中个子要矮一些，也就是说比高山的父亲高丰要矮一截，国字形的脸，一对挺厉害的眉毛，一双目光炯炯的三角眼，黑白分明。和高丰文质彬彬的样子大相径庭，秦盛生果然有霸气十足、雷厉风行的气场。

大概是高山的走路声惊到了秦盛生，他抬起头看到神似当年高丰的高山，本来沉思的脸上立刻嘴角很商业地上扬，热情地伸出双手。

高山也很专业地迎了上去，不知为何，背后忽然感觉到一股杀气。

"我知道你是高丰的儿子高山，我们开门见山吧。众人都说你是投资界精英，而且年少能干。听说新源公司在内地的发展，也是你们在背后支持。我在报纸上读到了你的消息，所以我就想找个时间和你碰下面。"

果然如想象中一样，来势汹汹。

高山还是面不改色，毕竟是见过诸多大世面的人。

"不敢当，凡事只是顺应趋势而已。电商在美国已经是大势所趋，新源在国外发展势头不错，但在国内的前景还有待考察。您在国内线下卖场行业深耕多年，对于国内的行业规则也是十分了解，也不知您对于这个电商快速发展现象有何见解？"

秦盛生许久没有说话，似乎是在思索："我们是线下见长，所以现在的步骤是追求单店的盈利状态，倒不是像之前那么盲目扩张了。这些年行走江湖，也明白资金链若是吃紧，总是要出问题的。"

他又想起了另外一件事情："高山，都美的兼并案，没有让你参加是有原因的。我很意外地在大隆的并购案里看到你的名字，我后来让信息部门查你背景的时候，查到你过去这些年一直在购买我们的股票。虽然你并不是用你自己的名字开的户，但我们还是跟踪到了，这很难不让我防备你。纵横商场这些年，风险控制是最重要的，我要尽我最大的努力保障股东们的权益。而这起并购案牵涉到大隆的前途，所以为以防万一，我并没有把你邀请到并购团队来。"

高山没有想到，11 年的恩怨，从秦盛生口里说出来，竟是如此轻描淡写。他努力压抑住个人情绪："秦总，我明白。商业自然有商业的规则。"

秦盛生显然是放松了些："高山，那么若是可以，我希望我们能以长晚辈相称。我们若是有合作的话，还是可以合作的；如果可以的话，你觉得我怎么做才能弥补我对你的伤害？"

这是高山始料未及的谈话，也是秦盛生这种纵横江湖20年的老江湖才能用到的手段：先是把伤口撕开，然后撒把盐，再进行清洗包扎。

高山始终面不改色："秦总，在商言商，成王败寇。新源进入国内，届时线上和线下的战役将不可避免。"

"看来，这样的战役不可避免。"

应该说，这不算是一次成功的谈话，也不算是失败的谈话。总体上来说，双方试探的口吻是相互的。

但高山依然相信，电商公司有了资本和强大物流体系的支持，也会极大增加和线下实体店竞争的筹码。他所谈的是商业的趋势，并不是针对秦盛生所领军的连锁帝国。

但聪明如秦盛生，绝对会嗅到一丝危险的味道。

秦盛生似乎还有事情："抱歉，接下来我可能要去和小女儿用餐了。昨天是她的生日，我特意赶到北京，没想到她说是要和一个重要的人一起过生日，所以我只能排到今天了。见她一次很不容易，我这个小女儿，我是拿她一点办法都没有。你父亲就比较幸运，儿子这么有出息。"

秦盛生似乎有所知，忽然话锋一转："高山，没见你之前，我倒是有些担忧。毕竟当年和你父亲的过节——他现在还好吗？"

终于还是没能绕开："家父于2005年在狱中过世了。本来若是他身体健康，也许再过几年，他还是可以保释的。"

秦盛生的表情有些复杂："我没想到会是如此。商场如战场，我们曾经是最好的战友。但有时候资本和金融就像是一把枪，不知道什么时候，你的枪就走火了。"

10年恩怨，高山倒是觉得秦盛生其实并没怎么放在心上，他的确是一个成功的商人。

但提到他放在心上的小女儿，高山从他眼中看到了一丝无奈。然而高山并没告诉秦盛生这个秘密，秦沃所提到的重要的人，就是他；他也没有告诉秦盛生，秦沃之所以远离父亲，也是有原因的，比如她知道了自己的父亲和高山父亲间的恩怨。

这个傻丫头。

他在心里默念，却似乎有股暖流。和秦盛生的冷血相比，秦沃是温暖的。他们是父女，又似乎不是。

但他从秦盛生的言谈中，明显感觉到新源虽然初战顺利，接下来绝对会迎接一场硬战。

做了初步的部署，见过了新源团队在中国的所有高层，但作为投资方，他也有他的位置，不能干预太多，但要时刻站到新源团队的身后。

疏导完新源和国内其他一些投资案在国内的发展情况后，高山准备回美国。

临走时，他还是按照约定，给秦沃发了信息。秦沃没回，这丫头也许是忙。他在想若是两人在同一个时区，该是一件多幸福的事。

准备回美国复命了，Robin（罗宾）约他回去后的那天下午两点一起聊一件重要的事。他似乎觉得，或许是什么机会之类的。

最近思维太活跃，睡眠一直不太好。在飞机上把接下来一周所要准备的会议资料和商讨主题准备好后，在头等舱还算宽敞的空间里，一幕幕往事涌上心头。

睡眠意外地特别香甜，梦里居然还梦到和秦沃在吃红豆沙。

太美好了。

醒来后，高山直接奔办公室，精力充沛是对投资界人士的基本要求，尤其对于身强力壮的青年人来说，能习惯高强度工作的好身体是事业成功的必备条件。

下午要谈一家中国新创立的互联网公司，其所在外包机构都在中国。作为正德领导团队中唯一的中国人，他想他是很占优势的。此外，他在中国的人际关系脉络也可以帮这家公司更快地打开中国的市场。

助理告知，他的直接上司 Robin 和他约的两点的会议时间到了。

他快速奔向 Robin 的办公室。

秦盛生提到和高山形成那种父辈的关系，高山没有从秦盛生那里感觉到诚意。其实他有自己的前辈，或者说是教父，就是 Robin。

Robin 是个土生土长的白人，父亲是犹太人，母亲是美国人。Robin 做事情是典型的美国派，不问任何背景，典型的美式思维。Robin 和华尔街的犹太圈走得很近。

要说华尔街哪种人最厉害，还是精明的犹太人。

Robin 让高山研究下罗斯柴尔德家族和摩天家族："他们像巨人一样掌控着华尔街。他们是隐藏在这个世界阴暗面的控制者，是控制西方世界近两个世纪经济命脉的强大犹太家族。"

Robin 是高山在华尔街的偶像，是他的伯乐，也是他在华尔街的启蒙老师。

为最崇拜的人工作，除了获得薪水外还会让人早上很想起床。公司和老板都是很重要的考虑因素，但最直接的还是尽可能了解老板，去最崇拜的人的公司工作，和他一起工作才得劲。Robin 就是这样值得跟随的人。

"山，你会很有前途的，因为你在华尔街金字塔的顶层。"刚进投资公司时，Robin 大概是很喜欢这个聪明而又勤奋的中国小伙子，经常带他出席犹太投资家的聚会，并告诉他犹太人和犹太人脉圈在华尔街的力量。

"商场上的二八法则：一般而论，企业 20% 的核心客户会带来 80% 的利润；同理，最核心的 20% 的时间会给你的职场带来 80% 的收获；20% 的职场人脉也会给你带来 80% 的收益。所以，空闲之余，多花点时间甄选 20% 的职场人脉，并且经营好这些职场人脉，你走向职场达人的道路就会更顺当一点。无疑，华尔街的犹太圈子就是那 20% 的精华人脉。"

后来高山才清楚华尔街的大脑就是犹太人。多数的投资产品都是犹太人圈中发明的，要论财商，他们是第一流的。所以高山才进华尔街就遇到了 Robin，绝对是幸运的事。

高山曾问过 Robin 华尔街制胜的秘诀，没想到他听了大笑："'秘诀'？哪有什么秘诀呀。金融其实本来是再简单不过了。这秘诀就是我们这些华尔街的'高手们'，擅长化简为繁，故意把特别简单的数字和报表就能说清楚的事情包装起来，给你整得头晕，也就只能听华尔街专家们的解释和操盘了，操盘的结果就是我们是要收佣金的。"

待了几年之后，金融圈里也有玩笑式的说法，就是大家是高级拉皮条的，不过玩的是聪明人和金钱之间的流通游戏。

Robin 有自己的看法："金融流通说到底还是供与求之间的关系，而华尔街就是靠交易量而存在的。增加供应品的交易量便可增加收益，华尔街的供应就是各种股票和债券。遵循人性中贪婪的本质，银行家们要做的就是设法将人们贪婪的本性转化为需求。股票和债券的价格波动，便使得人们的高卖低买的贪婪本性展露无遗。在人们的买卖之中，金钱便流动起来。"

在 Robin 的教导下，高山作为银行家越来越得心应手。Robin 告诉他，在这里要把自己变成最贵的商品，不断投资于自己的大脑。

"我们犹太人聪明的地方就在于我们的大脑。多少年了，人们可以夺去我们的土地、房产、店铺，但只要我们还活着，就能迅速地站立起来。"

高山感恩于他，十分拼命，也善于自省。

他来到 Robin 的办公室。

"山，哦，你看上去精神很饱满啊。有很好的消息？"Robin 立刻感觉到高山的样子有些异常。

"是的，见了位很久没见的中国朋友。"

"男性还是女性？应该是女性吧，哈哈。"

"是的，是一位很特殊的人。"是的，秦沃很特殊。

"很好，说明你在中国有牵挂。所以，可能对于其他同事，这个差事有些困难，但对于你而言，也许是美差。"Robin 露出了一个很明显的欣慰却又有些狡黠的笑容。

"哦。苦差，美差？说来听听。"人逢喜事精神爽，高山依然满面春风。

"你知道中国市场一直是我们最看重的一块，公司高层决定要派一位高层去中国拓展业务，正式开办中国办公室。对此，我认为你是最好的人选，我还没有和上层沟通，想在此之前，问问你的看法。"

"哦，"高山觉得有些措手不及。不过细细一想，毕业后在香港工作了两年多，后来在美国待了 5 年多，在现有的团队里，也还真是当仁不让的第一人选。

但职业习惯让他学会了全盘考虑："好，我回去考虑一下，两天后给您答复。"

"很好，你可以随时找我。这不是一件容易的事，条件你来提。"

条件从来都不是高山考虑的范围。做一件事是否能成就他的抱负，才是他要考虑的事，因为他所有的一切都是自己靠努力拼到的。正因为如此，他对于自己的未来从来都充满了信心。

晚上，高山正在处理工作，秦沃打来电话，有些醉翁之意不在酒，不经意地问起了朱珍。高山有片刻挣扎，还是决定坦白，感情的事，不知为什么不太愿意和秦沃讲。但秦沃问起来，高山不愿意撒谎。

"朱珍，一位模特儿，十分东方面孔，有的时候那么羞涩一笑，让我想起徐志摩的那首《沙扬拉娜》；刚开始有种心动的维纳斯感觉——中西合璧，而且很有才华，和……"

他本来想说，和你有些像，但是又没说出口。

高山在纽约的新女友朱珍，是他的前辈陈为民介绍的，她是韩国移民，偶尔在一家服装设计公司兼职模特，本职在广告公司做文案策划。

那次，陈为民实在看不过去他的工作狂的生活方式，约他在华尔街附近的一家小酒吧，说给他介绍个女朋友。

这家酒吧，在哈得孙河边的一条小街上。白天的这里没有一点曼哈顿热闹街区的氛围，到了晚上却是热闹无比。这里的几家外表古朴的酒吧，是华尔街人周末社交聚会的重要场所。

华尔街的酒吧文化，很像中国的茶馆文化，人们通常喜欢在这里相聚、聊天、结交新朋友。当年高山刚来华尔街报到，新同事们在紧张的工作之后，最喜欢三五成群地来到这里。而这里的气氛，这里的味道，这里的酒牌，还有这里的吵吵闹闹，使他们在这里就像在自己家里一样随意又放松，年轻的人们谈论各自的背景，让别人了解自己的同时，也更快地认识新的同事。

那是他第一次见到朱珍。虽然偶尔鬼妹性格，但人有礼貌、恭敬、办事有条不紊。

和他大学时候的金融界女友吴东娜不一样。

说实话，他刚开始是被朱珍的才气吸引，到了后来，发觉表面上她是亚洲人，但实际上已经非常美国化了：很爱玩，大概还是年轻和在美国出生的缘故。

朱珍今年 23 岁，和 28 岁的高山从年龄上来说，刚刚好。她大概也是觉得像高山这样的青年才俊不是轻易就能遇到的，所以也格外用心起来。高山有些不喜欢她经常在模特界露面，她也渐渐地很少去参加各种时装秀了，和模特圈娱乐圈的朋友慢慢也生疏起来，这一切也都是为了能更多地赢得高山的青睐。随着工作量的减少，她的收入也少了不少，不过高山也慢慢地供应了她的生活开支。

他现在也是华尔街的金领，给朱珍生活开支也没什么压力，但她大手大脚惯了，倒不是说他支付不起，但是对于风险控制意识极强的投资人来说，总是为这样生活方式的人支付生活开支，心中有些担忧，但高山也不明白自己为何还是选择和她在一起。

她吸引他的本来是她的才华，但是在一起的这几个月，倒是未见她在开拓才华方面下多少的功夫。直到有一天，两人在餐厅吃饭时，高山忽然发觉她扎起马尾的侧面，很像一个人：秦沃！

这让他自己吓一跳，不是朱珍的才华比较像秦沃吗？现在侧面也像？怎么看她现在越来越像秦沃了？

时间的力量真是有趣，大概是随着年龄的增长，让真实和重要的东西最后显现出来。他不是没有认真考虑过这个问题，但有的时候，越是重要的人，当作朋友更好，因为恋人关系走不到最后的概率比较大。况且他心里知道是什么原因，让他们这 8 年来没有什么突破性的交集。

家人，永远是第一重要的。

他想起秦盛生，于是问秦沃："你工作忙，没有回家也没有和家人一起过生日？"高山并没有提到他见过她父亲这件事。

"哦，我妈妈没来，况且她一向不重仪式感。倒是我爸爸来了，本来说是要帮我过生日的，但是你回来一次也不容易，所以我还是决定生日晚餐和你一起度过。我爸爸还挺有意见的，一直在问这人是谁，我倒是没有说。"

秦沃并没有告诉秦盛生，她和高山之间非常友好的关系，不提也许是对的。

高山想起自己的母亲。前些年，高山试图装作无意中在妈妈面前提起秦沃，说她的乖巧、懂事、善良，尽可能地把自己能想到的溢美之词都用上。但吴爱玲一听是秦盛生的女儿，情绪一下子失控。吴爱玲的一生，是围绕着高丰而活的一生，秦家之于她，是杀夫仇人，是夺去自己所有幸福和希望的恶魔。吴爱玲告诉高山，不许和这家任何一个人来往。

高山再不提了，吴爱玲是他在这个世界上最后的亲人。人和人能不能在一起，除了喜欢，还需要一点点缘分在里面。

缘分，让他们遇见，但是却并不能走近，那么就一切随缘吧。

后来他看到了阿什顿·库彻所演的一部电影：《相见恨早》（*A lot like love*）。相见恨早，这个解释很精辟。在人们还不懂得如何走进真正亲密关系的时候，便有了一种介于爱与朋友之间的关系：a lot like love，一种类似爱情的情感，但是又说不清楚，也许是因为太熟悉，也许是因为时空、地域等多方面的客观条件。

和朱珍在一起的这段时间，这种和秦沃的比较，让他终于在这段感情里沉默了。但他不是一个浪荡公子，他还是没有勇气直接和朱珍说要分开一段时间。但是他也不想欺骗她，也许真实地面对自己的感情是他现在唯一能做到的，他不想伤害任何一个走入他感情生活的女孩。

真实地面对自己的感情又谈何容易。随着时间的推移，他不知道是出于对中国的思念，还是对秦沃的思念，真的很想回去了。中国和秦沃，是捆绑在一起的。他自少年、青年时代，所有的成长和记忆都是关于和秦沃一起的，秦沃是生长在他生命中的一朵茉莉。

"没有什么季节 / 在日里在夜里 / 时时开着小朵的清香的蓓蕾 /……/ 在日里在夜里，/ 每一个恍惚的刹那间。"

席慕蓉的这首《茉莉》其实可以极好地解释这些年来秦沃在他心中的模样。

说到自己的女友，电话那头一片静寂。

"丫头，该不会吃醋啦吧？"高山故作诡异地一笑。

吃醋？秦沃也大笑了一声，说："高山哥，我要是吃你身边女孩子的醋啊，那我这8年来肯定成为醋界的仙女了。"

"那只是莫须有的绯闻啊。言归正传，你最近怎么样？最近人才市场很火爆啊，我身边很多哥们儿都积极地准备看看亚洲的机会，中国也是重点之一；你们应该也能感觉到吧？"

这倒是真的，秦沃想，最近金融市场的火爆直接带动了人才的流动，一些新成立的风险投资和私募股权投资募到资本之后，第一件事情就是招兵买马。当然，每家公司搜寻人才的方式不一样，有的是近亲繁殖——多是寻找一些熟悉的朋友或者旧交；有的公司比较喜欢一些新生力量，所以就委托智通国际这样的人才寻访公司帮它们在更广阔的天地里寻找适合的人才。

"特别是不少的华裔，回流现象比较明显，看来是好的苗头。没准，不久之后，我也会回去的。秦沃，到时候你要帮我物色好的位置啊。"

看来是很有规划感的。这个聪明透顶的江南才子，虽然自大，但是有一点是秦沃很欣赏的，和大多数有机会出国的人不同，他出去的目的是学有所长，将来回来报效祖国。

> "我深深地
> 　深深地爱着我的祖国
> 　为了更深刻地爱它
> 　我暂时选择了别离。"

他的这首诗，模仿另外一首诗歌，她都记得。

"让我给你找地方？哪有庙能放下您这尊大佛啊？我看，您还是自己募个资金，自己当老板吧。没准几十年后，是另外的 KKR（科尔伯格－克拉维斯集团）或者 Blackstone（黑石集团）。"秦沃激情将了他一军。

"你可别说，我还真有这打算，但是我们这动辄几亿几十亿的资金，不是闹着玩的，还是等有天时地利人和的时候比较好。"看来高山已经深刻地想过这个问题了，"不过，丫头，你自己难道就没想着出来做个跨国人才搬运公司？你要是做的话，我第一个支持你！

"丫头，你还记不记得当时我们指点江山的时候，你说你的愿望就是有自己的事业，同时成为一名财经作家？这事业现在不就可以慢慢建立了吗？你看啊，虽然我还未到天时地利人和之时，但是你若是做人才搬运公司的话，我觉得是可以的啊，你好好考虑一下？"

　　高山的话倒是提醒了秦沃，也是，自己当年的理想不就是这样吗？

　　看来今天眼皮跳是有理由的，高山的新欢和高山的创业鼓动法——左右眼都跳。秦沃笑了一下，还好是左眼皮跳得厉害，不然这位兄长新的女朋友的消息该是右眼皮跳啊。

　　高山其实是在给自己的回国做铺垫，但是并没有直接告诉她。他可能会回中国，但需要考虑成熟后再告诉她。

　　他是个谨慎的人，虽然在秦沃那里嘻嘻哈哈、一带而过，但实际上是经过了很久考虑之后才告诉她的。

　　重要的事，放松地说出来。

Chapter 20
秦沃

他太耀眼，不是平凡如她所奢望的。
她选择了守候，静悄悄地待在他的天地里。

2008 年。

对于秦沃而言，一切顺风顺水。

今天的确是个很好的日子，候选人赵琦终于通过了最后的面试。在圈子这些年，真正称得上高山朋友的，赵琦算得上一个。不单单是因为赵琦的父亲是高山所在学校的教授，更是这个人的透明的心。

赵琦回国的理由很简单：为了他的爱情。他要求从美国的华尔街调到香港，而后又因为女友无法顺利赴港工作，而选择来京寻找机会。

他联系秦沃的时候，秦沃手上刚好有全球排名前十的投资公司的机会。赵琦一路绿灯，让素来以挑剔著称的客户公司的营销总监称奇：9 岁全家搬到美国，21 岁从麻省理工毕业，在全球最好的投资银行工作至今，而且极为关键的是为人极为谦逊和低调。"我希望你能在这里安心地工作。"赵琦转述给高山，营销总监希望他可以在这家公司待的时间比较长。

好的员工，所有的老板都是欢迎的，同时也不惜花费大力气去搜寻，就好像很多人花费大力气去寻找自己的另一半一样。当然，猎头也得花些力气，比如最后决定的关键时刻，半夜，秦沃还是会挑选合适的时间和赵琦沟通，听他的决定。毕竟纽约和北京有 13 个小时的时差，北京此时夜晚 11 点但纽约可是中午，阳光十分明媚。

果然，赵琦经过长达一周的周详考虑之后，打算接受秦沃的邀请，接受这个职位。

"太好了！"她开了瓶红酒，给自己倒了一杯，一个人庆祝了一下。这不是一件容易的事情。赵琦参加了长达10轮的面试，因为职位非常重要，所以除了视频面试，还需要安排面对面的面试与交流。

没有看错，赵琦是个懂得感恩的人。

毫不意外，他上班的第一个星期，便约秦沃在国贸大饭店庆祝一下，说是要介绍自己的女友给她认识。

秦沃想，会是怎样的一个女子呢？

就是因为这样的期望，所以当秦沃看到赵琦的女友时，或多或少有些诧异：这位一米八三的年轻多金的男子身边的这个女子，小巧得像个高中生，露出一种怯怯的表情，叫秦沃：姐姐。

其实她们就差了一岁。

秦沃忍不住问："你为什么会为了她，放弃美国那么好的机会？况且你现在中文都说不好。"

赵琦说："我从8岁的时候就一直喜欢她，后来去了美国，更想念她了。18年来，我的脑子里只有她一个人。直到现在我的手上还有一张我们班级的名单，在那上面我在她的名字上画了个大大的圈。大学毕业后，我告诉自己，我要回来找她。我想保护她。"

这个也许就是传闻中的缘分吧。

有缘，走失在地球两端也能在一起，无缘，哪怕近在身边也不可得。秦沃这么想的时候，心里隐隐有些失落。

当一个男人想爱护一个女人，或者是当一个女人爱护一个男人的时候，是爱的开始吧，但是缘分却决定了他们最终的命运。

"不过，我也是一直在爱里。因为，我一直都想要去爱护一个人。"秦沃想。

这个圈子的青年人，不少是年少多金，风流偶傥。

这次高山回国，参加聚会叫上了秦沃。

规模空前，地点就在银泰中心的北京亮。从室内到室外有密密麻麻的人，没有邀请卡，根本就不能入内。来的人基本是专业机构的专业人士，当然还有很多很多的美女。因为是偏商务的，所以人们都在交换名片，寻找不同的商机。不知为何，秦沃闻着各色的香水味，忽然想出去透透气：她虽然是一个商务人士，但是好像不是很喜欢这样的环境。觥筹交错的时候，她忽然想念曾经插在耳边的野花。

倒是高山找不到秦沃，在人群中穿梭到处寻找她，后来发现她在阳台上俯视CBD，一个人在清静。高山一下子很是怪罪："叫你来，就是希望你能多认识些人，你倒好，跑这里来呼吸一个人的空气了。"

"你知道我是喜欢安静的，私底下。"

"你现在一个人好好待着，我要回去招呼他们了，叫了这么多人来……"高山拍拍她的肩膀，于是离开了。

"秦小姐吗？"忽然耳边响起一声问候。

秦沃抬头望去，一位穿着雪白衬衫的年轻男士陌生的面孔，但是职业使然，她对他报以一笑，然后伸出右手："是的，我是智通国际的 Mary。"

"哦，我是你的粉丝。"年轻男士笑了，看到秦沃的疑惑，他连忙解释说，"去德国紫炎风投的 Jason（贾森）是你推荐的吧？我曾在他家里看到一本杂志，那是你的访谈。所以我记得。我觉得你提的一些面试的方法很到位。对了，我是德尚的 Ray（拉伊）。"

秦沃一笑，陌生的熟人，算是认识了。有些欣慰，用青年女性的小小虚荣心暗自骄傲了一把：看来我确实在做一些十分好的工作，为这么一群人提供些职场发展信息。于是我也变成了他们的职业经纪人了。

"是的，世界很小。没想到在这清静的阳台，居然能遇到同样不喜欢太热闹的人。"

"确实，里面真的是太吵了。秦小姐喜欢安静的地方？"

"对，安静可以让你回归内心，看到真正要做的事情。"

"哦，秦小姐要做的事情是什么呢？难道，也是要去创业？"

"创业？"

"秦小姐是个很有创业者潜质的人。"那倒是，高山也这么和她提起过。

"哦，从哪里看得出来？"

"我看创业者就看三点：第一，是否有创业者精神，偏执狂；第二，开放的心态，能够全局考虑；第三，就是挑选好的行业。"两人会意地碰了一下酒杯，"我觉得前两点秦小姐都符合，虽然第三点人力资源行业不算最好的行业，但是因为是秦小姐最熟悉的，而且你也有在这个行业做到顶端的口碑，所以不妨作为第一次创业经历。"

她倒是的确很喜欢自己的这份猎头的职业。

大约是因为喜欢，所以有些卑微起来。

她明白，喜欢到深处时，总显得卑微。才华出众、洞明世事的张爱玲在喜欢面前，也显得卑微起来。

"当她见到他，她变得很低很低，低到尘埃里，但她心里是欢喜的，从尘埃里开出花来。"

这样的卑微是值得让人感动的。如果在喜欢面前趾高气扬，那这样的喜欢是不会长久的。只有卑微的喜欢，才显得美丽，像那从尘埃里开出的鲜花，散发着淡淡的芳香，点缀美好的生活。

Ray 和她聊了许久。两年后她回忆起自己的创业经历，除了自身的基金，Ray 的这番话其实也加快了这种进度。

她站在 CBD 的最高处，忽然将杯中的红酒一口气喝下，然后给高山发了条短信："我先走了，你难得回来一趟，工作为重。"

她本来想说，这也许是我们之间的距离。她忽然仰慕起在她心目中，全世界最聪明的男人来——他可以收放自如，无论是喜欢还是不喜欢一件东西或者一个人；当他认真起来的时候，在他的脸上都看不到太多的表情。当然，在秦沃面前又是另外一副"嘴脸"。

我和你之间，还有好远的距离。

那次聚会对秦沃的影响不小。这段时间，她晚上回到家，对着镜中的自己，除了想念高山之外，她在想自己的下一步。

外人眼里的她：单身、外企中层、光鲜亮丽。

完美事业。

但又完全不够。

闺密木心喜倒是也在启发她。

木心喜和秦沃不一样：顶着极大的上市律师的光环，做些企业改制和上市的事，谈不少的男朋友，却没有时间和心情去经营。在她看来，感情只是用来调剂紧张事业的甜品，或者说她从来都不相信感情。

而对于秦沃而言，相信美好，相信情感，而完美的事业也是爱情平等的根基。

木心喜的电话是 24 小时为她开通的。

"工作状态永远忙碌，每天和形形色色的优秀男士打交道，为什么没有自己的 Mr. Big（《欲望都市》里和凯莉有纠葛的男士）？难道在城市中真的要像凯莉那般，寻觅 10 年，才能和自己的 Mr. Right（如意郎君）在一起？我告诉你，好亏呀。"

"不能一直等，要进步啊，快速进步，所以创业不失为一种快速进步的方法。"

"秦沃，我们三人之中，易佳佳基本是被固定富人生活了，缺乏动力。我本来最有希望成为成功人士的，但近些年来，觉得真是累，动静弄得太大，加上要做上市项目，需要的启动资金资源太庞大，觉得不太可能了，所以还是好好地做好自己的金领吧。倒是你最有希望创业做点好玩的事情。"

秦沃在桌前，边听木心喜的电话边收发邮件，准备关上电脑时，MSN 对话框上一个人头闪动："秦沃，还没有休息呢？"

是谷东。

他们第一次的交谈是张清博士介绍的，也似这般的谈话。

"是的，您也没休息呢？"

"是啊，加你的 MSN 很久了，一直看你处于忙碌状态，也不太好意思打扰你。今晚看到了，觉得在这个时刻你应该是有时间的。"

"哦，是的，还好。不过马上准备休息了。"

"哦，那好，那就不打扰了。我是谷东，是你的朋友张清告诉我你的账号的。"

张清，那个著名的心理学博士，秦沃记起来了。张清所在的 HMS 是全球互联网行业最好的公司之一，不过可惜，由于秦沃的领域专注在金融，因此一直未能就工作上的事和张清博士有过探讨，倒是就心理学里的一些问题，她们有一些深层次的沟通。所以秦沃也记不起来张清为何把谷东推荐给自己。

倒是谷东，估摸时间太晚了，于是很有礼貌地道晚安。

"秦小姐，你休息吧，祝你晚安。"

"好的，也祝你晚安。"秦沃像对待很多这样相识的陌生人一样，又客气地说了句，"很高兴认识你，谷东。"

"秦小姐，我也很高兴认识你。"

那么这是他们的第二次谈话了。

那么，打个招呼吧。

秦沃的回答极其自然："是的。您也没有休息呢？"

"我们 IT（信息技术）人员早就习惯了深夜工作的方式，从学校的时候就那样了。若是早休息还觉得不习惯呢。"

有的时候，生活环境会造就一个人，工作氛围也是。这是很长一段时间以来，秦沃感兴趣的东西，比如，生活、工作、人之间的平衡和张度。

"IT？哦，记起来了，您是 HMS 的谷东，最近工作忙吗？"

"还好，就是有些技术活儿比较费时。唉，我们 IT 民工啊，不像你认识的那些精英人士。"

"精英人士？不，我觉得每个人都可以是自己的精英人士。因为闻道有先后，术业有专攻。所以只要我们在所在的年龄或者说是领域尽力了，那么每个人都是精英人士。"

"这个探讨起来，就深远了，我觉得我们可以喝一杯咖啡慢慢聊。"

"可以的，若是没有特别急的事情，我们可以选个周末的时间。我很乐意认识新朋友。"秦沃记起来最近时间有些不够用，也有些累了，准确来说，这周像打仗一样，被别人 Push（推荐）也 Push 别人，异常紧张的一周。所以最好的放松方式便是早早睡下。

于是，她毫不迟疑地和谷东正式说再见了。

应该好好享受这个周末。

周末的深夜，静悄悄的。

一切都很好，独缺身边人。还好，她有很多很多朋友的关心，还有催促。

秦沃想起赵琦经常在电话里规劝她："你应该多出去走走，当然这样还不行，最好啊，是早日找个男朋友。"

这个时候，秦沃便露出整齐而雪白的牙齿，貌似天真无邪地和赵琦说："你帮我找啊，你周围不都是精英人士吗？他们可是很多年轻女孩心中的钻石王老五啊。"

还没等秦沃说完，赵琦便急了："秦沃我可再也不帮你干这事儿了，都放了我好几位哥们儿的鸽子了，闹得我不知如何是好，红娘不好当啊红娘不好当。"

她不想分心，一心一意在发展自己的同时，笨拙地等待。

如木心喜所言，这样下去也不是个长久之计，总得做些自己想做的事情。

那次偶然的机会，秦沃见到了知名的主持人李静。

易佳佳老公的公司和李静有交集，所以也很了解。

"秦沃，静姐可不简单，当时从国家最大的电视台出来自己做节目。刚开始时异常艰难，像所有的创业故事一样，后来她走得越来越稳健了。8 年之后，她获得了全球最大风投的投资，风风火火地进入了电子商务市场，拓展了之前的业务领域。

"后来她获得了时尚女性创新奖，颁奖嘉宾问她为什么要接受这么多的挑战，她的回答是安定而暗地妖娆的，我背给你听啊：就是在不断地做很多事的同时我觉得我获得了内心的一种肯定，我觉得，哦，原来我可以有这么多的潜能，去做这么多的事情，我由一个曾经自卑的、胆怯的小女生慢慢变得淡定了，还可以对很多人说，过来，过来，一起走，我觉得这种感觉特别好。"

秦沃便接了下句："很喜欢这样的女性，很多女性年轻的时候就开创事业。比如老徐，人们总是可以想到很多词汇：才女、导演、博主、总编……她被誉为娱乐圈里的异类，特立独行，我行我素，似乎总会让别人猜不到她的下一步。也许，她的成功真的很大程度上是'玩'出来的。老徐的许多想法只是源于当初一种尝试的心态，但把想法变成现实却要靠实实在在的行动。老徐也说了：'我是那种执行力非常强的人，想到就要去做。'如同她那部电影的片名，《梦想照进现实》。"

"嗯，这些女性有一个共同点就是喜欢尝试新的东西，并且有颗童心，有时候傻得可爱，比如斯嘉丽。还有很多活得精彩的女性，我们心中是喜欢她们的，也许，我骨子里也是这一类的女子，只不过不到时候便不张扬出来。秦沃，我觉得你也是这样的女生。你想想你周围从小的环境。"

"一方水土养一方人，我的家乡本是人才辈出。"秦沃忽然停住了，想想不管现在父亲如何，他也是靠自己的双手一步一步走到今天的。父亲的形象也构成了幼年时期她对企业家的最初印象——为了最初的梦想，要努力奋斗。

创业改变命运。

创业？这倒是一个极其时尚的名词。80 后的孩子都时兴自己给自己冠以 CEO 或 COO（首席运营官）的名号，用他们自己的话说，想创就创，要创得响亮！

她上次就见识过一个有个性的创业者。

高山帮秦沃从美国带回来了《欲望都市》的影碟，当时国内还没有公映。她答应帮风尚杂志写《欲望都市》的专栏文章，原因之一不是因为她迷恋那个纸醉金迷的都市，而仅仅是和女主人公 10 年苦恋的共鸣。当然她没有告诉高山这些，只是告诉他，很好看的电影，不看可惜。

写完之后，主编便邀请秦沃抽点时间配合杂志摄影师的拍照工作："秦沃，你要好好拍，好好笑，我们会派我们最好的摄影师给你一个大的照片版面！"

下班之后，只好就地取材，在秦沃经常出没的 CBD 一带取外景。外景地比较真实，而且场景也是秦沃比较熟悉的，这样可以展示最自然的状态。

晚上见到摄影师晓斌之后，秦沃有些失望：什么最好的摄影师，分明是个学生嘛。用猎头的眼光来说，这叫经验不足偏要跑江湖。哪知道到后来取景的时候，他叫秦沃所站的位置都是极美的角度，让惯于察人的秦沃忍不住好奇起来。

边拍边聊之余，秦沃得知晓斌之前是某知名 IT 外企公司的程序员，后因为热爱摄影而舍弃自己的职位，做了名自由职业摄影师。

"为什么会决心抛弃知名外企职员的身份，做一名没有保障的自由职业人呢？"秦沃问完此话，发觉自己开始犯职业病了，"你是 80 后吧？"

"是的，因为我就是想做让自己开心的事情，而不是每天机械地编程序，成为整个公司的一颗可以随时取代的棋子。我要成为自己的品牌。"晓斌一口 80 后的标准回答样式。

秦沃笑了一下，后来这张照片据说是拍得最好看的一张，也许是因为秦沃听到晓斌的回答之后会心地一笑，所带来的满心欢喜的效果。

第二天，秦沃拿到这一组照片的时候，挑出了一张颇为满意的全身侧影放到 MSN 上面的时候，立刻引来关注无数。

是的，人们都说，你所挑选的图片显示了你的真实状态。秦沃选择的这张极为放松地微笑着，是因为秦沃当时所看的那一片场地是一家十分有名的婚纱店，刚好透过落地的玻璃窗，一对年轻的情侣正在拍摄婚纱照。那样喜庆而祥和的气氛感染了她，不由得手轻轻地放在护栏上，白色的护栏向前面延伸开去，恰似漂亮的流线，直达最美好的前方。

创业的时机到了吗？

早上醒来，这句话忽然从她的脑海中蹦了出来。

"你绝对是具备创业特质的人，我已经和你说过多次了。而且现在那么多高端人才回流，我觉得时机很好。"高山已经来了好几次电话了，说是坚决支持她创业。她想，难道时机成熟了？

高山一直很鼓励她积极做好自己最想做的事情。

也是为了你，也是为了我自己，也是为了我们。

没有想到的是，他们这次想到一块儿去了。

感谢你，一直在鼓励我。

Chapter 21
高山

世界会弄得我们浑身是伤口，
但是最终我们的这些伤处会长得更加结实。

2008 年。

他终于决定回国。这些年来妈妈和秦沃，一直在唤醒他内心回归的声音。

他在国内有牵挂。

从爸爸被带走那天开始，高山看到爱笑的妈妈像是突然被抽走了灵魂。爸爸去世的那段时间，高山焦头烂额，一方面要处理后事，一方面又要时刻关注着妈妈的情绪，好在妈妈看似平静地接受了。

他不能把吴爱玲接到美国，所幸他完全有资本给她请最好的护工和保姆。临走的前一夜，高山拥着母亲，像跟孩子说话一样和她说话，乞求她不要放弃活下去，告诉妈妈自己需要她，像小时候一样需要她。

直到吴爱玲默默点头，高山才站起来。

护工说她依然是老样子，不爱说话，情绪时而稳定时而崩溃，在阳台上一坐就能坐一整天，不过就是这两天身体不太好，发高烧。

这些年，妈妈一直是他心底的一个牵挂，也是一个痛；也是横跨在他和秦沃中间的一根刺，让他既牵挂秦沃，又不敢靠近。

可是随着时间流逝，妈妈年纪越来越大，而他自己漂泊多年，总要归家。一是孝道要尽，二是抓住机会开创新的事业版图。

在最好的时间，这个时机已经来临。

做一个有开创精神的人，是他所认识和想成为的自己。说起来容易，但是要一步一步践行的。首先，他告诉自己要找到真实的自己，要做自己，不要失去自我；同时善于发现，好的或者不好的；听从内心的声音，比如他要回国的决定；还得有正确的领导者作为标杆；还得专注于一个提供指引的愿景。

然后是，有牵绊。

回归。

尤其在他鼓动秦沃也去创业的时候。

说起秦沃创业这个决定的时候，高山倒是异常兴奋。

"秦沃，just do it（想做就做）！你天生就是这样的人，天生的、勇敢的、鲜活的、倔强的。你身上具备优秀创业者的特质，而且也一直在这个圈子里服务很多的职业经理人，也为很多的企业家服务。见得多了自然会影响到自己。"

所有的经历都不是一种偶然和碰巧，都是可贵的。只是无论如何，你总会是那样。大抵这也是多读名人传记的好处吧。读书，这可是高山很喜欢的一种方式。

Robin 最近一直和高山提罗斯柴尔德家族。

时势造就枭雄。

最好的投资，莫过于"在风中找到一只鸟"，事半功倍。

富过 8 代的罗斯柴尔德家族，每次都抓住了历史长河中的种种大鸟，乘势而飞。

对于高山而言，就是找到最具成长性和爆发性的企业，尤其是对来自硅谷的互联网公司进行投资。

在硅谷，千万富豪、亿万富豪的制造速度，远超过华尔街。但是这些科技狂人最终也会选择华尔街的金融手段来实现通往未来的自由之路。

"2007 年，第一代 iPhone（苹果手机）在美国上市，再掀苹果的新时代。苹果是个投资界的奇迹。在硅谷，至今有两个经典案例无法超越。一是风险投资对苹果公司的投资。1976 年教父史蒂夫·乔布斯和史蒂夫·沃兹尼亚克共同创办了这家公司。对初创公司来说，资金不够是个大问题，所以乔布斯找了红杉资本的唐·瓦伦丁。唐·瓦伦丁凭借其丰富的管理经验、人脉以及资本帮助了苹果公司。1980 年 12 月 12 日苹果公司上市，每股发行价 14 美元，当天以 22 美元开盘，几分钟内 460 万股被抢购一空，当日收盘价 29 美元。乔布斯当日身家达到 2.17 亿美元，那年他 24 岁。

"当然还有另外一家公司——谷歌的发家史，也有红杉资本的影子。谷歌公司也诞生于车库。1999 年，红杉资本的迈克尔·莫瑞兹（Michael Moritz）参与了这家公司的投资。2004 年 8 月 19 日，谷歌上市，发行价 85 美元，年底攀升至 195 美元。IPO 给了谷歌超过 230 亿美元的市值。"

高山知道，即使到今年，这两家公司也在全球市值最高、创新力最强的顶级公司之列。

"投资的过程，其实是伴随伟大公司的过程。"

高山见过太多这样的公司，今天上午见的这家公司，就十分具有代表性。

高山的助理把两位公司的创始人 Tom（汤姆）和 Steven（史蒂文）引进来的时候，高山就看到两个典型的创业者：某知名高科技公司的产品经理和技术高手。

"为什么想出来创业？"

"我们一起研发了一个新产品。我们的方向是企业服务，针对一些公司的物流管理系统，而这种技术在我们目前所在的公司是无法生存的。所以我们两个人下班后在自己的居所里做了进一步的研发，同时将这个产品的无限可能写成了商业计划书。" Tom 话会比较多一点，产品经理还是需要和人沟通的；Steven 比较内敛些，毕竟是技术出身。

"当然，半年前的阶段不太适合找风投机构，我们早期也找了天使投资。他原本是我们公司退休的早期雇员，正在和硅谷的有钱人一起做天使投资人，他发觉这个新产品和技术有独到之处，确实具有可以预见的市场。同时他建议在加强产品研发的同时，帮我们找市场营销能人，共同创业。"

两位创始人确实找了位市场高人 John（约翰），但由于能拿出的基本工资只有 John 应得的 1/10，因此两人决定给 John 些股份，这也涉及第一次的股权分配问题。

"你们俩确实是典型的创业者，接下来我要花一些时间做行业尽职调查。另外你们想稀释多少股份？"

"20%，400 万美元，可以给你们一个董事会席位。"

高山做完尽职调查后，认定该产品具有前瞻性，于是写好项目 Memo（备忘录），正式向正德投资汇报该项目。诸位合伙人一起商议，最后决定投资 200 万美元，占 20% 的股份，但两位创始人觉得 400 万美元才能让出 20% 的股份。最后双方商定 300 万美元占 20%，投前估价。

同时，高山也可以得到在董事会的一个席位，同时约定，他对下一轮任何的融资拥有优先投资选择权。

按照约定，资金分两笔打到被投资企业账户上，在这期间有无数的法律条款需要协商。资金到位只是第一步，后期还有复杂的董事会管理，以及投后管理工作：公司大的产品线调整、新市场的开拓和新技术的引进、协助公司建立及改进法律框架、完善公司财务内控体系、高层管理人员的引入等。对这些，高山都有参与权。

这个项目后来发展迅速，成了新源物流系统的合作伙伴。

一般而言，手上同时进行 10 个以上的项目就有得忙了，但是高山需要过目互联网领域投资的所有项目，同时还需要审阅大量的商业计划书。

今天邮箱里还有几十份商业计划书等他进行初步审阅。而这几十份商业计划书仅仅是投资经理初步审阅和做完初步行业调研后认为潜在合格的项目。

到了晚上 10 点时，他看商业计划书看得有些累了。

这时，收到了新源的最新项目进展报告文件。

新源的总裁田希凯在国内开局还比较顺利。

相形之下，秦盛生所带领的线下交易的实体店却变得不温不火。田希凯的一位前同事是秦盛生新聘用的副总裁，据他说："情况有些微妙，一方面大隆要稳住实体店，已经开始准备收缩扩张步伐了；另外一方面，面对互联网的线上挤压，他们也不会无视。"

高山问道："大隆有什么进一步的措施吗？"

"目前看来没有大的动作，但依据秦盛生的个性，若是新源在大隆的细分品类成长起来，只怕竞争是在所难免。"

商场如战场。

高山决定换下脑子，于是来到客厅，随手拿起一本影碟《欲望都市》。这是秦沃托他买的，目前在中国市场还买不到。

秦沃跟他说，这是美国很红的一部电影，好像说的是优秀的金融家和女作家的故事。秦沃让他一定要抽时间帮她尽快买一本影碟寄回来，国内上映要等一年之后了。

"高山哥，您也可以看看这部剧啊。"

助理把影碟交给他的时候，他也有些好奇，极少有什么电视剧让她这么挂念。

"有些好奇。"他倒了杯红酒，也观摩起来。

说实话，这剧在美国还是挺火的。美国人两大必看电视剧《老友记》《欲望都市》，在中国前者很多人是一集不落，用来练习听力的，他当年也看过。

电影版《欲望都市》，剧情还是围绕 4 个女主人公的生活展开。4 位女主角集中了 4 种代表女性的性格特征、恋爱和时尚观念。

观赏完毕后，给他留下深刻印象的倒不是传闻中的几百套限量版的衣服和鞋子，而是剧中第一女主角凯莉和 Mr. Big 之间迂回曲折的都市爱情故事所折射的哲理。

前面其实还是挺纸醉金迷的，确实是。但是情感戏比较出彩，尤其是婚礼戏。在长达 10 年的分分合合之后，凯莉和 Mr. Big 终于要迈进婚姻的围城。但在婚礼当天，凯莉接到 Mr. Big 的电话，他说他没有办法结婚，成为婚礼当天的"逃跑的新郎"。被三姐妹簇拥成公主状、穿着 Vivienne Westwood 礼服的美丽新娘，自然伤心欲绝地叫她的姐妹们赶快带她离开现场并和"负心汉"断绝了所有的联系。

女主角不愧为知名作家兼反省家，她在接下来的场景中冷静地思考了 Mr. Big 婚礼中途而亡的原因。原来，她和 Mr. Big 达成共识的 "only you and me"（只有你和我）的生活，她却无法兑现，在现实中演变成了 Vogue 杂志"纽约最后一个单身女郎"婚纱秀、多达 200 多人的宴席、6 页多长的誓词，而且在欲望的虚荣中忙碌得连 Mr. Big 也顾不上了。Mr. Big 最后被这种繁文缛节吓跑了，"婚礼比 Mr. Big 这个人还要重要"。

而这个纽约上东区的投资家，渴望的是简单的生活——only you and me。

不过最后回归到一个原点，让凯莉恍然大悟。

"原来身处物质堆积的欲望都市中，最大的幸福就是简单的生活和婚礼，只要相爱的人，有相亲相爱的心，决定一辈子走下去，即使是最平凡的公证结婚，也让人感到心满意足。像所有好莱坞电影一样，两个人重新走到了一起，简简单单地办理了手续，新娘穿着简朴的衣服，没有其他任何精心设计的烦冗环节，不需要华丽的婚礼排场和超长的宴客名单，登记结婚了。"

他们最终实现了"只有你和我"的简单生活。

在这场男女的围城征战中，聪颖的女主角悟出了简单的生活道理，最后赢得了 Mr. Big 的回归。

Only you and me。投资界的人士是一批最有基础实现纸醉金迷生活的人，就如《欲望都市》中的 Mr. Big 一样，可以毫不犹豫地买下俯瞰纽约中央公园的顶层公寓，可以制造奢侈的浪漫。只有你和我，这是我们追求的。

高山一下子有所顿悟。

"我所要的不是漂亮、富有或者是有地位的女人，而是一个能够理解我、陪在我身边的女性。"

Only you and me，屋外又是一番盛景，而他此刻备感寂寞。

Only you and me。

"多少人爱你年轻欢畅时的容颜，假意或真心；只有一个人爱你那脸上苍老了的痛苦的皱纹，爱你那朝圣者般纯洁明净的灵魂。"在电影最后的音乐里，他轻轻念着叶芝的《当你老了》。

他想，我想我明白自己的心思了。

时机刚刚好。

Chapter 22
秦沃

时机，不要去找，是等的。

当然，这个等，代表的是天时地利人和。

2008 年。

现在应该是创业的模式了，不用怕。

怕，她倒是不怕。她一直在等待最好的时机。

无论是爱情、生活，还是创业。

而现在也许就是最好的时机。

她穿了件易佳佳给她从日本买的深灰百褶裙，说是要配上白色的上衣，当然要是衣服上有山茶花的装饰最好了。裙子一直放在角落里没穿，因为她想等配上最好的山茶花上衣再穿。

直到有一天她从公司出来，经过大厦旁边的衣服店时，无意当中看到一件上衣：就是她想象中的样子——白色，山茶花的装饰，美极了。但是，看得出它是寂寞的，放在角落里已经染上些许轻尘。白色的有灰尘的衣服，看得出来，它也只等着能看得到它的美丽的人。

她找到了。

那天她去见一家客户，走出电梯口的时候看到一家公司：蓝色的墙面，白色的前台桌上放着紫色的蝴蝶兰，她忽然怔在那里——这场景她记得，刚毕业那年，她也经过一家这样的公司，当时她震惊了一下：这样的场景是她所向往的，将来，她也要有一家这样的公司，这样的装饰，这样的蓝色背景，这样的紫色蝴蝶兰。

她说给易佳佳听。

"佳佳，心喜，时机慢慢来临。我也要这样的人生，我要开始了。国际人才回流，国内金融市场人才奇缺。这是最好的时机。"秦沃给佳佳、心喜都发了短信，也借此来坚定自己的想法。

那么第一件事情，就是和现在的公司有个交代。

次日早上，她早早地来到公司，刚好 Edward（爱德华）也在。她的上司，这位和蔼可亲的瑞典老头儿，应该是秦沃职业生涯中的伯乐。

这时说什么都不重要了。重要的是，她很高兴地和 Edward 说了句：“我会努力回报您对我的信任。”

这位瑞典男人笑了：“当然，这就是你来这里的目的。”

虽然早上并不适合说这些比较沉重的话题，但秦沃觉得既然是认定了的事情，她还是希望能早早地说出内心的想法。

透过百叶窗，她看到 Edward 一个人在办公室里面，于是她敲了敲门，Edward 示意她走进去。她推开门，轻轻地关上，然后像往常一样，朝 Edward 笑了一下。

“早，Mary，有什么事情吗？”Edward 对于这位下属还是十分看重的，但出于职业的敏感性特质，大概也觉得秦沃找他还是有些话要说的。

“Edward，是有件事情，我想了很久，但现在终于做了决定，也想听听你的看法。”秦沃顿了顿，清了清嗓子，然后正了正身子。忽然不知为何，看到 Edward 如此诚恳的目光，她有点忘记自己要说什么了。

但她很快调整了自己：“到今年，我到公司已经 4 年时间了，从最初的初级寻访员到现在的总监，我用了比别人短 4 年的时间。”说到这，秦沃的脑海里浮现出无数挑灯加班的场景，“从最初的初级调研员、调研员、高级调研员、调研员经理到副顾问、顾问、高级顾问、总监，最宝贵的 4 年，都在这里了。”

“你是在归纳总结，Mary，你有什么动机？”Edward 含笑看着秦沃，秦沃是他的得意门生，得力干将，“你刚加入的时候，我就和你讲，任何一件事，动机都很重要。就像卡罗·奎恩在《除了我不要聘用任何人》(*Don't hire anyone without me*) 一书中提到的——我非常想知道：如何才能聘用到优秀员工，究竟是哪一点被忽视了呢？在后来主持的成百上千个面试中，我总是不停地寻找着这个问题的答案。后来，被忽视的环节开始慢慢浮出水面。我终于认识到：招聘失败是由于面试主管没有准确地评价求职者申请某项具体工作的动机。后来在沟通中，这种动机甄选制屡试不爽。"

"我明白 Edward，因为在面试当中，当被问及是否有胜任该项工作的动机时，大多数的求职者都会连声说，'有！有！'因为，在这个时候，求职者的主要目的在于获得这份工作。有时，求职者只是为了迈入这个企业的大门才表现得如此积极主动，但这些动机常常会在他们被聘用后消失。"

"回到这个话题，秦沃，你总结过去的几年，动机是什么？"

"我想暂时离开公司！"终于说出口了。

"为什么？是现在的空间不太满意还是有别的公司请你过去？"Edward 特意用了请这个字眼，这让秦沃心里很温暖。

"都不是这个原因，只是因为走着走着，忽然发现我想按照自己的方式来做些事情。大机构有大机构的好处，但不可避免也有些想法会被抑制，而且我越来越发现自己原来也是在等这样的决心。"这是最真实的原因。

"Mary，我知道你也考虑了很久，我也知道你是那种一旦做出决定就不会更改的人。但是再请你慎重考虑一次，因为我和公司都不想失去你。"Edward 特意加重了语调，"如果你觉得最近的工作压力太大，那么我可以给你两周的假期，你再好好考虑一下这个问题，两周后再告诉我你的决定。"

"Edward，你是了解我的，我还是想自己去做些事情，已经做了决定。"秦沃充满感激和歉意地表达了自己坚决的态度。

"我先出去了，若是有什么疑问，我们可以再沟通。"秦沃差不多是快步走出了 Edward 的办公室，好像是在 5 秒钟内不出去的话，她就会改变主意一样。

回到座位上，虽然还没有得到 Edward 的批准，不过对于迟早要出现的结果，她还是觉得有种酸楚的感觉。

她给易佳佳、木心喜发了信息："我终于说出来了，很坚决地。"

易佳佳的回复自然是很赞同的，说："秦沃，无论你干什么我挺你；不过下一步一定要想好了，未来还是有很远的路要走的。"这是标准的易佳佳式回答。

但白天的工作丝毫没有因此受什么影响，讨论简历、面试人员和客户沟通。只是秦沃看到 Edward 走到茶水间的时候，看了她几眼，欲言又止的样子。

Edward 这种欲言又止，给了秦沃极大的勇气和信心。

她明白，Edward 培养了她，也知道她是什么样的人，也许他猜到最终她还是要有自己的事业的。

她对伯乐充满了感激。

此刻的京城总是弥漫着一种似是而非的浪漫气息。

秦沃知道自己要开始新的人生事业了，她忽然很想和人庆祝一下，高山不在国内，也不知道他什么时候回来。

谷东提出要和秦沃喝一杯咖啡的时候，秦沃同意了。

地点在秦沃一直觉得很安静的咖啡厅。

这间咖啡厅刚好在星巴克三层小楼的背面。秦沃经常碰到老外问星巴克，但是问到这家的少：这个安静的地方大抵就是这么来的吧。

安静的地方总是会让人产生一种休眠的错觉，所以此处是可以好好会友的。

因为不怎么熟悉，秦沃只是知道这个男生 30 多岁，未婚，海龟，IT 天才——大抵如此。确实是没有什么话题，可是又碍着张清的情面，只能给这位迷茫中的天才一些职业上的建议了。

地点在三层，上岛咖啡。

秦沃见到他的时候，吓了一跳，问："你是谷东吗？"他说："是的，我就是谷东。"

他看上去太年轻了，不似 30 多岁的男子；尤其是那双眼睛，和《西伯利亚的理发师》里的托尔斯泰一样，那是双清澈而充满忧郁的眼睛，仿佛一看到，就会冒出一股轻轻的雾气来，刹那之间，是可以掉进去的。

但是秦沃是可以抵御的：她有双会说话的眼睛，大大的明亮的聪颖的，让人一看就很喜欢。

大抵见到秦沃的时候，谷东也有些意外："也许之前见到的职业顾问都是貌似很有侵略性，倒是不像秦沃这般有散发出亲和力的身段和笑容。"

"每个人都有自己的特质，也许平时她都不表现出来。我喜欢写作，有次一首诗不小心被宿舍的姐妹看到，帮我投递到校园广播台，我也是在一个秋日的午后，才听到广播中自己的诗歌；不过倒是有段小插曲，我一时忘记了那是自己的作品，以为是席慕蓉的，只是觉得耳熟，回到宿舍后幸亏姐妹提醒，才记起来这是我的作品。你看我自己都忘记了，但这种特质一直都在：脚踏实地地踩在地上。"

秦沃对谷东说起这段往事的时候，忍不住笑了起来，露出了白白的牙齿。

"秦沃，你笑起来真是好看。"谷东也乐了，"像个孩子。有着类似林嘉欣那样甜美而充满亲和力的笑容。你本可以成为知名作家的，但是你却成了一名职业顾问。"谷东忍不住替她可惜起来。

"哦，倒是没有什么可惜一说，都是自己喜欢做的事情。"秦沃赶紧解释，她忽然有点觉得认真起来的谷东很是可爱，"我就想等我以后见了很多的人，听过很多的故事之后，再好好地到世界各处走走，然后好好地在一个宁静的乡下住下来，安静地写写东西，多好。"

说到自己的另外一个梦想，秦沃顿时陶醉起来了。

有梦想的人是最美丽的，高山也如此说。

春日的阳光透过上岛咖啡硕大的落地玻璃窗折射进来，一部分阳光洒到了秦沃那张充满热情的脸上，这时候一定有种别样的氛围——秦沃无法看自己的脸，倒是眼角的余光告诉她，谷东好像对这个光与影中的女子投去了别样的目光。

不知为何，秦沃竟然有些不好意思起来，于是匆匆和谷东道别。

倒是谷东大大方方地想送秦沃回家，公司和家实在是很近，10 分钟的距离。谷东说："那么我走路送你回家吧。"他把车停在咖啡店门口。

一个浪漫的人，有浪漫的气息的味道。

"秦沃，你的鞋跟好高啊。"

"是啊，我喜欢高跟鞋，我是高跟鞋控。大学的时候，有部很流行的电视剧叫《流星花园》。里面女神一般的静学姐告诉丑小鸭杉菜说，'女人一定要有很多双高跟鞋，这样就可以带她到很多美丽的地方去'。"

秦沃对于高跟鞋的热爱，是一种无以言语的情愫。喜欢高跟鞋，满鞋柜一溜儿的，虽然现在除了夏天极少穿出门，但是碰到喜欢的，还是情不自禁买下，哪怕不穿，只是收着藏着。《欲望都市》里凯莉说"站在高跟鞋上我可以看到全世界"。可爱，纯真，在红尘中固执地坚持，永不放弃。女神静学姐说，女子一定要有漂亮的高跟鞋伴你走天涯。无论处于哪个阶段，无论高矮胖瘦，高跟鞋的陪伴，温婉而绵长，亦如我们越来越精彩的人生。

春天的晚上，有些风，还是有些微寒的。秦沃忍不住打了个寒战，她想让谷东早点回去，但是谷东却坚持要送她回家。

但是她还是没有让他送到家门口。到了翠思写意小区门口，秦沃说："好了，我到家了，您也请早些回去了。"

谷东就不再好坚持了，说："好，我在这里看你回到家，太晚了，外面不安全。"

秦沃心里有点暖意了，虽说空气中有些风。她到家后，把早上开的窗户关上时，忽然看到谷东还在那里，也看到他发的短信说："你到家了就好，我走了，晚安。"

谷东离开的时候，身后是长长的身影。

但是不知道为什么看到谷东的身影，她忽然想起上次高山投射在路灯下的身影。哦，很久没有他的消息了，明天是应该问候这位兄长了。

接下来的几天谷东也一直在约她。

他总是很神奇地在她有时间时，第一个打电话过来，问要不要一块儿吃饭。这天，秦沃不太好推辞了，一看晚上倒是也没什么安排，说是想去吃点甜品。于是他们约好晚上在万全广场的甜品店见。

下班的时候，在万全广场甜品店门口，秦沃老远就看到谷东的身影：他穿着一件米色的风衣，轻轻依靠在门旁的扶手上，翻阅着手中的一本书。4 月的微风轻轻吹拂着，但丝毫不影响他的专注。

秦沃脸上挂着歉意的微笑快步走到他身边："不好意思，让你久等了。"

"没关系的，我也是刚来。"谷东的眼镜厚厚的，用他的话说，他还是喜欢原生态的东西，所以不曾用隐形眼镜。

"你今天还好吗？"他轻声地问，秦沃看得出来他的关心。

"你看眼睛都红了，工作压力大得哭了好几次了。"秦沃故意逗他，其实眼睛红是因为刚才风吹的结果。

"那得好好吃点好吃的弥补一下。"他倒是当真起来了。

　　小店里人满为患，好不容易轮到他俩，谷东跟售货的姑娘说要一份芝士蛋糕，一份卡布奇诺蛋糕，再加一份罂粟子蛋糕后，转身去款台付账，售货姑娘开始装盒。秦沃看到她装了一份苹果蛋糕，一份卡布奇诺蛋糕，再加一份罂粟子蛋糕——大概是听错了。后来快上车的时候，她告诉谷东蛋糕装错了，是不是说一声换过来。他很平静地说，下次我们再来品尝这里的芝士蛋糕吧。

　　大概是因为今天很轻松的心情，再加上春风习习，秦沃忽然觉得他的随和很是触动心灵。说起来有些惭愧，本以为内敛是女性的品德，秦沃一直以为自己这些年以来已经修炼得挺好的，但是和他比较起来，却是斤斤计较得多。看来，有的时候，我们的心，还是应该更宽一些，更大一些。

　　"晚上我们去吃浙菜吧。"秦沃知道谷东是江浙人。说也奇怪，她觉得高山倒是和谷东完全不一样。谷东是江浙人，沉稳内敛，让人心里踏实多了。

　　"好，我带你去都一斋，王府井那儿。虽说不上多繁华，但餐厅专门聘用知名酒楼厨师坐镇，部分蔬菜也是从江浙直接运来的，保证菜品的新鲜正宗。"

　　"你真的决定这么做了吗？"等红绿灯的时候，谷东问秦沃，"其实，以你这样的年纪，在这样的公司，这位的位置，你知道同龄人多忌妒你吗？"

　　"知道，但我还是想跟随自己的心声向自己想走的方向走。你是担心我失败是吧？"秦沃的语气很轻柔，但是透着一股坚定的劲儿。

　　"是的，在我们这个行业，这些年 IT 互联网的创业公司多如牛毛，但是成为下一个谷歌真是不容易。你在这个圈子里，可能会比我更清楚吧？"

　　"嗯，我没有这样的雄心和抱负，只是想按照自己的方式做点事情罢了，只要是自己的方向。"

　　"我还是觉得风险系数很大。你看，你还是很年轻，虽说心态比较成熟，但是自己独立去运营一家公司，真的不是闹着玩的。"

　　"呵呵，你是来给我鼓励的，还是来浇我冷水的啊？"

　　"都不是，只是客观地分析下，做人还是稳当些好啊。"

　　"嗯，我明白你的意思了，也谢谢你的关心；但是这个事情也就这么决定了，已成定局了。"秦沃还是带着微笑，只不过明白的人都知道，微笑只是一种尊重而已。

　　"好吧，既然如此，若是需要我帮忙的时候尽管说啊，你这小孩。"谷东已经明白了画外音。

"喂，我已经不是小孩了，26 岁之后是个什么概念？剩女，圣斗女！哈哈。"秦沃有些自嘲。

"人，终究是要嫁的；早些嫁人可以早点有稳定的家庭，当然各有利弊。哎，不说你了，你看我不也是失败的典型吗？呵呵。"

说到此，秦沃在席间特别想问他，为什么这位黄金王老五，还是单身。但出于礼貌，她还是忍住了，等下次有机会的时候再说。

她吃掉了一块蛋糕。

一会儿菜肴就上齐了。菜品确实很纯正，口味也十分让人赞叹。在谷东的不停介绍和美味的诱惑下，秦沃已经顾不得淑女范儿，直接品尝美味佳肴去了。

谷东在一旁不停地笑着看她吃得津津有味的样子。

"怎么很好笑吗？我刚才才记起来，中午没怎么吃饭，忽然有些饿了。"

"没什么，要是喜欢吃，下次我还带你来。"还是微笑，说完又给她夹了一些菜。

秦沃不好意思起来，红着脸说："哦，我已经吃得差不多了。"

晚上的时候，谷东直接把她送到楼下。秦沃很直接地说："天气很晚了，就不请你上去坐了，不过真的谢谢你的晚餐。"

她一副拘谨的样子倒是逗乐了谷东："呵呵，好吧，那我就直接回家去了。"

她想也告诉那个他一声。

于是北京时间深夜，给高山拨了个电话。

Chapter 23
高山

"了解你自己"，
这是刻在阿波罗神庙上的铭文。

2008 年。

北京时间的深夜 11 点，高山那边是上午 10 点。

"丫头，怎么最近总是不断给我来电话，是不是想我了？"他还是貌似很死皮赖脸的样子。

"真没时间想你，不过就是告诉你一声：我已经决定辞职，做自己的事情了。"

"恭喜！我知道你迟早都会这么做的，你看我就鼓励你这样做吧。恭喜恭喜！创业者就是要在风险中求生存，所有的事情都是创造出来的。只要行业选择对了，有好的团队、绝佳的执行力，想做不成都难，商业模式可以慢慢修改。"此时的高山是投资家的口吻。

"并且，我相信你一定可以的。"他又加了一句。

"前面还是有些担忧的。比如，离开了智通国际的大平台，所有的大大小小的事情，都得亲力亲为：从挑选办公室到甄选员工这样的事情，再到客户开发，然后是后期公司运营和发展战略……"

"我知道你的性格，我不知道现在你有多少的胜算，但是有一件事情我很清楚：只要是丫头想去做的事情，不管中间的过程如何，最后的结果一定是十分好的，远远出乎意料。别人怎么想我不知道，反正我是这么想的。"

"真的有这么相信我能做得好？"电话里秦沃本来是一直很坚定的，倒是此刻，有了这么坚定的支持者，让她忍不住想一探究竟，她真的能做好吗？

"嗯，不管过程如何，记住，任何时刻你还有我这个靠山呢！对了，你的预算表出来的话，顺便寄给我一份吧。"高山特意用了顺便两个字，因为他大抵是知道，他心目中如此执拗的丫头不到最后撑不下去的关头，是绝对不会向他透露一句的。这 8 年，他是如此了解她。

"哦，这个倒是没有太多的担心，我可以的。"

"嗯，所以我用的是顺便，其实我是很想成为你的股东的，哪怕我就 1% 的股份。需要吗？"高山似乎用一种请求的姿态。

秦沃有点想笑了，虽然无法看清他脸上的表情，可她能感觉到他的真诚，他想帮助她。

她还是委婉地说了声："好，那我不拒绝你了。我需要你的时候，会和你说一声的。"

"那么，就去做了，任何时候遇到任何疑问就告诉我，一言为定。"

"好。"秦沃忽然有些说不出话来了，"还记得上学的时候，我们一起讨论的《飘》吗？斯嘉丽的那句话？"

"是的，明天又是另外的一天。你身上就是有这么个劲儿，从我在投资协会看到你直视我眼睛的那一刻开始，就把你和其他人区别开来了，这是非常宝贵的精神，让人欣赏。"

秦沃终于忍不住笑了出来："精神是很崇高的字眼，我平凡又其貌不扬。"

"不，每一个人都是不平凡的，我们每个人都在这个世界上做着自己的梦，并且踏实地奔向自己的梦，没有梦想的人是没有灵魂的。"

这是最普遍的投资界人士的理论，这也是秦沃所了解的高山的一部分，他就是那样子的。

"所以，你奔向你的梦想，作为你的兄长，对你是无条件支持；任何时候，请记得我都支持你。"

"好。"秦沃忽然觉得是断断不能再说下去了，人生有几个 8 年啊，可是她却只能眼睁睁看着这最宝贵的时光从眼前流逝。她也知道他是十分珍惜她的，当然，仅仅止乎于友谊。以前，在他眼里，她一直是小丫头，现在，大概还多了一个身份：创业者。

秦沃也很感激之前的经历："性格决定命运，当然，早年的工作经历让人知道如何转换用员工的心态做老板，和用老板的心态和员工一起前进。工作生活中，我们大抵上都有这样的情形呢，哪怕是小小喜好，有一天变成了现实？这是一种必然中的偶然呢，还是一种偶然中的必然？若两者都不是，那么你找到那个你愿意为之奋斗的方向了吗？是不是在潜意识里，已经梳理出了呢？若没有，希望都能找到；若找到，请坚守。"

"在寻找的过程中，你会遇到很多的困难。遇到困难并不可怕。就如领导大师阿比盖尔·亚当斯（Abigail Adams）在写给儿子的信中曾这样看待困难和磨炼："伟大的人格从来都不是在宁静的生活中形成的，有思想有活力的气质是在困难的斗争中磨炼出来的。巨大的困难催生伟大的品质。"

高山也升华了秦沃的对话，于是继续狗血加量："困难是磨刀石。不经历风雨，如何能够见到彩虹，阳光总在风雨后。海明威曾经说过，世界会弄得我们浑身是伤口，但是最终我们的这些伤处长得会更加结实。

"我也有消息要告诉你：我准备很快回国，代表我们公司开创北京办事处了。以后我就常驻北京了，是不是有些吃惊？"

高山没有听到秦沃那边的动静，有些吃惊，本来预想她又是欢呼又是雀跃的，但一片安静。

过了好久："嗯，那真的太好了，刚刚好。那我们又同步了，我们都是开创者，不是吗？"

"对，看起来你早先我一步了，真棒。在此之前，你先帮我们给被投企业找个优秀的 CFO（首席财务官）吧，预计公司 2010 年来美国纳斯达克上市。"

"2010 年上市，现在就找 CFO，你们的规划确实很具有前瞻性嘛。我所知道的不少企业是上市前一年，甚至半年才花重金请 CFO 的。有美国上市经验的 CFO 基本底薪的话一般也得 20 万美元以上了，股份也得接近一个点。"

"确实。我们所占这家公司的股份不低，到 C 轮融资了。所以一定要确保公司内部治理和外部沟通的合理合规，提前请优秀的首席财务官加盟也是重要的步骤。你可以先帮我约谈一些人，等下次我回到国内的时候，可以先谈几位。当然，没准下次见这些候选人的时候，我们的北京办公室已经筹办完毕了。那是最完美的时刻。"

"你们做事情的速度还真是快，投资人就是财大气粗！"秦沃忍不住调侃一下。

高山在电话里笑了一下："倒也不是，只是重视中国市场的发展，对于我们来说越来越迫切了。美国这边越来越重视，并且愿意投更多的资金在中国市场，帮助中国企业来华尔街上市。资本的力量倒是有利有弊。万事万物都是一把双刃剑，所以风险投资也需要引导正面的趋势。当然，这就是我们的价值所在。除了判断未来的趋势，还需要通过扶持有前途的企业来引导科技走势。我们也承担极大的风险：初创企业的死亡率难以绝对控制，从概率上来讲，即使是有我们的资本支持和幕后力量，大多数还是由于各种各样原因失败，留存下来的还是少数，能做伟大公司的微乎其微。但正是因为如此，每个投资人才如此竭尽全力，希望在有生之年多投些伟大的公司。这也是投资人的使命。"

"听起来很有趣，但是也不是特别复杂啊。你说你们的投资人怎么薪水回报那么高呢？感觉不值。"

"每家公司走的路线不一样。有的投资公司采取的是人海战术，在全国各地开设办事处，处理好与当地政府和协会的关系，做好项目开发。正德到目前走的还是精英路线，我们聘请的是国际顶级商学院的毕业生，他们在去商学院之前，已经有在行业内部、顶级咨询公司、投资银行等领域的工作经验；无论之前是专家背景、财务背景、运营背景，在商学院的两年学习后，他们的国际视角和行业知识更为全面。当然，都是聪明人中的聪明人。不然，我们无法与最聪明的创业家们做深入的对话。"

"最终还是你们的人员背景决定的。"

"对，我们最近在硅谷抢几个项目，各家风投都是使出浑身解数。最终还是我们胜出，并不是说我们愿意出更多的资金。而是我们投资人的国际视野、丰富的运营管理能力和投资银行的熟络关系、到位的投后管理团队等等都是极大的加分。这是团队作业的成果。我们也有丰富的外援力量，比如，我若是想在中国本土寻找优秀的 IPO 人才的话，就会找到你这个外援。"

"所以，我也是你的重要外援喽。"秦沃忽然觉得当年留在国内做猎头的决定很是正确，在一定的时刻能够帮到他呢。

"呵呵，不但是重要外援，而且是最亲密……外援。"他故意拖长了"最亲密"的语调，加强分量。本想逗逗她，未料电话那头一阵安静。

没有回应，只好回到工作上来说了。

她总是太认真，太较真。

高山放下了和秦沃的通话，先给秦沃发了此职位的描述。

这是正德投资在中国参与投资的一家公司。

刚刚和她谈论的都是工作方面的事情。

他没有告诉她，他看了她强烈推荐的《欲望都市》，在他眼里，说的就是一场女主角对男主角多年的暗恋而已。

他下意识地拿起手机，准备再次好好逗逗她，但是想了想，还是发了条短信："晚上 11 点钟，忙完了，有点空隙的时候。你现在在干什么呢？"

此刻的北京是中午 12 点，秦沃应该准备或者正在吃午餐了，她会在哪儿吃呢？吃些什么呢？

临回国的日子越来越近了，他总是忍不住想起她高高的马尾，一副天不怕地不怕的样子，想起她直视自己眼睛的无惧，想起这个小小身影的女孩身上的能量。他有点好奇，将来和她会怎样呢？

高山突然被自己吓了一跳，秦沃越来越像是自己生活中不可缺少的一部分，但到底是什么呢？他不知道也不敢知道，最初的最初，他想他恨她，至少心里的情绪还有一个着力点。可她一副天不怕地不怕的样子，她直视自己的眼睛无所畏惧，她好像自带光芒，她总让他想起青青，他恨不起来。后来，爸爸知道了，反倒总是说这是个好姑娘，要拿他当妹妹，高山才试着不去恨，可就算不恨，他们是如何一步一步发展成今天这样的关系呢？很多年了，不咸不淡，一直是自己亲人一般的女性吧，对，亲人，是爸爸嘱托自己要照顾的一个妹妹，就是这么定位的。

他在美国这几年的生活，忙得连自己都忘记时间了，事业也是越来越成功，也越来越学会去关心身边的人。比如，秦沃的事情，他觉得帮助她是责任也是义务。当然，这丫头的脾气，是无功不受禄的，所以高山也在改变自己去适应她，用她可以接受的方式来帮助她。

这次的 CFO 人选，他是从知道秦沃自己要开始创业公司的时候，就在留意公司内部和被投公司的哪些职位需要人才咨询公司的推荐。若是有，他是要毫无疑问地交给秦沃的。用这样的方式，关注她的成长，很好，他暗暗地告诉自己。

下个月，他就正式回国考察了，为开拓中国业务做准备。若是回去也好，可怜天下父母心，老妈可是一直盼望他能早点回归的："我何时能抱上孙子啊。"

下个月回家，他做了个韩剧里主角经常用到的加油的手势，好了，到电话会议的时间了，此刻，北京时间一点钟。

他告知了好友陈为民，他即将回到北京。

"终于要变成现实了。"

了解你自己，这是刻在阿波罗神庙上的铭文。

他的脑中忽然记起这句话。

Chapter 24
秦沃

人生在经历真正的爱情后，
才会散发光芒。

2008 年。

秦沃比高山先一步成为创业者了。

接下来的这一个月，从上层的挽留到同事之间的说服，她都一一回绝了。后来，顺理成章地，她还是遵守承诺用了一个月的时间来交接工作。

也恰好是可以做做准备工作的时段。比如寻找办公室、面试新的员工、购买各种办公设备，还有装修装饰。若干年后的秦沃想起来，也不知道自己哪里来的勇气，用小小的身躯来迎接这些挑战。

在比较了几个大的商圈，比如国贸、金融街，还有中关村后，她决定还是留在国贸一带，毕竟多数的 500 强公司，还有不少的金融公司还是雄踞于此的。

她把这个事情和姐姐商量了下，秦沁现在是一家香港上市公司的人力资源部总监。

姐姐一直很支持她。

"还是在国贸吧，毕竟这个地方你都待了这么些年，尽量待在自己比较熟悉的地段做不太熟悉的事情。"姐姐的语气中还是有些担忧。

她听得出来。

这是猎头的基本功，得通过别人的语气语调，或者是不经意间的话语，来捕捉信息。

"嗯，我也是这么考虑的，交接工作的这段时间可以准备一下了。"

"善始善终，你之前在劝告别人辞职的时候，也不是经常用到这句话吗？我还有三周的年假，准备休了，然后我过来帮你吧。"

对于这个比自己小 7 岁的妹妹，秦沁可能比别人更了解。不过她选择的是另外一条道路，毕业之后，她就早早地结了婚，然后相夫教子。她是长女，自然要履行些职责。她生下了个男孩，这让秦盛生着实高兴拥有了第一个外孙，而且小家伙也是聪明绝顶的类型。

对于父亲一向的重男思想，秦沃很不以为然。秦沁每每看到秦沃的这种谁说女子不如男的表情，她就哈哈大笑起来。对于妹妹后期的行为，她也是预料到了的，当然她也是支持的，因为妹妹做的是她没有选择的人生。

所以，即便是请假过来，她也会过来的，更不用说休年假了。

"好吧，只是现在事情太多，一下子觉得角色的转换有些快了。"秦沃也许是觉得在姐姐面前，还是个孩子，于是有些委屈地解释。

"你之前做的是咨询事务，有行政部给你做支撑，所以相当多的事情你都不用自己去操心。但是创业就不一样了，事无巨细，前期你肯定都得想得周到些。"秦沁毕竟在人事行政部工作了十几年，一下子便道出了问题所在。

"不过还好，我也可以利用这段时间来和你待段时间。你也不用太紧张了，不要给自己太大压力，放松心态。"

"嗯，我早已预料到这是一条不可预测的道路，所以也还好，头绪有，但是一到执行上，想到那么烦琐的事务，真的是有些头大。"

"从小到大，妈妈在你上小学的时候就说你是大学生，你上大学的时候，就说你是小学生，呵呵，你知道这是为什么吗？虽然是在外卖力工作，但是实际上连自己都照顾不好自己。"

"你知道我这人，喜欢去创造，但不是很擅长整理。"秦沃道出了真言。

"嗯，这是我担心的地方，做咨询你在行，但是公司行政模块，刚开始肯定要占据你的部分时间。不过还好，前期的话我可以帮你承担些。"

每次姐姐都是救兵，大概从小到大，姐姐都觉得有责任来照顾她吧。还好，这么多年一直没有让姐姐失望过。

有姐姐的支持，秦沃一下子觉得可以专心业务的事情了。

一切都比较顺利，在国贸附近的富领大厦定下了办公室。

和中介的谈判还算顺利。

"什么？你自己做？你几岁？一个女孩子？"中介先生睁大了眼睛。

"是的，我看上去不大，但是我已经二十好几岁了，呵呵。我有我的同盟，不过他们都在忙于交接工作，所以头阵我来负责。"秦沃微笑着回答他。大概是那天穿了个平跟鞋、牛仔加 T 恤衫，他看她小小的身躯，背着那么大的背包，以为是刚毕业不久的学生吧。

"哦，那还真是蛮不容易的，支持大学生创业。这样吧，这房子本来房东给了个价，我稍微少赚一点，把房东给我们的两个月的免租期算在里面，平摊下来算是我支持你们了。"还真是没想到能碰到这么好的中介先生，一时间还真的是有点感动。

"那成，等我同事们都看过同意了，我们就签合同。"

然后秦沃以极快的速度，给将来的同事们每人发了条短信，约定当天下午 7 点后一起再来看看。

事情的发展极为迅速，再加上秦沁休了三周的年假过来帮忙。办公的家具按照大家商议的格局做了新的设计，在搭配上是采用绿色的隔栏配上白色的桌面，每个座位旁边都放了绿色植物。

然后请师傅安装电话，后面的打算是大家一起选购电脑，并共同商议会议室的布置。

还真的是挺累的。

在这期间，谷东的电话总是不约而至。

"秦沃，都弄好了吗？需要我帮忙吗？"谷东也是十分忙碌，作为公司的技术中坚力量，他所承担的责任也越来越大，所以每次他说要过来看看的时候，秦沃总是拒绝了。

"还好了，明天选购电脑，还有就是会议室里的布置。"

"太好了，终于等到我可以贡献力量的时刻了，交给我吧。"秦沃听出了他声音中的期待。

"好吧，谢谢。"

"不要说谢，以后要多多陪我吃饭就好。"听出了他的如意算盘。

第二天下午 4 点，谷东急匆匆地带着电脑和视频设备来到富领大厦，指挥技术人员安装好，然后调试。

秦沃倚在门口，静静地看着谷东指挥若定地忙碌着，忽然心里涌上特别的感觉。她的生命里大抵上没出现过一个男性为她这样忙得不亦乐乎。

"秦沃，发什么呆啊，赶紧分发饮料，大热天的辛苦了各位。"刚从外面回来的秦沁用胳膊肘碰了秦沃一下，然后微笑对秦沃说，"妹妹，你人缘不错啊。"说完，秦沁往谷东所在的地方使了个眼色。

秦沃一下子变得不好意思起来："哪里啊，姐姐，都是普通朋友而已。"

"敢情好，这样的普通朋友多点好啊，呵呵。"

"先喝点水吧。"秦沃拿了瓶矿泉水放到谷东桌上。

"好，谢谢。"谷东抬了下头，朝她笑了一下，"马上就布置好了。"

"辛苦你了。"

秦沁无论如何是要请谷东带来的朋友一起吃饭的，谷东说是同事和朋友没关系的；最后推辞不掉，谷东代表大家和两姐妹一起在楼下的餐厅参加谢餐宴。

"谷东，你和我妹认识多久了？"秦沁总是直来直去。

"不久，也就两个月的时间，张清博士说秦沃是很好的咨询顾问，刚好我有些顾虑，所以就联系上秦沃了。"谷东说话总是这么温文尔雅，不紧不慢的。

"还真是从来没听过你说的顾虑呢，是什么啊？"秦沃记起来他们还从来没有聊过什么顾虑，倒是总是什么人生啊，艺术啊，大抵是大意了些。

"不着急，秦沃，有一天我会问你的，不过现在还没有做决定。"

两姐妹倒是好奇起来了，谷东感觉到了，于是解释道："大概是年龄也不小了，所以面对人生的一些选择有些难以抉择吧。"他轻轻叹了一口气，"我其实极少和人谈论我的私人生活，不太想别人说我只是个有背景的富家子弟。我父亲在家乡倒是有几家传统行业的公司，经营得还算是不错，我是家中独子，所以他一直希望我可以回去继承他的事业。但我本科选择了计算机，后来又去英国留学一年，我还是更希望留在惊喜机会多多的互联网行业。前些年，父亲并没有催得这么厉害，可能是因为他身体越来越不好了，希望我早点子承父业。三十而立，我今年也30多岁了。"

秦沃见他说话的时候，慢慢的，很有涵养的样子。

"啊，富二代。"秦沁更关注的是说话的内容，她听完忽然冒出一句，"呵呵，我们这个社会对富二代总是又爱又恨，没想到我们眼前就是位富二代。"她忘了自己也是富二代——或许是她从没这么认为。

"又爱又恨？其实也有很多很努力很有才华的富二代啊，也有很多很想靠自己能力走自己路的富二代。我们也是普通人，只不过没有那么早地被经济问题压迫而已。我也一直是靠自己的能力走到现在，在现在的公司做到高级总监，公司这边半年后会把我派到美国总部那边作为储备高管来培养。但是父亲的地产和贸易公司现在也是需要我的时候，一时之间还真是难以抉择呢。"

"地产倒是处在一个很好的发展阶段，不是说今年《福布斯》公布的中国富豪，房地产开发商成为今年富豪榜上最风光的人物吗，40位最富之人中有15位是房地产开发商！"秦沁发出了啧啧的赞叹声。

"没你想象中那么光鲜。大凡能做地产商人，必然有常人所没有的人脉和背景，我家做到今天已经是相当不容易了。当然背后的艰辛和风险，外人都没有看到而已。家父开始做房地产以来，这几年几乎都没有睡过安稳觉，而且已经是三代单传，家父必须接下接力棒，对于我来讲，也是如此，从出生的那刻就决定了的。"

谷东慢慢地说着，秦沃在旁边安静地听。眼前的这个富二代和她之前最鄙夷的纨绔子弟不一样，他低调有涵养，认识这些天从不提自己的身世，对人谦谦有礼而不势利。眼前的他，让秦沃想起了《山楂树之恋》中的老三，往往深情的男子更像一棵树。想到这里她忍不住多看了他几眼。

爱热闹氛围的秦沁倒是看出了端倪，于是大声说："喂，别这么感伤嘛，这样的身世是99%的青年羡慕都羡慕不来的呢，你看你倒好，倒是嫌弃自己的出身了。"

"不是嫌弃，是无奈。最快乐的事是喜欢做的和不得不做的，是同一件事情。"谷东喝了口水，"秦沃，你看你多好，做着自己喜欢的事业。"

秦沃朝他笑了一下："是的，你看目前你不也是在做自己喜欢的事业吗？"

"是的，我喜欢，我从小总是想做点改变世界的事情，就像我的偶像乔布斯一样。但是家族从事的是传统行业，总有一天我也要并且有责任回去继承。我不过是在拖延做决定的时间罢了。"

"目前这个行业是我最喜欢的，但是没准若干年后我会去做其他有意思的事情，比如拍个小电影，写写小说，也是很有趣的。"

"秦沃，你知道你身上就是有这股劲儿……"谷东没有多说，看了她一眼。

"因为我只能向前走，没有人给我指路。"秦沃不经意这么说的时候，秦沁抬头看了她一眼。秦沁知道爸爸疼秦沃，只要她开口，她想要什么都会有，秦沁奇怪秦沃这么脱口而出，就像奇怪这几年秦沃再也不像当年对爸爸那样崇拜一样。

"所以谷东，未来对于我来讲，是个未知数，但是恰恰是这个充满未知数的未来吸引着我向前走。我们不一样的，谷东。"秦沃继续说。

"是的，所以，未来有任何我能帮得上你的时候，请不要客气，我是你忠实的支持者。你身上有我钦慕的品质：勇敢而且充满活力。"

"谷东，没你说的那么好，只是跟随自己的内心做些事情罢了。"秦沃被他夸得不好意思了，忽然脸红了一下。

秦沁赶紧接下妹妹的话："呵呵，谷东，你不了解我妹啦。听说过吗？有一种女孩——她独立，也好强，她宁愿忍受太多的寂寞和痛苦也不愿意向别人提起。遇到真正懂她爱她宠她的人，她就一定会很安静，心甘情愿地安静下来，安心地做一切能和他一起做的事情。我妹就是这样的女孩，你就不要再给她戴高帽了。"

是的，秦沃想，姐姐是了解我的。

晚餐在一顿欢快而解剖内心的氛围中愉快地度过了，谷东把两姐妹送回公寓。

谷东很快速地下车帮秦沁开了车门，这招很受用，老姐姐立刻对谷东的好感上了一层次："谷东，不错，比我家那口子有绅士风度。"说完朝秦沃笑了一下。

"也挺晚的了，我还有些事情回公司处理，就不送你们上楼了。"谷东腼腆地笑了一下。挥手告别后，倒是秦沃在旁不知道该说什么好，一直没说话，就是站在楼门口。

秦沁笑了，说："我这一向伶牙俐齿的妹妹怎么现在这么沉默了？情况不对啊，呵呵。"

"哪有啊，都是累的啦。您这位大妈啊，就别折磨我了，我累了。"

"呀，胳膊好酸啊，赶紧回家泡个热水澡去，谁抢到谁先用啊。"说完，秦沁立刻飞奔抢占电梯的有利位置了。

愉快的一天，秦沃想。

第二天，早上 7 点，香气直接把秦沃给香醒了，一定是姐姐在做早餐。

这让秦沃想起小时候的情景，爸妈工作忙，上中学的姐姐偷闲，上完自习回到家时，刚上小学的秦沃已经进入梦乡。姐姐饿的时候总是会煮点吃的，香气直接飘进卧室。姐姐喜欢做这些锅碗瓢盆的事情，喜欢做菜喜欢把家里收拾得井井有条。秦沁也很爱美，比如夏天，百合花开的时候，她也喜欢用很大的玻璃花瓶插上几枝，然后叮嘱秦沃别忘了给花中加两勺白糖，这样百合花的花期就能长久些。

果然，很丰盛的早餐。这些年，秦沃一个人的时候，总是面包咖啡鸡蛋凑合。姐姐居然还煲汤了，好香的乌鸡汤。

"你醒了？早啊。本来说 10 分钟后再叫你呢。"秦沁从厨房拿出餐具的时候，看到已经在桌边的秦沃，吃了一惊。

"是啊，您老人家的早餐啊，丰盛的早餐，简直就是想毁掉我的早餐新闻时间啊。"秦沃托着腮帮，嘟了嘟嘴。

"呵呵，我也就只能待一个星期了，就好好享受姐姐的照顾吧，我那一家子，还急切地盼我回归呢，呵呵。不过真的叮嘱你，要好好照顾自己。"

秦沃接过姐姐送过来的汤，先喝了口白水，然后尝了尝，真香，而且是香而不腻呢。

"已经迈出这一步了，所以啊，就加油吧。身体倒还好，累点也没关系，反正还年轻嘛。"

"不过我说，事业可以追求，但是千万别成为女强人，就是想成为女强人啊，你也别在外表上成为女强人。我看到我香港的那些女同事啊，那气场强大啊，但是一般都不算家庭幸福。比如我们副总裁，40 岁了，一个人在香港供楼供车，经常满世界各地跑，外人看来很精彩，但是每到过年过节的时候，看她一个人在办公室待到很晚，也是怪难受的。我说秦沃，你可别走这条路啊。"

"姐，我还年轻呢，况且我可没说做个什么女强人，再说女强人都是莫须有的罪名，你没听过黄小琥的《没那么简单》吗：只是不安，只好强悍，谁谋杀了我的浪漫？"

"喂，说正经的，你身边没有个合适的人吗？爸妈为你的个人问题都操碎了心了。"

"没想那么多，有句话不是说吗，婚姻这个东西，就是你到了某个时刻遇到的那个，是讲天时地利人和的。张爱玲说的，没有早一步也没有晚一步，刚好碰到了，如此而已。你以为谁都像你一样，大学一毕业就和姐夫结婚的啊？在北京上海这样的城市，单身男女青年数量太多了……"

"行了，行了，说不过你，不过我倒是觉得谷东这孩子不错，凭我多年的火眼金睛，呵呵，这孩子靠谱儿。"

"姐姐，您老人家就好好吃早餐吧，别说话，看我给您涂的花生酱面包，快吃吧，一会还要去公司忙活呢。"秦沃递给秦沁刚涂好的面包，算是堵住了姐姐的嘴了。

关于谷东，她想了一下，人嘛，都得慢慢接触才知道，当个好朋友还是不错的。古人也说路遥知马力，但是起码，自己对他的印象还是不错的。

私人事情交代完毕，秦沃和姐姐又聊了些姐姐孩子的事情。外甥的种种趣事，倒是给这个明媚的早上添加了不少的乐趣。

吃完饭，姐妹俩收拾打扮了下，就赶往办公室了。

白色是秦沃喜欢的颜色，她特意穿了件白色的连衣裙，配了条红色的腰带，算是为自己打气。

木心喜在外地出差，不能到达现场；易佳佳有了身孕，在安心保胎，但两人不约而同地给秦沃送了大束的红色、粉色、白色相间的玫瑰花束，非常喜庆。

秦沃推开办公室的门，就是她想要的样子：蓝色的墙面，白色的前台桌上放着白色的蝴蝶兰，就如几个月前她在国贸的一个客户那里见到的公司设置一样。

秦沃把自己的办公室设在正对国贸办公楼的地方，她对这个地方是有深厚感情的。她刚想和秦沁讨论下人员的情况，手机响了。

"丫头，早，开张大吉啊。"天，高山！"啊啊啊，"秦沃忍不住连啊一声，"你老人家是从哪里得到消息的啊？"

"哈哈，"电话那头是标准的高山式笑声，"这个圈子想知道你的最新动态，我只好安插些朋友了，况且你不告诉我，我也只能收买些口风不是那么紧的朋友了，这么好的事情，怎么也不告诉我一声呢？"

"7 日才正式开始呢，本来打算那时候告诉你的，况且你也真的是忙啊。哪敢打扰你啊。"

"记住，丫头，在这个世界上目前我就关心两个女人的事情，一个是我妈，一个是你。至于以后你排到哪个女人后面，我不知道，不过在那个女人没出现之前，你就是第二位的女性关注者，呵呵。所以，你说我怎么能不关注呢？"

"别拿你那投资人的架势来，呵呵，我可不敢高攀啊，也没那么重要啊。"

"对了，上次提到的 CFO 的人选，我还是强调一下地点的要求，就是一半时间在香港，一半时间在北京。最好是香港人，这样和港股高管沟通的时候，会比较容易一点。"

"了解，这是高大投资人吩咐的单子，当然会很上心的。"

"哦，对了，你们那是早上 8 点半了吧？我这是傍晚呢，北京和纽约是 13 小时的时差。"

"知道的，工作狂人，还在工作吧？知道你不到 12 点是不会下班的啦。年纪不小了，也应该好好照顾自己了吧。"奇怪，这是早上姐姐告诉秦沃的话，秦沃居然没有遮拦地直接说起高山来了。

"我们这个行业你也是知道的，对了，我下周会回北京一趟。不久后也许我也有个好消息，到时候再告诉你吧。不过若是可以的话，下周给安排点候选人，让我们先面试下吧。效率效率啊。"

"知道了，高山哥，和你做事就是这样让人直接感觉到压迫感。等你的邮件啊。"

举头三尺有神明，张曼娟女士经常提到的这句话她还是很喜欢的。你在做什么，天在看的。所以每天秦沃也是这样要求自己的，在这点上，她和高山是有共识的。所以，just do it。

一切看起来比较顺利，但秦沃觉得隐隐有些不对，直觉告知她，需要加快脚步了。

Joanna（乔安娜）昨晚留言说有事情和她商议。

一得空，她给 Joanna 打了个招呼："Joanna，你进来一下。"

"好的，请稍等，30 秒后到。"Joanna 立刻清脆地答应了，这是秦沃的第一批员工，来自香港著名的人力资源顾问公司，博乐咨询的顾问，她专门负责投资公司被投公司的高管搜索业务。比如 CEO、CFO、COO、BD VP（业务拓展副总裁）和中高级职位的导演助手、导演级别的人员。

秦沃最开始的打算是主要关注金融市场，比如基本的投资银行、投资公司，然后也可以涵盖一些基金公司、保险公司和不良资产公司。但是由于经历过金融危机，秦沃打算将公司的涉猎领域扩大一些。这段经历算是秦沃的一段比较特殊的经历。

经过了认真的分析之后，秦沃的公司决定还是分散风险，从一开始就积极拓展和金融相关联的领域。Joanna 的加入，基本可以把被投公司的这块给承担起来了。秦沃也觉得起码可以有一点点时间开拓一下思路，比如听首音乐。

现实中是没有多少童话的土壤的，那些童话多数是骗人的。秦沃刚想感慨一下，同事 Joanna 进来了。

"遇到什么困难了吗？"凭直觉，秦沃觉得她遇到了难题。

"是的，周一例会的时候，我告知你三森集团的财务总监的职位，我们帮他们找到合适的人选了，目前双方在谈最后的薪酬。"

"是啊，怎么了？一般到了这个时候，万里长征走了 90% 了。"

"问题就出在这最后的 10%，我们推荐的候选人决定不去了。他仔细地请教了身边的朋友，认为对公司的发展不太认同，理由是和他现在的公司相比，我们推荐的公司稳定性要差不少。很明显他受到了身边保守派朋友的影响，在做个创业型职业经理人和安稳型职业经理人之间，他现在倾向于后者，所以现在决定放弃这个机会了。"

"他和你很清楚地说要放弃了吗？"

"倒是没有直接说，不过不如之前那么坚定自己的选择了。我倒是可以比较清楚地感觉到。"

"他还没告诉你，说明还在犹豫期，还来得及，你可以再和他细聊一次。记住：我们是客户导向的，因为是客户付给我们费用，但是我们也时刻不要忘记了人力资源职业顾问的身份，也需要在客户、候选人之间做最适合的匹配。"

"明白，我再约他面谈下，一定是有什么东西卡住了。"

"好的，需要协助的时候告诉我。"

多数的时候，秦沃并不怕遇到这类问题，她往往能从事情的反面看到积极的力量。要做到这一点，就要坚定自己的路。如何走以及走多久的问题，不过是中间的过程而已，心里明白就行：只要知道你要走的方向就好，并且坚持走下去，所以不要让一时的困难蒙蔽了眼睛，要放到人生的长河中来考量。当然还需要积极成熟的心态，比如平和。

这些年来，随着国内经济的快速发展，快速成长型企业也越来越扮演了更重要的角色。这里面有幕后金手指——私募股权基金和风险投资的功劳。秦沃在这几年所交流的朋友们已经逐步升职到销售总监、副总裁、董事总经理了。这几年PE/VC（私募股权投资/风险投资）确实是一个非常热的词。

用谷东的话说，她见到的都是职业塔尖的一拨人。她的职业是让人羡慕的职业：每天可以见很多的人，讨论很多的潜在的优秀公司……试想，本身从几个人，十几个人的公司，经过投资和协助之后，变成前景和市值不可预计的优秀企业、上市公司，确实是再激动人心不过的事。

"你也可以的，很多富家子弟不就在经营自己企业的同时涉足投资圈吗？那些业内鼎鼎大名的天使投资人，多数也是成功企业家转型的。"每每谈到这个问题，秦沃能觉察出谷东言语中的羡慕，她便提出这样的建议。

对于此，谷东的观点恰恰和秦沃相反："也许还是做实业比较踏实，看得见厂房、工人、生产线的运作、产品的设计和销售。哪怕是家族后来涉足的房地产业。"

但应该说，谷东对新鲜事物还是充满渴望和好奇的，要不然他不会在北京待这么长的时间。

"我终归是要继承家业的，这是不可更改的事实。况且2008年这个时候，你知道的，全国的房地产市场萧条，家族比以往更需要我。"这个时候，他倒是有些命运的无力感。

他是和高山完全不一样的人。

秦沃和姐姐提到谷东的时候，都会加上这么一句。

"那么秦沃，"秦沁每到此时都会清清嗓子，用一双慈母般的眼睛盯住秦沃，"你更中意谁呢？"

"别逗了，目前是选择全神贯注地成为一名事业狂人，一切以工作为中心。"面对贼笑的、老不正经的姐姐，秦沃赶紧岔开话题。

秦沁才不理会秦沃这一套："你说高山吧，听你说了无数回了。人也不错，就是狂妄了点，这么多年了，他就和你没提什么男女朋友的事儿，天天还关心着你。我看啊，就是有色心没色胆，逗你玩儿呢。"

"不是这样的。"秦沃急了，让秦沁惊了一下。

秦沃立即笑笑："我们就是朋友，他拿我当妹妹。"

"你单相思喽？"秦沁偏着头套话，她问过秦沃很多回，秦沃都闪烁其词。秦沁这次还抱着一个目的，就是一定要搞清楚怎么回事。"你喜欢了他那么多年，不表白？"秦沁穷追不舍。

"姐。"秦沃有些着急，又不知道如何辩白。她心里知道自己和高山中间那个坎儿是不能告诉家人的，她一个人背负就够了。如果姐姐知道了，妈妈也会知道，最后肯定会翻天的，痛苦的就不只是她一个人了。"姐，我就是敬佩他，别胡思乱想了啊。"

"那谷东会不会是你的真命天子呢？哎，谷东也不错，你看论家世背景，他完全在高山之上。"

秦沃看姐姐那样子，忍不住笑了出来。

谷东呢？说不清楚，他对谁都很照顾，热心，好似一种欲说还休的感觉。这感觉就似朱自清先生在《荷塘月色》中所说的，"仿佛远处高楼上缈茫的歌声"，欲罢不能，润物细无声。

在公司的时候，秦沃刚开了个小差，电话就进来了："秦沃，晚上刚好在你公司附近，我想去富力城看电影，一起去吧，怎么样？"说曹操曹操到，谷东可真是不早不晚地撞进来了。

"好。"等这个好字出口，秦沃才意识到自己是如此急迫地答应了谷东的提议。

"好，那我在你公司大堂等你。"

"好。"秦沃忽然觉得自己说不出话来了，

还好，自己在公司还备用了另外的一条蓝白相间的连衣裙。当年在云南大理，蓝天白云之下，秦沃发觉惯称为纯洁色的白色在蓝天的衬托下，如此和谐。当时是和朋友们一起去的，所以当无法自拍的时候，热情的朋友充当了摄影师的角色，大概是在生人面前，秦沃按照之前看到过的《绯闻女孩》里亮丽女主角的示范，大摆明星 pose（姿势），果然是色胆包天地拍出了明星范儿。这里的色胆包天是高山说的。

秦沃换好蓝白色相间的连衣裙，来到楼底下。

谷东就站在那里，像是幼年秦沃脑海中的一棵树。

自是不必细说。

"我们去玲珑小镇好不好？"谷东轻声说，"江浙菜，细腻而安静，也可以尝试下。"

"我喜欢那里。"秦沃说。

"我知道，在你的博客里提到过的。"

"哇，你看过我的博客吗？"秦沃有点诧异。

"是的，我也有的，不过没有通过实名认证，一直在潜水的。"

"哦，怎么还这么神秘呢？"

"没有，只是还不习惯说而已。"

富领大厦旁边的玲珑小镇，白色的墙面和装饰，看起来很干净舒适的样子，菜品和味道都很不错，偏南方味道。

秦沃忽然觉得自己的内心被融化了一下。

"你总是那么热情向上积极进取，不累吗？"谷东笑了，他轻轻地摇了摇杯子里的水，"也总是那么轻易地就被别人看透，不担心吗？"

"有什么担心的呢，最起码我是在做真实的自己啊。况且一下子被人看穿岂不是一件很好的事情吗？比如，愿者自来。物以类聚人以群分嘛。"

"一半同意，一半有待斟酌。只能说你碰到了很好的伯乐，愿意去包容你。"他顿了顿，"女人得有女人的样子，她应该居家过日子。婚后不用这么辛苦，养好孩子就好。工作不过是点缀而已。"

但我可能想做橡树旁边的木棉。

谷东说这话的时候，秦沃不知怎么回事，一下子想到了高山。就是往事一幕幕，各种内容就如排山倒海般涌来。

"那么我们女孩子受教育的任务，就是为了将来能做个好主妇？"

"我们那里很多的女孩子都是这样的，哪怕在国外受教育多年的。"

直愣愣的争辩让她晚上和谷东看电影的时候也有些不自在起来。

"有心事吗？怎么了？"谷东还是这么敏感而细腻。

"噢，没有，就是，"秦沃轻轻咳嗽了一下，"咳，有点凉，好像电影院的空调开得太冷了，虽说是初夏。"

"来"，谷东很快速地脱下了外套，很体贴地帮秦沃披上了，"这样会暖和点的。"

秦沃笑了笑，好像是暖和了点。但是，好像还是欠缺了点什么，是什么呢？

也许有些人的出现，只是为了让你认清身边本来就存在的那个人。也许谷东这样的家境优越，谦谦君子的模样，是年少时秦沃所设想的完美爱人。可是当他真的出现在你生活中的时候，刚开始你是向往的，到后来，忽然发觉一个人一直在你的生命中，包容你，鼓励你，倾慕你，尊重你，其实就是一种真实的情感历程。

她习惯性地忘了些过程，比如谷东，送她到楼下，她坚持没有让他上楼，她忽然有点急切地想和一个人通电话。

现在，她不介意直白地让他明白她的心。

是的，是高山。

此刻，纽约早上 9 点钟。

"通了。"秦沃的心忽然小心地跳了一下。

"嘿，稍等我一下。"

秦沃听得出来，他在会议中。

Chapter 25
高山

在阵阵轰隆声中，
我忽然觉得你原来离我这么近。

2008 年。

急促的脚步后，穿过嘈杂的人群。高山来到了一间暂时空闲的会议室。

"秦沃，"他高兴地叫了一声，心想这是这半年来，她第 6 次打电话过来了，"你还没睡？"

秦沃吓了一跳，似乎很久没有通电话了。因为忙，因为有谷东的精心呵护，她以为她把他暂时放到了脑后，没想到听到他的声音自己还是很兴奋："哇，是啊，有没有打扰你工作？"

"别人打来我肯定说有，不过你的话，可以考虑说没有。"看，这就是高山，认识很多年的高山。

"没事，我就是打个电话给你，就是打电话的行为而已……"秦沃一时之间不知道说些什么了。

"你在做什么？"高山的声音莫名有些温柔。

"收拾行李，明天一早出差，顺便让自己休个假，最近忙得有些焦头烂额了。"

"去哪里？"

"四川，项目在四川绵阳，结束之后准备去周边走一走，四川好山好水风景秀美，我也很想放松一下。"

"好，旅途愉快。"

高山起床之后，看到 MSN 上消息弹个不停，都是国内的同学朋友发的。而内容都是谈论四川的汶川发生了特大地震，地震局不断更新震级，现在官方说法是

8 级地震，死伤无数，国内一片哀鸣。

高山一下子清醒过来，秦沃去的地方是在地震灾区附近吗？他几乎是连滚带爬地跑下床去打开电脑，从网上搜索两个地方的地理位置。

他一下子僵住了，新闻上的照片里房屋倒塌一片，放眼望去满目疮痍，人群四散，尖叫、哭喊、救援队，伤亡人群的血迹……电视台的主持人们满脸严肃地站在废墟面前进行播报："余震还在继续，搜救工作进展困难，晚上将有大暴雨，通信中断，道路阻塞……"

高山愣怔半天，好一会儿才回过神来，他忙开始拨秦沃的号码，一遍，又一遍，再一遍……电话一直处于无法接通的状态。

高山从头凉到脚，他这时候才发现，认识 8 年了，而自己对秦沃的关心太少了，这么危急的时候，他居然不知道还能找谁去打听秦沃的行踪，现在她跟谁走得近？出差带没带助理？项目到底什么时候结束……

高山又一遍遍地拨打着电话，一直是无法接通的状态。忽然感觉很绝望很无助。这么多年，他不断修炼不断奋进，让自己变得坚强，自认到今天已经具备了一颗无坚不摧的内心，可以完全抵挡住外界的侵蚀。可这一刻，他才发觉自己早已溃不成军，宛若那年家中出事……

那一年，他失去了青青，失去了作为人生依靠的父亲。

而这一年，我不能再失去秦沃。

内心的声音如此清晰。

高山命令自己即刻冷静下来，他迅速做出了决定：马上回国，先飞成都，再转绵阳，他一定要找到她，一定要……

上飞机前，朱珍一遍遍地给他打着电话，高山心里慌乱，径直挂掉，但留了个信息给她：我最近会在国内待几天。

然后，关机，起飞。

十几个小时之后，高山落地成都双流国际机场。因为为救援让道，四川省内航班极少，而秦沃的电话依然是处在不通的状态。高山此时有前所未有的焦灼感：为什么这么久都联系不上？信号不通是不是说明她所在的区域是在震区通信还未恢复的地方？这样说来就是在重灾区，那么她到底怎么样了呢？以她的性格一定会想办法给自己报平安的啊。到底发生了什么……高山越来越不敢往下去想，额头上已经满是冷汗。

来不及多想，高山直奔市区租了车开往绵阳。此时距离地震已经过去两天半，黄金抢救时间即将结束，新闻里死亡数据不断攀升，整个四川也都笼罩在一片悲伤之中。途中，他通过几位老同学，终于联系上了易佳佳。

"没有，我们也没有她的消息，我们都快急死了……这丫头，没事跑什么四川啊，真是的。"易佳佳声音里已经有了哭腔。

"没事的，她不会有事的，她不会的……"高山喃喃地说，与其说是安慰易佳佳不如说是在给自己信念和力量。

"怎么办啊？秦沃她不会不给我们报平安的，她一定是没有办法用电话，她是不是被压在哪了啊？救援人员听不到她的喊叫怎么办啊？"易佳佳很明显已经阵脚大乱。多年姐妹情深，到这时也是束手无策。

"不会的，不会的，这样，现在你马上去一趟她公司，一定要找到和她同行的人或者绵阳当地项目合作方的联系方式，尽快，尽快。"高山认真嘱托。

"好，我这就去。"易佳佳仿佛从高山身上获得了力量，终于冷静下来。

高山到达绵阳的时候，看到整个城市混乱成一片，绵阳虽然并未受大灾，但马路上到处都搭建着帐篷，人人脸上都惊恐不安。经过询问，他先去了市中心安置灾民的广场，这里有周边灾情较重地区转移和逃出来的伤员，也是暂时的安置地……

高山已经 20 多个小时未合眼，眼圈发红。当他到达临时灾民安置点时，救护人员和志愿者团队跑前跑后，不一会儿就有轮床推过来，带着各种伤的人走来走去，人人都满面愁容。高山明白，这里的很多人都处于失去了某个人甚至失去了全家人的悲伤中，痛苦都写在了眼里，惨不忍睹……

高山跑遍了每个角落，这里没有秦沃，不知道是好消息还是坏消息。

好在易佳佳的电话终于来了，她打听到两个号码，一个是和秦沃一同出差的一个女孩，另外一个是当地接待的负责人。易佳佳还说，秦沃家里也都急疯了，她的父亲秦盛生也拜托高山赶紧帮忙找到秦沃的下落。

秦盛生，他听到了这个名字，现在所有隐瞒的事情都无法逃避了。

他顾不上这些了，此刻脑子里只有这一个念头：找到秦沃，带她离开这里。

每隔 5 分钟一次电话，依然不通。

他分析到已经过去这么久了，还不通，只有一个情况，那就是极有可能在震中地带，想到这里，高山全身的肌肉都绷紧了，一种不好的感觉涌上心头。

高山有些精疲力竭，也顾不上了，一下子坐在了地上。

突然，余震来袭，天动地摇，人群中有了尖叫，大家推推嚷嚷着跑动起来，高山却很平静，一动不动。

"我该如何找到你？我要找到你！"高山脑子里只剩下这一个想法，然后，他闭上了眼睛……

Chapter 26
秦沃

爱或者不爱，没有理由的，
兜兜转转，终究逃不过宿命的连环。

2008 年。

地震发生的时候，秦沃在绵阳一家公司里开会。

突然之间的动荡让所有人都不知所措，还是她最先反应过来，心里暗叫不妙："糟糕，地震。"

于是大家争相往外跑。透过窗户，秦沃看到外面的高楼像是跳舞一样摇晃不已，还看到大家都惊叫着逃窜。

震级应该不小，秦沃心里推测着，然后在争相下楼的过程中，秦沃摔倒了，那一瞬间，在生死存亡的瞬间，她脑子里想的全是高山。

"高山还不知道我喜欢他吧，这么多年了都不知道，若是和他说了该多好，就算此刻死了也不遗憾啊。"她脑子里这个念头一闪而过，然后混乱中被人一把拽了起来拖着继续跑，是曼莉，曼莉是她公司的员工，恰好是四川人。

秦沃被曼莉拖着终于跑到楼下空旷地，那里已经密密麻麻站满了人，大家都在叽叽喳喳地讨论着这场突如其来的地震。秦沃看到好多在午睡的人穿着裤衩就跑出来了，此刻面容迥异四处找遮羞布，有点忍俊不禁，但突然曼莉叫了出来。

"新闻出来了，震级 6 级以上，震中是汶川。"大家一下哗然，秦沃一下子严肃起来了。震中离绵阳不远，估计周边城镇受损厉害，而汶川，难以想象现在是什么情况。

接下来的两个小时，大家都过得异常煎熬。随之不断有人在贴吧发出照片，新闻也通过新媒体提供的信息不断更新消息，大家都知道多个城镇受损惨重。秦沃立即做了决定，暂停公事，要以最快速度奔赴可以到达的灾区，贡献自己的微薄之力。

秦沃以前学过心理学，此刻倒是用得上了。

秦沃马上请这边的合作方帮忙联系绵阳官方救援队伍，灾情刚刚发生，正是急需救援力量的时候。秦沃算半个精英人士，但不能自己跑去添乱，不过这种时候，是一定要出一把力的。

秦沃一心想去汶川，但被告知汶川灾情严重，交通中断，无法在短时间进去。经过筹备，当晚，秦沃和曼莉就随绵阳派出的医疗队伍开往映秀，一路上余震不断，灾情呈现出来，比大家预估的要严重十倍百倍。路上已经看到公路塌陷、桥梁断裂、车辆损毁。而北川更是一片废墟，四处横尸，哭喊声不断。秦沃没有时间去震惊，她只知道，震级一定不止 6 级，然后马不停蹄地投入到了救援工作中。

随后的时间里，秦沃几乎一刻也没休息，现场懂心理学的人太少。官兵救援的时候，需要秦沃在一旁给被垮掉的房屋埋住的人打气，给他们信念，让他们坚持住别放弃。这项工作变得无比重要，秦沃也忘记了所有，甚至没有时间悲悯和流泪，一心想着再使把力，能多救回一个算一个……

那是黑暗的 72 小时，秦沃从来没有这样直面生死，看清楚人的无能为力和脆弱。在自然灾难面前，我们面对的一切是如此真实而渺小，那些我们纠结的、爱的、恨的、喜欢的，如此不值一提。

而偏偏在这个时候，老天爷还不留情，天降暴雨，增加救援难度，导致山体滑坡、泥石流等并发灾难。秦沃不时听说有年轻的救援官兵失踪，这让在场的人们备感绝望，但一旦听说又有一个孩子被救了出来她又浑身充满力量……每一秒，都过得无比艰难，但只要还活着，就是庆幸。

第四天下午，她正在帮受伤的民众做些简单的包扎，忽然觉得身边有一种很强烈的气息，抬头一看：高山。

秦沃一下子愣得说不出话来，高山身边站着的是绵阳这边的客户项目负责人刘经理。高山双眼通红，直直地望着秦沃，眼里好像要迸射出火花来。秦沃一时无措，慌忙站了起来。

"你，你怎么……"秦沃话音还未落，突然被高山一把揽进怀里，高山好像有使不完的劲，秦沃被他紧紧搂住，有点无法呼吸，刚想说什么，突然听到高山压抑的抽泣声。

高山的眼中居然有泪光。

这让秦沃惊讶不已，她并不知道这四天高山是怎样挨过来的，不知道他的心里设想过多少种结果。

"我以为我要失去你了。"好半天，高山放开她，摇晃着她的双肩低声说出这句话，眼里有一种不一样的光芒，秦沃似乎懂了。

秦沃心窝一热，头晕目眩，一头栽了下去。

幸好高山眼疾手快，慌忙搂住了秦沃。

秦沃再度醒来是在自己的帐篷里，她体力透支过度，没坚持住倒下了。一时心里有愧，她觉得自己还是来添乱了。

高山从外面走进来，两人对视了一下。秦沃脸一红，马上挪开了，她没有失忆，还记得晕倒前发生的事情。她还来不及想明白是怎么回事，此刻帐篷里只有两人，秦沃觉得尴尬不已，急急忙忙要站起来。

"我得去帮忙……"秦沃不敢看高山。

高山拉住了秦沃，递给她一瓶敲开了的葡萄糖。

"你喝了这个。"

"我没事了，不能喝，不能占用灾民的资源，现在他们最重要。"秦沃的偏强劲儿又上来了，不管不顾地走出了帐篷。高山拿她没办法，也紧跟了上去。

接下来两天，两人几乎没说上什么话，一是这样的环境让他们没办法再开口去讨论其他事情，二是无法说破的尴尬。秦沃得空的时候也在脑子里认真地想过，高山说的那句话是什么意思呢，他那样焦灼而担忧的眼神，是什么意思呢？只是一个哥哥的担心吗？不不……应该是……不同的声音困扰着她，她也不知道自己到底希望是哪一种答案，而高山也没有再提起过。

他应该忘了自己昨天的异常表现了吧！秦沃想，也许就是一种朋友的关心。

后面由于灾情越来越严重，灾区精英的志愿救助人数越来越多，秦沃和高山便被分配到后勤的发放救灾物品的小组去了。

4 天过后，秦沃的身体状态已经不太能吃得消，再待下去作用不大了。这次的救援任务完成，他们便一起搭班机回北京了。

飞机上，秦沃睡了一会儿。迷迷糊糊醒来的时候，感觉自己的手被高山紧紧握着，秦沃瞬间吓得清醒了，却又不敢动弹，把眼睛闭得死死的。

"我知道你醒了。"高山突然淡淡地开口了。

秦沃不回应，装作不经意地侧了侧身子，她还想着要不要打鼾来证明自己没醒，高山又继续说话了。

"我看到地震新闻的时候，满脑子都是你。我疯了一样地给你打电话，打不通，我只有一个念头，我要见到你，马上见到你。在绵阳，我跑遍了每一个角落，每一家酒店，每一个灾民安置点。经过了那么多事，也走了世界上的那么多地方，我以为现在的我已经能做到泰山崩于前而色不变，可是我以为我再也见不到你的时候我才知道，我还会为一个人，为一件事，崩溃掉。"

秦沃缓缓地睁开了眼睛，静静的，不说话，这次换成眼泪在她的眼眶打转了。

她从来没想过，有一天，她可以被高山这样拉着，听他这样袒露心声。当然，她期待过，幻想过，甚至做梦都梦到过。可真没想过自己的奢望会成真，而那么多年日复一日期待的梦想真的实现的时候，秦沃没有欢喜，只是想哭……

"这 8 天，那么多的死亡直愣愣地摆在我的面前，原来我们的人生这么脆弱，这几天，整个四川，有无数人都在经历失去，这场意外来得太迅猛。在我以为我也会失去你的时候，我想明白了一件事……爱，可能比生命更长久，但生命没了，没说出口的爱什么都不是。秦沃，我不想再自欺欺人了……"

秦沃没有说话，只是用力反手捏住了高山的手。高山回头，看到秦沃已经泪流满面，却还在冲自己傻笑。

高山也笑了。

尽管他知道，从 17 岁开始，横亘在他生命里的秦盛生，是秦沃的至亲，而且一路在阻拦他。尽管他知道前路还依然艰难，这一刻却美好。

秦沃比自己想象中要平静，这么多年，秦沃拼命向上与高山等高，她不离开他的视线，她追随他的方向，就是为了让他一回头就可以看得到。而如若他没有看到，她也享受这份爱着的过程，这是她的事，不需要回馈，当这回馈突然来临的时候，她心里知道，值了，就好。

高山替秦沃抹了抹眼泪。

"那么，等这次我们回北京了，我们办个聚会如何？丫头，我的旅行箱里，还给你带来了一瓶好酒，来自法国南部一个不太知名的城镇。圆润而略有甘甜，融合橘子、蜂蜜、花香、葡萄的果肉味，酸甜交加，特别适合东方风味的菜品。年份不是很久远，恰如一位年轻的王子。若我们不是在这里相遇，而是在都市里，我想我们可以做上一桌菜，我好好地给你讲讲。"红酒是他们这8年来很重要的一部分。高山喜欢，但对于秦沃来说，他也带动了她来欣赏有底蕴而绵长的东西。

秦沃从来没有让高山去过她家，每次高山都匆匆地吃完饭，飞奔机场。当然，高山也知道秦沃从来都不是美食家和厨房达人。

"好，你的厨艺一定长进很多了。西红柿鸡蛋、青笋炒肉、山药丸子、青椒鸡蛋，我们大学时每次聚会都会点这几样，你还记不记得？"

"好像这几年来，我会的也就这几道最简单的菜。"

"看似简单的食材，若是能做出极好的口感，才称得上叫绝呢。"

"可能只能下咽而已，我会的也就这几样。"

他们没有去聊这8年来各自的心情，极其自然地讲起了他们熟悉的家常，这是他们的生活，他们的世界。

原来，捅破了这层窗户纸，并没有不一样。秦沃想，嗯，真好，当她从黑暗之中走出来的时候，迎来了第一抹光芒。

尽管这一抹光，亮得有些不真实。可如果真的是梦的话，那么就这样吧，不要醒来。

Chapter 27
高山

一种情感的萌发，也需要契机。
比如一座城市的沦陷。

2008 年。

飞机上跟秦沃吐露完心声后，高山想起了张爱玲的《倾城之恋》。

一种情感的萌发，也需要契机。比如一座城市的灾难，让人们开始珍惜最真实的情感。

他承认，他也刚刚经历了一场倾城之恋，不，是让他觉醒秦沃对他而言有多重要的倾城之恋。

他风险意识控制极强，一直保持着和秦沃的距离，但在死亡面前，他的真心向他的理智投降。

高山曾经想过，这个时代，没有了诸如战争此类极大的考验，有多少爱情是真正的、深入灵魂的呢？最后考验无关乎时代，是时时存在的，它一旦出现，你必须直面自己的内心，无处可逃。

高山并没有要秦沃回应，但无声胜有声：这些年来，他们彼此默契，心有灵犀，有的话点到即止就行了。可高山也松了一口气，这么多年，难道真的是遭遇地震才意识到自己的情感吗？

不，只是逃避而已，如今面对了，反倒轻松了。

到达北京的时候，已经是下午 7 点。

北京，因为快来临的 8 月 8 日奥运会的原因，一直都是热闹人群的海洋，但是因为汶川地震，安静了许多，人们谈论更多的是地震、祈祷和救灾。

高山送秦沃回家，短暂聊了一下。

"现在，又多了一个让我回来的理由……"高山看着秦沃，话里有话。

秦沃低下头，微笑了下，待她重新抬起头时，高山看到，眼里是笑着的，但是眼眶里却有泪水在打转。

他轻轻地拥她入怀，并在她额头上亲了一下。

高山很快便径直奔酒店了，他们相约第三天再聚。

"她有些累，有些疲倦，我也得马上处理一些需要交接的工作。"高山是这么给自己规划的。

他自己在酒店做短暂停留后，便给国内的合作基金开了电话会议。问了些所共同投资的这三家公司最近的战略、高层流动、运营、管理等方面的细节性问题后，他还是很担心。

虽然他那时并未亲身经历 2000 年互联网泡沫，但是从后来的数据和材料分析中，还是能根据很多的现象有所预测的。

他隐隐觉得有哪里不是很对劲，但从表面上又看不出是哪里不对。

就比如国内的房产市场，就比如二级市场。

市场上的动态和形式是很容易理性分析的，可是对于情感这样明明不知如何估量、如何开始和如何结束等完全无法控制的事情他是无法做出评估的。

眼前就有一件极其棘手的事情。

两年前，他们公司和另外的一家基金合作投资了本地的一家餐饮企业，当时的发展本来是相当不错的。坦白地说，财务报表和尽职调查中的数字非常看好。和竞争对手相比，无论是翻台率还是单位成本贡献都高于竞争对手，但由于其餐厅都开在北京上海等一线城市，随着房租的上升，以及为了筹备上市，人工成本中的保险等都必须补上，在短期内造成公司的毛利润损失。

而在这期间，用户满意度要为 IPO 让路，一切为了上市；为了上市，公司管理层所采取的方式是压缩成本，为了 IPO 做出了牺牲；通过削减成本来满足净利润的中小板，做出了些比较短视的举措，比如：裁员。一家店从 50 人裁减到 35人；菜品上少点，但后果立刻显现出来，消费者立刻能看到，其餐饮产品在行业内竞争力逐步下降；为了快速扩张和便于厨房管理，产品标准化很重要，但标准化并不能让食物更好吃，投资方会把标准写在要求里，但消费者并不关心菜品是否标准化，他们更关心是否好吃。

其实高山在投资这家公司的时候，也感觉到其创始人的动机。

如秦沃在高管搜索中所看重的一样，动机很是重要，这是冰山模型中，掩藏在冰山下的那一部分。这一部分往往是短期内无法显现，需要长期观察和引导出来。

这位创始人其实所提倡的用户至上只是口号，事实上他对钱的兴趣更大；若不做 IPO，其实这家餐饮公司的日子过得还不错。但一家现金流不错、为了上市而上市的公司，就不是一个很好的潜在上市对象了，也就不是一个很好的投资对象了。

再加上餐饮企业整体上市受质疑，退出机制的问题也显现了。

在接下来的董事会中，作为董事会成员的高山，向纽约总部提交了详尽的报告，同时做出了自己当初判断失误的种种检讨和补救措施。

重点是，对创始人的判断。

他不似秦沃有些精神洁癖，但最起码，他对人是有些苛刻的。他爱红酒，洋派；而秦沃爱茶，更偏传统。他当年在斯里兰卡的时候，看到那一望无际的茶园郁郁葱葱，采茶海拔越高，茶叶口感就越好；为了喝上一口好茶，他坐着当地特色的时速只有 30 公里的小火车，一起爬到最高峰，所有的辛苦，等到那一杯清澈见底的清茶的时候，便消失殆尽，那时他也是明白的。

丫头勇敢而简单，清澈见底；而他所喜爱的是醇厚，大约这也是男人和女人的区别。

秦沃爱静，而他很好动。只是他觉得这些年来，他们之间相互影响，倒是也有很多的互转。

要在国内开办公室，场地等已经想好，CBD 核心区，国贸大厦 28 层，比较巧，这也是自己今年的年龄。

一切就位之后，最重要的便是招聘个大内总管了。

也是该秦沃出场了。

秦沃二话没说，当即把一家基金的办公室经理钱小凌介绍进来了。人踏实稳健，年龄 33 岁，家中婚姻状况稳定，生活殷实，老公也是小有所成的企业家，小孩子也到了上学阶段。所以对于她而言，最重要的事情是找到一家能够让她感觉到快乐、受尊重、舒适的工作。当然富足的生活并未完全磨灭她对工作精益求精的追求，十多年的金融界工作已经让其变成了非常职业的经理人。

高山对钱小凌还是很满意的。她活泼、开朗、懂得进退、交代好的事情基本会很及时地得到反馈。所以高山当即决定聘用她了，当然，他相信秦沃的眼光。

为了庆祝在极短的时间就找到了候选人，如秦沃之前约定的一样，高山要求去秦沃家中进行夜宴。当然，同行的还有钱小凌，秦沃的闺密易佳佳和她老公刘裕康，木心喜。

秦沃还告诉高山，她的妈妈林芳也在。

忽然，他有些紧张起来。

"大难不死，必有后福。妈妈过来照顾我，她说一定要款待你这位救命恩人。"

高山有些迟疑，然后有些腼腆了："我怕我表现不好，你知道这方面我没有太多经验的。"难得他如此坦诚。

"那你就只管吃饭就好，我和妈妈做了好多的菜，都是你喜欢的家常菜。"

翠思写意小区位置离国贸很近，地铁一站地，若是步行的话，10 分钟就行，离秦沃公司所在的富领大厦也很近。

秦沃的家在 10 层，刚好能够看到国贸三期、银泰中心的大灯笼、建外 SOHO 等 CBD 核心区醒目的建筑，当然还有正在建的新央视大楼。传闻这个大楼是影星张曼玉当时的男友在负责设计和执行的，他的工作地点就在附近。秦沃还见过他一次，和杂志上一样清瘦清瘦的，很高，完全是文艺建筑师的样子。所以这也是在 CBD 办公的好处之一，总是会碰到些有意思的人，让你觉得生活就应该是梦幻和真实相结合起来的。

高山一进门，秦沃就把旁边的林芳介绍给他："高山哥，这是我妈妈。"

和秦盛生相比，林芳确实是一位更慈祥的母亲。如秦沃所言，岁月已经磨去了林芳身上的犀利感，或者说离开秦盛生之后的林芳，做回了自己。高山看得出来，林芳很是喜欢他，他也便放心了。

桌上果然是那些简单的家常菜，质朴、润物无声：西红柿鸡蛋、青笋炒肉、山药丸子、青椒鸡蛋、红烧猪蹄、狮子头、清炒莴苣、清蒸鲫鱼。

配上高山带过来的红酒，圆润而略有甘甜，融合橘子、蜂蜜、花香、葡萄的果肉味，酸甜交加，特别适合今晚的菜品。

林芳不住地往高山碗中夹夹菜，满满的慈母心。

一旁的木心喜和易佳佳不住地笑，开玩笑说丈母娘可是看上了未来的女婿。

秦沃很不好意思，只好自黑说："我做的菜品很简单，好像这几年来，我会的也就这几道最简单的菜，一直想去学些新的菜式，一直没有时间来真的做这个事儿。"

"看似简单的家常菜才开胃呢，不花里胡哨的，适合家宴。"易佳佳一直是秦沃忠实的粉丝，不，应该是她们俩互为粉丝。

高山很有主人公意识地打开酒，给每人倒了一杯。他看秦沃品了一口，很紧张地问，觉得怎么样？毕竟那么大老远带回来的，关键是他可以借这酒和秦沃聊些亲近的话题，这么多年来一直都是。

秦沃露出了满意的笑容，这酒带甜味的，秦沃喜欢甜食。

高山心安些了。在他的培养下，她终于也喜欢上了一样他喜欢的东西。

钱小凌、易佳佳伉俪、木心喜也加入进来，四人干杯。易佳佳刚有身孕，只是尝了一小口。

"红酒确实是个好东西，过了三个月的话，孕妇稍微喝一点也没太多关系。"钱小凌是过来人，叮嘱易佳佳也不用太小心。

"还是小心点比较好，易佳佳你今年也 28 岁了，也是偏高龄产妇了。"秦沃还是很关切。

易佳佳和木心喜两人，狡黠地一笑："那么秦沃，你是不是更要加油了？"说完，她又看似有意而又无意地看了高山一眼。

高山接到易佳佳的眼光，偷偷笑了，看向秦沃，秦沃也笑了。

两个人像拥有同一个秘密的孩子，狡黠而又纯真。

Chapter 28
秦沃

岁月，是最好的魔法师。
有些种子在早些年就已经悄悄种下了。

2008 年。

看得出来，聚会很成功。

除了至亲林芳，大家都是谈得来的朋友。高山带回来的红酒喝完之后，秦沃又开了一瓶自家藏的，大家喝到微醺的状态。

易佳佳和钱小凌，非常有共同话题地聊妈妈经去了，木心喜和易佳佳老公在她们身边围着。

秦沃还记得易佳佳上个月宣布自己怀孕的时刻。

"Mary，告诉你个天大的新闻……"

"等等，让我猜猜，你中奖了？还是你老公给你买了爱马仕的限量包？"其实这两项都不可能，易佳佳是个清心寡欲的女孩，用秦沃的话说，生活得不食人间烟火似的，这样的内容来定义她所谓的天大的新闻，未免太亵渎她了。

"呵呵，不是的。首先向你道歉啊，因为多多的名字我要先用了。因为我确实中奖了，哈哈，怀上了。"

多多，当年秦沃和易佳佳约定，两人谁先有孩子谁就用这个名字，不许抢。秦沃是完完全全地落后了：易佳佳大学刚毕业，就立刻被刘裕康拉进围城结婚了。"好吧，不过多多这名字是我先想出来的，到时候得付我咨询费嘛。"

"哎哟，秦沃，你说用干妈妈的头衔来支付咨询费如何？"

"呵呵，那好吧。无论是男孩还是女孩，都可以叫多多的。"

最好的闺密孕育着一个新的生命，秦沃还是有些喜出望外。嗯，以后在服装店看到可爱的童装的时候，也可以早些买下来，等孩子出世后，再送给她（他）。

不过，这也确实是个很大的新闻。因为本来，易佳佳也是可以成为新的公司一分子的。易佳佳所在的公司有些独到的资源，也许因为怀孕的事情，会暂时使得易佳佳计划延后。

"秦沃，不过你不用担心，我会参与我可以参与的事情。"

在靠窗的座位上，秦沃看着洋溢着幸福的易佳佳。她的这种幸福是外人轻易能感觉到的，大抵是因为太幸福了吧。

两个女人，一个孕妇，一个创业者，都在孕育新生命。

"来，我们以饮料代酒，来庆祝下吧。"

"秦沃，幸福也是需要自己争取的。你把太多的时间花在工作上了。女孩还是需要早点有个家，有个孩子，像我一样。"易佳佳的眼睛里闪着幸福的光芒。

"当年觉得许信就很好，我觉得有点可惜。要是答应他了，你现在应该是一个天天免费出国的太太了，可以随他满世界走。"

"大概，他不是我的那杯茶。我对于过去的事情和人不会惋惜。易佳佳，我一直觉得感动不是爱。即使和他在一起，我还是被感动而已。他是个好人，我不想骗他，所以他应该有他的幸福。虽然短期来看，这样的结果对他而言，很残忍。"

"不过，看到他，我便觉得你和他更是登对的一对儿。你很幸运，终于等到他。"易佳佳朝高山的方向使了使眼色。

"我没有等。我是在做自己可以做的事情，没有卑躬屈膝。我们的情况不是很一样。"秦沃并没有说太多她和高山家的恩怨。

但是她也认可易佳佳的看法。

"有这样的朋友多好。"秦沃从心里感谢易佳佳，但是到了这个年龄，多数顺利找到另一半的女子，多半会赶紧要孩子的。生于 20 世纪 80 年代的，基本都是独生子女。

能等到高山，也是因为在逼婚这点上，秦沃多了一些庆幸。

这些年，爸爸事业顺利发展，越来越好，自己的新家庭也很幸福，被成功的喜悦包围的他已经膨胀得有些冲昏了头脑。去年春假去他那吃饭，那个比自己大不了几岁，她没有办法用阿姨来称呼的女人在饭桌上为了表现自己，一个劲儿地关心秦沃的感情生活。秦沃有些不耐烦，秦盛生看出来了，立即打断。

"你说你操这些心干什么，我的沃沃还愁嫁不出去，那是她没看得上。再说了，只要她看上了谁，我一出马还不立刻替她拿下。"秦盛生说完，大家都哈哈大笑。

唯有秦沃，心里生出极强烈的反感，匆匆吃完，谎称不舒服要回妈妈家了。

妈妈对这件事呢，看得也比较开明。她这些年一个人也过得挺好，学校的孩子们都很喜欢她，叫她林妈妈，她的生活也丰富多彩，对秦沃的感情也不像一般的母亲一样急不可待。"现在没找到，别着急，慢慢找，直到找到那个不怕和他过一辈子的人为止。"

今晚，秦沃终于让妈妈知道了自己对高山的感情。

原本她怕，怕更多的人和自己一样背上良心债。妈妈心善，如若知道当年高山家详细的惨况，会备受煎熬的，而让她知道自己和高山还有这样的缘分和情感纠葛，估计会和自己一起陷入两难境地。所以一直以来，秦沃都是对妈妈说，没有喜欢的人。

可如今，当林芳知道两个孩子的感情之后，有喜悦，也有歉疚。

命运弄人，她因此失去了自己的大树，而沃沃，却找到了属于她的大树，已经说不清谁欠谁更多，是谁要来还谁的债。

"命运弄人，绕不过去的，就好好面对，都说父债子还，你爸爸欠下的债，那你就用你们的幸福去偿还吧。"林芳揽过秦沃，沉沉地说，流下的泪，分不清是喜悦，还是其他。

家宴上，当林芳别有深意看向高山时，高山偷偷和秦沃像两个做了坏事的小孩一样相视一笑。秦沃的心里好像开出了花，大地震的境况从她心上碾压而过，她明白意外就在身边，随时都有可能发生。

如果真的发生了，没有和爱的人好好爱过，那是她最大的遗憾。

高山和秦沃，站到阳台上吹风。

6月初的北京大概是最好的季节了。还不是特别热，但还是有种躁动的感觉。

两人都有点醉了。

"我要回美国一趟，处理一些后续事宜。"高山声音有些沉，"朱珍，你知道的，我得回去和她坦白，我认清楚了自己的心。"

秦沃看到高山说到这里时忽然闭上了眼睛："我总是从她的身上能够找到你的影子，而她又不是你。如今我终于有勇气去找到真正的你，但我也要回去给她一个交代，这是对你，也是对她的负责。"

岁月，是最好的魔法师，毫无疑问，有些种子在早些年就已经悄悄种下了，但她知道，他太耀眼，不是平凡如她所能奢望的。所以她选择了什么都不去想，只是努力生长并静悄悄地待在这里。

而她没有想到的是，即便静悄悄如她，和他身边的那些女孩子已经区分开来了。她从来没有要求过他什么，也从来没有指责过他什么。多年来，这种关系演变成一种兄妹之间的信任感，随着时光的流淌，这种信任感发酵成了一种依依不舍的关系。

现世冷漠，人情冷暖。

她所不知道的是，在他所待的高强度的领域里，他心底早已经如她一样静悄悄地种下了些什么。只是，他连自己都不知道，这颗种子慢慢地长大，开花，现在花朵儿已经钻出他的内心了，这使得他不得不真的去面对了。

她有点醉了。

"这次我回去之后，会和她做个了结，我不会让你受委屈，也请你信任我。8年了，你知道我是个什么样的人。"

"我知道……"秦沃喃喃回答，"可是，太突然了……我……"

"没关系，我们还有时间。"很明显，高山是怕秦沃拒绝他，所以他宁愿为自己争取一点时间。

其实，秦沃是想告诉他，8年来，她不和他往男女之情上靠拢，是因为她怕自己的存在会让高山想起不愉快的回忆，怕自己的感情是一种伤害。秦沃想这中间的结一定要解开，不然她没有办法去坦然面对这份情感。

高山不让秦沃说下去，只是说，放心，一切有他。

秦沃吹着凉风，陷入了自己的思考。

她一直在成长，他是影响她的人，也让她看到了另外的世界。

幼年时候的愿望，不过是成为一名作家，文化工作者。她文笔很好，从小学开始，60分的作文经常是满分，然后贴到学校的海报栏里，供同学们赏阅。

她喜欢安静一点的生活，然而父亲更希望她能有更多的社会体验之后再去帮他创立的集团获得更大的成就。

后来，她遇到了他，认识到了金融圈、创业、上市、投资等。她觉得新奇极了。

再后来，她选择成为专业人士。

于是毕业之后，她成了这个领域的专业人士的职业顾问。

到今年，她觉得时机逐步成熟时，选择了自己独立去创业。

其实，她想说，自己之所以敢这样走，多多少少是因为受了他的鼓舞和影响。

她也从当初那位多愁善感的文艺女青年，变成了理性的感性主义者，尤其在成为创业者之后，更是异常理性。

高山一直在看着她。

"其实，你对我来讲，一直都很重要。"

她想说，世界上，有太多他不知道的事。

但她又是慢热型的，她不希望自己如他那般快速进攻的样子。

其实，她也想对他说，这些年，她一直都在跟随他的脚步，但又是平等的。

临渊羡鱼不如退而结网，这是本来的内心的想法。

她和他一样，以前没有意识到。

现在她自己也终于懂了。

她想起一句话，所谓最好的爱，就是那个人，到最后也没走。

很明显，她也被自己给吓住了。

所以本能地后退了。

她在思想上后退了，所以在行动上也是。

本来高山是坐在她旁边的，秦沃忽然说："外面还是有点凉，我先进去了。"

她没敢看高山的眼睛，等到屋内，她发觉由于开了空调的缘故，屋内其实比屋外更冷。

高山和钱小凌、易佳佳夫妇、木心喜一起下楼，秦沃把他们送到楼下。

他们先开车走了。

剩下高山和秦沃。

"丫头，"秦沃听到高山在叫她，"我这两天就回纽约了。处理完那边的事情，我就正式回来了。你可不可以等我，在这段时间，可不可以等我。"

他居然用了两个"可不可以"，他不是一直都是霸道而不讲理的吗？

秦沃没有回答，只是看着他笑，是那种属于秦沃自己的、安心的、清淡的笑容。

Chapter 29

高山

梦想，有一种神奇的力量。

为梦想的告别，让漂泊的他重新起航。

2008 年。

他也是有些害怕的。

他害怕秦沃会拒绝他，更害怕自己没能走到最后，和秦沃连朋友都做不成，若是就这样失去她，他会很心疼。

倒是林芳给了他信心。

"高山，你都大了，应该成个家了。"这是长辈的叮嘱，"我第一次见到你的时候，你还是个小男孩。这不一下子成了大人了。"

"林姨，我这些年一直在奔波，顾不上成家的事情，一直在立业。从香港到纽约，然后又是加州，还好以后在北京的时间会比较多。我虚岁也 29 了，很快 30 岁的人了，也很想回来照顾家人。"

他并没有提及父亲去世的事情，也没有提母亲一直在精神恢复期，这段时间倒是大好，但还是需要护士照料。

林芳说，有时间很想去拜访吴爱玲，高山的妈妈。"沃沃是个倔强的孩子，哪怕毕业后也不接受她爸爸的帮助，坚决要靠自己的能力生活。一开始我不太理解，毕竟一个女孩子，接受家人的照料也是情理之中的事情，但看到你，我便明白她为什么会这样对待她爸爸的安排。其实你们这些孩子在外面打拼，我们做父母的倒不是期望你们成龙成凤，只是希望你们家庭幸福，身体健康就好。"

高山从林芳眼中读出了疼爱。从 17 岁开始，过去的 10 年，他极少获得这种来自家人的心疼。忽然之间，他很认真地对林芳说："林阿姨，您放心吧，我会好好照顾沃儿的。"

他回头看着屋里在窃窃私语的三姐妹，木心喜不住地往高山这边看，然后对秦沃耳语，秦沃很害羞地在笑。

正如林芳对他的疼爱，他忽然也很疼爱他的丫头。

爱也是种心疼。这丫头，放弃了秦盛生给她的光环，独自来到北京，念书、工作、创业、打拼，一直没有享受年轻女孩所应该享受的青春。

她需要个肩膀，而他愿意做这个肩膀。

高山心想，一辈子，总得有点自私的时候。况且如果爸爸还活着，他一定会赞成的，他一直都说，也许秦盛生有错，但罪永远不及秦沃。哪怕，哪怕即使有罪，这么多年，也该烟消云散了吧？高山不想用一辈子来化解上一辈的恩怨，他和秦沃已经为此付出足够多的代价了。至于妈妈那里，先瞒着吧。

他决定像个男人一样，承担起对林芳许下的照顾秦沃的承诺。

那么，首先他需要舍弃一个人。不，是遵从内心最真实的声音，他不想再欺骗朱珍了，因为他一直爱的是秦沃。

他回到美国寓所的时候，发觉朱珍已经把自己的物品清空了。

高山走了大半个月，没有主动和她联系。她也是有自尊的女孩，况且她身边从来不缺追求者，不过高山明白，她这是在耍小脾气，等着自己去道歉。高山约出了朱珍，开门见山，也唯有如此才能把伤害降到最低。

"对不起。"

朱珍满心期待地以为他是来挽回的，却是一句对不起，生怕他说出更多的话来，立即阻止："不要说对不起，我讨厌这个词。"

"珍，"高山很诚恳，"我们不合适，我知道这样说很残忍，但我把你当成了另外一个人的替代品……"

朱珍愣了一下，很快缓了过来。

她是个得体的成年人了，即便痛心，也不会大吼大叫了，这个时候与其狼狈哀求，不如保全体面。

"山，我的第六感一直告诉我你的心里有另外一个女孩的影子，当然，应该是藏在很深很深的心里。而这个女孩的样子，可能和我是不一样的。你要去找她，告诉她。"

女人的第六感是很准的。

朱珍站起来，抱了抱高山，头也没回径直走了。

他感谢朱珍，心有愧疚，她的主动离开也是给他和她的一次救赎。

他给朱珍发了个信息：谢谢你的大度。我月底就回中国了，以后我的事业主要在中国，有事随时联系我。

然后他来到自己的红酒储藏间。

他没有特别多的爱好，唯独爱红酒。这个爱好与享乐主义没有关系。红酒，是充满遐想和梦的物品。一瓶上乘的好酒，经过了多少工人和酿酒师的辛苦工作，里面结晶的都是精华，和背后浓缩的人生，经过岁月的沉淀，更加醇香迷人。

他准备挑选一些运回国内，剩下的就送给美国的朋友和同事。

然后便是和美国总部对于北京办公室筹备工作的汇报，以后每个月还是会回美国两次。

真正的开始，在中国，好像过去这几年来，一直在等待这样的时刻。

他决定举办一个告别的酒会。

更重要的是，他想邀请秦沃来到他所在的圈子。

说实话，他怕她会拒绝，他怕。

但是，让他意外的是，她同意了。

所以在这个一切有点措手不及的 7 月，2008 年奥运会的前一个月。高山的告别酒会上，多了一位中国姑娘的身影：秦沃。

在今年之前的时节，这是不曾想到的事。

但时光的魅力，又在于毫无安排的措手不及。

他想让秦沃融入他的生活，他也想让秦沃看看他在这些年奋斗的结果。虽然有点快速，有些幸运，但他知道背后所付出的艰辛。

就如，有人问科比，你是如何做到如此成功的？科比问，你知道凌晨 4 点钟的洛杉矶吗？我每天都能看到凌晨 4 点钟的洛杉矶，因为那个时候我已经开始训练了。

他也是如此。外人看到的是幸运，他看到的，是努力。

他是有些大男子主义的，很自尊的，但是在秦沃这里行不通。虽然面上他还是坚持自信满满、无所顾忌的样子。

秦沃坚持住酒店，但他坚持让秦沃住他家。最后，还是秦沃赢了。

他不知道这丫头在想什么，照顾她是他应该做的啊。

她一直是要自尊的，好吧。

高山去机场接秦沃。每一次见到她，都让他眼前一亮。

26 岁的她，穿着荧光绿色的外套，白色的裤子，头发扎成一个高高的发髻，顶在头上，然后包了个黑色的丝带，很像古代侠女的样子。

对，这就是这么多年来，他认识的秦沃。

他没法像以前那样和她嘻嘻哈哈了，两人似乎都明白他们正处于一个尴尬的阶段，不再是兄妹，却也无法马上过渡到恋人，有些不自然，最后两人都指着对方哈哈大笑起来。

一路上，他很识趣地帮她介绍沿途耸立的建筑物和各种时尚的装饰品。

像个绅士，像个男人，而不仅仅是兄长。

他送她到酒店前台："要不你还是住我家吧。"

她一脸坚持："反正只待 5 天，我还是住酒店吧。"

他一脸落寞地快要离开时，秦沃叫住了他："好多年了，没有尝试过和你同一屋檐下。我们以前一直是对着干的死对头，忘了吗？"

"怎么会忘，我就是喜欢看你生气又不敢拿我怎么样的样子。"秦沃眨眨眼，可爱极了："那么现在我该报仇了，我也要和你对着干，我也想看看你生气又不敢拿我怎么样的样子。"

有这些就足够了："好，如果报完仇你会回到听话的样子，你就尽管报吧，直到你解气为止。"

"那么，我可能要倒时差，前三天我还是住在这酒店里吧，后面两天看看是否倒过来了，再住你家。你最近很多事情要做交接，所以，我还是不打扰你，等三天后你处理得差不多了，我再过去你家，好不好？"秦沃看他让步了，心里有些过意不去，所以也开始顾及他的感受了。

他不是一个多懂女人的男人，但他相信秦沃这样安排，总是有她的理由。

原来她还是为他着想的，他心里温暖起来。

他辩不过他，其实是，他不想和她辩了，他让着她。

而这所有的一切源自他一直渴望的一种东西：爱。

酒会如约在三天后举行，晚上 6 点半举行。

秦沃穿了件黑色的晚礼服，和一些女士不一样的地方在于，她露出了极其可爱的肩部和很美的肩胛骨，让人一看就觉得这个个子小小的女生，蕴藏着比看起来更大的能量。

雪白的肌肤，黑色的礼服，端庄而文雅。头发盘起来了，扎着韩式的发辫，上面有一朵白色的花，给人感觉很梦幻，像精灵一般。

很清纯，但这种清纯是动态的，像个小精灵在森林里飞。不是安静的人才可以说清纯，其实略显活泼的女孩也可以很清纯。

这是此刻的秦沃。

很显然，秦沃是很用心地在准备这一晚的。

高山并没有像对待其他人一样，给她一个美式的贴面礼，而是很绅士地伸出自己的胳膊，他希望秦沃可以挽住自己的臂弯。

他把秦沃介绍给了自己的伯乐 Robin、同事、其他在工作中有交集的人们，都是在美国这几年的朋友。

"这是我在中国最重要的人之一。"这是一个很隐晦的措辞，用高山自己的方式。

秦沃很灵动地和众人一一认识。

高山看得出来，人们都很喜欢她，而秦沃对这样一群人也不排斥。

于是，他以这样的方式，让秦沃融入了自己的生活和众人的告别。

不，是新的开始。为梦想的告别，让漂泊的他重新起航。

是时候了，他该回去了。他的事业在中国，正如他第一次踏出国门的时候所想的一样。

梦想，是一种神奇的力量。

当他再提出要求的时候，秦沃并没有拒绝他。

并且用了一天的时间帮他整理和收拾需要打包回中国的物品。

当然有意外收获。

秦沃做的早餐，她花了一些时间去唐人街购买的这些中式食材。

小米粥、酸豆角、秦沃和面做的小笼包、清蒸红薯块、牛奶、三明治，中西合璧的早餐。

"我不知道你居然还可以做这样的早餐，80后不是骄纵的一代吗？"高山明明很高兴，但还是忍不住想要逗她一下。

"我是给自己做的，只不过也给你顺带做了一份而已。"

"好吧，辩不过你。"他喝了一口粥，"我这边的事情都办妥当了，那么后天我们就可以启程了。"

秦沃递了个夹着火腿和西红柿的三明治给高山："真的要离开了，心情如何？"

"不是离开，是回归。我一直在等这一天，这个梦一直在我心里，而我一直在朝这个梦想努力。"

而这个回归的梦想变成了现实。

Chapter 30
秦沃

她不但是他的女朋友，
还是他最亲密的对手。

2008 年。

秦沃和高山一起坐上了回北京的航班。

飞机有些颠簸，在睡梦中的秦沃隐隐地觉得自己的手被高山拉着，而她也能感觉到高山帮她整理了两次毯子，没办法，踢被这种事，是从小养成的习惯。

喜欢一个人应该从怎样的细节开始呢？

而他们不需要，因为 8 年的时光，已经有了最根本的信任根基。

但是，她还是想说，虽然没有那么快，但至少彼此是相互陪伴一起走过来的。

她确实是活泼，但也有着这个年龄少有的成熟。

她在实现自己梦想的路上，而她也愿意陪着他一起去实现梦想。

在奥运会前的这一个月，经历了太多，股市忽然在 6 000 点一泻千里，而房地产市场也是一片萧条。

她知道高山撑得过去，他从来都不会把过多的困难告诉她。

这点像她。她从来没有过什么天上掉馅饼的事情，无论爱情还是事业，从来没人平白无故地给她个珍宝，她所有的一切都是自己挣来的。

而谷东，她不知道的是，后来他回到他父亲的房地产公司，去做家族企业的继承人了。他怎么样？他离开北京时并没有告诉她，也许对于她的拒绝，他内心是不理解的。

在她创业的初期，他作为技术顾问，给了她极大的支持。秦沃的内心是感激的。

她拨通了谷东的电话，她听得出他的高兴。

"抱歉，我离开北京时并没有告知你，父亲需要我马上回来。现在房地产的情况不是特别好，资金链问题很大。"

"我每天都在做些新的尝试，一栋新开发的楼盘刚刚盘出去了，这样可以保证本来要出售的楼盘运营正常；但购买者的心理都是买高不买低；价格一直都在往下掉。"

"我想这也许是我这些年来遇到的最大挑战，迫于家族的压力，我放弃了自己的理想，回来帮助家族和父亲。我也在帮他们谈融资的事情，但是这样的行情不怎么好进行。"

"虽然困难，但我想我会努力的。"

和之前的谷东相比，他不似以往那样逃避和犹豫，而是变得坚强些了。

挫折和苦难，是最好的打磨石。

希望谷东可以撑住，做个家族的继承人和更好的自己。

她终究内心是感激他的，因为遇到他之后，她才明白在她的生命里，高山无法取代。

无论在什么时候，人们遇到不同的人时，事后一想无论当时多么不堪，但在那个时刻，都是极其合理和最合适的人。当我们经历过那一个个和他们在一起之后的自己时，才知道，哦，原来自己最想做的是和那个最合适的人在一起时的自己。

她和高山，无论多忙，每天都会在一起吃一顿饭，见不到彼此的日子，总是电话保持联系。

这日早上吃饭的时候，高山告诉她资本市场的情况并不是特别好。

"怪不得我们这边很多金融界客户，不但不招聘和面试新的候选人了，而且都开始裁员了。"秦沃深有同感。

"这是个很显著的信号，华尔街开始有反馈了。连老牌金融机构都宣布破产了，其实对我们也有影响。一方面是我们投资收紧了；另外一方面是，我们更注重被投企业的投资运营和董事会参与度。"高山忽然想起什么，"秦沃，所以你公司也不要激进地扩张了，以稳健和精耕为主题吧。危机深化，可能还得等一两年，你要注意节奏。"

爱你的那个人，哪怕是在他为难的时刻，也会处处想着你是否也会处在艰难的时刻。现在是他焦急的时刻，但他还在想着秦沃公司的发展。

秦沃心头一热，感性占上风时，理性的样子就慢慢瓦解了。

她知道情况很严重了，高山刚回来，本来是想大展宏图，但遇上这样的时刻，肯定背负着极大的压力。而且在中国已参投的十几家公司都或多或少不算很理想。但高山不想让她担心，不会和她说太多的细节。她能做的，就是告诉他，她会一直站在他这边。

"我们一起去看奥运会开幕式，好不好？"

"好。"高山也理解秦沃的明事理，并没有刨根问他事业的事情。

她知道她一问，他就紧张，他好面子。

"睡前让吴妈给你热杯牛奶，一切都会过去的。"吴妈本来是秦沃的保姆，但高山回来后，她也兼顾了高山的起居和日常收拾屋子：他们达成共识，坚持各自生活。

"保健方面的药，要定期吃一点，起码有预防的作用；晚上睡觉前，听些轻音乐，不要像在美国那样熬夜了，你现在是快而立之年的人了，不似 20 多岁生龙活虎的自己，是老爷爷了。"

"哈哈，我怎么成了老爷爷了，那你也像个老妈子了，丫头。"

"我哪有像老妈子，我才不想这么快成为老太婆呢。若是要变，也是你把我变成这个样子的老太婆。"

秦沃忽然严肃地看着正在享受被人关心的高山："谢谢你把我变得知道去关心人了，虽然我以前有点小任性小刁蛮，但也不是什么坏人。还好，你及时发现了我的好，及时拯救了我，要不然我就变成野蛮女友了。"

"你觉得你现在关心我一下，就变成温柔女友了？ No！你从来都是不动声色的野蛮女友，不，蛮横女友。"高山做出了一个可怜的样子，斜眼望天，"哎，怎么办呢，要不是我来拯救你，你肯定变成没人要的黄脸婆了。"

"谁说我是你的女朋友了？我只是你最亲密的对手，好不好？"

两人在这样打打闹闹中，慢慢地逗着对方，也慢慢地走近对方。

情况越来越失控，每天都有很多不好的消息传来。

股市暴跌，华尔街负面的消息：《中国地产的萧条》。

在这样的大背景下，奥运会还是如期来临了，秦沃和高山一起去看了开幕式。正如《倾城之恋》中一样，秦沃和高山的感情升温得很快。

Chapter 31
高山

好比是新时代的《倾城之恋》，
在 2008 年金融危机的背景下，他们成就了彼此。

2008 年。

其实他最近的心理压力很大，但高山却不想让秦沃知道得太多。身为男人，肩担道义，他有责任减轻她的负担，而不是给她加压。

所以即便她偶尔问到些事情，他也只是轻描淡写地说几句。丫头先于他创业，20 多人的团队，应该也背负了不小的压力，况且她从来都是靠自己的努力，她好强而自尊。

有的时候，他心疼她。爱一个人，其实就是心疼她。

他希望在她面前的自己是强大的，可以呼风唤雨的，他也很愿意去帮助她走得快一点。但是现在的自己，却是脆弱到焦头烂额。

还好，聪明的丫头，也开始从那个倔强而任性的丫头变成了懂得照顾他，懂得保护他一点点自尊的丫头了，她慢慢地从一个小女孩进化成一个善解人意的女人了。

他们并没有很快住在一起，但他们共用一位管家，吴妈和秦沃在一起三年了，极为贴心和称职。

纵然情况越来越失控，但日子还是要继续的。

他很荣幸，北京的奥运会开幕式，他是拉着秦沃的手一起看的。

老谋子没有让人失望，整个开幕式恰如一场饕餮盛宴，让人难忘。

他甚至想到若干年后，他和秦沃变成老头子和老太婆时，也会记得这样的时刻。

2008 年，真的是让人心跳加速到像蹦极似的一年。

10 月份，金融危机全面爆发。

他所在的投资领域，全面失控，直接冲击虽并不似投资银行那般直接，但如今天这般的资本市场的萧条，人类上一次的经历还是 1929 年的大萧条时代。

但高山认为这次的金融危机不该称为 2008 年的金融危机。因为，真正的危机发生的时间比 2008 年要早很多。

危机最直接的诱发点，是美国的房地产泡沫。开始大家都对危机视而不见，不仅仅是银行、对冲基金，还有其他的金融行业从业者们。

金融股票在世界 GDP 中所占比重过大，这种情景是很可怕的。贪婪是人性的弱点，机制使得金融汇报和高风险联系到一起时，人们便变得肆无忌惮。

后果不堪设想。

而这次危机是为华尔街和美国金融市场所敲响的警钟，也让人们看到了亚洲市场的机会。

他在危机全面爆发前，先回到了中国。

在这种危机背景下，资本向亚洲的流通，使得新的经济中心存在新的机会。这一环境，可能也是下一个经济体的崛起机会。虽然我们的金融体系还有很大的空缺需要完善。

还有秦沃，刚刚开始创业，便遭受这样的淡季，他担心她有些吃不消。

不过还好，她的团队准备和她共进退，等待旺季的到来，并且已经做好了坐一年冷板凳的准备。

2008 年的金融危机，于他们的意义，好比是新时代的《倾城之恋》，在这样的金融背景下，他们成就了彼此。

"在你过去的人生，虽然我们相识，但我并未参与过彼此的人生，若是有什么风雨，我们一起来承担吧。"

这是 2008 年后半年，他们对彼此的承诺和约定。

"我很荣幸的是，此刻身边有你。"诗人情怀的一面溢于言表，少有的温情。

吴妈的厨艺越来越好，总是变戏法地做出各式佳肴来。她大概也是心疼这两个为各自事业打拼期的年轻人。

"要我说，你们现在也算是小有所成了，还这么折腾自己，不消停！人啊，得容易知足啊，知足才能常乐。"

每次吴妈把汤羹端给两人的时候，总是如此充满善意地训斥他们俩一番。

"在家不许谈工作，现在的任务是喝汤、吃饭！"

两人相视一笑，低头喝汤了。

此刻也是温馨的。

虽然焦头烂额，但高山还是想给秦沃一个特别的礼物，他们从未一起旅行，而正好也可以从目前混乱的状态里面逃离。他们最后商议，不管如何，他们想去一个离天最近的地方：西藏。

新近发生的一些经济事件，也让他明白了一个道理：人生或者说历史的低谷，刚好可以让人看到真实的情感，也让人对真实的情感倍加珍惜。

到拉萨的时候，已经是中午。秦沃感觉自己头晕目眩，高山知道是高原反应。坐上来接他们的车子，高山让秦沃把头靠在自己身上，一路颠簸到了酒店。

安置好秦沃，高山点了些吃的，尽量吃点素的，比如水果。他把切好的水果端到秦沃房间的桌上。这是他第一次这么近距离地看她：睡着的秦沃，安静，像个小猫。脸颊有些红扑扑的，他摸了摸，稍微有点热。于是他把毛巾淋湿了，给秦沃擦了擦脸颊。

他轻轻地在她额头上吻了一下，睡着的丫头让他想去心疼和怜惜，虽然现在的他还不知道怎么去照顾她，但他会用心的。秦沃睡得沉沉的，居然没有感觉到。也许是他怕惊醒她，所以很轻很轻。

他下楼去药店帮她买缓解高原反应的药。街上行人不是很多，阳光很好，人们脸上都洋溢着幸福的微笑。他也受到感染，忽然想把手机关掉了，因为他知道一定会有紧急电话来找他，但他只想屏蔽掉所有的纷纷扰扰，只是想安安静静地和她在一起，在西藏。

他们都是一样的背景和出身。来自中国的小城市，却都是企业家家庭，唯一的不同是胜者为王败者为寇的历史定律将他们分在了河的两岸，也让他们错过和耽误了彼此那么多年。

他们是一样的人。年轻时努力拼搏，全力以赴，所以在很多事情上，是个傻瓜。比如爱情；比如早就遇到彼此，却不曾知道应该好好珍惜；比如在更好的际遇里，才想起身边早就遇到的她，才是自己最想珍惜的人。而中间那漫长的错过的年华，却是不可避免的年少岁月，浪费却也最终看清。

现在他们又到了新的阶段，又是同一样的阶段。他作为排头兵代表顶级投资公司来到中国，而她已经开始自己新的事业，也是另外的一种心心相印和早就熟悉的环境：总有一天，他们要在这样的空间相遇，只是这种相遇要比想象中来得早一些。

即便如此，他也暗暗决定了，从此不想再错过而是要跟随着内心走。

他在心里告诉自己：我很傻，根本不知道如何去对待她和走进更亲密的关系里，因为她和所有过去认识的其他女人都不同。

路过街角的时候，他遇到了一位藏族妇女在卖格桑花，一束束的，煞是好看，里面有一种白色的花束，像极了秦沃所爱的玫瑰。他怔怔地看着，心想秦沃肯定喜欢。卖花的藏族妇女看出来了，一下子给他拿了一大把，说："先生，来束鲜花吧，早上从原野刚采下来的，很新鲜，你闻。"

确实，是高原上才有的质朴花香。他买了一大束回来，向酒店服务生要了个透明的玻璃花瓶，把花剪短了些，插在花瓶里，放到客厅的桌子上。

看着桌子上的花，他忽然诗兴大发。曾经的校园诗人，已经有些年头没有这种极为雅致的爱好了。那时候他写的诗总是被秦沃嘲笑，也总是轻易地被她给比下去了。他就是拿她这种总是不经意却能把他放在眼里的深情没办法，气急败坏地不再理会她，但她还是不动声色，他又回头去找她，他不想失去这样的丫头。

他总是很轻易地在她那里找到自己，他对她的关注，也是年少时自恋地对自己的关注，关注她的同时也能看到自己的臭脾气。

他忽然朝自己笑了几声：原来，她是另外的一个自己。

Chapter 32
秦沃

愿化身为青石桥，受 500 年风吹，
500 年日晒，500 年雨淋，只为他从桥上走过。

2008 年。

秦沃醒来的时候，还是觉得头有点疼。睁眼一看，天有些暗下来了，大概自己睡了好几个小时了。

她没有想到自己的高原反应，相反，来到西藏之前她一直注意锻炼，积极健身，从没有想到还是这种境遇。

关上房门的时候，她看到客厅中间那很大很大一束的鲜花，鲜艳而又雅致，在高原是极难得的。她回想了一下，中午进来的时候，是没有看到这束鲜花的。

正好奇时，看到靠在一边沙发上的高山，他眯着眼睛半睡着，手边还拿着一本翻到一半的书。她明白了：这花，应该不是服务生的好心馈赠，而是他带回来的。

桌边还有抗高原反应的药物。秦沃倒了一杯水，然后撕开药片，吃了下去。本来她以为很轻，但是因为周围太安静了，而高山的睡眠很浅，所以他醒了。

他朝她笑了一下，然后伸手过来，摸摸她的额头说："不烧了，看来在高原休息很重要，刚刚我也眯了一会儿。睡饱了？"

秦沃点了下头，说："我饿了。"

然后她看到原本深情款款的高山，哈哈大笑："这才是我认识的丫头本来的面目。走，我们找吃的去。"他们约定，不在千篇一律的酒店吃饭，而要独自去寻找高原特色。

大众点评这样的找美食神器，在人口不多的高原竟也派上了用场，不得不赞叹大众点评的线下铺道之广泛。因为还没到饭点，所以他们轻易地找到一家不错的餐厅。

他们尝试了当地的酥油茶，这是西藏当地人喜欢的一道茶点，就像广东人喜欢喝汤一样。它是用酥油和砖茶混合熬制而成的，茶中的酥油是从牛奶、羊奶中加工而来。高山总是敢于尝试新奇的东西，喝了一口，感觉比奶茶苦但比咖啡甜。服务员给秦沃上茶的时候，他叫住了服务员，给秦沃的那杯多加了一勺糖，他知道秦沃喜欢甜。

对于这种特别的茶点，服务员耐心地讲解了喝酥油茶需要讲究的地方。比如在喝酥油茶前，可以吹走漂浮在最上层的油，这样入口的口感才会更好；若是喜欢喝的话也不能一口气全部喝光，而是剩一点，服务员会再给你加。

秦沃尝了一口，觉得应该遵照当地的习俗，一口喝了个大半，确实是有些口渴，高原反应虽然好些了，但还是觉得口干。但很明显她做好了大吃一顿的准备。

高山对石锅鸡赞不绝口，也难怪这么多桌上都有一盆。自从端上桌后一直都是热的，大家都是边煮边吃的，高原特产的鸡肉在乳白色的鸡汤里翻腾，煮沸的声音再加上扑鼻的香味，色香味俱全，高山不住地把煮好的鸡肉往秦沃盘中夹。但秦沃明显对于甜食更有兴趣，比如藏族酥酪糕，在特有的奶油中拌入黄油、白糖、人参果、桃仁、葡萄干等，做成的圆形的或方形的奶味甜点，是藏胞们用来待客的糕点，好看又美味；还有奶渣包子，奶渣是提炼了酥油以后剩下的渣子，酸酸的白白的新鲜的奶渣用来做馅，奶渣包子吃起来比奶酪更为美味。

还有当地特产的土豆咖喱饭、高原菌菇、藏猪肉、牛肉饭，各种美味。秦沃看到高山吃得很不文雅却很投入，便轻声笑了出来。高山也感觉到了，说："第一是饿了；第二当然是好好吃。"他特意用模仿志玲姐姐的台式口腔拉长"好好吃"，表达此刻的满足感。

"你好容易满足噢，难得吃得这么开心。"

"是啊，咱不是说好了吗？来西藏之后，我们就暂时忘记这世上发生的一切，就只有天和地，当然还有美食。"

吃好饭后，两人在街道边逛了会儿，不等到天黑，便回去休息了。

他们订的是套房。秦沃住里屋，高山住外屋。10 点不到便互道晚安，临睡前，高山以看烧退了没有为理由要亲秦沃的额头。

秦沃知道这是借口，但她还是应允了。

第二天早上 7 点，两人吃了简单的餐点，便和导游一起出发去大昭寺了。

10 月的拉萨，充满了灵动的神韵，天空是透明的蓝，如最尊贵的蓝色宝石一般让人心醉，纯净，自然，恰到好处的蓝。神圣的大昭寺，是吐蕃最伟大的王——松赞干布所建。传闻松赞干布统一吐蕃各部后，与大唐和亲，于是就有了唐朝的文成公主进藏的美传。文成公主进藏时带了一个佛祖释迦牟尼 13 岁时的仿真身雕像作为陪嫁。松赞干布为了表达对佛祖和大唐的敬仰，于是下令修建了大昭寺来供奉佛祖。

千百年来，大昭寺也便成了西藏高原的第一寺庙，庄严肃穆，但众多信徒和游客的熙熙攘攘却使它显得多大都不为过。寺前的广场很开阔，秦沃也看到了朝圣的信徒们在虔诚地晨拜。他们多数不远万里，从遥远的青海、甘肃、四川而来，一路叩首到圣城。他们从早到晚，五体投地一步一叩首，连续几天或者数十天，天天如此，风餐露宿，把最虔诚的祝愿和祈祷献给了神灵。朝拜的场景蔚为壮观，仿佛被这虔诚的一幕所打动，高山不知何时牵起了秦沃的手。

她的手，就被他一直拉着，进了大昭寺。

在"唵嘛呢叭咪吽"的诵经声中，两人穿过长长的转经路，进入了寺内的大殿。被众多信徒供养在佛前千年不灭的酥油灯，是信徒们心底最深处的虔诚。在酥油灯昏暗的灯光，殿内古朴典雅的布局，精美的壁画，佛祖的塑像，喇嘛们虔诚的诵经声中，并不是佛教徒的秦沃也被感染，浑身透着一种前所未有的安详。

殿内信徒众多很是拥挤，高山紧紧抓着秦沃的手，生怕众人挤到她。在众多的神像面前，高山也双手合十，一一许下心愿。出大殿的时候，秦沃好奇地问："你刚才许的愿可以说出来吗？"

"很大的事。不能说，说出来就不灵了。"高山心满意足地和秦沃去逛八角街。

八角街围绕在大昭寺旁的周边，热闹的交易区，却丝毫没有亵渎原本静穆的神圣，还在庄严肃穆的气氛中平添了几分生活的气息。拉萨特有的三轮车上，质朴的藏民边默念经词边载着车上的游人穿梭在八角街的内环。

秦沃提议去一个叫"玛吉阿米"的咖啡厅，据说是拉萨必去的地方。玛吉阿米咖啡厅在街的转角处，似乎并不十分起眼，但人们还是能够找到。

这是个浪漫的地方，传说第六世达赖喇嘛仓央嘉措在此遇见过一位姑娘，从此坠入情网。活佛为她动了凡心，于是便有了这首传颂 300 多年的情诗：

在那东山顶上，升起了皎洁的月亮，玛吉阿米的脸蛋，浮现在我的心上。

秦沃轻声地念着随手拿起的一本仓央嘉措诗歌集上的这首诗，让人生让人死的都是这样的物种：爱。

"倒像是阿难的故事。"秦沃对翻阅着留言本的高山说。

"阿难，佛祖的信徒阿难？"

"对，阿难出家前，在路上见一美貌少女，从此爱慕难舍。佛祖问他：有多喜欢那少女？阿难回答：愿化身为青石桥，受 500 年风吹，500 年日晒，500 年雨淋，只求那少女从桥上走过。"

"那他是有多喜欢那少女啊。"

"是啊，这一直是我心中好美的桥段。真正的爱是可以经历风吹浪打的。"

秦沃点了些甜品，在桌上的本子上写了首诗：

阳光开始变软 / 在傍晚 6 点半的青海湖畔 / 在望不到头的灌木丛林 / 风开始变软 / 羊群驻足在相框里 / 水往高原低处流去 / 在一抹暖暖的夕阳里 / 心也变得轻柔 / 在时光的隧道里 / 孩子的笑容停在唇边 / 顺着风来时的方向 / 留下思念留下恋 / 彼时路边有一棵树 / 在春天里生长成玫瑰的颜色。

非常女性化的语言。

高山对着秦沃露出一脸赞叹的笑容，然后喝了杯茶，洋洋洒洒挥笔回了一首：

在拉萨，我看到了你们所说的云 / 飘着，如雾轻舞的面纱 / 天空，似清水洗过的蓝宝石 / 湛蓝，是圣地的窗帘 / 一伸手，便可摘到 / 雪地，柔柔软软，洋洋洒洒 / 牧民的房子，在雪山前星星点点 / 这里的人们，坚守在这里 / 为大地的贫瘠，种出一片深情 / 一只雪鹰，飞到比天空还要高的地方 / 带着好奇，是不是同样在看着 / 好奇的你？

功力不减当年，虽然现今的他，充满了金钱的味道。

Chapter 33

高山

他才知道自己的心里也早早地有一个秘密：
那枚蛇形的指环。

2008 年。

高山也被大昭寺的宁静震慑到了。外面是千百年来都不曾被亵渎的天空，湛蓝如宝石。

而圣殿内，仿佛外面的沧海桑田已经和彼此无关，也只有现在在身边的这个人才是永恒。

他忽然有种想要安定的愿望，曾经沧海难为水，除却巫山不是云。

他向佛祖许了个愿望，很珍重的愿望。"若是实现，我明年定来还愿。"他不知道会不会实现，但还是信心满满，只要他的初心是好的。

他到殿外时，打开手机，几十个未接来电和无数条信息。

忽然想起那段在香港投行和美国投资界的日子，没日没夜地工作和操盘，众人眼中的男人不就应该是这个样子的吗？对投资界的规则而言，贪婪是一种美德。金钱和美女都无法满足那里的人们，人们疯狂追求的是胜利，永不停止的胜利。现在，他清楚地知道：金融是聪明人的游戏，你越是聪明，越能找到更多的聪明人一起合作，利用可以规避的监管风险或者可以绕开的法律漏洞，一鸣惊人，这是滚雪球运动，停不下来的，也没有人会真的停下来。

他也一直都不敢停下来。他这种完全靠自己打拼的人，没有背景没有拼爹，拼的全是努力和时间。房产名车存折里面的数字，包括赢的感觉，也安放不了心灵和奢侈的宁静。

时间，他没有那么多的时间给自己花前月下。但他慢慢有一颗想稳定下来的心，和一个拼尽一切想去珍惜的人。

他知道回归现实世界后，这种宁静荡然无存。

他抽空到街边的拐角处回了个紧急电话，一抬头被大昭寺里的一家银器首饰店吸引住了。和纽约、加州不同的是，这里的每一件器物都更加充满了神圣的意味。背景音乐是藏族牧歌式的旋律，久远而空旷，高原的韵味弥漫在每一件器物里。墙上挂着用银器丝打造的西藏线条的清风明月。设计者是个大约 30 多岁的藏族人，脸上有淡淡的高原红，他自我介绍说，这家店在这里已经有 40 年历史了，自己是第三代传人，设计的图案和样式都是别处没见到过的，比如长有翅膀的小沙弥。人们在这家小小的店里，仿佛都在寻找着最真的自我。

他看到一枚小小的绿色的指环，上面雕着两条缠绕的蛇形吉祥物。店主说："这是无法分开的蛇形图文，象征长长久久，永不分离。"

看到这个器物，他就很想买下来，价格很有意思：1 313 元。

13 并不是个常见的数字。在西方，人们认为 13 是个凶数，中国的很多都市也没有第 13 层楼。但在藏族人们的眼中，13 是吉祥数字，因为在藏族神话中，天被描绘为由 13 层组成，那个极乐世界是宁静而永恒的佛土，13 是个吉利无比的神圣数字。

买到后，高山把它包在一个黄色的布袋里，然后装进一个红色的藏木盒里。

就跟随自己的心走吧。

他看到秦沃在拍照，犹如年少时所见到的那个姑娘的背影。

有些霸道的他在年少的时候，便对她埋下了种子，只是当时太过年轻而不够清楚自己的真心所在。直到多年以后，在一个相对成熟的内心里，这种情愫才被唤醒并迅速燃烧。直到此时，他才知道原来自己的心里也早早地有这么一个秘密。但是他并不敢确定他是不是秦沃的秘密。那个丫头，总是表面冷静且敢于顶撞他，会勇敢地一次次对他说"不"。

一路上，他捂着指环，看美景，还有美景里的秦沃。

一直到了林芝。

林芝，是西藏的小江南，常年气温在 20 摄氏度左右，藏语里的林芝是"太阳的宝座"的意思。因为正好处于西藏的东部，所以也刚好是太阳每天升起来的地方。全地区平均海拔 3 100 米，所以到达这里时，秦沃全然没有高原反应，又重新活蹦乱跳起来。

这是几天以来他看到的最开心和充满生气的丫头了。确实，她在这里可以自由呼吸着最新鲜的空气，头上顶着最原始的蓝天，耳朵里还能听到最清脆的鸟叫声，自然也不时地放声唱歌起来。

中途下雨了，不过好在一会儿就停了。两人在车里面迷糊的时候，忽然听到司机大叫了一声："彩虹，从没见过这么好看的彩虹。"

两人惊醒了，两座山之间，就在他们的前方，横跨着一座彩虹。

"在我们这里，彩虹是通往天界的桥梁，很有福气的人才能看到。"藏族司机仿佛沾了喜气儿似的，哼上了藏语歌曲。

秦沃赶紧拿出相机拍下了这个场景，并用彩虹做背景，和高山自拍了一张。

他看着彩虹入神，一回头，发现秦沃正看着她，很开心。

他们彼此找回了自己，他们彼此心里明白。

那么，我是不是应该更勇敢一点？我是个男人。

他不知道哪里来的勇气，凑近秦沃一点说："丫头，我和你说一件很慎重的事儿。"

"什么？"她依然在笑着。

"这么多年，我一直都不在你的身边，我没有和你共同经历什么重大的事件。但是很幸运的是，我们都知道彼此的重大事件，我们是对方最信任的人了，你同意吗？"

秦沃不知道高山要说什么，但是很赞同地点了下头。

"我很高兴今天终于来了西藏，我去过很多美丽的地方，巴黎、瑞士、意大利、土耳其、捷克，自然风景都很优美，但是我从来都没有像此刻这么开心过，你知道是为什么吗？"

秦沃也十分想听听他想讲什么，也很真实地摇了摇头。

"因为我开始去追随自己的内心，开始去寻找对于自己真正重要的人和事，也是被自己忽略掉的人和事。比如，对的人，比如这次和你一起来西藏，我就很开心。不，是觉得安心极了。"

他觉得快说到重点了，所以自己都感觉到心跳加快了："我以前每天都在打仗，极少有安心的时刻，因为少所以珍惜，但是经历了这样的时刻之后，我想把这样的时刻，变得常规些。哦，其实我想说的是，我们可不可以长久地在一起？我不想失去你，你知道吗？在四川的时候，我害怕极了，真的很怕我会失去你。"

"你不会失去我啊，我们不是一直在一起吗？现在也是在一起啊。"秦沃体贴地拉起了高山的手，很用力。她发觉高山的手在不停地抖，不知道高山想说些什么。

"不，我说的是以后一直在一起，只有我们俩。比如，我们成为一家人，以后生活在一个屋檐下。"他终于说出口了。

秦沃惊住了。

她忽然松开了高山的手，高山又上前一步，握住了秦沃的双手："我并没有预谋这样的时刻，本来是想趁闲淡下来的时光和你好好相处的，但我有些怕，怕回去后有些改变，怕你父亲反对。但我管不了那么多了，这些年经历了这些事，我只想管好我自己了。所以我想我可不可以把你留在我身边。我并不知道该怎么表达这样的话，你知道我从来都不知道如何表达。所以，你接受吗？"

他拿出了在大昭寺买的指环，那枚蛇形的指环，眼睛充满柔情地望着秦沃。

Chapter 34
秦沃

好的爱，是可以让她看到更宽广的世界，
然后成为更好的自己。

2008 年。

这是秦沃没有想到的。

她一下有些慌乱起来，满脑子都是怎么办怎么办？

她怕，怕这些年一直按下去的那个伤疤被揭开，血肉模糊，她不知道接下来怎么去面对两个家庭的过往。但她深知这些年自己有多辛苦和艰难，而未来她不想再这样辛苦地守望下去了。

2008 年这一年，好像把她近 8 年的路都走了一遍。

她知道的是，他一直在走近她，但没想到的是，这次的他这么认真。

但是又是她盼望的，或者说是顺理成章的。

她很想告诉他，这些年来，他一直是她人生的梦想。

她拼命努力地一直在成长，一半是为了她自己的梦想，而另外的一半是为了能够靠他更近一点。

好的爱，是可以让你看到更宽广的世界，然后让你成为更好的自己。

她一直离他很近，她是金融圈精英人士的职业发展顾问。他在金融圈，谈论的是创业者、上市、投资。

她从一位活在自己世界的文艺女青年，变成了冷静而又理智的创业者，但热情还在。她又再次很想说，世界上有太多他不知道的事。

但她又不知从何说起，于是眼泪流了下来。

这 8 年来，她遇到了很多很多的人。到后来，忽然发觉一个人一直在你的生命中，从未走远也不曾离开，虽然时间长了点，虽然她走完这条路，用了整整 8 年。

她哭了：

"其实，你对我来讲，一直都很重要……"

管他什么前因后果，我不会再等 8 年了。秦沃咬咬牙，如果真的有风暴会来临，那也她顾不上了。

然后，她点了点头。

高山很郑重地给她戴上了戒指。

她本以为他会单膝跪地并给她一个铺满玫瑰花的求婚仪式。但是他用了更特别的一种形式，也是他们俩之间的一种交流方式，一首叫《林芝》的小诗。

> 林芝，是一首写不完的风景诗 / 一天，经历雨天雪天阴天和晴天 / 雪落下不是即刻变乌有 / 左右的思绪是雪域江南 / 我们终于说 / 不走了，就这里 / 从纽约巴黎尼罗河威尼斯到这里 / 结束了 8 年的纠葛 / 我终于开口，你愿意跟我走吗 / 在离天最近的地方，我一直是你的女朋友 / 是你最亲密的对手，起起落落都在你左右 / 借用多好的词，应景 / 此行圆满，也许前面还会遇到更动人的意境 / 我们在这里 / 开始新的开始。

她知道，人生可能从此变得不一样了。

感谢西藏之旅，给了他勇气，也给了她爱人。

回北京的路上，他们的手一刻也没有松开过。高山从此敢很大胆地在众人面前便开始亲吻秦沃了，他们俩更像是热恋中的情侣。

接下来，该是传统的流程了。

"我们，是不是要……见见父母。"终于有一天在高山提出办订婚仪式的时候，秦沃怯怯地用极其小的声音问出了口。在这件事情上，她自觉理亏。

高山点点头，似乎一直在等待秦沃提起。

"这是我们无法绕过的坎儿。"高山很认真地回应，"我们可以先去你家。"

"不不不，"秦沃断然拒绝，"你可以不用去见我爸爸。你知道的，他们离婚了，他有自己的家庭。我妈妈是很受学生欢迎的老师，她很善良，她不参与我爸爸工作上的事情的……"秦沃很着急地辩解，"我们让我妈妈和姐姐代表我的家人就好。我妈妈很喜欢你的。"

高山明白秦沃的意思，秦盛生是反对的。他一把将她揽入怀中。

"还有，怕你胡乱自责，我一直没告诉你，我爸爸在狱中去世了。"

秦沃打了个寒战，抬头愣愣地看着高山，难以置信。

这么大的事，他从未提过，只是因为怕她自责，本以为自己的世界有很多他不知道的事。原来相爱的人都在彼此体谅，互相承担。

"我们的确应该敞开心扉来谈谈这件事了。然后，我们要一起把这一页翻过去，不要再让它成为我们心中一个解不开的结。"高山拉着秦沃坐了下来，并用手理了理她额头的头发。

"对不起……"秦沃还是喃喃说出这三个字。

"你没有必要为这件事自责。我们都知道资本从来都是帮助优质资产，把资金流从劣质资产引导到优质资产那里。无论是你的父亲，还是我的父亲，站在他们各自的立场，谁都没有错，是命而已。就算你爸爸在这件事里面有不对的地方，那也只是选择了他想要的而已，我们谁都没有权利去阻碍别人选什么，更没有必要为别人的选择承担，你明白吗？"高山握紧了秦沃的手。

秦沃艰难地点头："我恨过他，恨他毁掉了你家人的幸福……可是他依旧是我爸爸，我没有办法改变……对于你和我的事，他一直蒙在鼓里。"

高山伸出手指放在了秦沃唇边，示意她别说下去。

"嘘……嘘……你听我说，听我说。"高山耐心温柔的样子让秦沃心窝一软，像一颗冰冻的巧克力融化在心里。

"我妈妈……她可能需要点时间，我想，我把她接来北京，让你们相处一段时间，等她心结解开了，再让你妈妈和姐姐过来。我们在她们的见证下，办一个订婚仪式。当然，希望你爸爸也能来。因为我知道你爱他，你爱的人，我也会去爱他。不管他对我做过什么。"

秦沃听着高山体贴入微的安排，这是不一样的高山，这是她的高山，她更紧地抱着他。

"对不起……谢谢你。"她轻声地说。

她晚上小心地和林芳说着这件事。

"我这几年都不参加有你爸爸在的聚会了。但是为了你，我可以邀请他来参加你的婚礼。我先来和他说一下，说实在的，我也怕他接受不了。"

林芳太了解秦盛生了，毕竟两人一起生活了 20 多年。

果然，秦盛生得到秦沃和高山订婚的消息后，很快就给秦沃来了电话。

"沃儿，什么？你说世界上男人那么多，你为什么就看上了高丰的儿子？难道这些年来，你一直在等的人是他？是你口中一直在说的你大学时代就一直暗恋的师兄？你以前就知道我们父辈之间的事情？"

"爸爸，一直都是他。从来没有别人。是的，我一直都知道。"

"沃儿，我不允许是他，我不允许。怪不得，怪不得，这些年来帮你安排的这么多的相亲，你推辞的推辞，应付的应付。我不允许，我不允许我最爱的小女儿嫁给高丰的儿子。"

秦盛生一下子用了四个"不允许"，秦沃从来没见过父亲这样暴怒。秦盛生也许觉得有些失态，怕吓到秦沃了："爸爸打拼这些年，最后还不是你的吗？这几年叫你回家来接班，你也不回来。怪不得！原来你一直在怪我，这些年来，你一直在怪你父亲！"

"爸爸，我依然爱您。无法改变的事实是，您永远是我最爱的父亲。但是，我也很爱他，我想和他在一起。上次在地震中，是他救了我。"

"他害你这些年来感情生活如此辛苦。沃儿，听爸爸的，回到爸爸身边来，你一直都是爸爸最爱的孩子。我不相信高山会给你幸福。"

"爸爸，我们彼此相爱。这些年来，一直在回避，但是现在我们想面对彼此的真心。以前的事情，都过去了。高山都原谅了您，是他邀请您来参加订婚仪式的。妈妈也很喜欢高山，他是个很好的男人。"

"因为他是高丰的儿子，所以不可以！如果你执意要和他订婚的话，我不会参加！天底下哪个男人都可以，只有高丰的儿子绝对不可以！"

"爸爸……"

这是 26 年来，秦盛生第一次对秦沃大发雷霆。

Chapter 35
高山

若是有些阴暗面，那么就让我一个人来承受吧，
我希望我的爱人快乐，他心想。

2008 年。

高山以买房子需要吴爱玲给意见为由，把她接到了北京。

慢慢来，他心里是这么想的。

吴爱玲休息两天之后，高山安排了她和秦沃碰面的晚餐。

地方是秦沃选的，一个临湖餐厅，安静、雅致、精致。

高山特意让秦沃晚一点到。

"妈妈，"高山轻轻地开口，"待会我还有一个朋友过来一起吃饭。"

吴爱玲抬头看着高山，没说话。

"是女孩，"高山说，"嗯，我喜欢她，想让你看看。"

吴爱玲点点头："女孩好，女孩好，看着你成家立业，我就放心了，你爸也就放心了。"

这个时候，秦沃怯怯地从远处走过来。

高山忙迎上了去，把她拉了过来。

"妈妈，这是……沃沃。"高山犹豫了一下，还是省去了姓，叫了小名。秦沃倒也乖巧，忙半蹲着把自己买的朱红色羊绒披肩搭在吴爱玲的双腿上。

"阿姨，北京的秋天有些凉了，户外风景虽好，可就是有风，注意点身子。"

吴爱玲认真打量了秦沃两眼，点点头。

看得出来，她也挺喜欢这个懂事的女孩。

"你好像有点像青青。"她忽然开口对秦沃说。

"我之前邻居家的妹妹，11 年前离世了。我妈妈很喜欢她。"高山忙解释。

一顿饭吃得不咸不淡。吴爱玲没有多说话了，不像其他母亲那样问东问西，秦沃也安静、乖巧。高山偶尔闪出一个念头，如果瞒着妈妈多好，可他不会这么做，这样是对妈妈的背叛，但他也贪恋这一家三口安静吃饭的感觉，同时心里想到要是妈妈反应太大会吓到秦沃，于是决定回家后再告诉妈妈情况。

晚上分别后，刚到家，高山收到了秦沃的短信。

"如果没有办法开口，不着急，我可以等，不要伤害到阿姨的心。"

高山在沙发上沉默了，吴爱玲坐在窗边的摇椅上发呆。这些年她喜欢发呆，谁也不知道她脑子里在想些什么。吴爱玲更加瘦小了，也多了许多白头发，情绪拖垮了她的身体，她瘦小的身躯显得很单薄，让人心疼。这么多年，她一直活在失去高丰、失去支柱的疼痛之中走不出来。高山羡慕父母之间的爱情，心里也明白如果这个世界上还有一个人能让自己拥有这样的爱情，那就是秦沃，所以他必须勇敢。

高山起身去倒了杯热茶端过去，递到了吴爱玲手上，然后半蹲在地上，看着妈妈。

"你有事对不对？"吴爱玲看着高山，突然开口。她心没糊涂，她了解自己这个儿子。

"妈妈，"高山伸手握住了吴爱玲的手，"有件事瞒着你，希望你看在体谅儿子的情分上，接下来我无论说什么，你都要保持平静。"高山近乎乞求。

吴爱玲睁大了眼看着高山，有些不理解他的意思。

"妈妈很喜欢今天的沃沃，对吗？我刚见到她的时候也吓一跳。命运有时候，我真的不知道命运为什么会这么安排，可是它让人没有办法回避，我回避了 8 年，还是不能逃避了。我不得不去接受，妈妈，沃沃，秦沃她……是秦盛生的女儿。"高山压低了声音，让自己显得更加冷静。

砰！

吴爱玲端着的杯子跌落，滚烫的热水溅了起来，高山的手臂上感受到了一丝触痛。

高山抬头，看到吴爱玲布满褶皱的脸上滑落了两行泪水，他的心像被刀子划了一下，疼痛不已。

母子两人都没说话，一个默默流泪，一个跪在地上，紧紧地握着她轻微颤抖的双手。房间寂静，窗外是北京繁华的夜景，可屋内这一刻，似乎连空气都停止了流动。

不知道这样过了多久，吴爱玲终于开口。

"能不能不是她……"

"妈妈，以前我和你一样，她是我的学妹，我知道她是谁之后，我就是在回避她，一度还不断折磨她。后来我去跟爸爸说这个丫头的事情，我不知道该怎么处理和她的关系。爸爸劝我说不要因为这件事，就一辈子都带着执念和恨意。虽然后来秦盛生又想办法把我赶到了美国，但这些和秦沃没有关系。秦沃也是因为我，一直在回避秦盛生。我不想她活得这么痛苦，我想让她快乐。8 年了，我躲了 8 年，不想再这样错下去了，妈妈……"高山试图搜索所有美好的词汇来告诉妈妈秦沃是一个怎样的人，可说出口的竟是这些。

吴爱玲叹气。

"你爸爸说，他希望你好好对待这个姑娘？"

"嗯，他叫我别欺负她。"

"我不想见秦盛生。"吴爱玲说完这句话，起身颤颤巍巍地回房间去了。

那一夜，高山彻夜难眠，他知道隔壁房间的吴爱玲也一夜未睡，情况比他预计的更好解决。妈妈毕竟没有为难他和秦沃，可越是这样，他越心疼，他知道妈妈是在为难她自己。

接下来的几天，秦沃每天都过来。但吴爱玲不和她说话，秦沃也不急不气，水果削好端过去，饭做好摆桌上，永远都是客客气气的，阿姨吃饭了，阿姨吃点水果，阿姨要不要出去逛逛街……

高山看着自己最爱的两个女人，都为了自己做出了最大的成全，心里感念，也不强求两人非要成为多亲密的朋友。他知道，秦沃会感化妈妈的。

半个月以后，吴爱玲说自己想回家了，问高山什么时候订婚。

高山说随时。

吴爱玲说，那就订婚吧。她说她要去爸爸的墓上看一看。

高山欣喜，很快告诉了秦沃。

两人于是马上准备订婚仪式，同时秦沃做了一个决定。

"我们就告诉我妈妈和姐姐好不好？"在忙碌地准备订婚宴席间隙，秦沃拦住了他，突然说出这一句。

高山一愣："不，我希望你爸爸也来参加。我知道这些年，因为我们父辈的事情，你并没有原谅他。"

"毕竟我爸爸不是当事人，何必徒添烦恼。"在此之前，秦沃怕吴爱玲接受不了，不打算邀请秦盛生参与此次仪式，避免秦盛生和吴爱玲见面。

"可是……终归是要给你一个说法的。秦沃，我希望你快乐。这些我们可以共同去面对。当年我家的家破人亡，是资本和商业的罪，不是你的过错。"高山一副很认真的样子，为了保护她，他并没有告诉秦沃，秦盛生 2003 年让他远走美国的事情。

若是有些阴暗面，那么就让我一个人来承受吧，我希望我的爱人快乐。他心想。

秦沃鼻子一酸，她知道，这是高山在心疼她。

但结果是，秦盛生却意外地缺席了他们的订婚仪式。

似乎也在预示着什么。

Chapter 36
秦沃

她才知道父亲的风光背后，
有这么多她不知道的故事。

2008 年。

林芳和秦沁提前一天来到北京，这是秦沁第一次见到高山，本来她很不满意高山这些年来忽视秦沃，但和高山一见如故。

和秦沃不同，毒舌姐姐秦沁饭桌上很快便开玩笑说："高山，你要是对不起我妹妹，我告诉你，这辈子我和你没完。"

高山说："我要是对不起她，我和自己也没完。"

晚上回酒店，秦沁把秦沃拉到一边，偷偷问为什么爸爸没来。秦沃说，爸爸忙。她并没有告诉姐姐来龙去脉，妈妈也没有说。

也许爸爸在惩罚秦沃吧。

这些年来，他一直把秦沃视为掌上明珠，却不想高山的出现已经轻易让一切分崩离析。

原来，让他最爱的女儿疏远他的原因是高丰的儿子。

他拒绝参加。

但订婚仪式已经足够盛大，高山说，不能委屈了秦沃。

Robin、苏江源、陈为民、田希凯和高山在中国的同事及一些好友、企业家悉数到场。

那是她第一次见苏江源，没想到，苏江源是一个活宝型的人物。

但高山说，别看他嘻嘻哈哈的，苏江源也准备开始创业了。"我想找些不错的合伙人，需要你的支持。"

相同特质的人，总是会或早或晚遇上。苏江源知道今天是高山、秦沃订婚的日子，于是约定等他们蜜月后再聊。

所有人都开心，妈妈和姐姐都几度落泪。秦沃看着这一切，越发感谢身边这个男人，他选择原谅一切而成全了她的幸福，她也感谢吴爱玲，感谢她的接纳。但为了让她好过，秦沃没有刻意安排两位妈妈一起吃饭。

幸福来得太快了，秦沃觉得自己快被融化了。

她并没有邀请许信，也没有告诉谷东。

她的这一场爱情美梦，终于成为现实，秦沃觉得老天爷怎会如此厚待自己。

2008 年的最后两个月，秦沃是幸福的待嫁新娘，高山的未婚妻。

唯一的遗憾是，父亲并没有到场。

高山知道秦沃有些难过，所以全程一直紧紧拉着秦沃的手，仿佛从那个时刻开始，他亦夫亦父。

但是她还是把一些现场的照片传给父亲。她并不怪罪父亲，从小到大，她什么都听秦盛生的。

直到遇到高山，她才知道父亲的风光背后，有这么多她并不知道的故事。

父亲生意上的事，她从此也没了兴趣。

但在心底，无法改变的是，他是她最爱的父亲。

无法替代的一份深情。

市场依然充满了危机，大洋彼岸的美国随着金融危机的加剧，实体经济受到很大的冲击。

秦沃的高管架构公司，此刻也正和中国众多的企业一样，经受着金融危机的考验。正如高山所言，投资最看重的是人和团队。创业是否能成功，靠谱的团队靠谱的人最关键，方向有大小，时机有早晚，但只要人靠谱，坚持走下去，终究会成功！

正是这样一股信念，让秦沃和她的团队，一直支撑到了 2009 年的年中。

高山无意中透露，大隆集团现在在电商公司的进攻下也受到了冲击。

"线下零售前景不是太乐观，电商正在崛起，而且速度很快。"

秦沃的客户里，也有不少的电商公司，大家在获得资本后，第一要务就是想从互联网公司或者传统的零售行业招聘到一些高管。

在这股越来越猛的人才流动中，所反映出来的商业大趋势的背后，是人们生活方式的改变。

资本自然也在这里面起到了越来越重要的作用。

而秦沃也自然地越来越青睐这种快速发展型企业了。

她现在已经有完整的团队，但若是有重要的客户的高管需求，她还是冲在一线，亲自去帮客户搜索高管。

市场开始慢慢有所回暖，投资者的信心也开始回归。

秦沃去访谈一家公司，这些年的经历让她总结出了一套看人的方法。

她也在尝试做些之前没有做过的事。

William（威廉）是她的一个香港客户。当年他们在北京见过一面。

在国贸一家星巴克里，他们第一次见面的时候，秦沃要了杯摩卡。这时候她细心地看到 William 没有带钱包，于是笑着说：

"这是北京，我的地盘，所以我请你吧。"接着，替他点了杯橙汁。

William 笑了，大约是觉得这个女孩的冰雪聪明，化解了一次小小的尴尬。

后来细聊，William 是北京人，不过一直在香港工作，律师出身，后来在一家 pre-IPO 公司担任高管。那次回京，就是见见秦沃，希望能帮他们公司寻找一位财务总监。说起来条件有些苛刻：四大背景，在 500 强企业做内部财务 10 年以上工作经验，还需要海外工作经验；但是薪水不是很高，虽然有期权。

这样的职位难不倒秦沃，她曾经和她的团队替几家风险投资所投的公司在一个季度找了 15 位财务总监，基本都是从 500 强企业和上市公司找到的这些人：受到大公司百年制度的锤炼和洗礼的高级职业经理人。

秦沃很顺利地帮 William 的公司找到财务总监。此后，他们一直保持极好的沟通和联系。

William 大早上来电话，当然是极其重要的事情。

果然如此。

"Mary，我一朋友的事情，不得不请教于你了。当然，这不是一般猎头所做的事情，但是你在北京，而且在相关的行业又有很深的人脉关系，见多识广，你得帮我好好出谋划策。"

这个事情秦沃见多了：

"一家动漫公司，成立 5 年，目前有 300 多人。股东是一位在动漫行业浸染了 20 年的老动漫人，在公司最不景气的时候，引入了一位美国老太太，热爱动漫并且技术娴熟，人脉众多，第一股东给了美国老太太不少的股份。后来公司做大了，风投进入了，问题也出来了：股东相互间的磕磕碰碰。

"他们走到今天特别不容易，但是老太太现在到了无法忍受的地步了，决定退出；但是若是她退出的话，公司约有 2/3 的人员也会退出。双方都是我的朋友，他们都找到我，说明还是想和解的。"

这样的事情，在创业公司屡见不鲜了：共得了苦难，但未必共得了富贵。一把手的性格可能成就了他们今天的事业，但也可能同时制约了后期的发展。

"Mary，这不是普通的猎头所能做的事情，但我觉得你可以去说服他们，似乎可以做些创业咨询的事儿，扩展你现在的猎头业务。"

猎头的过程也是一场咨询活动。

接着秦沃亲自带领一个三人团队展开了详细的问询过程。

其实并不是双方对于行业发展前景不认可，只是有太多面子和情感的成分在里面。

在商业层面，究竟是理智大于情感？还是情感和理智相当？跳离开来，人们都是理性占上风的，但人身在其中的时候，却时时昏了头。

最后的解决方法其实也很简单，双方都认识到不是真的想分道扬镳，但是情感的部分也得做出让步。年轻些的男性创始人最先做出了让步，并诚恳地认可了老太太的贡献，也希望两人能够冰释前嫌，接着并肩前行。

可爱的老太太看到对方做出了让步，也便做出了相应的妥协。

最后依然是皆大欢喜。

秦沃用她的精英举动，化解了一场公司的分崩离析。老太太最后还是决定留下来，但公司还是得重组。所以，秦沃也相当于做了一次军师。

创业，做自己喜欢做的事情，按照自己的方式。除了这些，她也得亲自帮投资公司寻找好的创业者。

田希凯的新源电商和大隆网上商城，都在拜托秦沃找些互联网背景的技术人才。

这两个特殊的客户，秦沃都是亲自出马。

和她处理老太太的案例一样，里面要牵扯太多的感情成分，两边的关系还得拿捏好。

从个人情感上来说，她希望父亲的公司能够继续独占鳌头；但是对于趋势的判断，又使得她不免又想关照下新源电商，而且这也是高山投资的公司。

她选择了理智大于情感的方式。

2009 年 9 月的北京，天气凉爽宜人，适合户外畅谈。在办公室附近的星巴客户外露台上，下楼买咖啡的秦沃，一块儿约谈了两位自硅谷回来的计算机博士，王轩和郑自逾。王轩是运动型的博士，中等个子但是很健硕，话不是很多，但一谈话便知道是很有内涵的一位技术背景的高管；郑自逾则和王轩形成了小小的对比，典型的清瘦型，笑眯眯的，一开口便会逗乐大家，但有点自命不凡的技术人员的特性。

他们都在硅谷待了十来年，王轩在现在的知名互联网公司担任副总裁，年轻些的郑自逾担任的是技术总监。

有使命在身，对于有技术背景的人，秦沃更青睐有加。

"所以，在新公司的一切还算顺利吧？"距离上次相识也有小半年时间了，秦沃还是很关心这两位新回国的"高级海龟＋空降兵"目前的境遇。

"大公司空间平台也足够大，但我们每个人都是螺丝钉；我还是更想加入创业型公司，还是觉得创业型公司更有挑战，不单是拥有股权、期权还有后期丰厚的报酬。"果然先开口的是郑自逾。

"平台确实比较重要，在美国公司总部每一个员工都可以运作自己的项目，每一位员工都有自己出去做一家公司的能力。但大家又心知肚明，大的气候是没有的，所以以团队的形式在一起协作，众人划桨开大船，众志成城便是自然的事情了。但到了一定的时候，你便知道，自己的作用有限。而知识与经验积累到一定时候是需要有更大的空间的。所以就去寻找适当的公司和位置，所以这么多的大互联网公司的高管或者选择去创业，或者选择加入优秀的创业公司。"王轩又做了个补充。

这也与高山的建议吻合，他希望秦沃的公司未来倾向于做和创业相关的事务。

最近她在规划"和 100 家快速成长型企业一起成长"计划，符合计划内公司的标准：

1. 融完 B 轮投资的高科技小公司。

2. 未来的上市计划，核心员工有股权，这样才有力量吸引更好的人才。

比如一家公司给 CFO 的候选人 1% 的股权。千万别小看这不起眼儿的比例，要知道这样的公司上市的话，往往一冲就能达到市值 10 亿美元以上，也是说 CFO 能拥有一千万美元。

田希凯的公司符合条件，还有类似苏江源的公司这样的初创企业。

她尊重了王轩和郑自逾的意见，推荐了田希凯和苏江源的创业公司，同时也让他们接触了大隆的网上商城。

最后，两人还是选择了田希凯的公司。

虽然，大隆网上商城能开出更好的条件。

"秦沃，大隆已经是行业知名上市公司，但是对于这样的内部创业制，我的感觉是，要狠下心来革自己的命是有困难的。所以，我宁愿是重新开始的企业，不用再花力气和旧势力抗衡。"

看来，大隆的新业务要招揽高精尖人才不是容易的事。

秦沃也忍不住替大隆的未来担心：在新的时代大潮里，大隆还能伫立江头吗？

Chapter 37
高山

在他最难熬的时光，
他收获了她，彼此守候。

2009 年。

2009 年 9 月份，时光很快流逝，他已经成为这个女人的未婚夫快一年了。

成了他未婚妻的秦沃，和以前不一样了，无论是气质、衣着、语气，还是生活方面。她爱吃甜食，比如红豆沙，比如糖水罐头。这是她儿时的记忆里出现的各式罐头，黄桃罐头、冰糖椰果、椰果或者荔枝的，一般会在浓重的节日气氛中出现，亲戚们走亲访友时，皮包里总少不了一瓶温馨的水果罐头。保存到平常的日子里，也变成了秦沃私人的解馋物品了。

所以中午的时候，他路过便利店时，看到琳琅满目的罐头：番石榴块、黄木瓜、椰果、菠萝、樱桃、小番茄等，和小时候相比，真是丰富了很多。上次吃罐头是什么时候的事了，得有十几年了吧——高山自己都笑了，随手买了几罐。

有了自己喜欢的丫头，他想，我要亲手做一瓶这样的罐头给她，用幸福的味道来怀念和祈祷。他要亲自来做，不让吴妈代劳。

怀旧。

他让吴妈买了些最好的水果，洗净，切好，他再放进上好的冰糖，放到锅里慢煮 20 分钟，然后放到罐子里冰冻起来。

放上三天，便可以拿出来食用了。

他尝了一口，刚刚好。他看着秦沃眉飞色舞地吃完了剩下的罐头，然后两人在黑夜的阳台上听歌。

在屋顶唱着你的歌

在屋顶和我爱的人

将泛黄的夜献给最孤独的月

拥抱这时刻这一分一秒全都停止

爱开始纠结梦有你而美

高山轻声叫："丫头。"

秦沃回头，他说："我爱你。"

她笑："我知道。"但他不知道到今年是她爱他的第 9 年。

他侧头看她，而她却并没有看他，一直在看天上的星星，嘴角朝上弯弯的，笑出月牙的形状，露出了白白的牙齿。

她觉得有点不好意思，在她还没有准备的时候，听他说"我爱你"。

他的心渐渐安定，拉着她的手，再不松开。

现在，她不再逆反，他也不再飞离，就这样静静地在一起。

原来，这就是真正的爱情，没有猜忌、没有隐瞒，不置一言，安稳、快乐、平静。

以前是，她从不松手，而今后，无论发生什么，他绝不会松手！

两人聊童年的事情，聊少年的事情，聊大学的事情，也会聊现在的事情，谈一部话剧，谈一部电影，谈喜欢的歌手。

天生一对。

在他最难熬的时光，他收获了她，彼此守候。

原来，极具智慧和参透之人，未必是企业家，未必是创业家，未必是投资家，未必是……但极有可能是"生活家"。嗯，做个不时照顾生活，也不时被生活照顾的人。

高山把妈妈接到身边，并且请了专门的看护来照看，和他生活在同一个小区。

吴爱玲看来也是越来越喜欢秦沃了。

唯一的遗憾，也是他很好奇的是，秦盛生似乎淡出了秦沃的生活。

但是秦盛生却一直出现在高山的世界里。

在和新源一月一次的董事会里，新源的中国区总裁田希凯非常紧急地告诉高山："大隆那边原来也一直在筹划电子商务，从目前的进度来看，应该是 2008 年就开始准备的。"

"意料之中，那么最近有什么新的动作吗？"果然，秦盛生还是动手了。

"最近有次促销活动，价格比我们的要低两成。"新源的价格本来就不高，看来秦盛生要开始迎战了。

"不过看起来是为了打仗而打仗，他们那一代企业是靠价格战崛起的。那时候的物品开始丰富起来，但人们的消费能力还是受限，所以低价肯定更有吸引力。虽然现在的消费者也很看重低价，但是一切以客户为中心的互联网思维，倒不是线下实体店思维的管理者能随时获取的，我们有我们的品质保证，在低价的基础上让用户更放心。"

"现在没有听说大隆引入资本，看来是用自己的自有资本。如此一来，怕是不会长久，若是线下现金流向线上电商输血，若输血过多，必然会遭到传统行业出身的董事会的反对。我们可以静观其变。"

果然，大隆网上商城的价格战也还是有效的，不少原本新源的流量和用户纷纷流向大隆。但和实体店内的销售相比，大隆每多卖一件物品，就多倒贴一部分。

"大隆是在放血来和我们打仗。但以大隆现在这样大的规模，是不会下当时像您那样放弃线下实体店，转而做电商的决心的。我建议我们不要太在乎竞争对手，而是要把主要精力放到加强技术壁垒，并且改善用户体验上。您知道的，我们时刻在战斗着。"

"大隆的战线过长，外贸、房地产、连锁大卖场现在都受到挑战，但秦盛生还在开始新的战略。若是电商短期内不盈利，董事会必然会不同意，但电商还真是个长期输血培养用户的活儿，对于长期的发展，我对大隆持保守态度。"

果然，不久后，大隆网上商城由于现金流输血过多，以传统行业起家的大隆董事会成员反对秦盛生的电商提议。

秦盛生试图力排众议，但效果不是很好，也算是秦盛生人生里的低潮期。

但这却是高山的一个高潮期。

除了和秦沃越来越好的感情，到 2010 年初，好事连连。

他所欣赏的这些坚持的创业者，熬过金融危机，慢慢得到了绽放。

黑人女作家艾丽斯·沃克说过，放弃自己力量最常见的做法，就是认为自己毫无力量。

他们都挺过来了。

他也挺过来了。

在中国，经过一年多的前期考察和筹备，他们新近投资了几家公司。2006~2008 年上半年纽约母公司投资的一些公司也正在纷纷准备上市退出。

上市依然是中国市场这时最重要的退出方式。但在美国硅谷，人们更喜欢以并购的方式来兼并小而有潜质的公司或者是优秀的团队。

相信未来在中国也有这样大而融合的场面。在各种交易的背后，是关键信息的流动。

"若是有不错的小体量的公司，建议你也收购。"他非常支持田希凯的动作。

以新源为模版，高山继续坚持做个精英投资人。不单是在投资之前做大量的产业研究、项目发掘、交易促成，一旦投成后，在项目管理和增值服务方面，他也不遗余力地关注和企业之间的心心相印和共同成长的关系；对于投后增值服务，也不仅仅是挂在口头而已，而是真的找来律所、会计师事务所、股权激励专家和合作公司，从法律、财务、人才发展和市场拓展等各方面来帮助公司更快发展。

同时发挥其董事会成员的作用，说服和影响 CEO，让他们更多地找到自己的弱点，无论在企业愿景和策略发展，还是催促 CEO 的加快项目执行方面，高山都发挥了不小的作用。所以他常开玩笑，说自己是和创业者并肩作战的创业者。

到 2010 年下半年，母公司和本土公司，在中国投资的一家公司成功上市退出。

他代表中国市场去纳斯达克和纽交所作为投资人敲钟。

他感恩于 Robin 对他的培养，也特意留了些私人时间和他交流。虽然很看好中国市场，但 Robin 特意叮嘱他，这一轮繁荣是针对 2008~2009 年萧条市场的反弹。"山，别人越是疯狂的时候，我们越要冷静。不可大意，后面也许很快又来个谷底。"

当然还有陈为民，两人相互祝贺了一番，交流了近几个月来的市场观点。

陈为民忽然问他："你知道朱珍的近况吗？"

他 2008 年回国就再也没见过她了："两年多没见了，怎么了？"

"说来也挺狗血剧的，她离开你后嫁给了个有钱的美国人，很快生了个孩子。自然这个小孩子不是那个美国人的，所以就闪离了，现在自己一个人带着孩子过。"

他吃了一惊："你怎么不早和我说？"

"那有钱人对她还算不错，给了她一大笔钱，把她打发了，她的日子也还算滋润。我问过她，你是否可能是她孩子的父亲，她说不是，你知道她后来挺玩得开的。可能也不好意思见你吧。我也就把这事儿忘记了。"

高山觉得不太可能，因为他们在一起的时间很短，况且他那时经常出差。因为总是想起秦沃，所以也没有太多的亲密行为。

从推理上看来，她在离开他之前，就已经认识了那个有钱的美国人。但他还是有些不忍。

相识一场，还是见一面吧，当年的突然分手，让他有些愧疚。

陈为民帮他俩约在了希尔顿的大堂。

故人相见，刚开始有些尴尬。

朱珍不似那两年，现在有了些养尊处优的贵妇人的味道。她终于嫁给了美国有钱人，不对，应该是她曾嫁给过美国有钱人。

"珍，你的孩子还好吗？"逃不开的话题。

"还好，你结婚了吗？"

"我订婚了，这一年多很操劳，我想等更好的时机再给她个更好的婚礼。"

"是那个因为她才离开我的女孩吗？"

"是的，我们认识 10 年了，我两年前才知道原来我们彼此很在乎对方，刚好我们又都是一个人。"

"那恭喜你。我当年很在乎你，对你是真心的。"珍居然哭了。

他掏出自己的手绢递给她。

"我两年没见到你了，以后你都不会见我了吗？"

"我主要在中国，不久后我会结婚生子，和她一起也生两三个小孩，我们都很喜欢小孩。可能以后见面的机会不是很多了。"

她忽然一直在哭。

"你可以经常来中国玩，你以前不是说很想来吗？我会把你介绍给我的爱人，她很活泼很开朗，相信你们可以成为好朋友的。"

"好吧，她真幸福。你知道吗？你是我唯一真心爱过的男人。"

"珍，你以后会找到更好的，相信我。"

"不，我还有个孩子，虽然我也有钱了，但找不到比你更好的了。"

他安慰了她一会儿，但因为下午会议的安排很满，不得不离开。

在他和她拥抱告别的时候，他听到了一个晴天霹雳，"你知道吗？"珍紧紧抱住他，"那个小孩是你的。"

Chapter 38
秦沃

安稳生活，倚在爱人肩上，
一唱一和，终究是圆满的了。

2010 年。

这两年，有他在，她很安心，也很幸福。

在晚上回家的路上，忽然想起张爱玲的岁月静好。仔细一想，也温婉而可人：上有老人下有小儿，敬养双方父母，烹调一手好菜，闲暇读得些好书，晓得写极美的文字，唱几段小曲，收起多余的棱角，藏起疯癫，安稳生活，倚在爱人肩上，一唱一和，终究是圆满的了。安稳、真切、真实。

高山在中国的事业越来越顺了，而她自己的公司也走上了轨道。

最好的时光。

这个周末，易佳佳邀请她参加个培训会，她是人力资源协会的组委会成员之一，和猎头行业的很多人有着良好的沟通，平时不时地组织个培训或集体活动。有的时候，人会比较倾向于寻找和我们有很多相似点的人，除了所谓同样的圈子话题更多些之外，还有就是能更轻易地从心理上接纳那些和我们相似点多的人。

当然，易佳佳的小孩一岁半了，这让她有些羡慕。她二十八岁了，高山迟迟没有提和她结婚的事。

她还是像以前那样，信任他、支持他。也许他只是在等更好的时机。

也在等秦盛生接纳他。

"知道吗，秦沃，女人最好的生育年龄是 30 岁之前，你抓紧呀，高山怎么还不娶你啊？你直接的，给来个未婚先有子，逼婚啊。"

逼婚，从来都不是她的风格。她不会逼高山。

对父亲，她不也用逼父亲接纳高山，或者说对于秦盛生，她是逼不动的。

她不想父亲变成他心头的一道坎，也不想高山继续是父亲心头的坎。她想等他们，不想给他们压力，她最在意的两个男人，一定是有责任感、有担当的男人。

唯独这个秘密，她一个人独自承担。易佳佳并不知道这些，还在替秦沃抱不平。

"他是挺有担当的，就怕成功人士身边有太多没有担当的女人，那些女人就想嫁给有钱人。高山又绅士又有才还是著名投资人，你赶紧结婚呀，你们皇帝不急我太监都急死了。"

她心里有数，但易佳佳也说得很对。

她对他一直都很放心。

她有信心，是因为她知道他是真心想和她走下去的。

因为来得不容易，所以格外珍惜。

他从纽约回来。两周了，基本在出差，回到家的时候，见到她也不大说话，感觉怪怪的，有什么事儿还躲着她的样子，欲言又止。

吃晚饭的时候，她亲手烧了一桌好菜，等他们上桌的时候，已经是 9 点钟了。

吃到一半，她终于忍不住了："纽约之行，还好吗？"

"还好，还好，还见了些朋友。"

她隐隐觉得应该和这个有些关系，忍不住多问了一句："是同事？"

"嗯，同事、上司，还有燕园的前辈。谈了些将来可能合作的事情。"他话锋一转，"我带回来的那些礼服还满意吗？"

"还好，我挺喜欢的，就是平时穿不上。倒有点像结婚的小礼服，最近参加朋友的婚礼比较多，还能用得上。"

她说到婚礼两个字的时候，很隆重地看了高山一眼。

他没抬头，说："我吃饱了，先去处理些事务。"

她第一次有些隐隐的不安。

哪怕是她那几年并没有和他在一起时也没有不安过啊，那时都是满满的自信和希望。她每一天都像小蛮牛一样，在努力地奔向他。

不，我应该信任他，我一直都很信任他。

她收拾完碗筷，轻手轻脚走过去，给他倒了杯柠檬水，放到他手边。

他拉住了她的手，忽然拉她过来，抱住了她。

"丫头，你是我唯一爱过的女人，就你一个。"

"我知道，我也爱你。"

这样的话说出来，他俩居然一点都不觉得肉麻。

相识太久，时间太短。

在一起之后，反而没有像以前那样畅所欲言了。大概是成熟，或者说是善解人意，会去照顾对方的情绪和感受。

他们俩是不需要太多话语的，她还是能感受到他的爱。

第二天，秦沃把这些说给易佳佳听的时候。

易佳佳叫了出来："秦沃，相信你的直觉，女人的第六感一向很准的。高山爱你，这毫无疑问，不过他肯定是有什么难言之隐。你得知道，然后才能找到解决的方法。现在你们离一家人就差一步了，逼婚，我建议你采用最俗套的逼婚方式。他若是有什么想法，立刻就显现出来了。我对你有把握，秦沃，他高山再也找不到对他这么好的女人了。"

"顺其自然吧。我们以前是有些难言之隐。我现在更不想给他压力，他已经够忙的了。"

"我说的是，逼婚不是真正的目的，目的是需要搞清楚怎么回事。这个问题你要一分为二地看：如果他同意结婚了，那皆大欢喜；若是他不同意结婚，他也会告诉你现在不结婚的原因。"

"秦沃，一个男人爱你的行动就是娶你，其他的都不过是烟云而已。"

"我爱了他 10 年。我不知道该怎么处理这种事情，因为世界上除了他的母亲外，大概我是最关心他的女人了，所以我不想给他压力。在我最花季的年龄，我遇到了他，并且为了和他走得更近，我一直在努力让自己成为更好的自己，而我最终也成了更好的自己，从当初那个自卑的小姑娘变成了自信而且努力追求自己梦想的人。因为他，我不再是做梦而是会勇敢追求自己的梦想；因为他，我成了更美的自己。这是我想要的爱情，好的爱情，可以让你看到整个世界，给人鼓励给人信心，让我更爱我自己和我所爱的人。我和高山的爱情，也许并不缠绵悱恻或者浪漫动人，但是这是我想要的爱情，所以我珍惜他。让他来做决定吧，即使他真的有什么难处。"

易佳佳握住了她的手，说："秦沃，你是我最好的姐妹，我希望你幸福。你也是我见过的最坚强的女孩，矜贵而坚定。高山这小子，上辈子肯定是拯救了银河系，否则怎么能摊上你这么好的女人。无论你做什么样的决定我都支持你。但你确定，你再用这种等待的方法是否可行呢？你还有几个 10 年值得等？即使他真的是你的灵魂伴侣。"

"我已经是他未婚妻了，所以我不是等他给我个答案，他已经给了我答案。我只是在等他的坚定，等他处理完他要处理的事情，若是他真的有什么事情的话。你说的那些担心，我心里能感觉到，虽然如此，我还是想给他时间，也是给自己时间。"

晚上回到家，秦沃一如既往地和高山讲着今天遇到的有趣的人和事，只是偶尔中断下来，眼角流露出担忧。

高山的厨艺要比秦沃的好，所以他下厨，给秦沃煎了牛排，炒了几个小菜。两人就着红酒，开始了烛光晚餐。

时间还不是太晚。

秦沃本来就不胜酒力。

高山给秦沃倒第三杯酒的时候，秦沃忽然问高山："你相信有灵魂伴侣这个说法吗？"

"什么是灵魂伴侣呢？我没有很认真地想过这个事情。"

"灵魂伴侣对于女生来说很重要，可能和女生比较重视精神层面有关。传说中男人女人原本是一体的，因犯错天神决定把完整的人分为两半，让一半终其一生来寻找另一半，这样他的一生才能够完整。所以从这个层面来说，寻找灵魂伴侣不是一件容易的事情。"

显然，高山在这方面的思考是欠缺的，但他也被秦沃的解释吸引住了。

"你继续说。"他给她加了点酒，觉得她似乎是要说些什么。

"每个人到这个世界上，都要找到他 / 她的灵魂伴侣，将分裂的爱重聚。当然，这个过程肯定是充满了冒险和考验，即使找到了，相处也不会是那么容易的事，可能也要经历些磨难来证明。在这个磨难的过程当中，所发生的一些事，可能会让双方沮丧或者绝望，让我们怀疑我们本来认定的人是不是自己真正的灵魂伴侣。但是只要彼此真的是灵魂伴侣，也是可以久经考验，最终会在一起的。"

"那么，如何辨认灵魂伴侣呢？这是不是之前易佳佳所说的灵修？"

"对，灵修。传说，刚开始灵魂伴侣显现的时候，他 / 她的肩膀上会有火花，就像自古以来，人们识别真爱的办法，通过眼中闪烁的光芒一样。当然我们也会让灵魂伴侣溜走，但是可能需要更多的轮回，才能够找得到他 / 她。"

秦沃曾在高山眼中见过，她知道自己有些醉了。

"嗯，那么我们是彼此的灵魂伴侣。"秦沃看到高山在两人的肩膀上各自放了一个小小的坐式烛台。

在夜色的朦胧中，一闪一闪的，煞是好看。

"我第一次见到你的时候，我看到过你眼中的光芒。可能你自己都没有发觉，但是我看到了。"秦沃知道高山在听自己说话，"而这样的光芒，我自己也有。"

"所以，丫头，你说我看到的是不是世界上的另一个我。所以，我是不是你的灵魂伴侣？"

"灵魂伴侣在一起会很安心，就像我们俩一样，安静祥和，两人之间即使不说什么也能感受到对方。所以，两人之间不要有所隐瞒。"秦沃说完这话时，郑重地看了一眼高山。

高山又喝了一口酒："让我想想哪些影视作品里可以找得到灵魂伴侣的影子吧。比如，萨特和波伏娃，可算作是持久一生的灵魂伴侣。"他忽然想起一部电影，"《泰坦尼克号》里面罗丝和杰克算不算灵魂伴侣？"

"那个时刻他们决定在一起时，肯定觉得彼此是灵魂伴侣，所以两人超越了阶层等级，后来也超越了生死。我觉得应该是。"

高山觉得罗丝和杰克顶多算得上是特定时机下的激情，但秦沃认为经历了生死考验的男女主人公，已经升华成了灵魂伴侣。

于是，两人决定再重温一遍《泰坦尼克号》。

秦沃枕在高山的大腿上，高山用手抚摸着秦沃的长发，这让两人想起了在学校的时候。那时的秦沃，还没有资格和高山这么近距离地在一起。

她至多是静静地站在他的身边，观察他脸上的表情。比如，看到泰坦尼克号内部的奢华装饰时，"哇"的赞叹声，或者是看到杰克帮罗丝画画像时不怀好意地笑。

她想起那个时候的自己，也是在那个时候抒发了自己那样的梦想，安静地把这个人放在心上。

可是，即使是在一起了，还是需要她等待吗？

两人看到最后，杰克把唯一的甲板留给了罗丝，而自己选择了泡在冰冷的海水里，陪罗丝说话，并告诉她，请替他们俩一起活下去。后来罗丝得救，而杰克已经葬身大海，耳边是那首经典的《我心永恒》。

> 无论你如何远离我
>
> 我相信我心已相随
>
> 你再次敲开我的心扉
>
> 你融入我的心灵
>
> 我心与你同往
>
> 与你相随

得救的罗丝选择了结婚生子，继续自己的人生。秦沃很想知道，她这样活下去，究竟是为了活下去，还是为了遵守和杰克的承诺，替他也好好活着。

"生活，有的时候，也有很多的苦衷。不是每个动人的故事都有快乐的结局。"

"看来韩剧里，最后男女主人公从此幸福地生活在一起，也只是童话啊。"

"他们肯定要经历磨难，但是更为重要的是，磨难也更能让他们看清彼此。——所以，那个客观而积极向上的丫头去哪儿了？"

"我们其实也正在经历磨难。"此刻，秦沃悄悄在内心告诉自己。

她体贴地没有再追问下去了。

第二天早上，起床。

她并未见到高山。

吴妈说，他没吃早点就去公司了。

此后的一周，她陷入了巨大的莫名伤感里。外人眼中的她，极好的从业经历，年轻的时候就跟随自己的梦想，开创了自己的事业，又有美国回来的资本新贵的未婚夫，羡煞旁人。

只有她自己知道，她曾经付出的努力和对抗着的不为外人所知的压力。

也有来自父亲的压力，秦盛生亲口告知她，他是不会接受高山的。

人生的分分秒秒都是信仰和选择的展现。她相信高山，也相信她在他心目中的位置，所以她选择等待事情真实的展现。

Chapter 39

高山

对于一个男人而言，
爱情不是他心中唯一的事情，他还有他的江湖。

2010 年。

等到 2011 年的 2 月 14 日，秦沃的 30 岁虚岁生日，他想正式娶她。

他知道，30 岁，是一个女人多虑的年龄。

他能隐约感觉到秦沃的担忧，她只是个平凡的女子，又没有紫霞仙子那样的能力，可以进入到他的心里面去，去看他心里是否装着她。

昨天晚上，秦沃很奇怪地和他正正经经地谈起来灵魂伴侣这样高深的词，却欲言又止，让他心中很不安。

爱人之间的神经是有相同感应的，所以这加剧了他的不安。

要尽快处理好这个事情。

他极早出门，想找个清静的地方。办公室不适合，只好去漫咖啡。

漫咖啡之前是他和秦沃经常来的地方。这里的装饰、桌椅、摆件都很考究，很协调。

阳光透过大玻璃窗户洒进来，大厅被巧妙地分成多个不同的区域，到处都放满了各种杂志，一切的装饰都很有品位。

他猜测着早上来到这里买早餐和咖啡的人的内心世界。有的人看着就知道是个聪明人，有的人看着就是个得过且过的普通人，有的人看上去就很绝望，似乎已经放弃了对人生的挣扎。

每个人背后都有很多的故事。

每个人都是一个谜，需要时间来解读。

从此他也有谜了。

他心中所言的谜是珍所说的孩子，无论真假，他还是选择了勇敢去面对。

秦沃才是他最想珍惜的人，他不想辜负她。

但是，对于一个男人而言，爱情不是他心中唯一的事情，他有他的江湖，他不允许自己在江湖里名声扫地。

投资圈，说大也大，说小也小。

人们总是能经过几道经纬就能联系到想联系的人，进行信息的交流和传递。而人们愿意相互间进行交易，很重要的原因是基于彼此的信誉，也包括名声。

有的金融人士，压根儿就不在乎名誉，但在高山这样的金融新贵看来，名誉就是一切。

他不允许自己犯错。

他选择了对秦沃沉默，起码在事情没有清楚之前。

他选择了让珍来中国做鉴定，看看孩子是不是真的和他有关系。

他想尽快处理完这些事情，做应有的担当，同时不伤害所有的人。

他给美国的陈为民打了个电话，告知陈，他希望珍可以去趟上海，因为他想做个亲子鉴定。

"这个，没有必要吧，会很伤害她的，她也不是那种女孩，对你也挺深情的。"陈为民有些犹豫。

"你帮我做做珍的工作吧，你知道我已经有未婚妻了，本来打算明年她生日那天娶她。但是有这么一出乌龙，为民师兄，我一直都很爱惜自己的，你知道，华尔街的这几年，一直都是努力工作，争取事业上早攀高峰，对花花世界不感兴趣。珍的事情，纯属意外，但也要采取风险控制措施，而且事情都过去两年了。若一切属实，我也要负责任的。"

"那，我问下珍的意见吧。另外你见过那个小孩 Tong Zhu（朱童）的照片吗？"

"还没有。脑子有些乱，所以没想那么多。"

"我手机里刚好有，我传送一张给你。"

陈为民很快给高山传来了一张小孩的照片。

收到的那一刻，高山有些忐忑，仔细一看，除了鼻子像自己，其他部分好像不像自己，但是很多国人的鼻子不都是这样的吗？

陈为民那边回复了，珍可以到上海配合高山要求的亲子鉴定，陈为民还特意介绍了几家医院熟悉的医生进行亲子鉴定，但最后让高山和珍定哪一家。

"自家人更信得过。"

准备完毕这些事情后，他便径直去办公室了。

男人离开了事业，还有更好的方式可以驰骋江湖。当然他踏实了，是因为有了秦沃。

虽然现在珍的事，让他很头疼。

忽然他觉得和秦沃相比，自己很自私。

因为如此，所以要更加珍惜她。

没有必要告诉她，最好即使是处理完整个事件后，也不用和她讲。

他从刚才的担忧中清醒过来，一切应该都在掌控中，于是又自信起来。

现在市场终于恢复过来了，在过去的两年里，他从市场最低谷进入，以投资新贵的身份回归中国市场，顺应了上涨的大趋势，也等到了自己事业上的第二个春天。

他从来不想以跟随者的外人身份待在美国。始终融入不了核心圈的感觉，让自尊心极强的他很是不舒服。虽然有 Robin 的帮助，但背景如此，始终是不可更改的事实。他始终相信只有回到中国才能真正发挥自己的所长。

事实证明了他的眼光和策略。

作为新进入的投资机构，现在已经手握两家中国本土投资的上市公司，早期和中后期也投资了十几家公司，而且都是在市场低点的时候，所以是以非常理想的估值拿到的。现在光是随着市场回暖，估值迅速增大部分就足以让他在美国总部那边树立威信了。

他知道能有这样的际遇，都是因为中国市场目前已经成为全球资本市场最受关注的飞速成长模块，能陪着中国的创业家们一起成长，做创业者身边的支持者，他备感荣幸。

当然挑战也不小。越来越多的机构和集团也认识到投资模块在其整体公司架构中所能起到的越来越大的战略和杠杆作用，因此纷纷进入这个市场。

如何在日益增多的竞争者中保持领头羊的优势，也是他越来越需要关注的重点。

当然，资本市场的各种诱惑一直都在。

陈为民美国的公司把注意力更多投入到二级市场了，他最崇拜的几位投资者分别是沃伦·巴菲特、本杰明·格雷厄姆、彼得·林奇、乔治·索罗斯和吉米·罗杰斯。这也是最众所周知的几位，这几位的投资风格各有不同，投资理念甚至是大相径庭，但是这并不妨碍向他们最精华的投资理念学习。陈为民的策略是追随这几位投资大咖，并最终形成自己的投资风格。

此时的美国市场刚从三年前的熊市缓过劲来，特别是随着美国对互联网项目关注的回暖，一些好的公司，股价又见风涨，赶上了好的时代，连猪都能飞上天。

陈为民经常和高山讨论些二级市场的行情，并认为现在的二级市场比一级市场更有前途。

应该说是钱途，短平快。

投资者的贪婪本性展露无遗。

但高山拒绝了。他所感兴趣的不是金钱，而是抓住经济运行后面的那只手，用创业和与创业者在一起的方式，丰满人生；所以做创业者背后的支持者，是极好的目标。创业是一种生活方式，投资亦是；和创业公司在一起，不论寒潮风雨雾霭，生死相依，你有你的光芒，我亦有我的影像，你有我来装点你的梦想，而我亦有你来丰富我的人生。这是个比喻，一念天堂一念地狱。

所以他坚持专注在自己最感兴趣的事情上。虽然公司存在的意义是为投资者赚钱，为 LP（有限合伙人）赚钱是他的职责，但他更愿意做有长久影响的事情。

比如创造良好的创业环境，让更多的创业者能通过资本的力量实现自己梦想的同时，做些能够改变世界的事情；若是不能改变世界，那么让这世界通过更好的科学手段变得更好也不错。

每个人都有自己的天命；每个人都有自己的特点，别贪心，专注于打磨独有的特点，磨出钻石之光，便是使命已达。

他所看重的新源在他和田希凯的协商下还在电商的路上一路披荆斩棘。

听闻秦盛生由于之前在房地产模块的投资，受到董事会质疑，大隆网上商城模块一度停滞。但随着房地产市场的回暖，秦盛生又强势回归了。

但他此时的战略不在网上商城这块，在之前大隆网上商城的低价吸引下，确实赢得了不少用户。但很快由于后续的物流、供应链的基础配置没有到位，用户也有些失望，很快转向新源等一些网上商城了。

秦盛生和董事会一致在开源和节流方面，采取了保守的节流方针。和电商相比，线下大卖场确实存在一些缺陷，以规模优势压低进货价，但压到一定程度必将引起厂商的反抗。

在这段时间，大隆的不少厂商联合起来抵制大隆，同时要求降低入场费。厂商和线下卖场的关系进一步恶化。

高山好几次在上班的路上，经过大隆的连锁店时，见到了门口争吵的厂商。

很明显，大隆此刻在线上线下都遇到了困难。

但是，高山一直在力挺的新源此刻也并没有猛攻，还是在采取练内功的战略。

"不必把目光紧盯对手，而是放在自己身上。电商是大趋势，未来电商之间也有行业战争，所以此刻应该把眼光放在 3 年、5 年甚至 10 年之后。"

田希凯对高山的观点也很认同，好的创业者和好的投资人，就是这样同心协力。

商场得意，而个人情感方面，却出了纰漏。

那么，便以积极的心态来面对吧。

陈为民告知高山，在他的劝说下，朱珍已经到了上海。

高山第一次和秦沃撒了谎，说是要到上海出差三天。

其实这件事情的结果第二天就可以出来，但他怕有意外，所以还是多待一天为妥。

若真是自己的，他也会在物质上好好照顾他们，就当作是不小心的结果；若不是，也可以放下心头的负担，好好地和秦沃继续下面的人生。

他依然起了个大早，6 点钟，秦沃还在睡。

最近她的睡眠也不是很好，好几次，他在梦中似乎听到她起床。昨晚，秦沃和他也谈及秦盛生公司最近发生的事情。

"最近这段时间，父亲在电话中虽然不愿意提及，但我隐隐觉得集团也碰到了不少的问题。但是，我却并不想进入董事会，这样我也没有办法去帮助他。我还是想靠自己的力量有一片天。"

虽然她也知道是线上和线下之争，也知道父亲的大隆此刻在经受转型之痛。但她选择了不在其中，所以也无法帮助父亲。

心生难过。

毕竟血浓于水。

高山知道，秦沃并不是怪罪他。他作为投资人，所投的就是能影响世界未来的事，无论是促进人生新的消费方式，还是能解放人们的各种工具和服务，这是他的职责所在。

"若父亲遇到了问题，怪就怪他太老了，老的一套不管用了。"

这时候的秦沃，也需要他的怀抱。

所以，眼下他需要去处理一件紧急且让他难堪的事情。然后，正大光明地面对她。

看着她熟睡的样子，他知道两人的生活中不可避免地要插入些真实而不让人愉快的人了，生活或许总是有些不速之客，他只希望快快结束。

出门时，他右边的眼皮忽然开始跳，不好的征兆，或者说不好的预感。

这所谓征兆，本是无所谓有，无所谓无的。相信它，它就是真实存在的，从生活中逐步淘出来的"个人语言"，是真实的内心给人生的指引。准确读懂征兆，是一堂必修课，但允许犯错。对于活在未来的人来说，紧要事是活在当下，遵循征兆，时间，能看清很多事，但心一直在指引，慢就是快。

高山在上海的希尔顿见到朱珍和 Tong 的时候，不可避免地，有些不知所措。还好是婚前的事情，而且那时他们是正儿八经的男女朋友，虽然时间很短，虽然朱珍出现的结果，唤醒了他心里已慢慢存在的秦沃的形象。

那个叫 Tong 的小男孩，就站在他面前。"叫叔叔。"朱珍还是很得体的。

"叔叔。"落落大方，若不是在这样的情景中，而是朋友家的小孩，他相信自己会更容易接受他、喜欢他，没准会给他买大黄蜂的模型玩具。

他很平静。

倒是朱珍，脸颊有些少女的红晕。他能感受到，她依然很思念他。这次她所见到的高山，和两年前的高山相比，经历了一些事，成熟稳重，30 岁，是男人很好的年龄。

但时过境迁。

有些事情可能永远也回不去了。

他感恩于她体贴地离开，充满了自尊感，很好。

现在，若这一切是真的，他有的是责任感和愧疚感。可能她也抓住了他的责任感和愧疚感。

他一直是个做事情专注的人。陪朱珍在医院，和 Tong 一起。从画面上来看，三人很登对：俊男靓女，外加一个可爱的小孩，幸福的一家人。

多希望，这是 2011 年，他和秦沃婚后的样子。

可是，并不是。

Chapter 40
秦沃

因为欣赏，
所以期待以后的人生和他共同探索未知又美好的世界。

2010 年。

秦沃早上起床时，高山已经飞到上海了。

他要在上海待三天，说是有重要的商务谈判。

以前他总是尽量不在周末出差的，这次倒真的是奇怪了。

吴妈出去买菜了，桌上是高山出门前做好的早餐：最近他总是很勤快，经常下厨变戏法似的给她做各种好吃的。

还经常和她大讲生活哲学："原来即便是一盘看似简单的青菜，也隐藏了有趣的生活哲学，一系列的动态或静态的产生：春分时节，挑选种子，培育菜苗，播种到田间，浇水、施肥、除草，阳光、雨露，摘取、清洗、打包，菜市场、厨娘，切取、油盐、蒜蓉或者炝拌，色香味俱全，装盘，来到餐桌。近 20 道或静或动的工序。所以不要小看我给你做的这顿饭。"

必须控制了，不要肥肥的，还真是不习惯：一个人连自己的体重都控制不好，她还能做好什么呢？

他不在，但无处不在。

她把这一周的公司事务又过了一遍：

创业和创新，都是一种修行。在外人看来，是条异常艰辛的道路，但在当事人的眼中，是不破不立的巨举，甜蜜而又浪漫的旅行。无法等到原料都准备充分了才开始启程，而是因为启程了才有成绩的萌发。一直在河边走，哪能学会游泳呢？倒不如掌握基本动作，就踏实地跳下去，扑通几番。

她的公司也越来越壮大了，从刚开始的几个人，到现在 30 个人的团队，她还是希望可以采取精英的管理方式来管理公司，而不是摊大饼似的。

最近她的一个投资公司的客户希望可以投资她们，但她拒绝了，她还是希望自己有公司的控制权，按照自己的方式走得再远一点后再追求更大的发展。

掌控自己的命运，对自己的人生负责，是她年少时和职业经理人打交道所得出的结论，总是不免被他们身上的光鲜辐射。而到了一定的年龄，比如40岁，在天花板碰壁时，他们才察觉：哦，原来是公司牛啊，原来我是轻易就可以被替换的。所以在青年时期，该多多地去除大公司的优越感，而重要的是，把自己锤炼成不可替换的人，更来得实际。

或者是和她一样，干脆开创自己的事业。

她现在所选择的客户，一半以上是创业型的快速成长型企业，她给他们总是特别优惠，所以她也推行了"和100家快速成长型企业一起成长"单元。

因为懂得，所以慈悲。喜欢和创业者交流，不单单是被他们的梦想吸引了，更重要的是，那种变不可能为可能的经历，让人懂得某些时候的不可思议，你所担心的事终究会发生，你所相信的事也一定会成真。多数时候这种带点二百五的偏执心理，往往会带你获得常规职场人无法获得的境遇。

她是这样的人，所以希望她的客户也是这样的一群人，更是着眼于未来的一群人。

快中午时，她接到易佳佳的电话。

"秦沃，你人在上海还是北京？"

咦，她怎么用这么神神秘秘的语气？

"北京啊，你在哪？"

"我在上海，陪我公公在医院，世界真是小，我碰到了你家高山。"

"啊，难道他生病了？他说他去上海公干三天啊。"

"啊，你有没有亲戚，或者他有没有亲戚最近在上海的医院？"

"没听说啊，怎么了？"

"哦，那没什么。"

"易佳佳，你看到什么了？快告诉我。"

"没什么，别多想。"

"你就说到一半，还让我别多想，快别让我多想，赶紧告诉我！"

"秦沃，你最近和高山的感情怎么样？"

"很好啊，他比以前还细心呢。"

"哦，我明白了，等我回来和你说。你别急，我公公这边已经处理好了，我下午的飞机回来，直接去你家。"

易佳佳风风火火地来到秦沃家的时候，已经是晚上 7 点了，她神情还是有些疲惫。

所谓闺密，就是这样，你的事情就是她的事情，甚至她对于你的事情比对自己的事情还要着急。

"你想先听好消息还是坏消息？"

"说吧，先听坏的。"

"你要做好心理准备，深吸一口气。"

"好，来吧。"

"我在上海的医院，看到高山和一位女性……"

易佳佳看了一眼秦沃，便没有往下说了。

"正常啊，朋友也可以啊，同事也可以一起去医院啊。"

"嗯，这位女性一看气质佳，绝对是有钱人，而且他们还带着一个小孩儿，去的是血液鉴定科。"

秦沃不说话了。

"而且，我看到高山还在不停地张望，似乎是怕人看到一样。我当时特别生气，后来一想，算了，可能他也有他的苦衷。"

秦沃没说话了，沉默。最近秦沃隐隐地感觉到了什么，但是她告诉自己：无条件地信任高山。

"你要是哭就哭吧。不管是怎样的结果，这事情说不清楚的。若是清白的，他干吗不和你坦白呢？真是看不出来。"

"没什么，我想静静，我不想直接问他，等他自己来说吧。他三天后才回来呢。刚好我一年没有休假了，我给自己放一周假吧。"

"也好，冷静冷静。想好去哪儿了吗？"

"去个风景优美、慢一点的地方吧，好好静一静。"

易佳佳忽然叫了一声："不如去日本吧，许信不是在那吗？他可以照顾好你。"

"这样好吗？不要打扰人家的生活了吧。"

"你要是去了，他高兴还来不及呢，我来安排。"

当下，易佳佳火速联系了许信，并订好了机票。

她知道，易佳佳是希望她能够迅速转移注意力，从目前所受的打击中走出来。

秦沃一晚上静静地躺下，没有哭。

到第二天早上，当她忽然意识到第三个女人的存在的时候，她有种想哭又哭不出来的感觉。因为信任，所以愿意给他所需要的空间和自由；因为欣赏，所以期待以后的人生和他共同探索未知又美好的世界；因为爱，所以纵使知道无人完美，依旧对他不离不弃不背叛。

她可以等他回来，当面问问他，但是那不是她的行为方式。

她还是希望可以保留她的自尊。

她给他留了封信：

高山哥：

　　我好久没这么叫你了。

　　当我这么叫你的时候，我忽然想起在燕园的时候，多少个凌晨当宿舍姐妹还在睡梦中的时候，我已经早早地来到教室温书；多少个夜晚，当同学们已经睡去，我还在走道里看我的经济学、背诵单词。我的高等数学还是拿不到高分，但是其他的科目基本快满分了，所以我还是第一，同学们说我可能是想出风头快想疯了。我对出风头之类的事情不感兴趣，甚至在评选班委时，我也屡次让贤，因为我有更重要的事情要做。

　　没有人知道我口中所说的最重要的事情是什么。因为那个人已经以最优异的成绩被香港的投资银行录取，成为那一届最风光的人。

　　我如此平凡，却又为何让我那时刻看到你。我想若是我18岁来燕园时，没有遇到你，我是不是可能过一个轻松的青春期呢？比如打扮得漂漂亮亮的和男友在校园里看电影，或者让他帮我在大冬天里打水，而我会帮他织一条火红的围巾，同时宣告：这个男人是我的！我秦沃的！

　　可是都没有，他甚至不知道我在他面前的较劲和特立独行，那都是骨子里我年少时候的自卑所塑造出来的。还好，我的特立独行和女汉子的非娇滴滴的一面，终于赢得他的关注。

我们一直保持联系。

每一次看到你的进步，我都不敢让自己放松，也不敢落下。我要让我自己出现在你的视线之内。

所以我放弃了高薪和光环，所以我选择了留在金融行业，所以我选择了待在你的圈子里。我也本来要考 GRE，只是那个时刻你已经先到了美国，我发觉我那时已经追不上你了。

你告诉我你总是要回中国的，于是我想用我自己的方式来等待。不知不觉从 2000 年到了 2008 年，我从 18 岁到 26 岁，8 年时间，我竟然一点也不觉得长，而我一直以来是那么深信：有一天我们还会在同一时空遇见。

当我在我极年轻时，到达我职业上的第一个小高峰，我还是没有选择停步，而是用自己的方式继续前行。你最初问我为什么要去创业，因为我想活在你的视线里。我追求事业上的独立与爱情上的平等。

我不是没有撑不下去的时候，不是没有想放弃自己的时候，可是每次到了沮丧的时刻，一想起此刻的你继续挥洒自如、驰骋江湖，想起曾经的点点滴滴，想起你的鼓励，想起你做的那些大手笔的事情，我是没有理由放弃的。所以，即便是在最灰暗的职场倾轧、客户跳单、创业初期的艰辛时刻，我找个没人知道的地方，大哭一场，然后又继续上路了。

这一切的动力来自于我的内心，而你的出现，惊醒了所有的存在。

我从来没有给你写过情书，你也从来没有给过我情书，虽然我经常会收到你的鲜花和礼物。在大学里，男生都是给女生写情书的，我收到过，但那不是你写的，所以我没有太多这种浪漫的回忆。把你放在记忆里封存起来就好。

这是我第一次写给你的情书，我从来没想过会是在这样的情形下写给你的。我不知道为何。接下来的一周，我要去旅行了，我选择了去日本。

丫头

2010 年 9 月 21 日

易佳佳送她到机场："许信是老同学，你别怕麻烦他。"

他都帮她安排好了。

在东京机场，秦沃外表冷漠内心风尘仆仆地出现在许信面前。而他，依然是多年前的那个男孩，俊美地伫立在玉兰树下，玉树临风。

一如多年前，他帮她搬行李，那时候的秦沃蛮横、任性，仗着年龄小些，人小鬼大地指挥他搬行李。

而这次，她已经知道要自己来动手，却冒失地不小心磕了一下。

许信关切地抓住了她的手臂："有没有受伤？痛不痛？"

她一下不知所措。这一天来她从天堂跌到了地狱，她封闭了所有的情感通道，却忽然觉得这一句温暖的话语，击退了她所有的铜墙铁壁。

许信看到秦沃哭了，一下子急了。

"肯定是受伤了，我看看。"

秦沃没有反抗，确实是磕出了一小块瘀青。

许信一下子有些紧张，秦沃又笑笑，说没事。

许信送秦沃到租住的日式庭院，在东京郊外的一处庄园里。自己也请了一周的假，可以带她在日本转转。

他帮她敷了点去瘀青的药水，然后轻轻按摩了一会儿。

"结了婚的男人真是不一样。"秦沃赞叹他，许信曾回国约她一次，告诉她自己要结婚成家了。

许信有些诧异："不，我没有结婚，依然还是自己。我知道我没有希望，想用一个莫须有的理由向你告别，而你还是没有挽留。"

若我没有来到日本，他是不是会一直保守这个秘密呢？

"你觉不觉得你很傻？"

"不。你先好好换身衣服，我们还有时间说话，一会带你去吃饭。"许信还是当年的谦谦君子。

秦沃换了身粉红的运动服，若是在 4 月来日本，便可以看樱花，不过现在也好，可以看山上的枫叶和花木了。

晚上两人绕了极远的路，想找一家正宗日式餐厅。

迷路，倒是在转角处发现一书店，一本《挪威的森林》静静地躺在进门正中的位置：想必店主也是钟爱村上春树的。有点闷热，不曾下雨，这个时候，这本清凉的文字缓缓地流淌，让人想起行走过的一段岁月，然后在记忆中编织出诗一般的青春：无与伦比的美丽。

和同学在一起的时光，总是青春最美的回忆。

许信坐在她的对面。

她本来想，上次的离别之后，他们可以带着双方的爱人和小孩一起来聚会，和谐而融洽。却没有想到，这次她逃难到此，而他还是这般温柔地接洽。

清酒是一定要的，选了名字很好听的上善如水，冰透的。

"你和高山还好吗？"绕不开的话题。

"我们订婚了，却还没有举行婚礼，一直忙工作的事情。"

"我不关心这个，我关心的是他对你好吗？"

"好。怎么问这个？"

"他应该对你好。你值得他对你好。"

她忽然猛灌了自己一杯酒，仰起头没有让眼泪流下来："啊，这酒后劲真大，我都快醉了。"

秦沃在喃喃地自言自语。

"好。我有些醉了，在日本的第一天就醉了。我这次过来，高山并不知道。他不知道我来和你见面了。"

"秦沃，我们不是见面，我们是重逢。所以，我希望看到快乐的你。"

"我不是很快乐，许信，我不是很快乐……"

然后她迷迷糊糊地就趴下了。

第二天醒来时，在自己的榻榻米里。

许信安排的这个民居很有日本的意境。

在冰箱里冷冻了一些时候的柠檬水，爬满墙的青绿色植物，深夜里鱼缸里慢慢游动的金鱼，长长的棉布海洋裙或者露出脚趾的拖鞋，早上的凉风中在庭院的摇椅上看书——这是秋日的禅意场景。而真正的禅意源自内心；品茶，画画，抑或是写作，从无到有的创造些什么——专注的过程，让人心静。

她看到许信在看书。

"昨晚你喝醉了，我背你回来的。旁边有间空房，怕你晚上有事，所以我就在这里住了一晚。旁边有些静寂，还好你睡得很安心。"他怕秦沃不好意思，"我们认识 12 年，这是我们第一次离得这么近。"

秦沃看了一眼自己的衣服，还好都整齐地穿在身上。

餐桌上，许信已经买好了早点，清淡的日式粥和寿司，几样小菜和海带汤。

"你昨天醉酒了，吃几样清淡的早点比较舒服些。这是我第一次看你醉酒，你醉了后不似平时那么安静，你说了好多话。"

"都说什么了？"

"都是高山，我听到后半夜也没听到和我有关系的话。"

他自嘲地笑了笑。

"我和高山遇到了些麻烦，许信。"

"他对你不好吗？"

"他对我很好，可是我最近发觉可能还有一位女性，而且有个小孩。"

许信和高山不一样的地方，就是他一直在关心秦沃的情绪，并且极小心地关照和安抚秦沃，他是个细腻的男人，不似高山，"突突突突"乱扫一通，便收拾残局去了。

"我们都是成年人了，我不觉得这是一个成熟的男人会做出的事来。特别是，他还有你。"

许信特意加重了语气，看得出来他有些生气。"我不知道具体的细节，但是请他对你好，这是你的选择，若是他对你不好，我会对他不客气的，虽然我很多年没有见到过他了。"

"我只是想出来旅行，好久没有旅行了。知道吗？我以前说毕业几年后，我想有自己的公司，现在我的公司已经有 30 人的团队了，而且都是精英。所以我在学校的时候说我的理想，你看我没有吹牛吧？"

"你一直很有理想，你看你的外交部门工作的理想不也是通过我实现了吗？"许信有些无赖的笑容，极少见，"就是因为你的一句话，所以我在这行做了 7 年，不过我最近可能也要转行了，很顺利也很自然。"

"哦？那时年少，你别在意，我以为你达不到。我和你一样，都是傻瓜，我们最好的时光都用来攀登心中的那个山峰了，我指的是年少时遇到的那个人。你不幸遇到了我，而我则幸运地遇到了高山。"

"秦沃，我从来没有后悔过，到现在也是。我相信你也是，你刚才的这话不是我曾经认识的你所能说出的。"

"许信，我是在说你这么好的人，为什么为什么？我不值得你这样的。"

秦沃明显是跌入了情绪的低谷。

许信于是换了个话题。

"从 2011 年开始我要进入香港的金融界了。我也没有想到这样的人生。我在财政司 6 年，走过欧洲、非洲、日本，金融界朋友也是遍布世界。半工半读读了个经济学博士，还是不习惯日本的生活，正好之前帮助的金融财团的二公子现在荣升集团副总裁，半接权了，他邀请我过去帮他打点亚洲的金融业务。一个月之前我答应他了，你来得真是够巧，因为春节后我就正式上任了。"

极棒的人生。

"未来的青年才俊，这条路走得很稳当，相信你这几年积攒下来的人脉会帮助你走得更远。"

"2008 年的金融危机之后，现在市场逐步恢复，港局经历过 1998 年和 2008 年两次的金融风暴，相信香港经济和香港的明天会更好。"

秦沃很是为他高兴。

他是被她忽略的花园，在她的心目中，他还是当年那个玉树临风的少年，篮球场上的流川枫，但很遗憾不是她的菜。

姓名：许信

年龄：29 岁

教育背景：

日本 早稻田大学 经济学 博士

中国 燕园 外语学院 学士

最吸引人的：单身

身高：180 厘米；外形俊美，被称作"学校 2000 级的流川枫"

家庭背景：

父亲 外经贸大学 教授

　　母亲 人艺艺术工作者

　　独子

　　前途：外交部门工作 6 年，即将成为香港荣立财团副总裁特别助理，集团总监级别

她已经在心中勾勒出了他的资料。

这是男人最好的年龄，他站在这里，她却仿佛看到他事业辉煌的那一天。

但是她已经有了高山。

这么多年来，他已经溶入她的血液里，无法抽离，已经融为一体。

"恭喜你。"她是发自内心为他高兴，他配得上这样的好前途。

Chapter 41
高山

这么深厚的情感，他像个傻瓜，
这些年，并不曾承认和知晓。

2010 年。

他并没有看结果，结果是朱珍告诉他的：Tong 是他的孩子。

然后，他在酒店抽了一包烟。

在此之前，他最高的纪录是 10 支烟，那是他刚进投行时，第一次帮助项目过会，那时他还是个最初级的分析师，被经理和副总裁折磨得焦头烂额，于是也开始了抽烟。抽完烟，还得回去继续熬夜、修改 PPT，那段时间一天只睡 4 个小时，压力极大却也充满了希望。

烟抽完后，他去黄浦江边坐了一会儿，没有立刻去见朱珍，而是要了一瓶酒，喝了大半瓶后终于明白了：原来他也有害怕的时候，如此赤裸裸的现实，让他无处可藏。

他首先想到的是这个事情对自己声誉的影响，那么最好让 Tong 和珍留在美国，不要来中国，他会把他们安置好；接着他想到秦沃，虽然是和秦沃在一起之前的事情，但他还是有愧疚感，并且不敢告诉她：他在她心中一直如此完美，一直无可挑剔，但现在他有了她无可原谅的污点。

不，不能告诉她。

但是又可以藏到什么时候呢？

他一直觉得自己无所不能，但此刻他却觉得自己一无是处，终于到了情绪的最低谷。

但他还是要去面对。

晚上他带珍和 Tong 去了外滩七号。

这个小孩还是叫他叔叔。

珍反倒很开心，原来终于能验证孩子的爸爸了。

他并没有吃什么，一直在盯着 Tong。

"Tong，你喜欢中国吗？"

"很喜欢，有好多好吃的。" Tong 的英文很地道，小孩子只顾得上低头吃了，"而且是热的食物，我喜欢吃热的鸭子。"他称呼烤鸭为鸭子，一口气差不多吃了半只，后来还要了酒店里特制的冰糖葫芦，小孩子对于红闪闪酸酸甜甜的食物总是很喜欢。

"Tong，喜欢山叔叔吗？"朱珍说话了，很温柔地吻了下他。

"很喜欢中国，也很喜欢山叔叔。"他说这话的时候，朝高山露出了白牙，并且给高山夹了块红烧肉。

"你怎么知道我喜欢红烧肉？"

"妈妈说的，叔叔。"

有个小孩也很好，他忽然觉得很亲切。但他更希望这个孩子是他和秦沃的，我和秦沃将来也会有很可爱的小孩吧。

这个闪到脑袋里的念头很快让他破碎了对现在这"三口之家"的亲密感。

"珍，我们一会儿等 Tong 睡了，可不可以找个地方坐坐？"他已经迫不及待地想和珍聊聊。

"好，我已经吃好了，叔叔吃好了吗？"小孩子很配合地摸了摸肚皮，好可爱。

他不想伤害她们，但是若是自己含糊的话，会伤害另外一位女性。

软弱的人是最可耻的。

他开车送母子二人回酒店，Tong 很快睡着了，玩了一天，吃得好饱，很快睡意就来了。

他和珍来到楼下的大堂，叫了两杯红酒。

红酒，是他这近 10 年来没有遗忘的回忆。

"珍，接下来，你有什么打算？"

"看你的安排。山，这两年来我都是在自己承担，但上次在纽约见到你的时候，我发觉我已经无法骗自己了：我无法忘记你，但我不想你因为我这两年的遭遇看轻我，所以最近才和你说清楚。结果也出来了，你有什么打算？"

"我没想清楚。你知道我有未婚妻了，我很在乎她，也不想伤害她，我本来准备马上娶她的。如果不出意外，再过一年，我们也会有可爱的小孩。Tong 的这件事情不在我的计划之内，我不喜欢失去控制，所以我选择和你协商。"

"协商？所以你不打算和我们回美国了？"

"我不会回去了，我的根在中国。"

"那么 Tong 该怎么办？"

"如果你允许的话，我可以每个月去看望他，我可以每个月给你抚养费，当然你现在不缺钱，但是这是我应该做的，或者说这是我承担责任的方式。"

"若是我选择来中国的话，我们可以在一起吗？"

"珍，我都说过了，我已经有未婚妻了，我很想珍惜她，我们走到今天很不容易。好，我正面回答你：即使你放弃在美国的一切，来到中国，我也不会放弃她的。但这并不意味着我不会对 Tong 负责，所以你现在很明白我的意思了？"

"我可以来中国看你吗？或者说我来中国你会来看我吗？"

"会的，你随时来都可以。"

"好，最后我再问你一个问题：你爱我吗？"

"现在没有，过去有一些喜欢你。我只能选择去爱一个人，我的世界很小，小得只容得下一个人。你明白的，在感情方面，我并没有投入过多的精力。但和你在一起的时候，很开心。"

高山并没有告诉她，她的侧影也是诱发他思念秦沃的一个原因。

"如果我可以选择做个并行的人呢？只是一点点。"珍的表达一直在退缩，不过她总是勇于表达自己的情感。

"我没有那么多的精力，但是我会尽量照顾你和 Tong。"高山觉得还是应该明确一下，这只是责任，和情感无关，"珍，我们曾经努力过，并且有过一段美好的时光，所以我们不要纠缠过去。中国有句俗话：三十而立。珍，今年我 30 岁，我希望一切都很好：真诚、幸福、专注。我知道自己爱事业胜于一切，但是我尽量兼顾我的家庭和情感，这是我新的计划。Tong 也是我应该兼顾的一部分，但这不过是责任，而不完全是情感的产物，但我会照顾你们。"

"我明白了，周末我选择回纽约。"

"我会给 Tong 开张卡，每个月定期存入一笔费用，卡和密码我都会给你，你可以选择留用或者就放着。"

珍的平静倒是让高山有些内疚，并且感激。连回美国这种事情她也坚持自己来，也许她要的是一份情感，但她很清楚他给不了了。

但这种感激的情感让他有些优柔，虽然在言辞上他很坚决。

他陪珍回酒店后，想给秦沃打个电话，但是秦沃没有接。

也许是没看到，她看到后会回个电话的。

"我明天回家，山。"

他告知了陈为民他的处理方式和珍的反应，陈为民在电话里没说什么，只是让高山自己决定，私人事件他不参与。

"你们都是我的朋友，还是我介绍你们认识的呢。"

"明年我的中国婚礼，你要参加。"

"要不要带回个金融新郎团？我们也很想看看是怎样的女孩。"

"你来就好。"

到晚上 12 点，秦沃还是没有回电话，他又打了一个回去，依然无人接听。

这样的事情从来没有过。

他开始有点暗暗担心，究竟怎么回事呢？他让钱小凌把早航班的时间改到最早的那班，没有听到她的声音，但他想早点见到她。

他在飞机上做了个梦，在他们的结婚典礼上，他想拿出结婚戒指给秦沃戴上，却不知道刚刚还在的结婚戒指去哪儿了，他找遍所有的地方都没有找到，他吓坏了，不是个好征兆。醒来时却欣慰极了，还好只是个梦。

一下飞机 7 点半，他没有给秦沃打电话，想给她一个惊喜。想起之前的人生，他并没有给她什么惊喜，除了那次在西藏向她求婚。其他的时候，都是她在安排、操心。

打开家门，他发觉吴妈不在，桌上没有早餐。轻声来到卧室，发觉秦沃也不在，很规整：不似急急忙忙去公司的样子。

他把行李箱放起来的时候，忽然发现秦沃的行李箱不在了！怎么回事？若是出差她也不会和他说一声啊。

他又再次打了电话，无人接听。

于是急了，他顾不上了，接着给易佳佳打。

"高山，我正和孩子在一起，在开车，找我什么事？"

"佳佳，秦沃去哪儿了，你知道吗？"

话筒那边半天没声音。

"佳佳，秦沃，你应该知道她去哪儿了吧？我打她电话也没接。"

"她不在国内，去哪儿了我知道，但我不能告诉你。"

"为什么她都不和我说一声啊？她去多久？"

"一周，也不可能太久啊，她的公司她也走不开啊。我遵守诺言不和你讲太多，但她伤心了。"

"我们俩最近挺好的，没有什么争吵啊。"

"这次她不想和你争吵，所以才想自己一个人静静啊。"

"听起来有些莫名其妙。"

"高山，你确定你没有做什么对不起秦沃的事儿？"

"没有啊，工作这么忙，我哪有时间。"

"好吧，有的时候，别怪我多嘴，适当坦白些还是有好处的。"

"可是我确实没有做什么坏事儿，你让我如何坦白？"

"好吧，我点到为止，现在在开车，等秦沃回来再说，我挂了，拜拜。"

高山听得出来，易佳佳有些生气，所以很快把电话挂了。

他不知道哪里出了问题，第六感告诉他，可能是朱珍的事情，不应该啊，他已经很小心地安排了。

到底怎么回事？

他看到了秦沃临走时，给他的情书：

> "高山哥：
>
> 我好久没这么叫你了。
>
> 当我这么叫你的时候，我忽然想起在燕园的时候……"

这么深厚的情感，他像个傻瓜，这些年，并不曾承认和知晓。

时光仿佛倒退到 10 年前，还好："我最终还是和丫头在一起了。"

他给秦沃发了条短信："我回家了，你什么时候回来？我想你。"

直至此刻，他才觉得他是如此需要她，不想失去她。

此刻，他才体会到秦沃在过去那些年对于"不想失去他"的担心和委屈，他在心里和自己说："我想好好珍惜你，丫头，我错了。"

与判断和预测这两个能力相比，经营能力无疑在生活当中作用更大。一个连感情都不能好好经营的人，换再多次对象都是没有用的。

他压根儿就没打算换，只是意外地冒出来一位需要他负责的人。

Chapter 42
秦沃

每个女子心中都住过红玫瑰和白玫瑰
两个不同版本的男人。

2010 年。

许信是个细心的男子，不似高山的粗心和忽略。

和他在一起的时光，你会觉得你是他所有焦点的中心，或者说，他把他所有的焦点都对准你，关注你。

他给她的感觉不是浓烈的，而是淡淡的。好比蒋勋在《淡，是人生真正的味道》中所写的一样。

他还没有达到千帆过尽的年龄，但智慧之处也在这里，好似他早已经领会了人生的这种淡淡的意境。

许信带她到京都，也是住在一家有庭院的客栈。这时候恰好是京都观赏枫叶的好时节，姹紫嫣红，恍若仙境。

清水寺是必然要去的地方，它是日本最有名的寺院之一，被列为日本的国宝级建筑。清水寺如诗般地存在于京都城里，无论是春天的樱花，夏天的瀑布，秋天的红叶，还是冬天的细雪，都会吸引人们来到这里感受自然的四季馈赠。

他们早上 7 点就来到寺院，空山古寺，鸟语花香，幽静无声而又有种通透的清凉。两人一路顺着台阶，回头张望，将整个京都的景色收入眼底。

许信很细心地走在秦沃的右边，很明显地护着她。

"我也好久没有来这里了，这里真是安静。"他本来就很静，在这样的古寺意境中，他更把情绪萦绕其中。

"你记得北京的卧佛寺吗？"

"当然，因为卧佛和英文 offer 的发音相似，所以每年很多的学生找工作前都会去那里先拜拜佛。你当年去过吗？"

"去过，不过不是为了工作，你知道我的工作很早就定下来了。我是去那里许了个愿望的，愿望实现了，倒是忽然想起来没有去还愿。"

"什么愿望？"

"不能说，说出来怕它飘走了。"

说着，两人到了地主神社。

"这里是日本祈求爱情最灵验的地方。传说中，恋人站在 18 米以外，蒙上双眼摸到石头说明两人是真爱并能得到好运。"

"你要不要做个祈祷？"

有几对恋人蒙上眼睛，在摸索着走向神社前的石头。中间走得有些波折了，或者是岔路了，但是要走到最后的终点，还是要自己一步步走下去。

"不了，有些波折也是检验。"

在这里，她暂时淡忘了高山带给她的困扰，但是不知为何，说着说着眼眶便湿润了。

但她强忍住没让眼泪流下来。

两人来到音羽瀑布，三个源流有各自的神奇力量，可保人们长寿、学业有成、爱情顺利。秦沃尝了一口泉水，冰凉透底却也有些甘甜。

若是她和高山情感融洽时，此情此景此泉，她一定会和他一起唱邓丽君的《甜蜜蜜》：

> 在哪里见过你
> 你的笑容这样熟悉
> ……
>
> 啊，在梦里

但是现在她唱不出来了。恰好此时有些小雨来了，秋雨、游人、雨伞、和服，一切觉得该属于京都的，都出来了。其实偶尔下点小雨更添游览氛围。除了拍照不方便之外，其实真的是一种不错的体验。

许信提议说回去，她同意了。

回到房间时，她看到很多个高山的未接电话，也有高山很多条短信。

她刚从禅定的状态中出来，忽然有一种隔空瞭望的感觉。她想念他，但是这种想念也许可能只是一种习惯，他已经深入到她的骨髓里，所以当跳转时空的隔离时，他依然还在血液里。只是现今的她，已经会用一种重新认识的态度来面对他。

她觉得心有些痛。感觉到痛或者疼，亦是能量不经常光顾的角落，是最柔软怯懦和需要磨炼的，倘若你磨炼它，那有朝一日它也会成为最经受得住风雨的地方。中间的过程，是在最强和最弱处架构起能量流动桥梁，相互促进。没有一蹴而就的事，这是无法逃脱的探险，面对它，克服它，用时光锤炼它，用爱浇灌它。

他给她带来了难题，但不管结果如何，她对自己还是充满了信心，她会挺过去的，她一直是乐观的、积极的、坚强的。

但是事实是很明显的，他第一次伤害了她，尤其是在他们真正在一起之后。以前的那些，她已经很大度地清零了，她给他们彼此一个重新开始的平等。但是显然这次他并没有尊重她，给他们本来平和而温馨的生活带来了另外一个女人，而且那个她从未见过的女人还给他带来了一个新的生命。

梦想有很多，可以是爱，可以是事业，也可以是希望。但在这时，她对自己和高山的进一步生活，完全没有了信心。

无数次在电视剧中出现的第三者的场景，现在就这样生生地出现在他们中间，她得再来好好地审视他给她的爱。

她这么多年的仰望，他并不知晓。

10 年时光，值得吗？

她忽然因为高山说"我想你"的短信，而放声大哭。

为自己 10 年的过去时光，女人青春最美好的 10 年时光；不，也许是高山在她心目当中的 10 年完美形象的轰然倒塌。

因为在乎，因为基于爱的基础上的相信，她更在乎他的专注和尊重。

他是她青春时期之后的第一个男人，而且是唯一的男人，在她近乎疯狂的坚持和努力里，她并没有给自己东张西望的机会，更不用说走近了，包括谷东，也包括许信。

和许信的再次相逢，提醒了她身边男性世界的存在和关怀。在她濒临失望的爱的信仰里，他又让她相信爱不是随着时间消失，而是随着时间煮酒般越来越香醇。

她知道自己很脆弱，也对他产生了特殊情景下的依赖。

他坐到她身边："肩膀借你用，你随时用都可以。"

她没有说话，轻轻靠上去，拍了拍他的肩膀说："对不起，许信。"

"为什么说对不起？"

"因为在过去这么多年，我连和你坐得这么近都没有过。"

"现在不是坐得这么近吗？"

"我出来 5 天了，再过两天可能要回去了。"

"不能多待几天？"

"不了，他在找我，我可能要和他谈谈。"

"也许是有什么误会，你需要和他好好谈谈。"

她抬起头来，半醉地望着他："你相信他是爱我的吗？"

"相信，你这么好，你值得他爱。你要相信自己，爱需要相信。"

"好，我有点醉了，我们不要说话了，好不好，我就靠在你的肩膀上睡一会儿，我有点扛不住了。"

她朦胧中听到他说："你随时可以靠在我的肩膀上。我多希望你可以永远这么靠着我。"

他以为她睡着了，确实她的呼吸也慢慢变重起来。

她不知道，他怕吵醒她，就一直这么呆坐着，后来实在没办法，打烊时，把醉酒的她背回酒店。

她极少喝醉，却发觉和他在一起的时候，经常喝醉。

大概她知道他是可以照顾好她的，所以她放心地喝开了。

第二天，许信带她去看了场国内还没有上映的《暮光之城》。

因为来早了点，两人就到影院一家有名的咖啡馆里等待开场。咖啡馆前面，有一只猫慵懒地蜷伏在木地板的围栏前，半眯着眼，看着咖啡馆前面的池塘中三五成群的金鱼游来游去。

暖暖的阳光透过遮阳伞照射下来，两人倒是挑了个可以直接靠近阳光的地方，一仰头，就会看见那团放射光芒的球体。这个时候，心情也便放飞起来。

秦沃看见那只猫已经换了个姿态，直接把头枕在胳膊上，眯着眼睛，好像在享受音乐一样。对面一位年轻的妈妈带了新出生的小孩出来，穿得喜庆极了，她一看便忍不住走过去逗那个小孩。小孩大大的眼睛，骨碌碌地转动，似乎要把这个世界都装进自己的眼眸里，清澈的双眼是人性最自然的体现。

可爱的孩子、可爱的纯真、可爱的心，还有，这可爱的下午，闲适的心情。一份安静的性情、一阵暖暖的阳光、一份美丽的萨克斯背景音乐，一下午的美好时光——原来生活也可以放慢脚步。

还有身边的这个陪伴她的安静的男子。

她觉得好放松。

每个女人都有关于爱情的幻想，期待童话故事里王子和公主最后幸福地生活在一起的圆满。"暮光"系列便是吸血鬼故事包装下的童话故事，相当于王子和灰姑娘的故事吸血鬼版本。不过我们的灰姑娘贝拉更加幸运的地方在于，不仅有吸血鬼的完美男友，还有个无条件付出的狼人朋友。若是剖析开来，还是一个老话题：一个是她爱的男子，一个是爱她的男子；一个是随时会伤害她的梦中情人，一个是始终保护她的蓝颜知己；一个是冷峻而迷人的，一个是温暖而正常的。

好比张爱玲许多年前在《红玫瑰和白玫瑰》里所言：也许每一个男子全都有过这样的两个女人，至少两个。娶了红玫瑰，久而久之，红的变成了墙上的一抹蚊子血，白的还是"床前明月光"；娶了白玫瑰，白的便是衣服上的一粒饭粘子，红的却是心口上的一颗朱砂痣。

由此看来大抵上，每个男人都有个红玫瑰和白玫瑰之惑，那么每个女子心中也住过吸血鬼和狼人两个不同版本的男子。

　　她不知道许信带她来看《暮光之城》是巧合还是刻意安排。

　　但她看到心里去了。

　　"你最终会选择哪个？"许信轻声问她。

　　吸血鬼男友和狼人知己，如何选择？电影中贝拉的纠结也搬到了现实中，据说《新月》首映式上的"暮迷"，迷吸血鬼和狼人的观众分裂成两大阵营，分别穿着印有吸血鬼爱德华头像的 T 恤衫和狼人雅各布头像的 T 恤衫，为彼此的偶像打气。对此，电影编剧梅耶说，若是让她选择的话，她宁愿选择随时能回归正常的狼人，因为他是温暖的，有热切和紧紧的拥抱。但是看过小说后面文字的朋友，都知道最后灰姑娘贝拉选择了自己所爱的，不过也付出了代价，她也成了一名吸血鬼。这境遇有点像《梁山伯和祝英台》，祝英台最后在梁山伯坟前化蝶而去，从此两人比翼双飞，温柔缠绵。

　　她没有正面回答他。

　　"书中最后还是爱德华和贝拉在一起了。"

　　"是的，我们尊重女主角的选择。"

　　"谢谢你的陪伴，许信。你知道我说的不仅仅是这一周。"

　　"以后我们可以经常见面的，很快我就回香港了，以后会经常去北京和上海的。"

　　"好，以后我们还是要经常去校门口的雕刻时光。"

　　"一言为定。"

　　她并没有让他送她。

　　她需要面对高山了，她的吸血鬼爱德华先生。带给她的伤害却如同毒药一般，让她痛心不已。

Chapter 43
高山

人们为什么愿意跟随你——因为你有德有量，
跟随你能从小天地走向大世界。

2010 年。

秦沃一直没有回电话。

7 天，高山觉得像是一个世纪。

他觉得很沮丧，很失落，他不是无所不能吗？

不是，他不是无所不能。起码在这个女人这里，他终于知道他沦陷了。

钱小凌走进来："高总，这两天你都取消两个会议了，这可不是你的风格啊，一到公司就憋在这里。"

"排得太满了，今天安排三个会议就可以了。我有些电话要打。"

"怎么了？我看你脸色不太好。哦，对了，秦沃下午给你来了个电话，问我你怎么样了。"

"哦？你怎么不接进来？"

"当时你在和 Robin 进行电话会议呢，你不是一直说事业第一吗？"

"她说什么了？"

"她乘明天下午的飞机回来，从日本飞回来。"

"你能帮我问问她具体的航班吗？我去接她。"他怕她拒绝和他讲话。

"怎么，你们吵架了？"

"没有，但可能是第一次我和她之间有冲突。"他难以启齿。

钱小凌看着一脸愁容的高山："她是个好姑娘，我很了解她。所以若是有什么事情，那就和她好好谈谈，说清楚。"

他也同意钱小凌的说法。

　　下午三点钟的时候，他远远就看到那个身影：小小的，穿着白色的运动服，头上还是高高的马尾，瘦了。

　　他让刘司机提前和秦沃联系说来接她，但并没有说他也来。

　　他让刘司机捧着一大束鲜花去接秦沃。远远地看到，拿到鲜花的秦沃笑了，虽然刚刚满脸莫名的情绪。

　　他就站在车旁边，秦沃看到他并没有说话，径直走进车里。

　　安放好行李，车子开动了。

　　两人并没有说话。

　　他管不了这气氛了，一下拉过秦沃，抱住她："你走了7天了，也不和我说话。"他像个大男孩一样。

　　她并没有挣脱，也没有说话，而是就这样蜷伏在他的怀里，被他紧紧地嵌在他的怀里。而后他轻轻地吻着她的额头，然后是眼角，他吻到了眼泪。

　　他知道她难过了，他接着吻下去，吻着她还有些冰冷的嘴唇，一直吻到她的唇变热。她并没有回应，只是一直在哭，到最后，两人一脸的眼泪。

　　他帮她擦掉眼泪，问："怎么了？"

　　他并不知道她已经知道了。

　　她只是松开他，说："我累了，想睡一会儿。"

　　她靠在座椅上眯上了眼睛，她还是依恋他的。

　　但是她又好像把他推开了。

　　他本是不想伤害她的，所以并不想开口告诉她一切。

　　一路上两人都没有讲话。但他伸手摸着她的头发，又黑又浓，他倔强而坚韧的丫头。

　　回到家里，她喝了一大杯冰水，然后回书房给公司的同事打了不少电话。他在客厅里坐着，也处理些公务，但一只耳朵听她在说话。

　　有她在的时候，他忽然觉得很安心，虽然现在说的不是关于他的话题。

　　她临走时，给他留的那封信，不，是情书，他每晚睡前都会看两遍，这个世界上她已经是他身体的一部分了。

　　秦沃走出书房，说要去趟公司，便匆匆出门了。

　　并没有太多的交谈，她可以这么做，他辜负了她。

　　他嘴上没有说，他的内心是内疚而忏悔的。

　　她是在快速地向前走，而他也是，两个骄傲的灵魂，虽然有深厚的情感维系，但还是被突如其来的第三方打得措手不及。

　　他让吴妈做了满桌的菜，自己也亲自下厨，做了秦沃最爱吃的西红柿鸡蛋和西芹百合，拿出了一瓶典藏的红酒，等她回家。

　　以前是她等他的，现在他等她原谅他。

　　她回到家的时候，已经是晚上 9 点钟了。

　　进门，发现他还在客厅里等着她。下午买的玫瑰插放在透明的花瓶里，像是春天来临的季节模样。

　　"回来了，菜都凉了，吴妈再拿去热热。"

　　"我都知道了。"吃到一半，她忽然停下来，"朱珍和那个小孩。"

　　他倒抽一口凉气。

　　原来如此。

　　即使到了这个时刻她还是这么冷静。

　　自顾自地说着。

　　"易佳佳在上海的那家医院看到了你们，而你们并没有发现她。所以你打算瞒住我是吗？你不是说已经再无瓜葛了吗？"

　　"丫头，我和她在一起没多久就分开了，我并不知道她离开时有身孕，她也没有告诉我。只是最近才知道的，去上海是做的亲子鉴定。"

　　"鉴定的结果呢？"

　　"确实是有我的基因。"

　　她并没有站起来，或者夺门而去："那么你打算怎么办？"

　　"那都是以前的事情了，但我会负责的，我会给她们母子抚养费用，但是我想要在一起生活的人是你啊，我知道你需要时间。你可以骂我，然后责怪我——你怎么可以这样？这种电视剧里的桥段怎么可以出现在我的生活中？为什么？为什么？我不知道为什么会是这样，因为本来我们的生活才刚刚好起来。"

　　但是，她只是把眼泪控制在眼眶里，叹了口气："我们可不可以分开一段时间？"

"丫头，相信我，我会处理好这件事情的。"

"我不是不相信你，我只是接受不了。我们好不容易走到一起，而今出现一个女人和一个小孩要和我分担你的爱。对不起，我可能比较自私，我觉得我现在没有办法可以做到如此大度。"

"他们已经回美国了，若是没有重大的事情我不会见他们的。好吧，我明白了，我对不起你。"

对高山这样的男人来说，说句对不起是如此的难能可贵。对不起，他是深深地对不起。

那日晚上，他并没有入眠，爱是伤害人的魔鬼。

在 30 岁的光景，和秦沃稳定下来后，除了年龄和阅历，更为重要的是他在秦沃这里找到了信心。秦沃给了他对于爱情的信心，但是他阴差阳错地不能给秦沃。

他对自己有些懊恼，不，是悔恨。

但这些都不能解决眼前的事情，求得秦沃的原谅，甚至说，他都不能原谅自己对于秦沃的伤害。

高山在酒店入住后，还没有来得及收拾心情，便接到公司律师的急电。

李勋是高山在国内合作的一家律所的律师，虽然毕业也就 5 年，但是 2008 年高山回国开办事处时把他从律所邀请到投资公司来，李勋在这两年多的时间里获得了飞速的成长，美元基金方面的事情一直都是他在处理。

高山敢于重用年轻人，他也努力让自己成为一位值得跟随的领导。

人们为什么愿意跟随你——因为你有德有量，跟随你能从小天地走向大世界。伟大的明师勇于冒险。他们首先会在有才能的年轻后辈身上下赌注，然后在与他们密切的工作中，付出情感投入的风险。这一切不一定都能获得回报，但愿意承担风险的本身，看来正是培育的关键所在。如此一来，备受重用的年轻人在一定时候可以独当一面。

李勋谈的是一个刚投的项目，投了 500 万美元，算是跟投的位置，但是不知为何主投 1 000 万的一家公司忽然没有话语权了，于是把高山的公司出卖了，搞得高山的公司十分被动。

一般而言，哪怕一个不错的项目，基金之间也会合作，以此降低失败的风险。

但是主投资的公司有更多的话语权，并且带领跟投的公司争取更大的权益，比如入股比例和董事会席位。

"这件事情，如何处理比较好？"

"以后不管我们是主投资公司，还是被投资公司，只要是我们参与的，在决定最后的入股前，一定要告诉对方，投资公司之间先达成协议后，我们再一致对外。"

"那么接下来的投资也是这样吗？如果对方是我们这个行业在中国国内的领军基金呢？"

"圈内都是朋友，我们首先尊重他们的业界口碑，所以也可以和他们协商下。相信和他们这样的国际顶级投资公司合作，他们更加会保护我们的利益。我们正德资本在国际上声誉度也是极高的。"

那家公司是投资业界的一大传奇。

也是高山很重要的合作伙伴。

对于高山来说，他喜欢和巨人合作。而且在未来和巨人合作，也是公司发展的一大重要的战略。

虽然正德投资在国内蒸蒸日上，但和优秀的基金站在一起，也是一道风景线。

Chapter 44
秦沃

一个女人要快乐，
非常重要的是清楚自己想要的是什么。

2010 年。

高山搬出去的第一天，秦沃并不觉得有过多的失落，相反，倒是很清静。

公司的业务发展迅猛，所以她白天也没有时间过多地想这个问题。

只是到第二天晚上回家的时候，吃完吴妈做的晚餐，她倒了杯红酒，看白天还未处理完的邮件到 10 点时，忽然觉得一种悲凉。

她不由得给易佳佳打了个电话，易佳佳那边传来小孩的哭泣声。

"烦死了，秦沃。这小孩一到晚上就哭，这么大了，改天你来驯服驯服她吧。"多多属于那种情感比较大大咧咧的女孩，想哭时大哭，想笑时大笑。

"得，你和高山怎么样了？"

"暂时分开一段时间。"

"也好，这么大的事儿，让你如何一下子原谅他，他态度怎么样？"

"他说那是他和我在一起前的女朋友，看得出来他有点愧疚。"

"说明他还是想和你好的，但是你也得晾晾他。"

"我不是故意说要分开一段时间的，而是发自内心，现在我觉得自己有点难以接受。"

"那就别心软，别轻易原谅他。但是，秦沃，你马上 29 岁了，难道你真的想和他分手吗？你和 25 岁的时候可不一样了，你自己想清楚了啊。"

"有无感情比是否结婚更重要，我知道你又要批评我了。我试图原谅，但短期内我做不到。"

"好吧，你自己要把握住。对于男性，你应该像放风筝一样，但别太过了。

好，你不谈就不谈了吧，等你想谈时再说。"

"嗯，专心做好公司吧，现在业务发展挺快的，我正在做明年的规划呢。"

"可喜可贺！我有我的小孩，对于你而言你的公司就像你的宝宝一样。记得2008年你刚开始起步的时候，我替你捏了把汗，但现在看来多欣慰啊。不像我，我都不得不在婆婆的压力之下成全职太太了。婆婆说工作也没有大的发展了，索性好好培养孩子。"

"你嫁的是一心一意只爱你一人的男人好吗？腻味了？"

"嗯，不能一直这样了，我准备过段时间就出山了，但还没想好，做点自己喜欢做的事情吧，你说是开个咖啡厅呢，还是创建个婚纱品牌？"

"不冲突啊，两者相辅相成。对了，告诉你一个好消息，我们公司最近和乐峰网合作了。"

"乐峰网，就是那个媒体奇人李静的公司？跨界女王啊。真厉害。"

"是啊，她是我们女性的表率啊。我一直盼望和她合作，这不，我们的一家客户把我介绍给她们公司。"

"她真人怎么样？我都是从电视上见到她的啊。"

"很睿智的女性。在私底下很温和，但是一做起事情来便很泼辣了。你想想若是对于自己的人生没有要求，干吗要从最大的电视台出来自己独创一片天地呢？人们去改变，大多是因为对当时的状态不太满意，想要去突破和创新。你可以说是好强，也可以说是心中充满了梦想。"

"秦沃，你不也是这样一位充满梦想的女性吗？"

"是的，我本来的出发点很简单，现在我也很想把我的公司做得更好。说小点是答应了客户一件事情，我是负责人；说大点，我也想做一家价值可以持续的公司。"

"你看，你现在就很有女创业家的感觉了。相当不错。都说闺密是最好的导师，我无法从经验上支持你，但从精神上，我是你的强力后盾！"

"佳佳，人活着就是一股心气儿，就是这股心气儿使得你与众不同。那就是我要做得最好，你就瞧好吧。静姐就是这样的女人，当然也有些成功女性可能是搭上了顺风车，找到了大风口。比如诺亚财富的汪静波女士，她创业前是湘财证券私人金融总部总经理。因为公司重组，她带领团队组建诺亚财富，5年时间，在纽约证券交易所上市，成为中国第一家上市的独立财富管理机构。当然这两家公司背后，都有顶级风险投资的身影。"

"红杉资本？沈南鹏是顶级投资人，他赏识的企业家也不是一般人，厉害。"

"所以，创业这个事儿，因为什么样的初心，因为什么样的机缘，开始了这段旅程并不重要，重要的是在这段旅程中你最后走得有多远，和在这个过程中你获得了些什么。"

"得，开始上课了，裕康听到你又在给我上课了，下次见到你时，肯定又得教训你了。我不担心你的事业，我担心你现在的心情。"

"我刚绕出去，你又绕回来了。"

"秦沃，感情的事情，回避不了的。两个人的问题，还得两个人去面对，解铃还须系铃人。但是顺其自然，这些年看着你和高山走过来，我希望你们最后幸福。家庭里的幸福感，是事业成功所无法替代和体会的。当然，一段再好的关系，还是会经历无数次快走到尽头的分离，但是只要经历了考验，这层关系不但不会受到伤害，反而还会更进一步，更加稳固。我和心喜的立场不一样，我劝和不劝分。不要去判断，要去懂得，没准，他比你更难过。"

"我是个情感坚定的人，佳佳，我一直都是。这些年来，我就他一个男朋友，不，应该是未婚夫。"

"我觉得你们真心不容易，可是这家伙，你俩要是最后没在一起，我饶不了高山，我全家都和他没完。"难得易佳佳如此失态。

"佳佳，对了，忘了和你说了，许信年后马上要去香港某财团担任总裁助理一职了，是香港很大的财团。副总裁刚继任，是他之前在财政司工作时遇上的朋友，后来一来一往便变成好朋友了，对方有这么个机会，他刚好也想回国，就一拍即合，以后也会经常北京上海香港三地跑。"

"这小子，说来也神奇了。现在市场挺不错的。他能遇到贵人进入到金融圈是他的福气，不过秦沃你就死心眼，所以他也跟着你死心眼。你们这些未婚男女啊，我看是活该，死心眼，死抱一棵大树。不过话说回来，这也许就是爱情的魔力吧。我都没有过这样的磨炼。一遇上裕康就结婚，是不是另外一种不幸福啊。"

"你这种调调要广大未婚男女情何以堪啊。虽然我偶尔羡慕你，但各有各的好，从世俗的角度，你是掉进蜜罐里——被幸福甜死的，所以就别嘚瑟了。"

"秦沃，你要是一个人觉得闷，告诉我一声，我过去陪你。心喜说几天后她来北京的，我们要开怀畅饮，不醉不归。"

"谢谢你佳佳，其实我本来心里有些不好受。"

"秦沃，你值得高山等你，高山其实也是在等你原谅他。他若是真心的话，会给你时间的，要有信心。"

好姐妹，一辈子。

《欲望都市》里四姐妹相互扶持、共同患难的经历，也出现在木心喜、易佳佳和秦沃三人的身上。

秦沃感谢姐妹们的呵护。

她也难过，她自己也开始怀疑高山的爱，也重新去审视高山的爱了。

爱情是什么？这是个亘古长存的疑问。

她不想去想了，所以就交给时间吧。

高山的电话，她并没有接，只说是想静静。

木心喜的到来，无疑是易佳佳安排的。

原来两人怕秦沃难过，所以很自然地安排了会面。木心喜强烈要求住在秦沃家里，易佳佳也待到很晚才回去。

三人又开始叽叽喳喳聊个不停了。

易佳佳让保姆把自家的宝贝孩子送过来了，三人围着，不亦乐乎。

秦沃忽然有些感伤："佳佳，这多多的名字，本来是我给我女儿的，不想被你抢了先。"

"所以你才是干妈啊，名字早就帮多多想好了。以后你家宝贝来到人世，我还你一个名字，如何？叫高珍珠怎么样？"

"她一定姓高吗？我都不知道。"

"别说昏话，就高山了。"

"佳佳，这么大的事儿，我看这是报应，秦沃，你等高山这么多年，终于掉头回来了，多好啊，别轻易饶了他。我看许信就不错。秦沃，你和我不一样，你这么认真的女人就该找更爱你的人，秦沃，现在我挺许信。"木心喜看起来是认真的。

正说着，高山的电话进来。

"你终于接我电话了，这两天你还好吗？"

"还好，我明天中午去富领大厦的一家公司，过去看你好不好？"

"过两天吧，心喜和佳佳都在家里，我最近多陪陪她俩。"其实是她俩陪秦沃。

"晚上睡眠还好吗？"

"还好。"

"我不好，总失眠，我失眠时就在想你是不是也失眠。"

"我其实也有一点点。"

心喜一把抢过电话。

"高山，我说虽然是你俩的私事儿，但这次你玩得有点大，过分了啊。"

"有你和佳佳陪秦沃，我就放心了。我都三十几岁的人了，又不是小孩子，我心里有分寸。朱珍的事情，本来是两年前的了。"

"两年前你都不知道？她都不和你说？太伟大了吧。会不会那亲子鉴定是有问题的。"

"我也希望是，但是我都参与了鉴定的过程，不会有错。"

"那就是你的错了，那么大一个人了你，还犯这种错误。我俩都站秦沃这边啊。"

"我知道，我的错。"

"心喜，别说了。高山哥，你早点休息吧。"

"好，那我过两天回去看你。"

高山挂上电话后，心喜很严肃地对秦沃说："秦沃，他对你还是挺真诚的。我认识的男人多，判断得出来，剩下的就看你是否能过得去自己心里的坎了。"

佳佳看秦沃面有难色，于是又让多多给干妈唱《小星星》。

"小星星，小星星，一闪一闪亮晶晶……"

三人逗多多玩了一晚上。

人生若只如初见，那该多好，秦沃想。

木心喜正在考虑和德国男友分手。

"他确实很尊敬我，欣赏我的个性、意识、见识，德国男人对待女人是'女士优先'的方式，这是我们在一起这一年多的基础。但是他要回德国了，我离不开上海，想了想可能还是分开吧。

"你们也别劝，我是不婚主义者，我只想嫁给自己。其实嫁给自己才是用最轻松的方式活着。"

独立是新的主题。

木心喜一向是干脆的人。由于地理的客观原因，易佳佳和秦沃也没法劝，只好尊重她的选择。

这点上，秦沃自叹不如。

平常这时候才睡下，但是今天却醒了，异常清醒。

和闺密在一起的日子总是很感性。

电视机是开着的，但是静音的。画面是 50 岁的齐秦，下面的歌词字幕是《大约在冬季》："轻轻的，我将离开你，请将眼角的泪拭去……"

秦沃轻轻地唱着，特别安静，屋子里只听得到自己的歌声。

她忽然想起多年前，她最快乐的一段独处的时光：一个暑假中午家里无人的时候，她打开家里的三洋收音机收听一档最新的港台歌曲的节目，那个时候，电视台没有这么多歌曲播放，不像现在什么新歌快递一浪高过一浪。那个时候，她听到那些美丽的字眼伴随那么美丽的旋律，变成优美的歌声，觉得美极了。

那个时候她想，长大了，也要加入到他们当中，看看这么多优美的歌声是怎么造出来的。也许是因为这样的潜意识，多年来，她随身带着一个小本子，若是脑子中冒出什么旋律，她便就着这个旋律，填词出来。多年来，积累了满满一本。

秦沃走到书房，从书橱的最上面拿下这个本子。封面有些褶皱了，最下面有个日期，199× 年 9 月 21 日，那个时候她刚上初中。歌词本的旁边是一本本的影集，从刚出生、蹒跚学步、小学、初中、高中，到大学毕业，好似人生的头 30 年都浓缩到里面了。

她一张张地看着，仿佛将人生又过滤了一遍。

那个时候，爸爸妈妈可真是年轻啊，甜甜的笑，倒是秦沃，一副思考家的模样。

当时我在想什么呢？秦沃特别想回忆起来，但是真的不知道。可能是从小的压力太大了，秦沃记得当时周围的人，比拼最厉害的不是谁家的孩子高、谁家的孩子好看，而是谁家的孩子拿第一。第一永远只有一个，况且秦沃还有个厉害的姐姐在前面做榜样。

当时我在想什么，也许不重要了，秦沃想。但是记得幼年的时候，她就是一个人默默地长大，默默地走过青春期，默默在心里喜欢她的死对头苏远，绝顶聪明的苏远。

每次想到苏远，她总是觉得很可惜。这个男生，是她这辈子见到过最聪明的一个小孩，而且多才多艺，不但唱歌、舞蹈、表演，而且作文写作、手工创作都很厉害，秦沃还记得当年他用纸做的《三国演义》的桃园三结义的场景布景。秦沃羡慕得不得了，当即回到家，按照《红楼梦》小画册上的模样，制作了精美的书签，由于色彩十分好看，当时还在小伙伴中引起了不小的轰动：也当是给自己艺术创作的一个启蒙。

可惜啊，这么聪明的小孩，后来因为没有良好的指导和环境，就如《伤仲永》中所描述的一样，泯然众人矣。

所以，若是人生开始有个人生导师多好，无论是工作还是生活。

想到自己的工作，秦沃立马很兴奋，由于看职场百相多了，便也多出了些所谓总结或者指导性的建议。

有的时候，恰如冰心的《小橘灯》一样，虽然小，但是也可以给黑暗或者迷茫的人们一些小小的提示；当人们依此走出更宽广的路时，秦沃便觉得欣慰极了。

此刻，她也怀旧，在过去的记忆里寻找自己。

她忽然想起 15 岁那年，从初中升到高中，没有什么悬念——市重点。那一年的暑假，没有了竞争倒也是惬意得很。其中做的最难忘的一件事情就是，从不少同学家里的藏书中找了些书来看。

其中，有一本叫《琥珀》，因为只有上册，所以她也是在一个夏日的午后，随手翻了翻，谁知这一翻便迷恋上了，到处打听下集。说来倒也凑巧，后来在学校后面的书本出租屋里，见到了《琥珀》的下册——就那样静静地躺在那里，像一朵安静的莲花，让她爱不释手。

虽然故事很遥远，也很难以理解但可以从中有所收获，琥珀让她认识了女人的强大，在她身上发生的事情也许永远不会发生在平凡女人的身上。但是她佩服这个女人，佩服她处事的方法和手段，虽然也会有很可怜的境遇，但她也曾散发出了耀眼的光芒。

后来她看《飘》，不是特别激动，虽然两位女子都有其相似之处，但是记住了斯嘉丽这个名字，在她看来，这代表了一种奋进和独立。有人将斯嘉丽和琥珀相提并论，两者相等吗？但是相比较而言，她更喜欢琥珀。斯嘉丽真爱就在身边却无知无察，幡然醒悟已是人去楼空；琥珀一直都在找一份爱。都在为了生活向前走，只是境界不同吧。反正琥珀永远知道向前走。

后来是《悦己》，然后无意中看到了吴淡如，身份是作家和谈话类节目主持人。第一次看到吴淡如的时候，是看台湾的一档谈话节目，另外的主持人是台湾的大美女侯佩岑。但是那晚侯佩岑像个呆呆的天鹅宝宝，光芒都被淡如所遮掩。后来断断续续地看到她的短文，看到她曾连续 5 年获得台湾金石堂最佳畅销书女作家第一名，两次获得金钟奖教育和谈话类节目主持人提名。

有的女人把生活煲成一锅浓汤，小火慢炖出丰厚的人生百味；有的女人则等不及要把所有人生精华都浓缩在一杯浓缩咖啡中，一口饮尽。

一辈子活出三辈子的厚度，这样和时间赛跑，你要不要？

她只做让自己快乐的事情。一个女人要快乐，非常重要的是清楚自己想要的是什么。年少时的她活出了文艺青年的样子，反叛热闹而虚幻，最后她说："到现在我有个做 IT 的丈夫，他和我的步调南辕北辙，但彼此尊重。"

这种女人聪明之处在于，她永远知道自己想要什么，内心真实的东西，而不是所谓的浮华和虚幻。

我喜欢她们的生活态度，我喜欢这样奔放的人生，秦沃想。我的这十几年，还好除了他，我还有自己的人生，我从来没有放弃自己的人生。

Chapter 45

高山

逃避只会让人变得更加封闭，
而痛苦的降临表明他已经苏醒。

2010 年。

市场行情还是在向好的方向发展。

经过了 2008~2009 年的金融危机的市场沉淀，2010 年井喷，以几家顶级的风险投资公司为例，光是上市的市场退出方式，就有几十家公司。

在这样的背景下，高山和美国沟通希望加大投资力度，基于之前的投资业绩表现和美国对中国市场的看好，他的提议得到了美国的支持。

他也知道，其实他最大的支持方是 Robin。

对于这位伯乐，报答他最好的方式，就是投资更多的好公司。

记得当时 Robin 看到高山的时候，对他不住地点头赞许。

事业顺风顺水，而爱情呢？人可以一辈子喜欢很多人，可是爱，只有一个。

他一直以为的稳稳的幸福，没想到遇到了最大的危机。

可以感受到的危机是从何时开始的呢？可能是看到她从日本回来，一直不说话，一直哭，后来和高山说分开一段时间。

我理解了过去的你，现在的你，也希望你理解过去的我，现在的我。

他试了一下一家公司推出的德州扑克，发觉这款德州扑克还是很不错的。

新近圈子里，大家聚会都喜欢玩。

玩了一会儿，高山脑子放空了，忽然冒出一个念头，想了解过去的她。

过两天就是圣诞节了，高山还是想和秦沃一起过，虽然被拒绝了。

他给易佳佳去了个电话。

"佳佳，明天中午有时间吗，一起吃饭？"

"叫心喜吗？大忙人请客一定要来。"

"好，我们在银泰的北京亮怎么样？"

"果然够有诚意，明天中午见。"

有段时间没有见到心喜和佳佳了。

心喜还是够闹腾，做了妈妈的佳佳成熟了许多。

"我们都是老女人了好吗？很快都 30 岁了，30 岁的女人一包渣儿，没听过？"佳佳很明显是在调侃。

"不同意啊，在法国，女人最好的年龄是 45 岁，因为到了那个年龄段的女人，能更好地了解自己。所以我们不要这么说自己好不好？我们律所就有个同事童磊，典型高富帅，今年 29 岁，他的美国女朋友 35 岁了，两人都好了 3 年了，一年就见 6 次，别人看他经常一个人，以为他单身，所以平时被很多小姑娘追。但是人家会直接和小姑娘们讲，他的女朋友比他大 6 岁，而且人家在美国大学任教，年纪轻轻就做到教授了，相当厉害。人家外国人都不在乎年龄，重要的是感觉和价值观，当然还有成长。"

"佳佳，30 岁其实是极好的年龄，现在的秦沃就很好。你们伴随着秦沃的青春岁月，我是她未婚夫，除了责任，更重要的是爱，爱这个东西，我到现在也没有搞清楚。不过就是我天天都想见到她，没有看到她我就心慌，不踏实。看到她难过，我也难过，就想帮她分担，就是希望尽自己最大的快乐让她也快乐。看到她快乐，我便也快乐了。"

"好的爱情，就是通过两个人在一起，你能看到更大的世界和更好的彼此。但是爱，不单单是爱，爱里还有误会和伤害。我和我老公，外人看来都是甜蜜，但我们也经历过几次艰难的时刻，大家都到了快要分手的时候，忽然因为一件事情又再次让我们看清对彼此的爱原来都在。如果没有爱情，就没有恨。高山，秦沃她现在不是恨你，她是难以接受，你给她些时间。但是，这段时间你要更关心她。"

"看你这么认真地和我们谈论感情，我们还真是意外。"心喜喝了一口汤，"不过这说明情感在你的生活里占据了更重要的位置。"

"本来，我准备到 2011 年 2 月 14 日情人节的时候，要迎娶她的，没想到出了这样的事儿。"

"当局者迷，看得出来其实你们很在乎彼此的。也许好事多磨吧，但是正是因为如此，才应该更加珍惜，前半段她如此珍惜你，现在可能要换成你学会要去更加珍惜她了。她对你的真心，值得你珍惜她，别辜负她。"

"当然，看在老朋友的分儿上，卖给你一个情报。"心喜话锋一转，"你现在遇到了一个强劲的对手，许信，你还记得吧。他简直就是秦沃对你的翻版，这么多年来对秦沃一直念念不忘，听说他也进入香港的金融圈了，从财政司转到投资界。作为一个新的投资人，应该也很期待吧。"

"哦，我一直知道他，之前见过一次。他现在是什么样的了啊。"与其说高山的好奇心被调动了，不如说是紧张了。

"很坚毅、儒雅、少言，总之是个黄金单身汉。对了，上次秦沃去日本，就是许信接待的。不过你放心，秦沃的心不在他那儿，若是在他那儿，早轮不到你了。秦沃是女版许信，而许信是男版秦沃。"

"哦，如此的话……"高山还没说完，心喜赶紧转移话题了："高山，说点别的吧，不八卦了，这是你们俩的事情，我们组刚刚接到一个大的项目，消费品行业的，你们公司看不看？要是看的话，介绍你们认识啊。"

"好吧，回到工作的话题上来。主要还是互联网行业，但是一些消费品行业，因为投资数额比较大，所以我们在国内基本采取跟投的方式。所以，要是项目很好的话，我们公司可以先做好财务和法律的尽职调查，若判定确实是好的公司，我们可以找更活跃的投资公司，一起参与投资。要不，明天你帮我把他们约到我们公司？"

接着，他又转移到秦沃这里了："许信，会是一个威胁吗？我对自己和秦沃都很有信心，但是我们都很忙，不是很想转到多角关系上来。现在的这几年对于我们来说都很关键。"

"我觉得应该不会。如果堡垒被从内部攻破了，说明你们之间存在问题。"

"所以，我们也是站在同一联盟上了？秦沃这几天不见我，但是我还是想和她共度新年。若她觉得不自在，那么你们定好在哪过的时候，也告知我下，我也加入好吗？"

"这个没问题，就当作是我们的提前投资吧，你们结婚的时候，反正我也是伴娘了，红包要给大的啊。"

"还有就是你能真心对她好！"

一个协议悄悄达成了。

第二天，高山根据木心喜的介绍，带着一位投资经理王隆平去了这家消费公司——专门服务于母婴行业的公司。准确来讲，这家公司已经成立了近20年。1992年，当两位创始人辞去铁饭碗，在杭州开始创业的时候，没有想到能有今天的规模：年销售10亿以上，全国有上百家门店，在这个细分市场，在母婴类品牌电子商务渠道上现在占到了3/4的份额。

"十月妈妈卖的是一种体验、关爱和认同。我们现在的广告代言人是台湾的时尚辣妈，这和我们的目标客户群有关，现在是30岁左右的80后妈妈的生育高峰期，我希望能营造的是时尚、独立、率真、有品位的辣妈形象。所以我们这个行业的广告投放占到成本的3%，但我们可能会拿出10%来做营销，第一个吃螃蟹的公司也得担负颠覆、培育市场的成本。我们想做成这样一家有行业地位的公司。"

"你们的产品定价倒是不低啊。"王隆平是财务出身，本来是全球四大会计事务所之一的德勤的交易部门出身，后来去了合作的投资公司。高山回来开办亚洲办事处之后，王隆平慕名而来，加入到高山的公司。所以，他在看潜在被投资企业的时候，首先看三张财务报表：资产负债表、利润表和现金流量表。

"您有小孩吗？"创始人问紧盯着财务报表的王隆平。

"还没有。"王隆平的妻子和他结婚三年，同是四大会计师事务所出身，忙得顾不上生小孩这事儿了，当然，现在已经提上了日程。所以，他一听这问题，也挺有兴致的。

"那么，您想象下，若是您妻子怀孕了，您在选购孕妇产品的时候，最关心什么？"

"安全和舒适。"

"确实，这是第一要素，而且和一般的孕妇产品相比，我们除了原材料和舒适程度绝对是高于国内同类产品的同时，我们也一直在努力成为一个性价比更好的产品。刚提到的，从面料、品牌来讲，我们是同类产品性价比最好的公司之一了。

除安全性和性价比之外，年轻孕妇妈妈还关心时尚，就是我想在我顾不上身材的十月怀胎阶段，不但要安全舒适，还要好看。所以，我们主张时尚辣妈们做一个有韵味的女人。我们本着孕期和产后给妈妈们供给最美的打扮的目的，加入了时尚元素，紧跟时尚潮流，推出高品质系列产品，如防电磁波孕妇时装哺乳睡衣、各季节的产妇文胸、内裤、产检裤、托腹带、束腰带专用丝袜等。"

"听起来你们的衍生品也做得不错啊。"高山来了兴致。孕妇市场一直是极大的潜在市场，但遗憾的是，国内的品牌鱼龙混杂，很难找到高品质的产品。

"是的，未来我们想把十月妈妈引导成一家类似于 Zara 那样时尚而又重客户需求的公司。我们也重在增加附加值，比如我们也在建设我们的妈妈课堂，让时尚辣妈们有共同的地方和精英课程来陪伴她们度过这个人生最重要的时刻；同时也关心宝宝，今年也推出了婴童服饰。"

"现在传统公司都在用互联网思维，从线下积极向线上平台延伸，比如线下零售商国美积极发动国美在线，苏宁在力推苏宁易购。您在这方面有何高见？"高山提到了消费和互联网结合的大趋势。

"这也正是我想提到的。我期望未来我们将不只是一家服装公司，而是一家 TMT（科技、媒体、通信）公司，我们也在充分运营新媒体的方式来扩大影响力。比如，很多客户知道我们是通过时尚辣妈做地铁广告，但我们的广告采取的是积极向上的公益短片的方式，所采用的 flash（动画作品）歌曲动感、时尚，一改以往孕妇广告中的舒缓曲调和温馨画面的主打场景，给人留下了深刻影响。刚刚我也提到了，在公益短片中，十月妈妈没有提产品，也没有提性能，但它给人留下了渴望拥有的认同感和体验时尚感。"

创始人拿出了手机，给高山和王隆平展示他们自己开发的 App（应用软件）："在移动互联网时代，在智能手机客户端，我们也要做更大的努力。我们现在开发的 App 应用，比如孕期体温曲线、孕妇日记、孕妇心情分享等功能，能在移动端随时随地实现品牌与用户互动。所收集的数据，我们发掘再分析利用，比如通过客户大数据分析，也即将推出针对更年轻的 90 后准客户的品牌，但我们会通过网络和移动端的形式，先和她们互动，也是我们培养下一代潜在客户的方式。"

"那么你们最大的挑战是什么呢？"高山觉得这是非常值得深入接触的一家公司。凭投资人的直觉，他会继续深入之后的尽职调查。

"品牌成熟之后，我们整合多个品牌资源，所以需要实现更大的平台整合功能是我们将要面临的最大挑战，不过我相信我们能做得越来越好。"创始人面上露出了自信的笑容。

"好，我们回去商量下，两天内给你答复。"

高山和王隆平回到公司，王隆平快速给一些母婴消费品行业的专家通了几个电话，对十月妈妈这家公司反映很正面。高山同时也和蓝树资本的周明通了个电话，把大致的情况和周明做了个沟通，两人约定周末可以面谈下这家公司。

毫无疑问，若是下一个消费大潮升级，那么新源是否需要开发多品类的网购服务呢？

之前和大隆所进行的竞争基本集中在一些大的电器方面，在生活消费用品方面新源还没有顾得上。

高山把这家优秀的公司推荐给了田希凯。

田希凯说他最近也在考虑这个问题，若是开发全品类的话，线上商品的选择范围更大，但对电商平台的库存、采购、物流、供应链的要求会加大几倍。

"我们从单点切入，现在已经做到行业领军位置。若是开全品类的话，无论是资本的支持，还是人员配备，或内外部运营、市场拓展都是新的挑战，我还没有下定决心，但理应如此。"

"资本方你不用太担心，过去几年新源的步伐走得稳，所以根基还算打得好。我们可以再联合其他基金再融 C 轮，市场方面也成熟到一定时候了。"

"我觉得时机还是对的，配好品类，多点突破。想想吧，人们会更多地选择能满足消费方方面面的电商平台，也越来越懒惰地把消费贡献在一个可以解决生活中大部分问题的地方。若是如此，我们也要开始搭建配送团队，因为第三方快递未必会接纳小的品类快递。"

董事会也赞成这个决定，如此一来，新源怕是要和大隆全方位开战了。

举措一出来，立刻又引起大隆方的高度警惕。

商场如战场，大战在所难免。

此刻的心态更要平和了。

但高山无法做到。

中午吃便餐的机会，他去 Tiffany（蒂芙尼）看了看，明天就是圣诞节了。

虽然他知道秦沃并不是个物质控，和大品牌相比，她更喜欢真挚而有特点的礼物。但 Tiffany 所代表的意思让所有的女人都不可抗拒：世间至美爱情诗篇。自 1837 年以来，蒂芙尼传奇杰作引领风格，见证世间无数至真至美的爱情故事。

他还是挑了个可爱的胸针，作为胸前爱的物语。

回到公司后，他发觉一旦开始意识到自己即将有可能失去什么的时候，就会陷入极为挫败的情绪当中。尽管这个变化让他感到失控和痛苦，但他也知道会有积极的意义。承认现在不太舒适的情感现状，意味着发生新的改变。高山是很善于自省的人，正是这种日省三次的品质，让他可以在快速的前进中使得自己的精神得以成长。

逃避只会让人变得更加封闭，而痛苦的降临表明他已经苏醒，让他更珍惜一度在忙碌的投资生涯中所忽视的情感，比如：亲近、信任、爱和珍惜。

自省之后，他忽然发觉自己坚定的品质并不是来自事业上的成就感，而是从小到大"一定要赢"的内心世界。

在现实的商业世界，他确信自己能赢；在秦沃那里，赢不是一种状态或者结果，而是尊重、平等地对待她，与她和谐相处。男性和女性是一样而又不一样的生物，这意味着若是你尊重她，那么你也应该尊重自己。有所成就的男性绝对不是夸夸其谈的人，必须既能说出自己的情感状态，同时又能够倾听女方的感受，这是需要花心思去获得的一种状态。

他抽了一支烟。

趁这空隙，钱小凌告知下午 1 点半，香港欣盛财团新上任的集团副总裁要来约谈，这是他们潜在的 LP。

美元基金方面基本上由美国总部负责募集，信任关系、信任资源是投资公司最核心的资源。也正是这些客户源，使得知名的投资公司可以轻松融到几十亿美元的资金。所以美元方面的募资都是美国总部负责募集。

但随着国内创业板和中小板的日益增多，人民币基金的募集也越来越重要了。

美国众多公司进入中国设立分部失败的案例，使得来到中国的分支机构的先行者们也在寻找新的落地的成功模式。

这也是他在争取的模式：在人民币基金的本土投资时，拥有本土决策权。当然，Robin 给了他极大的支持，这除了之前的信任根基之外，最要紧的还是他在中国的投资业绩，让美国总部采纳了他的意见。

虽是如此，在基金募集方面，他还是要打起精神，毕竟在经历金融危机之后，市场上的资本对于金融投资的募集，尤为苛刻。

一点半，双方准时出现在会议室。他们中间的介绍人因财资本，是国内首屈一指的 fund of fund（基金的基金），帮助过许多知名投资基金进行过资本的募集工作。

"高总，我来帮您介绍下，这位是欣盛财团的副总裁 Tony Li（托尼·李）。"因财基本的钱董事总经理是高山的好友，首先帮他引荐了 Tony，之前高山听说过这位青年才俊。

他本来是欣盛财团总裁和创始人 James Li（詹姆斯·李）最小的儿子，自小性格叛逆，和身为总裁的父亲一向合不来。20 岁时在麻省理工念书时，搞了个互联网公司，赶上了互联网大潮，初次创办的公司就以 5 000 万美元的价格被国际大公司收购。回到香港后，新成立投资公司，专门做并购，帮不少国际大财团成功并购过一些大的公司。后和香港投资界的一名女投行家成婚，逐渐浪子回头，回归家族业务。32 岁的年龄即荣升集团副总裁。而刚好他的大哥并不喜商业，只是保留了身为嫡长子的股份，退出了财团的日常管理工作，全身心地做了一名音乐人。

"高总，你好，我是 Tony Li，李孝晟。"现在的 Tony 全无年少时的锐气，但彬彬有礼的举止中，透露出一种身为资本大鳄的精明劲儿。

"Tony，早久闻大名，今日一见，幸会。"

这是一次例行公事的见面，双方介绍了双方的团队。

高山向李孝晟介绍了在场团队的主要成员，包括王隆平和李勋等。李孝晟也给高山介绍了随行的一位投资人员，还有一位说是特别助理，主要负责这次投资的尽职调查工作。

"许先生在内地出生和上学，在国外多年，年后正式加入我们公司，所以还没有名片，抱歉，他这次随我一起来拜会高山先生。"

李孝晟说的这位许先生引起了高山的注意。

和李孝晟的精明相比，这位特别助理很文雅，浑身没有太多的商业气息，倒是看得出来是个很聪明的人，更符合不少少女心中高富帅的形象。

他很安静地坐到随行团队的最后面，离高山比较远。但高山可以感觉到，他从头至尾都一直紧紧地注视着高山。

但高山更需要应付的是李孝晟步步紧逼的提问。

因为欣盛财团一行人在三点钟要赶到金融街的一家投资银行，所以到最后，他都没有时间单独和这位许先生打个招呼。

因财资本的钱总很快反馈说，李孝晟很钟意高山和他领导的基金，回去后要做的就是基金的尽职调查工作。

"以我的经验，胜算很大。高总可提前做些准备。"钱总志在必得，毕竟是老江湖，未雨绸缪。

但这位还没来得及说上一句话的许先生，倒是给高山留下了深刻的印象。

这位许先生似曾相识。

Chapter 46
秦沃

相遇，其实就是久别重逢；
而重逢，也是另外一种相遇。

2010 年。

有木心喜和易佳佳的陪伴，果然，秦沃的心情平复了些。

但她一大早出差到温州，接受一项特别的项目：为一家家族企业评估总裁候选人，若是最终确认为不适合，董事会想邀请她为这家企业推荐更合适的候选人。

刚好木心喜也在温州有个客户，两人结伴而行。

其实秦沃的一家投资公司的客户刚刚投资了这家企业，这家家族企业的首席执行官是公司创办人的曾孙，完全破除了"富不过三代"的魔咒。此刻 55 岁的他想退休，但目前还没有找到满意的候选人，但这事情也不是一蹴而就的，他在一次会议上认识了一位人选张彼得，把他引入到公司，他的打算是：慢慢考察他，如果确实是最适合的人选，他考虑在两年后彻底退休而把公司直接交给接班人。

但他正式向家族董事会提出将张彼得提拔为总裁候选人时，却遭到了董事会和团队的反对。确实，彼得在任这一年业绩喜人，但公司也付出了惨重的代价：行业口碑越来越差，且越来越多的在任职员辞职，并且这个现象越来越严重。这一切的问题，董事会认为是彼得的个性造成的。

董事会的意见是，业绩确实是我们关注的，但我们更为关注的是家族基业长青。

董事长急于退休，但实在无法在短期内找到一位更为合适的候选人，同时也无法说服董事会，于是邀请秦沃的公司来给他们做个诊断和方案。

显然，每一方都有自己的考虑。董事长想快速退休，只要继任者在业绩上不出大的问题，后续的管理工作还是有改善的可能；家族董事会成员认为，越来越强硬的张彼得，随着越来越好的业绩，将来更难以操控；而张彼得之所以很配合这次诊断，是因为他想得到这个董事长的位置，也想说服秦沃。

秦沃到了温州后，一直跟着张彼得，深入地和他做了访谈。她也利用空闲的时间，找到张彼得身边的工作人员，同时让 Joanna 在北京配合访谈了张彼得的上一家公司。

不久事实就基本浮出水面：张彼得确实是一位典型的空降兵和职业经理人。有条理、有抱负、结果导向，但同时也冷酷、专横，还很情绪化，常常对达不到目标的下属爆粗口、搞得创办 60 年的家族企业，上下氛围很紧张。

张彼得认为自己的一套是对的，业绩最能说明一切。在对待上下游客户，他也采取自己公司的资金周转最大化的方案，同时压制客户的预付金。

秦沃，也花了些时间了解了他的背景。

他和秦沃的沟通倒是融洽，所以他也愿意和秦沃说。

原来他生长在乡下，家境贫寒，但从小就很聪明，立志要成为成功者。专科还未毕业，因为要供养家庭，也觉得实在在教育体制不太好的专科学校学不到什么太多的知识，于是来到深圳，加入了打工一族。15 年来，他从工厂技术员起家，因为业绩突出，最终进入了管理层；同时他积极上进，重修了专科学位，也考上了 MBA 深造。不久他从这家公司辞职，去一家 500 强公司做中层，学习了 500 强公司先进的管理流程和技能；之后跳槽到另外一家公司当上了副总经理；后来在又一家公司，也就是来这家企业之前的公司当上了副总裁。

他的经历在他的圈子里，是励志的标杆。他通过 15 年的努力，也向人们证明了自己的精明强干和吃苦耐劳。他知道如何开源节流，一来就制定了严格的管理流程，并裁减了冗余的员工。但他绝对不是好伺候的上司，不允许有不如他投入的员工，绝对忠于老板，恰恰是商业社会老板喜欢的人选。

他的能力加上他坚忍不拔的努力，让他步入了高管层，人们很难想到他是从贫困线中挣扎出来的。

秦沃能感觉到，彼得表面谦和，但实际上变得比以前更粗暴了，对家族董事会也不是很客气。董事会直接否定了总裁的建议，除非彼得能改善他的个性。

秦沃尽极大的努力让他变得更为容易相处，确实彼得听取了秦沃的建议，变得更为客气了。但是，人们不信任彼得的"新形象"。他们总是能很轻易地找到彼得其他的缺点，并一致认为，虽然他精明强干，但缺乏更为长远的规划且人格有缺陷，并不是一个好的领导者，对于这样一家几十年的家族企业而言，他毫无远景而言，只是一台工作机器。

尽管秦沃认可了彼得的进步，但她最终还是递交了报告，显示了对彼得的担心。而总裁在这段时间里，也确实认识到在这样一家成熟的企业里，更需要一位成熟稳重、能把企业带到更高平台的领导者。他说服自己放弃了尽早退休的打算而更为积极地参与公司事务。

结果，彼得辞职。秦沃在他辞职之后，也担当大任帮他们推荐了新的候选人。

这一次的高管尽职调查，因为对象是张彼得，实属不易。

刚好心喜已经处理完公司交代的事情，两人决定一起去附近的乌镇。

对，就是拍摄《人间四月天》的乌镇。《人间四月天》的核心是才女林徽因，比如秦沃知道的这首《你是人间的四月天》，才气羡煞人。

> "你是爱，是暖，是希望，
> 你是人间的四月天。"

季节不太对，但是游访也是一种心情。

心喜怕闷，便问秦沃温州有没有其他的人可以接待她们。

秦沃想起好久没有见到谷东了。

谷东的故事，心喜也是略知一二。

"富二代没什么不好啊，保守懦弱也没什么不好啊，好操控啊。我这种御姐就比较好这口的，人家又有钱又儒雅，有什么不好。虽然没和你对上，但肯定是要被一堆姑娘追的。"

当即，秦沃给谷东打了电话。谷东刚好在温州分公司。

谷东很是高兴，当即表示，可以送他们去乌镇，同时当一天导游。

"秦沃，你还好吗？"秦沃听得出他还期待她的消息。

"还好。"

他开着他那辆黑色的凯迪拉克，非常拉风地停在了秦沃的酒店面前。

　　两年多不见，秦沃看到的他，比之前的那个 IT 人多了些富二代的气息，而且商人气息更浓。

　　他看到秦沃，很开心地过来和她握手，很客气，只是很情不自禁地在她额头亲了一下。他在英国留过学，只是一种礼仪而已，秦沃想。

　　秦沃也把他介绍给木心喜。

　　此刻，她忽然感觉到木心喜的眼神不对了。

　　"你好，我是心喜，秦沃的闺密和死党。你就是谷东啊，我听秦沃提起过你。没想到现在终于见到真人了。哇，这车真拉风啊。"

　　"还好。温州不比北京堵车，所以开起来比较有感觉。在温州这样的车，其实也算不得什么。"

　　他很客气地回答心喜。

　　并且陪两人在乌镇玩了一天。

　　相遇，其实就是久别重逢；而重逢，也是另外一种相遇。

　　对于这次的相遇，秦沃觉得格外珍贵。起码他们俩的友情是在的，而且谷东也确实是一个很好的可以成为朋友的男人。

　　若我没有遇到高山，她想，也许我和所有的女孩一样，对于谷东这样的谦谦君子也心生爱慕。只是，命运总是在经意和不经意之间，已经给了她另外一种心境和轨迹。

　　并且早已生根发芽。

　　只是，当时的她并不知道，她做了另外的一种成全，总算是做了个了结。

　　木心喜很开心地和谷东交换了联系方式。

　　木心喜直接回上海，而秦沃回到了北京的家。

　　刚进家门，她发觉家中的鲜花都是新鲜的、她最喜欢的白色玫瑰花。

　　奇怪，明明吴妈回儿子家了，难道她还是每天回来换花吗？真是贴心的妈妈。

　　她洗漱完毕，来到梳妆台时，看到了一个 Tiffany 的礼物——一枚漂亮的胸针。

　　她知道高山忙，却又花极大的心思来求得她的原谅。

过两天，便是新年，本来木心喜和易佳佳说是一起来陪她过，但是实在是到年底了，各家事务太多，便各自取消了这个计划，说是等春节再聚。

她打开 Tiffany，树枝的造型，稳当厚重，她喜欢这造型。

也喜欢这背后的含义。

手机来了条短信，她拿起来一看，是高山的："这几天你不在家，我买了些白玫瑰，每天都回去换水，开得好看吧。吴妈说你今天回来，所以我就不过去了，她不在，你自己给花换下水吧。另外，礼物看到了吗？我看到的时候，觉得你会喜欢的，送给你的新年礼物。新年快乐。"

她不知道该怎么回答他，但回了条短信："新年回来过吧。"

她终究还没法选择原谅，正是因为在乎，所以伤口才不可能在短期内愈合。

但是，她还是想给自己个机会，也想给他个机会。

起码他在乎她，他真心实意地道歉。

2010 年的最后一天晚上。

他们有 10 天没有见面了，虽然每天他都会发短信向她报告自己的动向。

秦沃看到他，大概是忙，睡眠看起来不太好，但还是挺精神的。他好像是从她的脸上看到了一丝不自在，所以直接脱下外套到厨房去帮吴妈了。

他的厨艺比秦沃要好。

他依然给秦沃烧了西红柿鸡蛋和香椿小炒肉、西芹百合。

吴妈还要回自己家，所以，只剩下他们俩。

她没挽留吴妈，虽然秦沃觉得吴妈是故意给他俩留个私人空间。

屋子里很安静。

高山给秦沃盛了碗不加盐的乌鸡汤，秦沃是早产儿，身子一直不算特别好，高山知道。

在她喝汤的时候，他又给她夹了一些菜。

两人都不说话。

"最近怎么样？"高山还是忍不住开口了。

"还好，你呢？"秦沃没有抬头。

"就是忙，估计你也是。"

"丫头，你可不可以原谅我？"骄傲如他，也说出了这样主动求和的话。投资家简单直接的风格，对待感情问题也是这么直白。

秦沃有些不忍心了，但是她真的没法立刻原谅他："我们为什么走到了这一步？"她忍不住哭了。

她很多年不哭了，哪怕在等他的那些年里受到许多委屈，但是因为他的私生子事件，她已经是第三次哭泣了。

"那是几年前的事情了，现在说这些都没有用。很快是 2011 年了，你给我时间，我们重新开始好不好？"

"若是没有朱珍，是不是也有张珍、李珍、王珍？"秦沃忽然觉得自己有些不可理喻。说完后，她又有些不能原谅自己："对不起，我不该说这样的话。"

"不会，以后也不会有这样的事情了，那是我青春岁月的错误。我们重新开始好不好？若你觉得你还需要时间，那么我暂时不搬回来。我远远地就好，但是你不要拒绝我，好不好？我是你的未婚夫啊。若是没有朱珍的事件，我原来打算在 2011 年的 2 月 14 日，在你 29 岁时，正式向你求婚的啊。我要你赶在 30 岁之前成为高太太。"

"但是朱珍的这个事件已经发生了，不是吗？所以这是我们无法回避的事实：原来的幸福，已经多了一个女人和一个孩子。"

男女之间的对话版本：高山承诺的是未来，秦沃纠结的是过去。

信任的重建还需要一段时间。

Chapter 47

高山

> 这么多年，一见钟情一些人，
> 两情相悦几个人，然后才能白头偕老一个人。

2011 年。

人生兜兜转转，大多是轮回，只不过这次，是他需要努力。

不是努力获得她的爱，而是努力让她对他们之间的关系建立起信心。

商场得意，情场失意。

事业上的顺风顺水，依然弥补不了他对情感的渴求与珍惜。

或者说是，他意识到了情感的珍贵，在枪林弹雨的商场博杀之后，他也需要个安静的庇护所。

就是秦沃，和她在一起时的安心，总是快要失去时才知道珍惜。

他相信自己会等到她的原谅。

他对她是爱，是责任，还有她带给他的成长。

和欣盛集团的访谈很顺利。

李勋和欣盛的律师都准备好了条款，还有银财的第三方服务合作协议也圆满达成。三方签订协议之后，欣盛集团就正式入资了。

3 亿人民币，在他的第一期人民币的募资额里占了一半。

也是他第一个最重要的人民币基金的 LP 了，金主。

团队的扩张依然是当务之急，这是秦沃的强项。

她还是公事公办，让一位最得力的手下干将帮高山招募投资界人士。

"人民币基金的话，就不要从国际大投行招募人选了。国内的券商，或者是行业精英，都可以给这样的机会。"

他自己是国际顶级投行出身。

他们贪婪，也做一些违背文明的事情。但是在金融的世界，好的东西和坏的东西总是共存的，重点是它对于整个经济体而言好的作用大于坏的，那就可以成为一种制度安排。

从一定程度来说，确实是最优秀的一帮人。

他们疯狂加班的可怕程度让人咋舌。每周 50 个小时的文字工作，90% 的文书工作都是被否定，连续两天两夜不闭眼的加班，6 天路演，飞行 10 000 英里（16 093.44 公里），穿越 5 个国家 7 个时区，对，这是电影里经常出现的镜头。

电影并没有夸张，事实甚至比这更为夸张。许多人患上了焦虑症，精英还是存在的，不过大多数人已经不会独立思考了，只是机械地完成上司交代的事务，当然你也会得到上百万、几百万甚至上千万的年薪。多数人已经懒得去想未来了，但依然有少数追求卓越的青年人从这个链条中逃离出来，到风投或者私募股权投资公司寻找能让自己参与独立决策的机会。

而在国内的人民币基金又是另外一番场景。人们强调的是实用主义，所以律师背景、财务背景，或者国内券商出来的更对胃口，而不是像美国投资基金一样，偏爱顶级商学院的优秀毕业生。

但和美元基金一样，人民币基金也需要对企业进行尽职调查，了解企业的基本业务情况、公司发展的合规性、最近几年的财务状况等，同时判定是不是适宜未来在国内中小板或创业板上市。整个过程最少需要持续三个月，多的话需要半年时间，甚至更长。

精英的事务要找精英的团队。

要在国内上市，需要投资人员熟悉国内证券市场。他见过几个保荐人，基本都拿着几百万的年薪，但是给高山的感觉还是缺那么一些，也许见多了创业者也影响了他对于投资人的喜好，他也希望他的雇员是永不满足、追求卓越的。

秦沃的得力助手，给他介绍了几位从百度、腾讯、阿里巴巴出来的技术人员。他们的特点是熟悉现在最新的技术趋势，但在一些人际关系处理和对潮流趋势的判断上还是需要加强。投资除了做技术判断的事情，还需要维护圈内的人脉关系。

但他对其中一位技术出身的候选人很有兴趣。

邵康明，现年 27 岁，22 岁从菁华计算机系毕业，后来去百度工作了两年，辞职后加入了一家互联网创业公司，在这家公司工作了一年时，该公司被巨头收购，他也进入到这家巨头的投资部门工作。

这样的人才，无疑是最光鲜的简历：

"菁华理工科＋互联网巨头技术经验＋成功创业公司磨炼＋投资经历"，他的短短 5 年的时光，见证了 2005 年投资经济在中国兴起和快速发展的阶段，也是一个极好的案例。

于是上午 10 点，他约邵康明在国贸的办公室见面。

邵康明，属于典型菁华技术派，话不多，很理性而冷静。

两人简单寒暄之后，便进入主题。

高山对他基本很满意：积极主动、有想法、极好的人脉圈，同时也基本形成了判断科技趋势的能力。

"那么你觉得国内有哪些趋势是应该向美国学习的呢？"

"YC（美国著名创业孵化器）的公司是硅谷创新创业的一个小样本，不能完全代表硅谷的趋势和潮流。但两三年后可能这个力量就更明显和强大了，这种模式值得期待。"

邵康明提到的 YC，就是这几年整个硅谷最受关注的孵化器模式的代表——Y Combinator。

"孵化"带有公益意味，天使投资又是商业行为，它如何平衡公益和商业的呢？

后来，高山和几位之前去硅谷考察过的同行聊起 YC 的时候，大家纷纷表示寄予厚望。"YC 提供的资金其实是极少的，但被选中的投资团队，他们会给予创业建议，以及每年举行两次、每次为期三个月的创业集中营课程，以让挑选上的创业团队可以不断有新活力和方法增强执行能力。"

后来高山和 Robin 聊到此事时，他也很有兴致："Y Combinator 把课程最后一天定为演示日，会邀请硅谷的顶级投资家们现场观看各个初创公司的汇报和展示。我们美国团队也会参加，也确实从中挑选出了好项目，足见这种模式的可行性。"

Y Combinator 这种独特投资方式运作被《连线》称为"一个给初创公司的新兵训练营"；而公司创办人保罗·格雷厄姆亦被称为"新一代企业家的导师"。

　　此刻的中国，原微软亚洲研究院创立者、谷歌全球副总裁兼中国区总裁李开复先生创办的创新工场，已经以 YC 为模板，成立了一年多的创新工场也逐步成为影响青年一代高科技企业的创业孵化器，李开复也成为新的创业导师。

　　一轮轮的面试之后，他最终给了邵康明和另外一位有行业背景的专家入职信。

　　他同时担心的是，阿里系、百度系、腾讯系，还有雷军系、周鸿祎系等，已经形成独大的一面，给小公司留的创业机会越来越少。

　　就这个问题，他也请教过投资教父 Robin，他的意见是："互联网和移动互联网仍然能够产生成规模的公司，创业者不要抱怨大的互联网公司，因为小公司利用产品的差异化仍然有可能有自己的一份蛋糕。但前提是，摸清行业的特征——这个行业到底有没有快鱼吃慢鱼的情况。"

　　高山已经预感到，投资机构越来越重视 A 轮，甚至天使阶段的项目。当然投资 Start-up 企业更具投机性，风险系数高，但若是成功回报也高；而投资创业后期的企业即 PE 阶段的企业，通常风险较小，不过低风险对应的是低回报，因此估值在其中非常重要。

　　硅谷某老牌投资基金就是因为近些年采取保守方式，多投资 PE 阶段的项目，而错失了如脸谱网等高回报的互联网项目，使得该基金在走下坡路。

　　高山在和老牌投资人们交流投资早期项目的要点时，他们都提到最大的风险就是风险投资本身，说不定在某些时候，就会引爆你人性里自带的弱点，比如：贪婪、惧怕、从众心理、面子、情绪化等，若控制不好就会使得你在判断上犯错误。

　　所以，投资最终是人的事情。修身养性，无疑是最好的方法。

　　这样一场场的智慧和在人性上的博弈，使得静下来时候的自己，尤为需要有个交流的出口。

　　而秦沃不在身边的日子。

　　他再次备感孤独。

　　他每天还是会给秦沃发条短信。

　　这是他应该做的，也是他能做的。

不时地，她也会邀请他回家吃饭。

两人表面上和好了，但是高山知道要回到从前，还需要时间。

2011 年初，没有什么大事件，欣盛财团的资金快速到位。

钱小凌说，欣盛集团的许先生来电话。

高山想起来，上次都没有来得及和他说句话。

果然，这位许先生是正式加入欣盛财团了。

原来，许先生回来过春节，刚刚降落到北京机场，想邀请高山一起用午餐。

两人约在华贸中心的台塑牛排，在新光六层。

人不是特别多，大概不少 CBD 工作的白领金领们都提前准备回家过年了。

两人很快找到订的位置。

许先生正式给高山递了名片，高山一下子惊呆了。

上面赫然印着"许信 ——投资部总监"。

多年未见，高山已不记得许信容貌，但拿到名片这一瞬间，他隐隐地记起来了，怪不得面熟。

"许信，"高山开口，"好久不见。"

"高学长，我们的风云人物风采依旧啊。"许信话里倒是没有讽刺，依然很平淡，一如这个人。

高山一时无话，世界真的是太小了。

许信，当年那个青涩的大男孩，他见过。

当年，他是秦沃的守护神。

多年前，那个大暴雨的下午，他把秦沃赶出会议室让她去给众人买饮料。秦沃跑出门之后他就后悔了，二话不说拿起雨伞冲了出去。可是远远地，却看到另一个男孩把秦沃拉进了自己的大伞之下，那是第一次见到许信。

秦沃因他得了重感冒，他买了药想送过去，在女生寝室楼下看到许信拎着饭盒进去，他徘徊好久，终于叫来了吴东娜，让吴东娜把药送过去。那是他二次见到许信。

第三次，是许信表白那天，他从许信面前，拎走了不知所措的秦沃。

这些年，他偶尔从秦沃那里听说许信的近况，听说他为秦沃的一句戏言去当了外交部门满世界跑，却未曾料到世界好小，现在许信成了他公司的 LP。

"世界太小，没想到我们在投资圈相会了。你现在也进投资圈了。"高山打破沉默。

"秦沃现在一切都还好吗？你知道的，她前一段很难过。"许信没有直接回答高山，"高山，请你给她幸福。你要是给不了她幸福，我会给她的。"许信看着高山，一字一句。和刚才的平静不太一样，语气有些起伏，但又很快平静下来。

"她是我的未婚妻，这个不用你操心。对了，你是在她去日本之后，打算加入香港的金融圈？"高山一直是个问问题简单而直接的人。

"她是第一个闯入我人生的女孩，从此我默默关注她 12 年，关心她的喜怒哀乐，这份关心会一直继续下去，无论她是你的未婚妻，抑或是你的妻子。若是你伤害了她，我随时都会去和你以男人的方式对决。"

高山没有想到两人的第一次正式对话，会是这样的内容和场景。

一个男人，若是用 12 年的时间，在受到外界干扰的情况下，依然坚持对一个女人的爱，就足以证明他身上的坚韧和忠贞是异于常人的。

应该值得尊敬。

若是这个对象不是秦沃的话。

但他忠贞的爱的对象是秦沃。

他觉得自己今天的谈话非常奇怪。

急躁、没有礼节，显得有些像乡野村夫。

大概是因为，这样的许信，已经让他受到了威胁，尤其在他和秦沃的关系需要修复的敏感时期。

所以，他像对待一个投资项目一样，先发制人。

但他发觉他并没有激怒许信。

他总是看到秦沃阳光积极的一面，但是许信却可以看到秦沃脆弱和更真实的一面。身为男人，大概许信比高山更接近秦沃。

但是秦沃的心是在他这边的，这种错综复杂的现状让他不知道如何应对。

高山轻松地耸了耸肩，换了个词称呼秦沃："感谢你对我爱人的关心，但是有我在一天，这份关心，我会给。那么，我们是不是可以聊工作了，没有想到你现在的公司居然成了我们基金的 LP，多多包涵。"高山镇定些后立刻恢复到商业的氛围。

"Tony 在选 GP（一般合伙人）的时候很谨慎，但是我们还是选择了你们公司，你们到目前为止的投资业绩和投资风格，对我们的路子。所以恭喜，以后大家可能会经常打交道，多沟通，事业上也许我们是统一战线。"

"一定，我们公司的投资报告，每个季度一定会准时发给你们。从年投资回报率上来说，我们处于中上等水平。但是我们步伐稳健，所以风险控制做得很到位，这也是我们值得骄傲的地方。"

"这点，我们也从业界同行那里打听到了。"看来许信进入投资状态的速度很快。毕竟是燕园光华出来的，这圈子，人最多，除了菁华经管，就是燕园光华了。

校友圈的魅力，不可低估。

他隐隐地感觉到了一丝不安。

不，是明明地。

这么多年，一见钟情一些人，两情相悦几个人，然后才能白头偕老一个人。

不是那么容易的事。

Chapter 48
秦沃

一个女人，不管她是贝类还是刺猬，
终究还是需要一份真心的疼爱。

2011 年。

秦沁来电话问，高山会不会来她家过年。

秦沃并没有告知家人高山的事情。

妈妈和姐姐寄予了这桩婚事太多的期望，也很看好这位雄图大展的准女婿。

还是自己慢慢来处理吧。

等时间带来答案。

她一向不是个会委屈自己的情绪和真实想法的人。

每天她还是会收到高山发的短信，和每周两次白色玫瑰花：他大概也不是多高明的情圣，所以用这种小毛孩儿的初级攻势。

但要命的是，正对准秦沃的软肋。

仿佛，他在把那些年，他并没有说的情话和送的玫瑰花都补上一样。

我终究还是爱他的。

一个女人，不管她是贝类还是刺猬，终究还是需要一份真心的疼爱。

一个女人，要从女人变成能干的女人，往往是由柔变成刚，原来越强势的女人，越刚。于她而言，她保留了自己的柔，只是在面对困难时变得刚。

又或者在被刺痛时，本能地刚了起来。

坚韧，执着，信念，梦想，但本质却还是柔。

而高山在向上走的过程中，越来越由刚到柔。

他们似乎是在经历刚柔并济的能量转换。

许信的电话在猝不及防中到来，他住在华贸万豪酒店。她最后定好和他在酒店的大堂碰面。

酒店大堂的人不多，她看到他了。

他依然像她年少时所见到的他，玉树临风。他的感觉总是淡淡的，低调而含蓄，浅浅地笑，安静地转身，总是不断闪现出古典优雅的味道。

在她这里，他似乎是《暮光之城》中的狼人。

在张爱玲那里，他是她的白玫瑰。

看到经过这些年的他，就像看到经过这些年的自己。

只愿得一人心，白首不分离。

这简单的话语，需要多大的勇气。而他终究还是安定下来了。

"真为你高兴。"她朝他笑。

"见到你，我很高兴。"他也笑得很开心。

不了解他们关系的人，很可能觉得他们之间是情侣。

但可能对于她而言，是心心相印却并不能做些什么，又心存内疚。

"这次回来，就不会走了，但会香港、北京、上海三地跑。"他说，看得出他的高兴。

"从此你也正式进入投资界了。"

"是啊，我记得你以前经常提到投资界这个词，现在我也在了。不知道是不是因为你提到的次数多了，所以我记在心里，终于有一天也进入到这个圈子里了。"

木心喜说，每部动人的韩剧里，总有个动人的男二号。到现在，许信还是那个男二号。

心动，却又无能为力。

"我中午的时候，见过高山了。"

秦沃有些惊讶。

"我所在的欣盛集团是高山公司的 LP，这次回来是顺路来拜访他的。"

"也就是说，你是他的金主了？"

"准确来讲，我们也希望通过他们公司的投资来获得更高的回报。现在资金已经到账了。这是我们第一次在工作场合正式见面。他在你的口中转述过好多次，我却在 12 年后才真正和他有工作交集，你说这是不是很有意思？"

"我们本来是校友，只不过这些年你们都在世界各地跑，没有碰面的机会，这下好了，以后我们会经常见面的。"

她忽然说道："我们都 30 岁了，感觉都老了些了。"

"是成熟，想想我们当年在燕园的日子，那么努力地用功读书，梦想有一天可以报效社会，很怀念那些青春的时光。"

"是，我们燕园，出来的都是人文情怀的愤青，现在我们都是老愤青了。"

"秦沃，你和高山和好了吗？"

"算是吧，和好了。"

"感觉你有些悲观啊，以前你很少这样的。"

"可能是最近太累了些。"

"公司发展还顺利吗？"

"还好，我们是 B2B（企业对企业）的业务，希望做成真正为客户解决问题的公司，而不单单是规模够大。当时创立这家公司，也是为了可以按照自己的想法和选择来做事。走到今天，40 人的规模，也算是第一步梦想实现。我们虽然还是小公司，但提供给客户的服务还是超预期的。"

"不想扩张走得快些？比如引入资本。"

"我在这个圈子里，还是觉得这两年打好基础比较重要。两年后的事情，等做到了再说吧。而且越来越觉得所选择的这个行业不适宜做成大公司，只能算是一个生意，不过还好，这是我的第一次创业，也算是小小成绩，没有失败。"她说出了自己的想法。

"说说你吧，跨入新的行业怎么样？"

于是，秦沃听到许信难以掩饰兴奋的异常回答。

"挺有挑战的，以前没有进来时，觉得很神秘。投资，如何让资本流动得更为顺畅，使其从所在 A 点能更便捷地流动到需要它的 B 点；如何能更好地判定带来最大回报的 B 点；如何能在判定 B 点时，做好投后管理，并能确保完美退出。有很多的命题，都在挑战投资人的极限。"

"很多的事情，其实逻辑和方法都是相通的，前些年在早稻田也利用业余时间辅修，拿到了经济学博士学位。可能冥冥之中还是觉得会回到光华的大本营——投资界吧。

"其实，转了一圈也很好。这个世界本没有天才，只有经验的积累，才能够让人有更好的感觉。这种感觉听起来很玄妙，但是在现实生活当中是可以被磨炼和提升的。看过不同的行业之后，再回来看投资这个事情，觉得投资最终的还是人，或者说，如何控制好人的本性。虽然我加入欣盛不到两个月的时间，刚好而立之年。"

"控制人性的弱点，在投资过程中磨炼自己的心智，是成功的关键。"

"未来的路还很长，我希望能把它走得稳妥而且完美。"

短短一席话，秦沃感觉到了许信对于金融的热情。

"我也要多像高山学长学习，他在这个行业做得非常好，我还算是个后辈，任重而道远。路漫漫其修远兮，吾将上下而求索。"

他露出了少见的笑容，很谦逊，但充满了自信。

"我想你们以后见面的机会多得是，高山肯定也很乐意和你切磋的。"

"怕他不太想见我。投资人本来对于 LP 是合作也是有些牵制的关系，LP 有的时候扮演着更为功利而让人讨厌的角色。比如，以后每三个月，我都会审核他们人民币基金的投资财务报告。几年后，要求他们达到我们既定的投资回报，若是没有达到，我们有权要求基金做最低补偿。"

"他是职业的投资人，相信他分得清楚商业规则和朋友的区别。"

"是的，我也希望可以成为他的朋友。"许信又加了一句，"如果他愿意的话。"

"忘了问了，你见到他后，对他有什么评价？"

"在你心中的他，很完美；我所见到的他，很优秀。"

"这里面的意思是……？"秦沃被他的文字游戏逗乐了。

"你看，你笑了，被我逗乐了。我的意思是：优秀未必完美。"

"世界上没有完美的人，你明白的。过去他不完美，现在有了朱珍的事，他也不完美，你明白的。"

"你若是真心爱他，就原谅他，但如果你受了委屈，秦沃，你知道的，我在。"

"嗯，我知道。"秦沃昂了一下脖子，"我们永远都是好朋友。"

"是可以交心的知心朋友。都市不都流行蓝颜知己吗？我们相遇相知 12 年，其中的感情足够变成蓝颜知己了吧。不过，"许信话锋一转，"他要是欺负你，你找我，我不会放过他的。"

"所以，你变成我的娘家人了？"

"成为你的娘家人，可以让你更自在，我在你那里会更受欢迎吧。"

娘家人，这种定位，秦沃很喜欢，也欣然接受。

"我见完你之后，就直接去机场了。我爸妈很想念我，这些年，漂泊在外，没有尽到孝道。而且，我回去的第一件事情，可能是他们又要替我操劳相亲的事，现在不能像上次一样逃走了。"

许信说的是，三年前，家里帮他安排了一位女孩，后来因为他坚持一个人去日本从而作罢的事。

"我记得，我去日本的时候，还以为你会带上你太太的，没想到你还是一个人。"

"你不问我为什么吗？因为放不下。"

可能是因为马上又是一次短暂的分离，他要急忙赶往机场，所以心急地又说出了此话。

她又有愧疚。

"开玩笑的，我就喜欢看你不知所措的样子。我们是家人，说好的。我要准备回家过年团圆了。"

分离，不过是为了下一次的相遇。

"希望你以后幸福。"她在心里默默地对他说。

对此，她也充满了自信，他也一定会幸福，多么勇敢的男人，值得一个女人好好爱他。

见完许信之后，她给高山打了个电话："晚上我们去外面吃饭吧。"

他们到前门 M 餐厅。

前门第一个门牌号，正对正阳楼，与天安门广场遥相呼应。在天安门与紫禁城宏伟建筑的掩映中，你也能感受到空气中弥漫的皇家气味。

他俩选择坐在那幅着色浓烈的壁画的正前方，这幅画是前门 M 的标志壁画。它的原型来自 16 世纪一幅关于中国河流元素的油画，传说餐厅创始人对此久久难忘，于是邀请奥地利画家迈克尔·卡特赖特将其绘画成餐厅的一道绝佳风景线。

秦沃知道高山对食物的挑剔，于是点了香煎三文鱼、入口即化的鹅肝、甜品蛋白饼等。

"怎么忽然想到这里来？"

"你记不记得，2003 年 SARS（非典）时，你回到北京，当时街上都没什么人，你非拉着我到这里来吃饭，说是要庆祝我毕业？我当时在想，我爱的这个男人，果然是我所认识的人当中最能干最有胆魄的男人。"

"记得，当时你非得帮我省钱，说是一顿饭两千多块，太贵了。到现在我还记得你当时的表情。"高山乐得合不拢嘴了。

"两千多块确实挺贵的。那时我还在学校呢。而你老人家已经是高薪人士，走的是精英路线，当然你都习惯了。我这么多年的自尊心就是这样被你磨炼的。"

"你知道我这人粗线条，没想那么多，我就是想让你吃顿好的。"高山很坦诚地望着她，"那个时候，你就喜欢上我了？"

"不告诉你，免得你骄傲，现在是你喜欢我。"

"好，现在是我喜欢你，我把以前我欠你的都补回来。"

"不是补，是好好珍惜。"

"好好珍惜。可能我也不知该如何珍惜你，那我就用我自己认为对的方式吧。第一件事，就是好好大吃一顿。"

高山又加了几道菜。

摆满了餐桌，服务生以一种异样的目光看着他俩。

"他肯定在想：这两个土老帽儿是从哪儿冒出来的，M 餐厅是吃情调的地方，而不是以吃撑著称的餐厅。哈哈哈。"

"丫头，你笑了，只要你开心我也开心。"

秦沃细心地把这几道菜式用手机拍下来，发到新浪微博上。她其实平时极少干这种小姑娘做的事情：拍下菜品，然后嘚瑟。她给这些图片配了一句话：

"只愿得一人心，白首不分离。"

高山看到她发布了，也去新浪微博上看了，于是在下面留下了评论：

"其实爱，就是那个人到最后，也没走。"

好感性的夜晚。

此时的新浪微博，已然成了年度最红产品，几亿用户同时在上面，在国内的风光盖过推特。人们用 140 字的短篇，写成了一个微型博客，人们在全国各地将看到的、听到的、想到的汇成一句话，再配上图片，发布到微博上，和朋友们一起分享、讨论。在无边的世界里，信息以最原始、最真实的状态迅速传播。

"朱珍那边，你都安排了吗？"

"妥当了，每年我会去看他们母子两次，每个月我都存一笔款到他们的指定账户。"

"烦恼即菩提，这因果告一段落了？"

"嗯，以后我们好好的。"

高山坐到秦沃旁边："你看，现在的一切多好：正德资本正式进入国内才两年的时间，我已经把它打造成业绩排名在前 20 名的基金了。在 2010 和 2011 年我们的投资项目不管在纳斯达克、纽交所、香港，还是内地，A 股排队上市的项目越来越多。虽然现在正在排队上市中，但我能预知到它未来两年在国内的投资领域的排名会更靠前。"

他拿起酒杯："难道你不为你的男人高兴吗？就拿着一个名号来到国内，在金融危机中进行品牌再造，能做到今天，连我自己都为自己骄傲，未来还有无限可能。"

他一饮而尽，秦沃明显感觉到他连喝几杯有些醉了。

他从来都是有抱负的人，秦沃对此深信不疑。

有抱负是好事，但她希望他不要太快速膨胀。这段时间太顺利，给了他自信，让他的自负又重新回来了。但她对他还是有信心的，虽然内心还是有一丝担心。

圈内人贪婪的故事，她听得太多了。

金钱虽然只是一种手段，但投资界直接以资本回报作为杠杆的现实考核标准，使得人们在投资时会犯下一些错误，而进入另外的陷阱。

"高山哥，在你顺利的时候，你也要好好地清醒。"她没有说出口更多的内容，她对于他的工作，从来都不会说太多。一来是高山怕她担心，二来他也遵守行业规则，一些机密的事物还是保留在自己的脑中，哪怕是身边最亲密的人，也只是轻描淡写。

"做男人，就得有野心，而我可能正赶上了这样的好时候。我们的投资市场

2005、2006 年在国内才刚刚成熟，经历了 2008 年金融危机的考验，现在应该说是投资界最好的时光。今年诸多的上市和并购退出，将会再造新高。"

"丫头，现在是极好的风口，猎脉咨询也应该尽快扩大规模，做强做大。唯有做强做大才能在市场中占有有利位置，当你把竞争对手都远远抛在后面的时候，你在行业里面才有发言权，才能开始制定行业规则或者价值输出，这样的公司才够劲。"

他又狡黠地笑了："只是，快速扩张的话，你会比较累，像我一样。你要是忙起来，我们就没有那么多的时间见面了，我知道现在你是迁就我。"

他握住秦沃的手："所以，你开心就好。自己把握，想怎么做都行。"

Chapter 49
高山

盛宴之下，不安暗涌。
狂妄少年，也步入中年，在走所有人都走的一条路。

2011 年。

高山和秦沃又重归于好了。

12 年的相知相识，不是说没有便没有的，但是会是说在一起就在一起的。

2010 年是个好年头。

全年有 39 家公司在美国上市，下半年居多，尤其 11 月份，那时他和秦沃正在冷战阶段，让他有些困扰。

没有了情感之忧，他更能集中精力拼事业了。

2011 年也必将是个好年头。

四大会计师事务所，在年初的报告中预测到，2011 年在美国上市的公司将多于 2010 年。而通过上市这种顺利的退出方式，投资公司更能极好地发挥自己的资本调节器的作用。

他和秦沃商量，今年要不要安排妈妈和秦沃的妈妈及姐姐一起过年。

"今年刚好是我们相识 12 年，你不觉得很有纪念意义吗？"

其实他是觉得过去的一年太忙了，并没有照顾到她，中途又出了朱珍的事情，他也心生愧疚，想要弥补，想要更好地对她。

朱珍，若不是朱珍的事情，他会在 11 月份和秦沃商量结婚的事情，而在明年正式举行婚礼。

可是，在他将要提出这个想法的时候，半途横生变故。

若是决定了和这个女人共度余生，又何必花费这么多的时间呢。

有的时候，你会遇到很多人，动心一些人，然后共度余生一个人。

在他而言，他选择了秦沃。

失而复得，让他有种时间的紧迫感，况且，现在又出来个许信。

他抽了一支烟，许信是个很有竞争力的对手，不单单在对待秦沃的问题上，哪怕是作为正德资本的 LP，许信掌握业务的速度，也超出他的意料。

情感，也需要速战速决，和抢好项目一样。

他拿到定好的 Tiffany 的铂金单钻的戒指。

简洁大方，一如秦沃，他知道她一定会喜欢的。

"但是，你不是本来说你忙，可能春节都不回家了吗？"他并没有提前告诉秦沃他的打算。

"现在改变主意，不可以吗？"他露出了少有的温情，伸手摸摸秦沃的头。

秦沃吃他这套，物以稀为贵，因为他并不常用。

"好吧，我和我妈妈说一声，你妈妈她，没问题吗？"秦沃有些担心。

"我都安排了，钱小凌会负责后面的订票、接机。"

"这么突然，我怎么觉得你搞得这么神神秘秘的啊？"

"是有些突然，但是谁让你最近才原谅我啊。"

"好吧，我服从你的安排，但下次不许搞这样的突然袭击。"秦沃明显是在让着他。

"谢谢亲。从今天开始，我叫你亲，而不是丫头了。"

自从和秦沃订婚之后，其实吴爱玲一年和秦沃也就走动两三次，并不是很多。但高山能感觉得到妈妈越来越满意，因为秦沃爱屋及乌，对吴爱玲，想得比他周到。每年都会安排她来北京小住，并帮她安排到医院去做全身检查，还飞回老家，去陪伴她。

高山对秦沃说不必如此，但秦沃一直觉得，吴爱玲是她尊敬并敬佩的人，她希望吴爱玲能因为自己加入这个家庭而感到轻松和快乐。

他总是喜欢搞突然袭击，一如他的投资风格。

但看似突然，实际已经做了精心安排。

所以在他拿出 Tiffany 戒指的刹那间，本来觥筹交错的众人齐齐地把目光对准了秦沃。

极大的一捧玫瑰。

"我知道你又怪我搞突然袭击。可是，我妈妈、你妈妈和姐姐都知道，就瞒住了你，想给你一个惊喜。明年你 30 岁了，我想在你 30 岁之前和你结婚。"

"所以，你的意思是说大家都在陪你演？"

"嗯，就你不知道，秦沃。"秦沁乐开了花，"老姐我可是终于等到了这一天，高山终于把你给收了，不，是你把高山给收了。"

"可是，你怎么知道我一定会答应你呢？"秦沃有点蒙了，这次不似上次求婚时来得那么激情澎湃，所以她觉得自己还在犹豫。

"因为，秦沁刚才也说了，求你把我给收了，也让我不再漂泊。而且，你没有备胎的吧，所以你只有我这一个选择。所以，亲，答应我的求婚吧。"

"这个戒指，我很喜欢。"

她心里有些犹豫，但她实在怕辜负双方家人期待的眼神，还有高山："那么我们什么时候正式举行婚礼？"

"这次是我突然袭击，所以注册结婚、举办结婚仪式我都听你的，在 2011 年 12 月 31 日之前的哪一天都可以。"

高山看到她刚一点头，便把戒指迅速地套到秦沃的左手无名指上。

传说，这是离心脏最近的地方。

狂妄少年也步入了中年，在走所有人都走的一条路。

人生就是有很多个选择组成的，有好的也有不好的。

但他相信，此刻他决定履行和秦沃"在一起"的承诺是最好的选择。

而他不知道的是，之前的时光证明这是最好的选择，之后的时光也会证明。

"从此王子和公主幸福地生活在一起了。"

他很开心。

2011 年 3 月 31 日，奇虎 360 上市。奇虎 360 每股定价为 14.5 美元，开盘价 27 美元，最高冲至 33.4 美元，涨幅超过一倍。从而让奇虎 360 到达 37 亿美元的市值，是盛大的 1.5 倍、搜狐的 1.2 倍、完美时空的 3.7 倍、网易的 0.7 倍、巨人的 2.5 倍。

奇虎的上市让幕后的投资机构赚了个盆满钵满，其背后的投资机构是红杉资本、高原资本、鼎辉以及挚信资本。

素有"红衣教主"之称的创始人周鸿祎也是奇人，他祖籍是林彪故里——湖北黄冈，早期创办 3721，后又担任雅虎中国区总裁，出任 IDG（美国国际数据集团）投资合伙人，情定奇虎 360 董事长。他曾被称为流氓软件之父，却借助铲除流氓软件的机会呼吁互联网网络安全，借此成就奇虎 360。他坚持以用户为导向，2011 年 1 月用户为 3.39 亿。他引爆了中国互联网有史以来最大战争——"3Q 之战"，对骂之后不久，奇虎成功上市了。

而周教主也从此雄踞一方。

资本市场的力量从来不可小视。

奇虎的成功为 2011 年开了个好头。

美国市场对中国的互联网股继续看高。紧接着，世纪互联、网秦、人人、凤凰新媒体、世纪佳缘、淘米网等纷纷再创新高。

盛宴之下，不安暗涌。

市场陆续出现做空公司，做出不好评级的中国互联网股多达上百家，这一数字还在不断上升，此刻的华尔街让中国互联网公司"苦不堪言"。

正德资本所参与的企业不能幸免。

这是未能预料到的情况。

高山暗自觉得危机来临。

夜半在办公室里，和美国总部通电话，寻找解决方法。

"今晚我可能很晚回去，在公司有几个电话会议。"高山提前给秦沃发了条短信。

秦沃一会儿回复了："熬了你最爱的排骨莲藕汤，一会我给你送过来。"

晚上 10 点时，王隆平开门，秦沃来了。

秦沃极少去高山的办公室，虽然距离不是很远。

高山极少让秦沃过问他的事情。

但正德的同事很欢迎她，每次她到来，神经紧绷的高山就会露出难得的放松神情。工作中的高山是狮子吼，但是他是就事论事，事情完毕后还是风平浪静。

而且秦沃会带来好吃的。

她带来 6 人份，没想到刚刚好。

高山、王隆平、张勋、两位行业专家方舫女士和金在坤、MD 林枫，钱小凌家里有事儿不在。

众人都看到了她戴在左手无名指上的 Tiffany 的单钻戒指。

她把汤盛好了，放到在开会的 6 人的手边。

然后又关上门，高山看到她在外面的办公室打开电脑，自己做自己的事情去了。就如他们在家里的场景，各人有各人的事情，偶尔他会给秦沃倒杯蜂蜜水，或者秦沃给他倒杯茶。

他在开会期间不时地抬头看秦沃，她依然安坐在外面。当年在华尔街 66 层的办公室里，他曾经想过这样的场景，秦沃就坐在他附近。他身为男人在江湖打拼，而他的爱人安心地守候在身边。

不久后，就等秦沃开口注册结婚，然后是结婚典礼。

但恐怕要延后了，投资方面的时候，真是够让他焦头烂额的。

到深夜 1 点，会议开完。

众人面带疲惫，但看到秦沃，还是恭贺了一番。

"秦沃，恭喜，吃喜酒的时候，要通知我们一声。我们老板也太保护个人隐私了，都没和我们说这事儿。"张勋又加了一句，"你们注册了吗？现在是合法夫妻了吗？"

"还没有呢，今年的某一天再去吧。"

"怪不得，原来还不合法。早日合法，早日安心，这年头风云变幻。"张勋估计是想起，上个月中概股还受到热捧，现在就成了被猎杀的对象。

"他指的是中概股在华尔街的状况不是很乐观。"

王隆平看来实在是憋不住了："我就纳闷了，你说虽然少数中概股的财务问题确实存在，但是上市的过程也有美国投行的推动与包装。现在在利益面前，某些机构倒是反过来又向有关监管部门投诉，这行为真是太不精英了。"

秦沃倒是听到了不少消息。

送众人走后，高山展开了双臂，说："过来。"

给了她一个大大的、紧紧的拥抱。

"幸亏还有你。"

她开着他的黑色牧马人，他在一旁发呆。

她等红灯的空隙，拍了拍他的胳膊："怎么了？"

"预感，像上次 2008 年的金融危机一样，上次我逃离了，这次可能我难逃干系。"

"责任是大家共同承担的，你也不用太焦虑，大家都在焦虑啊。"

"有几个项目当时总部美元基金决策委员会反对，是我坚持投资才最后决定投的，而且这也会牵扯到 Robin。他德高望重，本该完美直到退休。光是我还没什么，我不想连累我的伯乐。"

"有什么其他的解决方法吗？"

"我都有点怀疑自己了。"他轻易不说这样的丧气话，但他说出来的时候，肯定是他真的感觉到自己可能就是这样的。

但他又怕她担心："可能是困了，睡一觉就没事儿了。"

因为这次涉及的资本庞大，直接影响到 2008 年以来的美元基金的回报，当时他可是立了军令状的：若是低于他所言的回报率，他就引咎辞职，放弃中国区负责人的位置。

真实的情况是，遇上这次的危机，当然没有达到他 4 年前所保证的回报率。美国人做事情是比较讲究法律条例的，他当时愿意签这个军令状，主要是预见 2008 年的低潮后，2011~2012 年必定能是个高峰。

事与愿违。

几十家美国上市的中国企业，不同程度地遭到来自第三方的公开质疑；类似的机构做空事件不断涌现；46 家中国互联网股被停牌和退市。

不少公司虽然已经递交上市申请书，但在最后关头临时决定放弃上市。

可风暴不知为何，比他想象中来得更猛烈些。

投资本也有高峰低谷，就如人生，在所难免。但似乎他需要面对的更多的是针对他的无中生有。

或者说，他隐隐觉得有什么力量在背后把眼前的低谷危机扩大化。随之而来的是，市场不少人士对于高山本人投资能力的诋毁。

不单是国内，这股不利于高山的诋毁之声也传到了美国总部。

Robin 显然也受到了压力。

"华尔街追捧中国的互联网公司，主要是看好中国经济的快速增长和 10 多亿人口形成的巨大潜在消费群。但是华尔街大机构的大多数基金经理根本没来过中国，更不用说亲自走访自己投资的企业。做空公司所制造的谣言极易被轻信，所以造成了人们对中国概念股的动摇。"

"但我觉得中国的投资者们经历了这样的事件也是好事情，以后的概念股能越来越坚挺，毕竟和美国成熟的金融体系相比，中国的金融体系还有一段路要走。"

"但是山，这样的事件，总得有人来埋单，无论是个人还是公司。"Robin 在 7 月份和高山的对话，语重心长。高山听得出来，这次他是要站出来承担责任的。

回报率没有最低达标，还有更严重的：因为对于规则的遵守，他可能要主动辞职。

从此回到原点。

Chapter 50
秦沃

不能如愿可能是人们未完成的功课，
还需要花些时间，就是说不是最好的时机。

2011 年。

秦沃听高山说过军令状的事情，也听说过巴林银行因为交易员的失误而使得历史悠久的银行破产的事。

在金融机构加强监管的背景之下，自然会对出错的人和事加强风险控制。

秦沃觉得高山似乎处在一种前所未有的焦虑中。

当然，他曾凭业绩登上了中国最佳投资人的排名名单，青年才俊；但今年他可能因为错误投资而引咎辞职，这在圈内传开的话，可能会贻笑大方。

投资高峰和低谷本是极正常的事情，但不仅是单单对于高山，这事情闹得如此之大，连秦沃也替他担心起来。

他是好面子的人："没事，美国那边并没有最终做决定，你别担心。"

倒是木心喜那边，传来了些让秦沃匪夷所思的事情。

"秦沃，我和你说件事情，你千万不要埋汰我。"

"好事情，我恭喜还来不及呢，为什么会埋汰你？"

"嗯，我交往了位富二代，中国人啊，这次。而且这人你也认识。"

"我身边的都是创业者，富二代真的不多。"

"好吧，死丫头，其实你是我们的媒人啦，他是谷东。"

什么？没有听错吧？"你们俩？完全不搭边啊。"

"是的，他家族不是在拓展房地产基金吗？刚好我是这方面的法律专家，他有些问题向我请教，一来二去，不就勾搭上了吗？"

"你是不是认真的啊？谷东是个有抱负的富二代，还算是个不错的潜力股吧。不对，人家已经是蓝筹股了，别残害了优秀青年了啊，要害的话，害欧美鬼佬去。"

"秦沃，咱都 30 岁的女人了，我虽然是不婚主义者，但我的每次恋爱都是以爱的名义出发的啊。每次都轰轰烈烈，但没有走到最后，爱情不就是这个样子吗？如烟花般绚烂，但是很快烟消云散。哦，我怎么回头看看自己的过往，觉得还挺伤感的啊。真的，现在还挺羡慕你和高山的。以前总是笑你傻，现在你看你们多好啊：认识 12 年，订婚 3 年，又快结婚了，多完满。"

秦沃并没有告诉木心喜，可能发生的事情。

罢了，说谷东这事儿吧，一个文质彬彬的优秀青年，即将被木心喜给毁灭了。

"那你打算就是谈谈恋爱？没听过一句话吗：所有不以结婚为目的的恋爱都是耍流氓。你是我的好朋友，谷东也是我的朋友，这话得说清楚了啊。"

"呵呵，怕人家看不上我啊，秦沃，好吧，说真的，这次我是动心了。他真的是个很细心、细腻、细致的人啊。像我这种大大咧咧的御姐范儿，还真的没有经历过这样的男人。"

"江浙一带人士本来就很细腻，而谷东早先又是个宅男，IT 技术控，所以轻易不恋爱，一恋爱是绝对轰动的类型。我说我忽然觉得你们俩倒是挺配的，虽然这种搭配有些奇葩。心喜，你要好好珍惜他啊。"

"当然，不然干吗告诉你这个事情啊。快，给我讲讲你所知道的他。"木心喜好像在那里自我对话，但听得出来完全是一副恋爱中的女人模样，"他后天来上海，你说我请他去吃什么好呢？"

"他好像喜欢清淡些的口味……"秦沃刚开了个头，忽然觉得不适合说太多，"以前他在北京吃饭的时候，总是喜欢些清淡的菜肴。其实我知道的也不是很多，你慢慢了解他吧。"

"好吧，看来你对他的了解也不是很多，但他一直在提你，觉得秦丫头很厉害什么的，搞得我都有些妒忌你了。对了，我最近要学中式菜肴了，还是中餐比较对味，西餐好像真的很容易，但口味完全没有中餐好。那我还是请他来家中做客好了，晚上我再练习下新的菜式。"

"只要是你用心做的，他应该都会喜欢的。"

有的时候，有些小秘密是不能说出口的，即使是最好的姐妹。不说也完全是为了闺密好。所以，有的时候她说这世界上大概也没有完全的好或完全的坏，只不过在同理心的交相辉映下，秦沃觉得心喜大概是不愿意听到那些她本来想说的事实的。

真好，姐妹们的幸福，也是秦沃的幸福瞬间。

她们，相互陪伴 12 年。

后来，她问谷东："为何选择了木心喜？"

"她是你最好的朋友，因为我信任你。而且她确实对我很好，她懂我不懂的太多事情，我们在一起对我的家族业务也有帮助。"

没有早一步也没有晚一步，只是遇到了。

于情于理，都是极好的搭配。

易佳佳也知道了这个消息。

"心喜这次是真的还是假的啊？好像是动了真心了。"

"切！她哪次不是动了真心啊，对于她，就得静观其变。不过这次终于换回了中华男儿，咱俩起码放心点啊。行了，她那么大个人了，恋爱的事儿，也轮不上咱俩担心，她可是经历最多、经验最丰富的啊。"

"我倒不是怕她受伤，我是怕谷东受伤啊，大家都是朋友。哈哈。"秦沃还是对木心喜的花花本质不太放心。不过毕竟这是个好消息，她很开心。

"都三十好几的人了，大家都有成熟的判断能力，即使受伤那不叫受伤，那叫补课，那叫判断失误，好吗？"易佳佳永远正面，永远想得开。

易佳佳话锋一转："多多三岁了，我婆婆也不太管我了，可宝贝这孙女儿了。这家里也没我什么事儿了，我想再出来做点什么。"

"你都全职那么多年了，出来还跟得上潮流吗？"

"我从来都没赶上过潮流好吗？大好的青春都贡献给刘裕康和这个家了。我和你讲，真是够了，好歹我也是燕园毕业啊，当年也是响当当的全省第 6 名的成绩进燕园的。智商高，情商又高，不想浪费了，我想好了，秦沃，人生要从 30 岁开始。"

"我当然支持你出来，你想好做点什么了吗？"

"我以前挺想做个婚纱品牌店的，记得之前选婚纱的时候，国内一直找不到满意的，最后还是刘裕康带我去美国定制的。那次可真是长了眼界，Vera Wang（王薇薇），你说这个女人怎么这么厉害，简单的婚纱，居然被她做成了一个产业，在西方，没有人不知道她的。人家的礼服和婚纱，那是要被明星和名媛们抢购的，还被誉为奥斯卡永远都不会出错的品牌。如果不知道穿什么，就穿 Vera Wang。做品牌做成这样，多牛气啊。"

"这主意不错，起码以后我和木心喜结婚，婚纱你可以包了。婚恋市场潜力巨大，多数人一生就结一次婚，对结婚那天的秘密武器自然不惜花重金打造了。"

"我也是这么想的。一来，我自己有兴趣；二来，这几年也一直在观察和学习；而且我个人的时尚品位又不俗。我准备最近再去中国服装学院上个设计课，争取早日把兴趣变为现实。"

"刘裕康同意吗？"

"这是我和他的君子协定，我在家带孩子三年，三年期满后，若我出去做些什么事情，他必须全力支持，还要积极投资。"

"听起来万事俱备只欠东风，不错，欢迎你加入创业者大军。"

"所以，秦沃你认识的人多，见多识广，若是能帮忙介绍几位婚纱设计的名人和专家，那就太棒了。"

真好，看来心喜和易佳佳都有了新的人生目标。

而对她而言，猎脉咨询的业务也在有条不紊地前行。

只是高山。

当然，市场如此，许信也脱不开干系。

她本来想请教许信关于高山的事情，但她并没有说明，但许信猜到了。

"那只能说他太自信了，太相信自己的判断了。金融市场从来都是风云变幻，华尔街的狂人们也只是在变化中寻找大概率事件，同时降低风险。不会有人对金融市场的事情打 100% 的包票。"

"他是很自负，可能他之前太顺利了。那么，许信，这次的做空事件对你们公司有影响吗？"

"我们财团是在香港上市，而且我们的主营业务是实体经济，所以母公司基本没有受到波及。但集团下面的投资部门，不论是一级市场还是二级市场损失都不小。但是，对于我们而言，也是一次机遇，我们将参与对做空公司的反击，这个部门是由 Tony 亲自掌管，而我是其中的重要组员。"

"听起来你受到重用了。对于你而言，经受住这样的国际大事件的磨砺，很快就能平步青云了。"

"承蒙 Tony 的信任，大胆起用我，所以定当不负使命。虽然有些事情我也不知如何能做得更好，但我能通过各种渠道找到能更好做决策的信息和关键人物，大概这也是过去这些年来人脉积攒得好的原因吧。以前做人比较无私，你知道我与世无争，喜欢乐于助人，所以在关键时刻，也有人愿意出来帮我。朋友与朋友之间，就是应该这样的吧，相互扶持，共同进退。"

"半年的时光，感觉你已经成长了很多。"

"确实，和之前财政司的事情相比，现在所从事的这些更现实一些。需要尽快决策，尽快执行。金融市场真是风云变幻，所以得一直保持警惕。"

"你是如何在最短的时间做到这些的？"

"真正融入团队当中去，而且自己应该快速学习。现今每天我都要看大量的材料和数据，然后从中抽出我觉得可以帮助决策，或者对判断现行趋势有利的信息，把这些和集团的业务结合起来，增强自己的洞察力。"

"听得出你很享受你现在的状态，许信，恭喜你。但我可以问问你，高山，他最近的状况是不是可能不太好？"

"具体我不是很清楚。但由于他们这期基金回报远远低于预期，因此我们集团正在商讨推迟募资到账的时间。"

"那也就是说，他主导的这期募资并没有到位？"

"从目前看来是，相信他的其他潜在的 LP 也会有这样的状况。这次的做空事件，对他的直接和间接影响比较大。而且刚好，他处在新旧几只基金需要回报的关键时刻。"

"你觉得我应该怎样做才可以帮他？"

她听到许信在电话那头轻轻地叹了一声："有些事情是需要他自己亲自去面对的。秦沃，这些年，他走得太顺利了，圈子里的人你也见得多了。太顺利的人，难免变得自负，而若自己都没有察觉到的话，迟早有一天会遇到些挫折。但从长远来看，也未尝不是什么坏事。高山是极要面子的人，在我看来，你少过问些他公司方面的事情，少给他些压力，多从生活方面关心他，就是在帮他了。"

这就是典型的许信式的回答。

"秦沃，"他叫道，"你要是觉得不知道该怎么办，或者心情不太好的时候，就找我吧。"

"其实也没什么，我只是有些担心他。"

"没关系的，我会从我们集团层面，尽力去支持他，毕竟，我们也算是正德人民币基金的重要 LP。你也不要想太多了，若是有些事情真的发生了，你就当作是人生总得经历的反思期、低谷期吧。过了低谷期，便会好起来了。"

末了，他又加了一句："他能有这样的你，真是他的福气。"

秦沃听到他在电话里又笑了一下："但愿我也能有这样的福气。"

"哦？说说你，现在你的生活状态如何了？"

"还是老样子，刚接手一些事情，却总是忙，所以没有时间想太多。"

"碰到女孩子的机会总是有的吧。你这么优秀，真正的钻石王老五。"

"孤单的钻石，又有什么值得显摆的呢。"

"总有一天会遇到合适的。许信，知道吗？木心喜和我的一个好朋友，上次在乌镇碰面了，一见钟情。"

"都 30 几岁的人了，一见钟情这种字眼，只适合一二十岁的小朋友，我们都是成年人了，秦沃。现在我不相信一见钟情了，和情人相比，我更相信朋友。"

金融圈的光怪陆离，让他更珍惜友谊。

一如几年前的高山。

她回到家，和高山说些今天的高兴事。比如，木心喜和谷东；易佳佳准备挣脱豪门的枷锁，准备开创自己的婚纱店生意；当然，许信好像越来越得心应手了。

说到前面，高山都挺高兴的，一直在不断地点头。倒是说到许信的时候，他脸上虽然也有笑容，但秦沃看得出来是有些勉强。

"厚积薄发，他大概是到了可以逐步发力的时候，我觉得他是个很努力的人，心态也很好，不出意外的话，将来会前途无量。"

"总归是燕园出来的不是？燕园就是出人才，当年不就出了你吗？"秦沃递给他一杯红酒。

最近他的酒量有所增加，上次从法国带回来的两箱红酒，不到一个月便只剩一瓶了。

"是啊，有的人在前半段发力，有的人在后半段发力，许信属于后一种。"她看到他说这话的时候，眉头皱了一下。

秦沃听出了他的担忧："在我心中，你是独一无二的。"

他亲吻了下她的额头，说："不早了，睡吧。最近难得睡得这么早。"

"你说，我们什么时候去注册比较好？"

"过段时间吧，等这场危机过去之后，如何？反正你已经是我的妻子了。"

"好，我听你的。"

"周末我们去燕园跑步吧，这个季节跑步刚刚好。"

"好。"难得如此听话的秦沃。

"公司遇到了什么难的事情吗？"

"没有，我都搞得定。"

"控制节奏，打好基础，慢就是快。快，有的时候反而更容易出问题。"

"我知道，有你这位大投资人的忠告，记住了，稳步发展。怎么忽然提我公司的事情？"

"那是你的事业，也是你的梦想，希望你能走得顺利，不要出差错。你知道，我一直希望你可以按照自己的理想做成一家很棒的公司的。你知道，这也是我的愿望。"

"知道了，这家公司也承载了你的梦想。所以，这是我们共同的梦想。"

到周末，他们一起去大名湖畔跑步。

秦沃说："你去香港的那段时光，我经常早上来这里跑几圈，因为你提到过，在大名湖畔跑步是最能静心的。"

"12 年过去了，你还记得这么清楚？"

"嗯，会一辈子记住的，因为是你说过的。"

"亲，记住，我也有出错的时候。"

秦沃看到高山在沉思，赶紧换了个话题："我们要不要就这么跑到朝阳区结婚登记处，登记结婚了？"

"你这个小脑瓜，哈哈。不，我一定要在最好的状态和你结婚。"

"为什么人生的好多事总是不能立即如愿呢？好多次都是这样。"

"不能如愿可能是人们未完成的功课，还需要再花些时间，就是说并不是最好的时机。也可能是根本不对的选择，老天给人们更多的时间来看清楚，最难理解的还是自己。"

他顿了顿："对了，房价一直在涨，我又在三环买了套房子，用的是你的名字。手续都准备好了，全款。当作是我给你的彩礼吧。我知道按照你们老家的礼节，这些还是要的，所以你不要拒绝，这是我们共同的。"

"过几天我要去趟美国，可能这次去的时间有些长，你有事儿就给我打电话。"

嗯，之前也是，每次一去就是一周，或者两周。两周其实也算不了什么。虽然从 2008 年 10 月之后他们分开的时间从来都不会超过两周。

"还有，既然你选择了创业，你就好好做，尽自己最大的努力，看看你能做得有多好。当然，不一定要通过引入风投然后上市的路径。你就看看自己到底有多大的能量和多大的能耐。"

秦沃哧地笑了一声："怎么觉得你刚刚的这些话，像是在临终托付一样？"

Chapter 51
高山

在胜者为王，败者为寇的投资界，
他这次变成了一个失败者。

2013 年。

不太平的 2011 年到 2012 年上半年，确实有些艰难。

但从 2012 年下半年开始，冷清的资本市场明显受到了鼓舞。这是否预示着资本市场经历一系列打击后，中国公司在美上市路径从此回暖？

高山和正德机构的几位前同事也深聊了下。

王隆平、张勋、两位行业专家方舫女士和金在坤，包括钱小凌都在，林枫已经跳槽到一家人民币基金做高级 MD 了。

正德也有一家公司在排队上市。高山还是坚持由顶级承销商做主承，如此一来，更容易增加现在谨慎的投资者的兴趣和信心。

"比如，我们投资的一家游戏公司发行的账簿管理背后是德意志银行，一家数字科技公司的承销商是摩天大通和瑞士信贷，摩根士丹利、花旗、高盛也都出没于其他几家公司的承销商的行列。"

这样的行径，对于钻空子的投机机构而言，也是一次回击。

"经历了这么长的空档期，市场更成熟了，我们也能更成熟和精英地来对待市场了。"

处理完工作上的事情，他不得不面对自己的尴尬状态。

背后的压力。

这时的房价，还在攀升。按照房地产在国家经济中的地位来看，估计这种趋势还得延续几年。所以高山在三环又买了一套房子，除了他居住的公寓，秦沃自己的家，这第三套房子算是投资房产。他用的是秦沃的名字。

这是一个男人为他所爱的人应该做的事情，就是默默为她打点些事情。

和年少轻狂的时候不一样，32 岁的他明白，人到中年，可能陪你走的也就那么一些人。

2013 年初，高山独自飞往美国，他并没有告知秦沃细节。

同时，新源的田希凯表现却逆势而上，在不少的细分品类，新源所参与的电商公司发挥了推动人们改变生活方式的作用。

而形成对照的，大隆等传统零售行业开始更大程度地遭遇危机。

"挺下去，就有希望。哪怕我在美国，也会在融资和战略方面继续帮助新源的。"

特殊时期的惺惺相惜，最是珍贵。

高山只是说，他可能在美国总部要待一段不短的时间。其实，他这次去美国是去主动辞职的。

他爱惜自己所参与创建的正德中国的品牌价值，也不希望市场上因为对自己莫须有的人身攻击损坏了正德中国这 5 年来在中国市场的建树。

他给陈为民打电话，说了最近发生的事情。

"事出有突然。今年的做空事件的目标也包括了我们在中国投资的两家公司。所以市场传闻导致美国的管理委员会认为，由于我的判断失误和上市前的不良引导，使得公司名誉受损。虽然事实并没有如此之糟，但确实最近业绩回报远远低于我的承诺。也许是如此，他们判断我并不是合格的中国市场的领军人物吧。"

"没那么简单，你在总部的推荐人是谁？"

"Robin。"

"那位你经常提到的犹太籍知名投资人？我听说他正在和你们公司另外一位合伙人争夺总裁的位置。你觉得这个事件是否会和你扯得上关系？"

"这个？难说。一旦当上公司总裁，那相当于奥斯卡的终身成就奖。况且大家功成名就，退下之前拿下个终身成就奖也是至高无上的荣誉。"

"当然，各方面的原因都有，若各方都给你压力的话，你就直接辞职吧。你这样的大佛，到哪里都是大佛。我这里永远向你敞开大门。"

原因极有可能是如此。由于他所操作的几家公司最近的低谷，被 Robin 的对头抓住不放，因此他便有了来自各方的指标和业绩压力。

若高山不按照公司军令状里的约定，自动离开公司，则会影响推荐人 Robin 的影响力。

人生中，愿意重用你、对你有恩的人，也只是那么些。他想对得起 Robin 这些年来的栽培。

在他风光的时候，不管是白皮肤的同事还是黑皮肤的同事，都围绕在他身边。但得知他出事之后，他感觉情况似乎有所不同。

在胜者为王、败者为寇的资本市场，他这次变成了一个失败者。

多年来一直跟随他的骄傲和自尊，在这样的情景下，压得他喘不过气来，再加上时差的原因，他彻夜未眠。

Robin 回公司后，第一时间接待了他。

"山，其实你不必辞职。我还有些年也会退出江湖了，我一生为人谨慎，但也难免落得别人妒忌，管理层若真的认为你的决策给公司带来了负面的影响，我可以来承担。你得留下，未来的时光属于你。"

"不，Robin，昨天我已经将辞职信递交上去了。他们的目标是我，只是想给你将个军。而且他们已经计算出，若是会威胁到您，我一定会辞职的，您应该笑到最后。我知道你会劝我，所以我先斩后奏了。请您原谅。"

"我还可以将信从董事会撤回来。"

"我们做错了事，就得承担责任。是福不是祸，是祸躲不过。若是遇到了，在我们中国人那里，这叫作劫。而劫是躲不过去的，所以就顺应吧。也许他们有更好的中国市场的人选吧。我为正德资本服务 8 年，人生中最好的 8 年，正德培养了我，所以对于高层的决定，我全力服从。"

让 Robin 去斡旋，高山还是于心不忍，于是他决定对 Robin 撒谎。

"Robin，其实我的真实想法是，做一级市场 12 年了，我现在更希望能去对冲基金看看。"

"好像跨度有些大，你的意思是你回到二级市场？"

"对，我朋友有个对冲基金，早些年邀请我加入，我并没有答应。但现在一级市场不知道什么时候会回转，刚好可以利用这段时间帮他的二级市场基金开拓投资业务，等情况好转了再回来也不晚。"

"真的这么打算了？那可能要委屈你了，你自己想好了。"

"是的，我决定了。"

善意的谎言。

虽然，他真的舍不得正德投资。

见 Robin 之前，他去找陈为民喝酒。

两人约定在华尔街附近一家安静的餐厅，算是华尔街年轻人最青睐的餐厅之一。原因是这里的大厨烹制的烤整只乳猪口味全纽约独一无二。他们当年在华尔街的时候，经常会等候在排长队的人群后面，为的就是辛苦工作之后的大快朵颐。

他有几年没来这吃饭了，在中国的工作紧张度并不比美国低。他以前极少有机会看看周围的环境，通常是找个座位匆匆坐下来，哪怕吃饭也只是商务谈判的陪衬。倒是这家乡村餐厅一直没变，保留着自己的风格：采用的还是美国乡村厚厚的木板条材料做成的桌椅，并不似时尚酒店那般金碧辉煌，耳边围绕的是美国乡村音乐，此刻的音乐让人感到温馨又落寞。

高山之前极少有时间如此"悠闲"地观察人群和周围的环境。

陈为民姗姗来迟。

毕竟姜还是老的辣，他见过的世面远超高山。

"既然如此。我感觉你还是避避风头，不管真实情况怎样，你的潜在对手肯定认为你的责任更大。也好，就把这段时间当作养精蓄锐的时机，等待东山再起。"

"中国的市场确实在经历一场灾难，应该还会持续一段时间。"

"在这样的背景下，你留在美国应该有更好的机会。"

"你的意思是让我留在美国？"

"对，这边的市场一直大好。"

"那么，我的家人，秦沃……"

"我想你好好和她说，她会理解的。你可以经常回去看她，她也可以经常过来看你，就像你们几年前一样。"

高山心里想，为何我们如此多磨难？

2000 年他们认识，2001 年他奔赴香港，2003 年底去美国。此后情感事宜一直在冷冻，全力拼事业。2008 年蓦然回首选择和秦沃在一起，2010 年朱珍事件，2011 年初和好，2013 年又得分开。

"这 12 年里，我们真正认定彼此的时间才 3 年多。"

他在心里默默地过了一遍和秦沃的经历。

而他又选择了一条重新开始的路，前途如何，他并不知晓。

该让心爱的人，一起和他承担这种未知的未来吗？

爱情，是笑的、开朗的、让人心生欢喜的。

他忽然很不忍心告诉秦沃具体的细节，一来是因为这次他前途未卜，还有就是他的自尊心在作祟。

自小到大，他性格中的自负、不自信的交替像一根被压抑许久的弹簧，不断地怂恿他快马加鞭地向前奔跑。

同时他对自由的争取和对于人生的不安全感却在其中日渐增强。

用新的视角来做投资，这是他下一步的打算。

这也包括了他会继续留在美国。

来美国已经两周了，他见了些过去的朋友。

他答应陈为民的邀请之前，给秦沃去了个电话。

"沃，这段时间，我可能还会留在美国。"

"是公事吗？要不要我过来看你。"

"等我处理完眼前的事情再过来吧。"

沃，是他为她戴上结婚戒指后，所采用的称谓。

他最终还是拒绝了 Robin 的挽留，选择了陈为民的对冲基金。

在这个圈子，信任关系是最大依据和价值。

除了暂时避避风头之外，他也想有更多自由的时间沉淀一下自己。

做对冲基金，最大的敌人其实是心魔，赚钱的方法永远是低买高卖：在涨得差不多时卖出，在跌得差不多时买进，但是现实中能达到这个境界的人少。做投资亦是，诱惑太多。

　　最近倒是不少之前就关注科技股的对冲基金出于对科技企业和高额回报的渴求，开始加大对互联网企业的风险投资。希望加入风投的行列，发现类似于脸谱网、领英、谷歌的企业，从估值飙升中获利。

　　投资早期公司，相对于公司 IPO 之后，对冲基金所获得的收益有天壤之别。很多高科技公司在上市后的一段时间里发展空间不如上市前的对比，所以若能参与未上市阶段即开始的投资，对冲经理们的收益将远远高于在公开市场上的斩获。从过往看，对冲基金的回报率平均低于 10%，而风险投资行业要求的回报率为10%~20% 也不为过。

　　但是对冲基金的操作只负责基金部分，而对于投后部分的管理运营以及董事会决策则不是很擅长，所以高山这样的背景恰好弥补了陈为民公司发展的布局。

　　他像个新人一样，心生谦卑，抑制自尊，在新的领域做最适合的尝试。

　　他并没有告诉秦沃，他也顺便去看了朱珍和 Tong。Tong 又长大了一些，小孩子在 5 岁之前总是天天有惊喜。倒是朱珍，见到他很高兴，甚至于夏季去地中海的度假也邀请高山参加。他以刚回美国，工作太忙推辞了。

　　他也并没告诉朱珍，他可能会有相当长的时间待在美国。

　　当晚，他甚至想到了许信，听闻他虽然是新手，但有李孝晟的支持，他在这次的中概股猎杀中，因为极大维护了中概股的集体利益，而获得了极好的业界口碑，事业蒸蒸日上。

　　对于一个在这个行业不到两年的人，这是挑战也是机会。许信是个聪明人，所以他极好地抓住了这个机会。

　　许信在香港，而且会经常去北京、上海，而他留在美国。他相信秦沃的坚守，但那一点点的担心，可能是对自己的不自信：他现在应该算是在人生低谷。

　　说出来，心里也好受些了。只是他并没有告诉秦沃太多，一来怕她担心，二来也怕她分心。

　　他甚至在想，自己这么多年一直在拼搏，前些年也一直忽略了她，而她也因为和他的关系，使得她和秦盛生的关系变得微妙。也许，她应该值得更好的人来照顾他。他知道若是他这样说，秦沃可能又要胡思乱想了。

　　这也是爱，特殊时期的爱是小心翼翼的。因为是时间和空间的距离，他甚至有些佩服秦沃，那些年，她自己一个人是怎样默默地守护心中的他的呢。他照了照镜子：我要尽快好起来！他在心里想。

外面的传闻还在继续，虽然他此刻在陈为民的公司韬光养晦

他心里不禁在想，到底是谁想要这般置他于死地？

Chapter 52
秦沃

若人能轻易地控制情感，那情感就不是真的了。
这些年，你不是也不能做到？

2013 年。

高山去美国两周了，虽然每天他还是会给秦沃打个电话。

但感觉他好像真的很忙，所以电话的时间越来越短，他说他也很累。

然后四周过去了，他说他这段时间也不回来了。

"我离开了正德投资，现在到了陈为民的对冲基金。"

虽然她知道在这次的中概股国际做空事件中，正德投资的公司不幸也在其中，但事不至此。

"总部这边有些内部纠纷，我刚好是一个棋子，所以我选择了舍弃自己而保帅。沃，这是我长这么大，第一次为了报恩而做出这样委屈自己的行为。我年轻的时候总是横冲直撞无所顾忌。"

"山，不管你做什么样的选择我都支持你，市场起伏其实很正常。虽然我也觉得可惜了些，你在正德的业绩本来这么好。"

"留得青山在，不怕没柴烧，我总有一天会起来。现在的时刻，就当作是自己静下来沉寂的时刻吧。你看我不在你身边也挺好的，你可以没那么多烦心事儿，好好做你的公司。要记得你自己的梦想。"

"好，虽然现在没法亲吻你，但是我想告诉你：我好喜欢现在的你。你不在身边，我就集中精力做好猎脉。等你回来时，争取再上一个台阶。"

"哦，还有一件事，许信在这次的中概股事件中崭露头角，长江后浪推前浪啊。"

"我关注不了他，我只关注你。"秦沃的回答是坚定的，"只是，你见到朱珍了吗？你们那么近。"

"还没来得及，大概以后有时间时再见见吧。"

秦沃安心了："你自己吃饭睡觉都要照顾好自己。还好，你在纽约有寓所，不然我担心你风餐露宿。"

"对，就住在自己家。好像回到 2008 年上半年的那段时间，5 年多过去了。你要不是提醒我，我还没意识到。还是中国市场比较有趣，等过段时间再回去。"

他说的意思是，在美国避避风头，也好。

在这行，口碑很重要。他本来有极好的口碑，但有人趁机落井下石，他采取的方式是沉默以对。

看来，这次的分开得需要一段时间。

等忙过十一，她想去美国看他。

在国内，现在是她的两个闺密的天下。

木心喜现在正式成了谷东的女朋友，秦沃其实觉得"从良"之后的木心喜还真是极品。每隔两三天就从上海飞趟温州，每次都会带上各种煲汤。她甚至觉得谷东这小子真是好命，遇到了此刻的她。

所以，就如张爱玲的那句：没有早一步也没有晚一步，恰好他们都在对的时间遇上了。若是几年前的他们相识，他们应该是不会看上彼此的。

那时的谷东，还是个典型的少爷，脆弱而理想主义。而现在经历了房地产危机的考验，又恰逢房地产的好时机，意气风发；那时的木心喜，还是个不相信婚姻和爱情的人，并不会向人这么彻底地打开心扉。而现在，她在相对成熟的年龄段，愿意做出新的尝试。

"秦沃，你看你不但是职场红娘，还是婚姻红娘。谷少爷，我爱死了，你说我怎么这么命好遇上了他。不对，是通过你遇上了他。他满足了我对男人所有的想象：沉稳、儒雅、智慧，有格局，有底气。人生从 30 岁开始，我已经洗心革面了。"

"打算嫁给他了？你们差不多也谈了快一年了吧。谷东说，你每次还给他煲汤，真是重色轻友的女人，怎么以前都没有给我煲汤呢？"

"死丫头，这能一样吗？男人是我们的天敌，我们要共进退。况且他给了我一个机会，让我可以重新做一个崭新的自己。知道吗，死丫头，以前我就觉得那些女人起早为老公做饭，真是俗气，厉害的女人会让老公伺候。我现在啊，就盼着去谷东那里，早起为他做饭，倒也是家常便饭，小米粥、小菜、包子、蒸饺什么的，但是，怎么会有那么多的快乐啊。尤其是早起和他一起去热闹的菜市场，不是超市噢，是早市的菜市场。秦沃，你和高山有没有过这样的经历？"

这是热恋中的女人被爱冲昏了头时的反应。

"恋爱中的人，都会经历这么美好的时期。和爱人经历平静的清晨和夜晚，让爱人等你回家。高山在国内的时候，我们也会周末早起去买些食材在家里做饭。不过他有 4 周不在国内了，现在可能会长时间留在美国了。他新近离开了之前的投资机构，去了一家朋友的对冲基金，同时也做些风险投资。过段时间我会去美国看他。"

"挺不错的，转战美国市场了。什么时候回来？有机会和我们谷东合作吧，谷东的房地产基金现在主要面对的是商业地产，现在我正在帮他做顾问。你看，不仅要做他生活里的好看护，也要做他事业上的好助手。所谓，入得厨房出得厅堂，所说的就是我们这种女人的境界吧。秦沃，我倒是觉得来到这世界上的前 30 年，都是为了遇到他，在我人生美好的青春时光快要结束的时候，遇到他。"

"木心喜，我怎么感觉你现在越来越有结婚狂的倾向啊？你不是从大学时就嚷着要活在当下，绝对做个不婚主义者的吗？为什么遇到一个男人之后，就彻底改变了你的信仰呢？"

"死丫头，我错了。不过到现在真的明白了你为何以前对高山一恋就是 8 年。现在我就是在体会当年你的心情啊。我会用微信随时和你保持联系的。"

木心喜这里倒是心想事成。

易佳佳也是在准备自己的新梦想，这时的她已经去北京服装学院进修课程了。除了自己掌握设计理念之外，也想聘请一些业内设计感不错的婚纱设计师，组成不错的团队，共同完成梦想。边干边学。

"有钱人就是好。可以雇别人做，而且你自己也可以通过别人的经验来获得实际的经验。所以，接下来要做看场地、设计场馆之类的事情了吗？打算把地点设置在哪里？"

"国贸一带吧。世贸天阶不错，闹中取静，也是不错的商业区。你觉得怎么样？"

"比较成熟的商业区，而且离我也比较近。以后大家也可以经常走动，相互有个照应。你先让中介帮你推荐几个不错的复式楼，总是觉得复式楼的浪漫才衬得上婚纱礼服的高雅。"

"好，明天中午我们一起吃饭吧，我刚好去那看套办公室，和我说说高山的事情。"

因为中午要和易佳佳一起吃饭，所以秦沃把些重要的事情先在上午处理了。

这几个月，除了北京、上海办公室的 80 名员工，她也开设了广州办事处。北上广，毫无疑问是最多企业的聚居地。所以，投资公司投了企业之后，她也就快速地跟随过去了。虽然广州办公室还是初设，但是业绩量的上升还是很明显的。

看来，有的时候，人是要些野心的。她决定下一步在苏州设立办事处。

用高山的话说，这事情开始做了，便应该在好的时机把它做得更好。

秦沃把猎头业务也分成了两部分。一部分做高端的猎头，一部分做中低端的互联网人才招聘，后者是以互联网的方式操作。

前者是她所擅长的。比如最近所操作的一个大单：某知名零售公司 CEO 的执行搜索。

在做这种顶级的寻访时，其实所做的是企业的管理咨询业务，而不单单是寻找人才。每个行业厉害的人那么多，咨询顾问要做的是，告诉雇用方哪些人才是最重要的，这才是顶级猎头公司的服务价值。当然还是按照行业惯例，收取预付金的。不管最后人是否找到，在签订合约时就首付 1/3 的定金，在送上潜在候选人名单时再收取另外 2/3 的费用。

所以，这么重要的事情，秦沃自己来操刀。

多年的顾问生涯，已经让秦沃变成了一个企业重要岗位人选的战略顾问，锻炼出了深刻的行业战略见解，因为需要帮助雇主理清思路，辅助人选的决策。

秦沃和公司高层会晤之后，初步了解到现有的 CEO 无法满足公司董事会对于业绩的要求，但他的合约一年后才满期。因此需要在保密的情况下，找到另外的合适人选。

这无疑增加了寻访的难度，所以秦沃只好先从自己的熟人圈来寻访。所幸的是，每个圈子最顶端的这部分人，职业操守都很高，懂得行业规则和高管变动的敏感性。她先和相近行业的高管做了个约谈，除了一位潜在的 CEO 有兴趣进一步接触外，其他的人因为有禁业协议，估计一年之内无法变动。

于是她又在其他行业寻访，但客户群和该公司类似的知名企业，也寥寥可数。

于是她又向管理团队提出了一个建议，顺应现在的线下公司向线上公司转移的趋势，在互联网圈寻找合适的人才。董事会表示这种尝试虽然有些大胆，但是最好候选人对传统行业的理解也比较深刻。

最终的定论是传统行业出身，现在有互联网背景的人士为佳。

这几年，随着互联网的快速发展，不同互联网公司之间的人选相互跳槽，虽然相互挖人，但还是无法满足对人才的需求。所以，从传统的零售和消费行业寻找运营和管理能力强的传统人士加入互联网，也成了互联网公司近些年来高速供应人才的渠道。

最终，秦沃是从某知名互联网公司找到了合适的人选。当然，在谈论薪水的时候，秦沃又显示了高超的谈判能力，最贵的不是最好的，在能够承受的范围内最合适的候选人才是。但她也最大限度地满足了双方的需求，即使是舍弃了前一家互联网公司的超额期权，该候选人也愿意加入，原因就是从线下向线上转移的挑战过程，足够吸引他。

这部分高端猎头是秦沃擅长的。

她也面临新的挑战：互联网平台的招聘。她也需要重新去体验和架构，对于产品模块，她有丰富的经验，但是对于如何用互联网的工具获得更多的机会，她倒是希望有新的团队。

谷东建议她需要关注的关键是，互联网思维。

"在这个年代，重要的就是互联网思维。而且以后互联网对于传统行业的挑战，会越来越受到关注。也许有一天对于互联网工具的应用可以直接决定企业在转型期的胜败。

"互联网年代用户至上、产品为王，必须落到实处，而不仅仅是口号。在数字时代，你所有的产品都是能第一时间被用户使用和验证的，你得真心讨好用户。淘宝卖家'见面就是亲，有心就有爱'是真实的情绪，用户对你产品的认可，也是你产品价值重要的部分。

"在基本功能都被满足的情况下，产品成了用户彰显品位的方式。所以，用户的需求是个性化和多样化的，产品得根据用户需求反馈不断地更新换代，甚至定制。"

当天和谷东沟通完毕后，秦沃花了两天时间来研究互联网思维。最终的结论还是不动现在的公司架构，而是新设立互联网产品部，这个部门采取的思路是：

1. 让用户来定义产品或者服务。

2. 快速响应用户需求。

3. 让产品或者品牌拥有粉丝而不是用户。

4. 以互联网为工具传递用户价值。

5. 开放（思维和心态）组织管理扁平化。

用互联网的理念来经营一家公司，是她面临的全新考验。在金融领域，最核心的关系是信任资源，也就是说是封闭的系统。但在互联网领域，开放、协作、分享、公开透明的文化更合适，而大而全、等级分明的企业很难贯彻互联网思维。虽然很多公司为了适应互联网的文化，也开设了 App，或者网络营销，但是若是不能从观念上进行更新换代，那么永远还是传统企业。

这一部分，谷东也给了她足够的建议。在谷东的推荐下，她也聘用了几位互联网的技术架构师。

她也去研究了这个年代最好的互联网商务网站领英。让她备感亲切的是 2008 年夏天领英的第一次中国用户体验访谈会，在当时 20 万人的注册用户里面，挑选了 8 人，秦沃很幸运地在这 8 人之列。这是她第一次接触领英现实中的工作人员。很明显，领英想进入中国，但是由于其他国际互联网公司在中国没有太顺利地本土化，它所采取的还是观望态度。这也是一家神奇的公司，2003 年成立，2005 年获得顶级风险投资基金红杉资本的风投，2011 年 5 月 20 日在美国上市，上市当天股价便飙升。

以前她鼓励公司的同事多用这个网站，是从猎头的角度考虑，她是从研究产品的角度来吸取领英的优点。虽然中美在社交方面的文化和产品定位，并不相同，但是从优秀的 HR（人力资源）产品研究互联网，也是秦沃能想到的最好方法。

互联网的产品会说话，贴近用户的产品，用户黏性才强。

她和许信在说这些新的互联网体验的时候，许信也是很支持的。

"互联网的文化，更适合 90 后一代新用户的思维，他们是跟随互联网长大的一群人。互联网代表未来、创新、新一代。对了，乔布斯去世的时候国内也是都在纪念。"

许信说的是，一代互联网新规则创立者乔教主——苹果公司创始人史蒂夫·乔布斯的去世：2011 年 10 月 5 日，身患癌症的乔布斯去世，享年 56 岁，一代硅谷乃至全世界的传奇就此谢幕。

"嗯，很多大咖都是他的拥户者，国内人士也在用各自的方式纪念他。"

"不过苹果还是产品导向，领航者去世，他们也在乔布斯去世的当天推出了 iPhone 4S，传奇的公司总是会用传奇的方式向伟大的创新者致敬。苹果公司的外墙到处是悼念者的鲜花，人们在用传统的方式纪念这位奇才。他的名言 stay hungry，stay foolish（求知若饥，虚心若愚），也警示和指引了一群行业领袖。"

"据传他的这种洞察力，和他青年时期在印度的修禅有关系。安定的内心，会给人极大的力量。我想有机会我也会花些时间去禅修的。"

"我记得你以前不是说，安定的内心和充满斗志的狼性是矛盾的。投资人士应该充斥狼性，而不是充斥佛性。"

"人生终究是一场自己和自己的战斗。"

是不是人到了一定的年龄，都会对佛学境界产生一定的兴趣？许信好像从青年开始就喜欢读佛学书籍，当然他还不是佛教徒。

秦沃没听他谈佛，倒是见他最近风生水起。

"想做空中概股，注定是不可能的。对投机公司的回击，对稳定市场的作用也是巨大的。但是反过来一想，我们的市场还有很长的路要走。"

"你现在是香港投资界的新秀了。真是了不起，才不到一年的时间，恭喜你正式进入核心层了。现在是真的进入了，有什么变化吗？"

"进入核心层也意味着承担更大的责任了，虽然可以参与决策，但是在庞大的机构内部，要去权衡的利益实在是太多。还好，我还不算太老，还来得及。"

许信换了个话题："秦沃，高山离开正德，回纽约了？"

"嗯。他想换个平台，同时也参与下对冲基金，用他自己的话说，换个视角看投资。"

"其实高山还是很厉害的，你算是没有看错人。我记得在学校时，师姐们有句话——我所爱的那个人果然是同学里面最厉害的那个，我果然没有看错人。这句话你也可以用在高山身上。"

"他年轻时太顺利了，也不一定是什么好事情。凡事积极地想，塞翁失马焉知非福？"

"这么多年过去了，你还是这么积极乐观。我很欣赏一直都是这样的你，哪怕在伸手不见五指的深夜，你仿佛也可以见到晨曦。"

"深夜之所以黑，是为了迎接黎明的到来。"

"深夜之所以黑，是为了迎接黎明的到来。"秦沃听到许信在电话里小声地重复了一遍她的话，然后好像是自言自语，"在好长一段日子里，我也是这么鼓励自己的。"

秦沃觉得他好像又要开始什么话题，这时听到许信说话了："秦沃，你自己的公司做得很顺利吧？"

"比想象中快了一些。我们除了北京、上海办公室，最近又开了广州办公室，接下来是苏州办公室。"

"会来香港吗？"

"香港暂时不会开设办公室，但是有些香港客户，也会时常过来见面的。我12 月份会去趟纽约，转道香港，到时候可以和你出来见见。"

老同学了，快一年没见了。

推特、新浪微博，有这样的 SNS（社交网络服务），虽然很多朋友天各一方，但因为信息互换快速，所以觉得近在咫尺，新浪微博也成了年度最佳交流工具。

她和高山两人各自忙，但也各自注册了自己的私人账号，互动频繁，所以虽然有几个月没见，倒也是还好。

但也不能总是隔海相望。常言道：丈夫丈夫，一丈之内才是夫。

高山不太想在现在回国，所以她就迁就他，去纽约过圣诞节吧。

2013 年 12 月份的北京，已经需要穿上羽绒服了。

从北京来到香港，上飞机和下飞机是两重天。

秦沃这次要见的金融客户在中环，所以许信安排秦沃住在中环的丽嘉酒店。因为只是短暂停留两天，许信中途安排秦沃去海洋公园转转："北京的冬天又干又冷，所以来到南方，去水源充足的地方转转，转些好风水出来吧，而且很多年前你说过你很喜欢海豚的。"她那么一说，他便也记得，但她也同意去看看海豚。

秦沃一年来香港也就两三次，并不是经常。

她最爱的林夕曾在《我最爱的香港》中这样写道："有生以来，我连一厘秒移民的念头都没有过。自小已很喜欢看香港地图，并把火柴盒当作楼宇，砌成太子道、弥顿道、窝打老道。我每条走过的街道名都有感情，要我移民，不能再在铜锣湾逛光盘店，是不可能的事。"

港人爱港，那时候偏偏很多内地人也喜爱这个地方。秦沃不少金融圈的朋友搬到香港后，回到内地，反而有些不习惯。

"初到这里，不太习惯。这里没有欧美街道的宽阔大气和历史，也没有内地的宽敞。房子还真是贵，普通偏上的都得一二十万一平方米，而且密密麻麻。一百平方米以上的是豪宅，不如内地住得舒坦。但不知如何，来了就不想走了。"

温暖适度的天气，购物的方便，紧张的节奏，金融中心的分秒必争，便使得这座城变成了百年传奇。闲下来时你可以去迪士尼的童话世界，也可以去海洋公园逗逗海豚。

江边轮渡汽笛声络绎不绝，到了晚上也成了一景，梦幻而又保留着商业中心的真实，有些让人分裂的意图。

但是越来越多的机构，尤其是金融机构，也迫不及待地想在内地扩展机会。秦沃这次来见的客户，本来是欧洲知名的基金，早些年在香港设立了办事处。但2013 年，他们也开始在北京、上海开设办事处。

他们之前也接触了其他的猎头公司，但对于推荐过来的人选不是很满意。后来通过秦沃客户的介绍，才联系到她。

会晤很顺利。他们需要熟悉内地市场的一名董事总经理和一名副总裁，这是秦沃熟悉的领域，熟悉的圈子。她把访谈的记录发回给北京办公室的合伙人，他们对职位有了详细的分析，然后寻访组便迅速行动了。

有一下午的私人时间，许信毛遂自荐作陪。

许信和她在海洋公园见，其实她是很想去看海豚的。海豚是呆萌的治愈系动物，而且也是头脑发达的高智商动物，性格爱嬉闹的它们，一直是她觉得最值得喜欢的动物之一。

许信带秦沃去海洋馆看海豚表演。训豚师和海豚之间互动亲密，犹如亲密无间的好朋友。只见驯豚师手一指，海豚纵身一跃，摆了个优美的姿势钻进水里，溅起了朵朵美丽的浪花。

没想到在海洋馆附近的餐厅吃饭时，还能碰到许信的同事。

"许总，没想到你也在，我周末带小孩来海洋馆玩儿，这位是？"

"Allen，周末好，没想到这里遇到你。"许信看了一眼秦沃，"这位是我的同学。"

"不好意思，还误以为是您的女朋友呢。一直都没听说您的私人生活，所以刚刚还以为今天撞大运能遇到。"然后他一回头对秦沃说，"我们许总真是钻石王老五，黄金单身汉，是我们公司众多女同事爱慕的对象。可是你说他也奇怪了，总是一个人。"

秦沃有些尴尬地笑了笑："他工作忙吧，他也是工作狂。我们以前也有很多女生暗恋他的，但他一直都没看上。"

许信和他同事告别之后，回到桌边，怕秦沃觉得不好意思，便不停地给她夹菜。

"吃饱了，好上路。晚上 8 点的飞机？"

"嗯，都收拾好了。晚上我自己过去就行。"

"我送你过去，开车方便。顺便带你去兜兜风。以前我很喜欢一首歌《想和你去吹吹风》。你不要有压力，我知道你已经收了高山的结婚戒指，佳佳已经告诉我了。"

"你得好好的，能不能不要让我觉得这么内疚。"

"我选的。若人真的能那么轻易地控制情感，那情感就不是真的了。况且，你能做到吗？那些年，你不是也不能做到吗？大概，是上辈子欠你的。"

秦沃在飞往纽约的飞机上，对心里的许信说："其实，这辈子不能还给你的，下辈子还。"

看到他的飞黄腾达，她也为他开心。

大概，他是高山之外，自己最重要的异性朋友。

Chapter 53
高山

现在远离热闹的人群，
是不是有一种洗尽铅华的感觉？

2013 年。

除了参与陈为民的对冲基金，新设立的对冲基金里的投资部，除了高山就一个投资经理。事无巨细，都需要高山亲自去处理。

但好处也有，比如他可以看看对冲基金经理如何从资金池里利用杠杆规避风险。为了中和市场总体的波动，经理们采用买入看涨资产，卖空看跌资产的手法来避险。和风险投资相比，更属短期行为。但这种分散风险的理念，和风投是相通的。

但是需要人极为紧张压力下的静。风投需要更多的是和人的交往；而对冲基金更多的是和数字的交往。一时之间，在两种不同的思维之间转换，让他有些狂躁。

秦沃要来。

他去机场接她。

有一种老夫老妻的感觉，左手和右手。并没有他想象中的激动，大概回到这个狼性肆意的投资领域，他又恢复了之前的野蛮生长。

抑或说，他到这里却未能选择平静的生活，而是把更多的精力投入在如何重新快速地爬上新的高峰。

接秦沃回公寓，看到她很开心时，自己也受到了感染。男人在情感方面其实比女性更慢些，尤其是最近他整天面对一堆数字时。

秦沃把他的公寓收拾得干干净净，又重新买了些圣诞树和花环装饰，现在又有家的感觉了。

"忽然很想北京的家了，这里再豪华都只是公寓。"

"那年后回去看看吧。两位妈妈挺担心你的，我只是说你是外派，所幸她们也习惯你的风格了。"

"等我更好的时候我再回去，等我回去了，我们就注册登记结婚。"

"嗯，我听你的。"丫头倒是出奇地顺从他了，让他备感安心。

若他没有提工作的事情，她便也不提了，他知道她是不想给他压力。

岁月已经赋予这个刺猬女生一种通情达理的特质。

圣诞节前三天，Tong 吵着要和高山一起过。高山知道这大概是朱珍的意思，倒也没有拒绝。因为已经规划好和秦沃在圣诞两天是如何度过，所以他答应在圣诞前的第三天和朱珍一起过。

他告诉秦沃说是朋友间的普通聚会。

这些责任之类的东西，他一个人背负就好。

他还是很喜欢 Tong 这个小孩的，况且在美国，朱珍也就见过他三次。虽然 Tong 经常来电话和他聊天，童言无忌，他单独也带 Tong 出去游乐场玩过几次。

他觉得秦沃对纽约不太熟悉，为了可以早点回去，在离家不远的餐厅订了位子。这家餐厅因为有来自乡村家族百年厨艺的传承，百年佳肴的经营理念，加上第四代掌门人对东方美食的理解和与时尚的巧妙结合，可以称得上是人间珍品。

朱珍显然是精心打扮了一番，整个人看上去很明艳，可爱的儿子 Tong，他一直缠住高山，显然很喜欢这位叔叔。

朱珍一直在看着他。

她是交际场上的能手，自然也能打听到高山的近况。

"我和那些知名基金的负责人，也都有几面之交。你需要认识他们吗？"

"若是和我做些生意，当然欢迎。若是你推荐我去他们那里，只是陈为民的这个地方刚刚好。"

"陈为民说你最近压力比较大，你看我能帮你做些什么吗？"

"照顾好 Tong 就好。"

他一直在逗 Tong 玩，一不小心一抬头，居然看到了秦沃向他这边走来。

世界为何如此小。

"山，看你今晚和朋友聚会。我刚好在附近和朋友 Jay 逛逛就进来了。"秦沃大概是看到一个 4 岁多的可爱小孩，立刻明白了。高山从她脸上看不出异样的表情，秦沃很自然地和朱珍握手："你是朱珍吧，我是秦沃。"

落落大方的问候。

"我来介绍一下，这位是我的妻子秦沃；秦沃，这位是朱珍。"

朱珍不愧为交际能手，立刻叫 Tong："Tong，快叫阿姨。"

"阿姨好。"

小孩子自顾自地吃甜品去了，倒是秦沃和朱珍对视好久。

秦沃和朱珍喝了杯礼仪酒，便又回到朋友那桌去了。

Tong 去了旁边的儿童游玩区。

"山，她看上去是个温顺的姑娘啊，你为什么最终选择了她？"

"因为我们选择了彼此，她并不似看起来那么温顺。她有她的人生、她的梦想、她的追求，她并不依附于我，而且和她在一起，我觉得很安心，可以做回真实的自己。"

"所以就是那句话，我爱你并不是因为你是谁，而是因为我和你在一起时我是谁？"

"可以这么理解。当年的你，身上也有她的影子，你的侧影很像她。有次我看到你的背影，想到的都是她。那时她只是我的小师妹，还没有在一起。我并不知道她是慢慢走进我心里的。你知道，我们都习惯了快进快出的美式风格。"

"那是 2008 年上半年的事情了，一晃过去 5 年半了。你的意思是我真的不如她？"

"各有各的好，只是现在的我，更习惯拥有这样的她。但若是不经历你，我并不知道她更适合我。所有没有你们俩谁更好的问题。你也问了我好几次，我们之间有没有可能，大概是没有了。虽然我和秦沃之间有很多波折，在我计划娶她的时候，Tong 和你又出现在我的生活中；好不容易跨过去了这道坎儿，你看我又经历这么多的波折，来到美国，而且 2014 年又快来了。"

他不知道为何秦沃会选择和他同一个餐厅，然后看到他和朱珍一起吃饭。

他看到秦沃不住地在望向他这边，所以当朱珍凑近他说话的时候，他本能地往后靠了靠。

他不想被她误会，虽然 Tong 就像俩人生活中一道抹不去的阴影。相隔两地，本来就有些脆弱。

他早早地结束了和朱珍的聚会。

也礼貌地过去和 Jay 那一桌打了招呼，一直陪在秦沃身边。

回去的路上，两人也没有说太多的话。他本来等着秦沃的质问，但是没有，秦沃有些喝醉了。

然后，他只好开口了："Tong 一直要求，我想就提前三天和他们一起过个圣诞。美国这边圣诞就相当于我们中国的农历新年。"

"哪怕我再相信你，但是你都不和我说实话。你觉得你和我说，你想要和 Tong 一起过圣诞，我会不同意吗？还是在你心目中，我就是这么一个很小气的女人？还有，我想说，朱珍真的很漂亮。"

"我不是怕你多想嘛。本来在这半年也没见过几次，所以才想着弥补一下。"他叹了口气，"朱珍是很漂亮。漂亮的女人见得多了，也就是那样，原来的吴东娜不也很漂亮吗？那又怎么样？我选择的是你。"

这个时候的秦沃，变成了所有女人本该有的样子。

再好的女神，有的时候，也变得不可理喻。

"好吧，我就当你吃醋吧。你知道吗？你从来没有为我吃过醋，当年面对吴东娜的时候也是如此。你总是这样心不在焉的。难道，在你那里，我的情感这么摇摆不定？这么不堪？"

"我不是不信你，我是不信你身边的女人，还有她身边的那个小孩。而你本来就是个对女人不怎么在行的人。"

"好，我答应你，以后不见他们了好不好？即使见到了，也只是点头之交，好不好？但是，我无法回避的事实是：Tong 是我的小孩啊。"

"要不，我们也早点生个小孩好不好？等小孩生下来了，我们就结婚。"

秦沃大概是醉了，所以才这么闹腾，若是清醒的时候，她是不会说出这样的话的。

自尊心太强的女孩，哪怕是哭，也宁愿躲在没有人的地方。

他太了解她了。

她闹腾完睡下了。

他拿了杯红酒，回到书房。

也许该尽早结束在美国的"修行"，回到国内。但他确实还是需要一段时间的。若想要更快更好的结果，只能多投入更多时间和精力了。

现在远离热闹人群，是不是有一种洗尽铅华的感觉？

正德中国区的新任总裁，居然是他曾经的部下李隆平。

这是他始料未及的。

田希凯也很是纳闷："看来你们这么优秀的基金，在用人方面也有走眼的时候啊。"

他告知高山，李隆平在新源董事会并不能似高山那般发挥董事的作用。

"我听说李隆平和秦盛生关系不错。我只是多问一句，你觉得你这次有些被逼下台，以及行业里对你不利的风言风语，和秦盛生有没有什么关系？"

高山心头一震，但还是很职业地回答田希凯："也许他们认识也只是巧合，李隆平之前是我的得力部下，人脉很广。我宁愿相信这一切没有这么复杂。"

秦盛生，也许这一辈子注定要和这个人的名字联系在一起。

就比如，他最爱的女儿——现在是他的爱人，不远万里来到美国和他过圣诞。

圣诞夜，他带秦沃参加陈为民公司的聚会。

秦沃并没有显现之前纠结的样子，只是很感激陈为民和高山之间的友谊。

陈为民对于这位朋友的爱人，也很满意，秦沃本来就是一个会让人喜欢的人。

元旦也是在一起度过的，俩人仿佛又回到了之前在国内时的如胶似漆。本来高山觉得生活若是能这么平静下去，也很好。

到了2014年1月7日，秦沃提出要提前三天回去了。

"出来两周了，我需要早点回去了。公司还是在快速发展期，离不开。"

"那也好，我早点回来看你。总希望我们可以早些安定下来。"

"最终还在于我们自己的选择。"

他觉得秦沃说这话的时候，怪怪的。

"你爱朱珍吗？"

"只是责任。"

"如果她能让你的事业更辉煌，你会选择和她在一起吗？"

"你知道我从来都是靠自己的能力站立在这个世界的。"

"那又比如 Tong 喜欢你，不想离开你呢？"

高山犹豫了一下："你到底想说什么啊？"

"没什么，只是问问。"

然后，她亲吻了他，很依恋的、长久的吻。她便飞回北京了。

下个月就回趟北京，看看家人，高山在心里是这么打算的。

还有，他也在想李隆平的事情。

Chapter 54

秦沃

爱情也许是美好而梦幻的，
但是现实却总有这么多的残酷。

2014 年。

爱情也许是美好而梦幻的，但是现实却总有这么多的残酷。

分开时间有些久了，刚开始并没有太多的惊喜。这也应验了人们常说的，哪怕感情再好的人，分开不要超过 4 周。

安心的是，她和高山牢固的情感基础，很快磨灭了几个月不见的哀愁和不适。

他看起来还好，也在准备他的下一步。

成为陈为民基金合伙人的他，较之以前更为沉稳内敛。有时严肃得有点让她不适应，但还好，大概也是中年男性成熟的一面吧。

她更欣赏这样的他。

当然，也有让她不喜欢的他。

比如，他告诉她，那天晚上和朋友有饭局。但她在离家不远的餐厅刚好撞见他和一位年轻女性，还有一个小孩。

她知道，那就是她的噩梦：朱珍，还有那个小孩 Tong。

她无数次想象见到朱珍的场景，却并不知道会是在这样毫无准备的情况下。她看到那个小孩，确实很可爱。

她有些分不清谁是第三者，毕竟朱珍先于她成为高山的女友，高山是和朱珍分手后才和她走在一起的。

但感觉到高山的尴尬，却也惊诧于之后的平静：她还是很相信他的。然后，借着醉酒，她朝他有点发火儿。

他就由着她。

其实，过去一年，她总是莫名其妙地收到朱珍的照片，有两次还是和高山在一起的照片。她心里明白，也许有什么人在背后提醒她，也或者是挑拨她和高山的关系。

她选择了相信，而且并没有告诉高山这些。毕竟，每次高山见朱珍的时候，他都会告诉秦沃，为了 Tong。

但是当亲眼见到这个女人的时候，她还是受到到了威胁。朱珍有一种严重挑衅的意味，仿佛胜券在握，不知哪里来的自信。

她觉得这个女人确实很漂亮，可以称作尤物，尤其现在还是孩子的母亲，更有一种少妇的味道，加上一直养尊处优，所以有一种慵懒的美，不似我等创业女性。秦沃忽然感觉到美也是一种武器。而若是对面的男人最在乎这种武器的话，她可能满盘皆输。为何偏偏让我遇上这样的事？

于是，她选择了当面应战。而结果是，高山很轻易地站到了她这边，告诉朱珍，秦沃是他的妻子。

而对面的朱珍也很是无趣，败兴而归。

元旦前一天，她在家给高山准备早餐，接到一个没有显示姓名的电话。

"秦沃吗？我是朱珍。我能不能请你出来坐一下？"

她给高山留了个便条，便外出了。

朱珍还是那样美得不可方物，也给她带来了最新款的香奈儿的包包。看上去有些咄咄逼人。

"这是最新款的，从巴黎 VIP（贵宾）工坊直接运过来的，总觉得得给你些特别的礼物。"

"谢谢。不过我习惯了用家里那几个包包，还够用。"她总觉得还是应该礼貌些。

"秦小姐很爽快，那么我就开门见山吧。我很爱高山，分开后一直都爱，要不然我也不会生下他的宝宝，只是他对我不算很上心。但是我不在乎，我还是会选择我爱的人，要怎么样你会离开高山？我知道你们还没有正式结婚。"

"朱小姐，我不知道你哪里来的自信。我和他相爱很多年了，你应该知道这些。你没有权利和办法让我离开他。况且，那个小孩，是你自己生下来的，高山也并不知情，他和我说了很多次了，只是责任，没有爱了。"

朱珍眼里的火苗熄灭了一些，到底还是处在弱势的一方。但她还是在进攻："Tong 越来越长大了，需要爸爸。我不想小孩一直这样没有父爱，而且，"她加重了语气，"高山若是留在纽约，对他事业的发展更好，而我可以用我的人脉来帮助他，他会取得更高的成就。"

若是在几年前，面对类似于吴东娜那样的朱珍时，她会选择退缩，但是不知为何，她现在选择了坚守。

"我遵从高山的选择，理由是：他爱我，而我也爱他。而且我们要结婚了。"

她觉得朱珍不会善罢甘休。

都说女人在面对自己爱的男人时，情深的那个会先退出。但不适用于此时的秦沃，她的底气来自于：高山确实是选择了她的。

爱情也许是美好而梦幻的，但是现实却总有这么多的残酷。

她并没有告诉高山她和朱珍的谈话。从一定意义上来说，她自己也并不喜欢这个女人，很明显是一位工于心计的女人，尤其在爱情里工于心计的女人，总是让人胆战心惊。

大家都是女人，太了解自己的同类了。

爱情里，还是单纯些的人，会快乐。

她忽然觉得，高山也是她的一场修行。

14 年来，他和他所带过来的人，投射了她自己太多的好和不好，让她认识自己，也敢于去尝试新的自己。她相信此刻的他，就像当年的自己，也是在蜕变和挣扎，但终究会有破茧成蝶的一天。

纵然如此，她还是愿意和他走下去。

但她也知道他这样的男人，是要靠辉煌的事业支撑的。

她愿意给他时间，也愿意冒险，比如中途冒出朱珍这样的事情。

"山，你要早点回来啊。"她给他深情的吻别，这是成年之后，最意味深长的告别。

易佳佳倒是很快速地做了她的婚纱与礼服工坊，名字就叫"Jiajia Yi"，有点取名"Vera Wang"的意思。她和秦沃一样，喜欢白色和绿色，所以用的主色调还是白色，再加上些绿色的纱幔调色，清新自然。

易佳佳在试营业第一天时，邀请了木心喜和秦沃。

秦沃一看，吓一跳，有些震撼，妈妈出山，果然不负众望。婚纱的设计，简洁大方，而且价格都很亲民。

"佳佳，这几件我都很喜欢。到我结婚时，多送我几套吧，上午几套下午几套，美呆了。赶紧的，秦沃咱俩挑几件试试？"

秦沃挑了件简单的设计款，露肩合身款。"再加上这个。"易佳佳给她挑了个头纱。

"美呆了，秦沃！"她帮秦沃拍下来，然后微信传给高山，"我赶紧给高山发过去。让他看看我们的美娇娘！"

秦沃在微信群里加了一句："易佳佳的婚纱品牌马上要开张了。"

高山很快回复了："别忘了，以我们俩的名义送个大花篮，要最大最漂亮的。"他就是喜欢做最好、最美、最夺人耳目的事。

"高山回不来了，怎么办？你们两人是我的闺密，我们准备搞个开业仪式，你俩就牺牲一下色相，反正现在推出来的是平价系列。哈哈，木心喜，你的搭档是谷东；秦沃，高山暂时不在，到时我帮你安排个搭档啊。"

"易佳佳，你找死吗？你不知道我和秦沃的身价吗？怎么能那么庸俗地把我和那些花枝招展的人放在一起？"

到开业那天，秦沃和木心喜、易佳佳换好婚纱礼服，招待来访的客人。

刘裕康还真是"五好老公"，不但替易佳佳出资金、出主意，还出笑脸。

"你说你这女人，这辈子怎么嫁了这么好的老公呢？"木心喜眼里满是羡慕嫉妒恨的眼神。

"大小姐，你怎么就没看到，在你风流快活的时候，我要早早回家，给一家人准备晚餐？你不停地换男友，我要放弃工作，专心照顾我家小孩？人，是要以心交心的好吗？这叫以前修的福分，现在该是收获的季节了。"

刘裕康听到老婆的伶牙俐齿，只是搂着她的腰在笑。

"注意了，接下来的走秀环节，是本场的重点。"在模特儿走完秀之后，便是三人的谢幕。

秦沃居然看到了许信。

"我借调到我们北京办公室了。"

木心喜眼尖："许信春风得意，你是不是升职了啊？"许信笑而不语。

"看来得让我们的投资界新贵请客吃饭啊。"

易佳佳插了进来："秦沃，我安排的你的搭档没来，要不你就凑合下许信啊。"

哎，那还能怎么办？倒是许信接到这个活儿，还挺满意的。

于是秦沃的第一次婚纱演练，是和许信一起走的。

"秦沃，我怎么觉得其实你俩也挺般配的啊，当然，他比谷东还是差了点。"

"老同学嘛！有默契，十几年的交情了。"

秦沃话锋一转："你真的来北京了？"

"嗯，而且我离你家挺近的，在金地国际花园。以后周末可以经常出来聚聚了。你能想到吗，从 2011 年到现在发生这么多的事。哦，别多想，我对北京最熟悉的，还是国贸、华贸这一带，所以自然会考虑住在这附近。"

木心喜倒是不这么看，晚上三姐妹吃完甜品："秦沃，我看你还是让你家高山早些回来吧，我怕你晚节不保啊。以我征战情场十多年的经验，许信对你还有情分。"

"说什么呢！情分没有了，怕是只剩下义了。蓝颜知己，现在大家不都兴这个吗？"

"我觉得高山也真是的，干吗自己一个人回到纽约去镀金啊，就不知道爱情价更高，乖乖待在国内吗？哎，男人，只知道争输赢的生物，一定要拼个你死我活才行吗？这点，我们家谷东心态就比较好。"

易佳佳和秦沃相视一笑，就知道她最终还是要回到谷东身上。

这时的谷东和许信都成了暖男。

而她的男人却无法远距离暖到她。

高山和她说，最近可能无法按约定 2014 年下半年回国。

"要紧跟国际大趋势，这样回到国内的时候，才算是准备充分，也算是这一趟没有白来。"

他在电话里和秦沃讲一些新的投资趋势，比如硅谷的创新创业趋势、人工智能投资、消费升级、互联网金融投资和企业服务方面的投资布局应该更大些，再比如泛文化领域的投资。秦沃明白他是想准备得更充分些，便也没有怪他。

倒是易佳佳和木心喜不高兴了："这家伙究竟在想什么呢？我得为你抱不平。"

易佳佳还真直接拨高山的号码了，末了，说："秦沃，你还真是嫁了个拼命三郎。"三人凑一块儿也不错，可以痛诉另一半的不是。

许信无论如何也要组织一场聚会，在华贸的圆苑。

他订了个精致的 Tiffany 绿的蛋糕。他总是很沉稳，话不多，是个需要你用力去猜的男人。但在秦沃这里，他是受到极大关注的。

"燕园 2000 级的聚会！让我们为我们逝去的青春干一杯！秦沃，今天我们终于到了传闻中女人一包渣的年龄了，30 多岁了，却发现也可以活成一朵花的姿态噢。"

嬉笑怒骂不足以表达闺密之间的情深，这些年那么多的小秘密，属于她们彼此的小秘密，仿佛又都回来了。

许信看着三个疯女人，只是笑。

秦沃穿了件粉红色的露肩晚礼服，配上金色的长耳坠，然后是粉红色的唇彩。她看到许信在看着她，只是她当作不知道似的，是把目光聚焦在木心喜和易佳佳身上。

"高山，你这浑蛋，秦沃今年 30 多岁了，你的事业就那么重要，重过这个女人吗？你不是承诺会在 30 岁之前娶她吗，她那么多年为了你，永远在等待，你知道吗？"木心喜已经喝得有点多了，冲电话里的高山吼了起来。

因为是外放，所以大家都听得清楚："她的付出，我都知道，只是我真是走不开，她会理解的，我的承诺，我一定会做到，谢谢你们陪她。"许信大概不是很习惯早春北京的冷空气，不合时宜地轻咳了一声。

"哦，还有男士陪你们啊。"

"是啊，许信！"木心喜显然没有看到易佳佳伸出的示意她不要出声的手势。

"是啊，许信刚好到北京，所以大家老同学就一起了。"

"哦，代我向许信问好。"

"秦沃在吗？对不起，我没有回来，我争取两周之内回来。"看来，有劲敌在，高山很紧张了。

木心喜和易佳佳交换了下眼色，关上手机后大笑。

木心喜决定住到秦沃家里去，不回酒店了。

许信把易佳佳送回家之后，接着送秦沃与木心喜。

"早点休息。"临走时，许信又喊了一声，"秦沃，祝你梦想成真。"

"许信怕是一直都在惦记你啊。造化弄人啊：你有你的高山，许信有许信的秦沃。"木心喜虽然有些醉了，但说的也不是酒话，"我挺同情他的，秦沃，这该死的高山！要不你考虑下许信吧。你要是不考虑他，我准备帮他介绍女朋友了，实在看不下去了，心酸的浪漫啊！"

"心喜，14 年了，像电影里经常出现的三人行一样，不过应该是四人行，美国还有个朱珍呢。我选择坚守，相信高山也是这样，许信也是这样。静悄悄地守候，静悄悄的，不是说消失就消失的啊。"

"好虐心！都不忍心说什么了。"

"高山下个月就回来了，我都一个多月没见到他了。"

他没回来，但是她还是要快速前进的。猎脉是他们共同的梦想，他说过。

2 月底，猎脉设立苏州办公室；

3 月初，猎脉设立成都和深圳办公室；

苏州和深圳一直是投资和创业重点城市，而成都越来越成为西部创业的重要据点。所以猎脉也在成都扎根了。

扩张的背后，是对人才的渴求。

每一家快速发展的公司也好，每一家公司的新产品线的延伸也好。美好的梦想落地，首先需要的就是相关人才的到位。

这是线下传统业务的扩张。

线上互联网招聘也在紧锣密鼓地进行。秦沃搭建了新的团队，但互联网产品的思路和传统的高端猎头业务很大不同，最后推出的一款是数据库的打包出售业务；另一款是延伸产品，企业人才的发展在线服务业务。

可高山 3 月份还是没有回来，大概两周的时间对于现在的他来说也很是奢侈，或者说关键。

"或者，"高山说，"再过几个月，到 4 月，我们去伦敦吧，你不是一直想去吗？"

秦沃还是忙，等高山 4 月份见到她的时候，她也有很多的消息和高山分享。公司业务的快速发展也占用了她越来越多的精力，加上高山又不在身边。

"那么，现在的我，和当年的他、现在的他一样，变成了上了发条的事业狂。"当然，上了发条的不仅仅是他们俩。2014 年中期她周围的好多朋友都在各自忙碌自己的新阶段：

木心喜在帮谷东的家族房地产基金奔波。

易佳佳的 Jiajia Yi 婚纱品牌也获得香港婚纱展的入场券，成了 2014 年首度受邀的新婚纱品牌。

许信走在成为大并购项目负责人的路上，由于 IPO 受阻，投资市场退出方式的影响，并购越来越成为投资公司更为重要的退出方式；许信又及时地抓住了这一机会。

他一直往返北京和香港，更多的时候待在北京。

由于和秦沃住的小区也比较近，两人经常也有机会见面。

每次都有好消息。

那么，高山呢？高山好像越来越没有太多的话和她分享了，不知道是何故。

有一次，她给高山电话的时候，居然听到 Tong 的声音。她能感觉到，Tong 应该不是一个人独自跑到高山那里，所以朱珍也是会在的。

她一直在想，上次看到朱珍对她的咄咄逼人的气势，朱珍会不会也向高山发起进攻呢？

不得而知。唯一能够做到的，就是相信他，默默地守候此时的他。

"还好，就是累些。市场越来越有信心了。"

秦沃倒是知道，2012~2013 年上市的一些公司，表现也越来越好了。比如 2012 年 3 月份，唯品会的冒险上市，此刻却越来越被市场接纳。当时的困难时期，从后来的时光来看，这是特殊时期的特殊机遇，慢慢地唯品会也变成了一家极具伟大基因的公司。

Chapter 55
高山

深沉的爱，就是希望你爱的人能有更彻底的幸福，
哪怕是和另外的人在一起。

2014 年。

深沉的爱，就是希望你爱的那个人能有更彻底的幸福，哪怕是和另外的一个人在一起。

秦沃的公司运营越来越好了，她在电话里不断说起猎脉咨询的发展，猎脉能有所成就，这是她年少时候的梦想。

就如她 20 岁时气宇轩昂地和高山说：“几年后，我要有自己的公司。”

他所认识的她，是能实现自己的梦想。

她也越来越像高山所认识的青年女企业家一样去思考问题了，从全盘考虑公司的战略、营销、组织架构和团队建设。

她和他讲：开设了深圳办公室、开设了广州办公室、开设了苏州办公室、开设了成都办公室。

公司人数过 200 了。

高山比从前更为她骄傲。她值得他为她骄傲。

他的爱曾经让她能走得更远，但是目前自己的低潮期，是不是也束缚了她对于事业的追求了呢？对于女人，尤其是从少女时期便把他放在心里的女人，爱，也是比天还大的事情吧。他曾经是她的白马王子，现在也是，将来还是。

一个男人，一辈子能遇到这样重情的女子，是福分。

她和他在一起，是不是要吃更多的苦，他也不知道他何时能超越他过去的辉煌，虽然他深信自己能做到，但是在更好时机到来之前，他需要的是时间。

他是唯一的走进她内心的男人。许信，也许没有走进过。那么我是不是应该

给他机会？也是给她一个弥补的机会。

他也不知为何，收到过几次秦沃和许信在一起的照片，若是没有他，秦沃和许信也很是般配呢。

难道是有什么人在背后挑拨他和秦沃的关系？又或者是天意？

他和自己内心对话，让自己吓了一跳。虽然他知道朱珍的事情，已经深深伤害了她。虽然她很少提到这个事情，但这一直是他深深的内疚。

上次在纽约见朱珍，被秦沃撞见了，她也许会误会他，但又很快相信了他。

爱情总是美好。但是伴随美好的，总是有些两人无法控制的人和事。

也许，他该给她些时间，让她做更好的选择。比如越来越成为投资界新贵的许信。

也许，是他对自己偶尔的不自信，也许偶尔这种不自信会转化成自负。

他选择了减少和延后回国的时间，让她有更集中的精力做好公司的事情，也让她能有机会和许信有进一步的接触。

虽然不舍，但他也希望她能做出更让她开心的选择。

所谓深沉的爱，就是希望你爱的那个人能有更彻底的幸福，哪怕是那个人和另外的一个人在一起。

他觉得有时自私的他，只能给她这样的幸福。但是，如果许信能给她更好的幸福，那他会祝福他们。

而他，也像当年的她一样，以好朋友的名义，默默地守护她。当然，还有 Tong 也需要他的守护。

朱珍，当年那个单纯的朱珍也消失殆尽了。

现在的她，野心勃勃，正在利用自己在娱乐时尚圈的人脉，连接华尔街，做自己的影视文化产业基金。朱珍和朋友成立了投资公司，联合建立起一只电影基金，从机构投资者那里募资。

说到影视与资本的对接，好莱坞与华尔街金融资本之间的渊源深厚。早在 20 世纪 20 年代，很多家好莱坞大公司的幕后控制权掌握在华尔街银行家手中。例如华纳兄弟公司背后的支持者是高盛，而福克斯公司的背后金主是哈尔西·斯图亚特公司。资本对影视文化的投资，也是为了逐利。多数对冲基金所寻求的内部回报率在 10%，而即便在表现不佳的年份，一些知名影视公司的内部回报率也达到了 15%。如果是恰好出品了《泰坦尼克号》或是《蜘蛛侠》这样的精品，影视公司的内部回报率更可高达 23%~28%，无疑对投资者具有吸引力。

可以说，好莱坞电影之所以能够源源不断地生产出重磅大片，在全球市场取得成功，与其背后雄厚的资本支撑密不可分。

所以，本身对资本运作不在行的朱珍，可以借由许多的机会向高山请教资本市场的问题，比如从募资，到投资，再到投资后的管理。

到后来，朱珍索性邀请高山作为基金的投资合伙人参与公司的运作。

这一切，他也没法和秦沃说明。他打算的是，其一，未在情感上对朱珍投入，所以就当作是对她的弥补吧；其二，当朱珍足够强大时，他也可以自动离开；其三，在美国的这段时间，他可以多参与些新的事务，等到他回中国时，也许中国这些业务的时机刚刚好，对他而言是提前经历了。

所以，也许让秦沃误会他的心，不是他的本意，他甚至想，也想让她吃醋。

因为，他现在就在吃许信的醋。

也许，他也在生秦盛生的气。若不是这个人，他不会家破人亡，也不会有爱人而不能在一起。偶尔，他也会恨秦盛生，但很快也觉得这一切和秦沃无关。他们都是成年人了，所以需要用成年人的态度来对待事情。

那么，也许，这是他和秦沃会经历的考验的话，便是无法逃避的。

爱与不爱并非完全对立，成为陌路人或者恋人或许只是一念之差。

有点乱，不去多想了。

为了更好地理解对冲基金，他也读过不少对冲投资题材的书，比如巴顿·比格斯的《对冲基金风云录》。巴顿是华尔街的老人，曾任摩根士丹利首席战略官。高山也从书中获得启发。后来高山回想起来，算是有缘，巴顿先生几个月后去世，可谓战斗到生命的最后一刻。

这个领域没有常胜将军，而且值得注意的是，投资者更要面对巨大的孤独感。和风险投资一样，对冲投资很多时候不在于获取多少胜利，而在于少犯些错误，而这就需要从过往的错误中汲取教训。

2014 年的他，也有了不小的进步：除了在硅谷投资圈被重新认可，帮陈为民做的风险投资基金也有几家进入了下一轮融资外，在陈为民的老本行对冲领域，他也有了新的收获：这种快进快出的对冲方式，对于他日后的早期和中后期投资也有对照的意义：安定心性。

记得上一次，两人一起商定去伦敦奥运会。

2014 年 4 月，高山和秦沃在伦敦相会。

高山带她去游览了些景点，比如白金汉宫、大英博物馆、伦敦塔桥、威斯敏斯特教堂。古朴的英伦贵族风，无处不在，和纽约的现代快节奏相比，高山觉得历史背景深厚的伦敦，无疑更为宜居宜心。

远离了原来紧张环境的两人，好像又恢复到国内的平静。

晚上在酒店套房里，高山拥着秦沃，很认真地对她说："丫头，今年不是很太平，但一切都会过去的，相信我。"

又忽然有些自言自语。

"若是哪天我真的不在了，你会不会考虑对你更关心更好的人，比如许信那样的？我现在越来越挑不出他的毛病了，他用极短的时间在追赶我。你有没有后悔过？"

"为什么说这话？"秦沃有些不理解。

"我只是说假如。你成年后就没有和别的男人在一起过，你不想看看你身边其他的人了吗？我，是怕你后悔。"

"你什么时候变成这样对感情畏首畏尾的了？控制风险？婚姻是最大的投资？用投资学的理念来看待婚姻？"秦沃笑了，"不过，你有点担心的样子，我很喜欢，说明你更在乎我了。"

更在乎？也许是，久别就是为了重逢。

"但是，我更喜欢那个坚定、自信的你，爱要坚定。但我偶尔也会担心朱珍，我也会担心自己哪天会对许信心软，但是最终我选择了一如既往的坚定。"

"若你有过动摇，那我在我最低落的时候，夜晚孤独而无处诉说的时候，对你思念加倍而无法触摸的时候，我也有过动摇，我也怪罪过你。但是，我也是选择了相信。"

2012 年伦敦奥运会，北京时间 2012 年 7 月 28 日 04：00 在伦敦斯特拉特福德奥林匹克体育场开幕。

他们那时也在现场。英国女王、007、甲壳虫主唱、憨豆先生、莎士比亚的经典桥段，悉数登场，营造了一场英国各个时期的文化盛宴。高山拉着秦沃的手，上一次的北京奥运会时，他们开始了热恋，而 4 年后的 2012 年他们在面临危机后重归于好。到 2014 年，还是在伦敦，他们也许面临分离。

高山也不知为何用"分离"这个词来描述此刻的他。在全力拼事业的此刻，他选了让自己精力的天平偏向了资本市场。

秦沃的爱，给了他动力，也给了他压力，所以他选择了一种冷处理的方式。

他拉着秦沃在街边的英式咖啡馆，听到的这首歌：《让她走》(*Let Her Go*)。

> Well you only need the light when it's burning low（只有在朦胧黯淡时才念及灯火光亮），
>
> Only miss the sun when it starts to snow（只有在冰天雪地时才怀念阳光温暖），
>
> Only know you love her when you let her go（只有在已然放手后才始知那是真爱），
>
> Only know you've been high when you're feeling low（只有在身处低谷时才遥想过去）。

后来他在美国，回想起这段时光。

他和陈为民说："也许是我太爱她，或者也许是因为我怕她后悔，在她最需要守护的时候，是许信在她身边，而我只能远离。"

那么，现在应该是他们感情里面最困难的时期。

他有过动摇，但还是选择了相信。哪怕是遇上世界末日，他还是会选择和秦沃在一起等待。

但是，田希凯却对李隆平抱怨多多。

"高山，李隆平完全不够格，他任董事期间，新源的发展明显放缓。因为你走了，他才有机会上位。你觉得有没有可能李隆平和大隆是有一定关系的？"

值得怀疑。

高山希望还是有证据在手。

因为田希凯曾为秦盛生的部下，因为人正直而得罪秦盛生出走，高山怕田希凯有个人情绪在里面。虽然他这些年因为借助电子商务而赶超大隆，虽有出恶气之嫌，但也不失为一位合格的创业者。

"我要查清楚这件事情，不但是为了你高山，也是为了新源。"

田希凯很明显是做好了准备的，经常和李隆平各种套近乎，近了许多，如果李隆平和大隆有猫腻，总有一天会露出马脚的。

功夫不负有心人。

两人商讨公司业务到半夜，已经喝得有些醉了。

李隆平去厕所时，手机就放在田希凯手边，这时来了条信息。

田希凯一看，立刻惊醒了。

原来是秦盛生："隆平，多亏新源的业务走的弯路，给了大隆网上商城一些时间。重谢。秦。"

高山在第一时间接到田希凯的消息。

事情很快真相大白。

精英人士做事情总是很快速，只要有了个好的开头。接下来，查证，调查，起诉。

李隆平是关键点，对于这事也供认不讳。因为上位心切，于是接受了秦盛生的收买，将在新源董事会上所听到的公司现状和战略，悉数告知秦盛生。找到了竞争对手的弱点，所以秦盛生能很快采取行动来打压新源。

作为回报，秦盛生帮助李隆平拿到高山之前的位子。而方法也有很多，比如从资本市场上阻击高山所管理的公司的市场表现，同时散布谣言，质疑高山的投资水准和做人的底线。

"终于可以还你一个清白，也许你内心早有怀疑，只是不愿那么早去捅破这层纸，而选择了自己承受。毕竟，秦盛生是你的岳父啊。他这样做究竟是为了什么？"

田希凯很是好奇。

他当然不知道这背后的故事。

"难道，他不想让你娶他的女儿？但秦沃对你可是一往情深啊。但以后他不会再有机会阻挠你了，因为我刚听说，他已经被拘捕了。"

峰回路转。

世界上没有不透风的墙。

Chapter 56

秦沃

只愿得一人心，
白首不分离。

2014 年。

是不是每段感情，都得经历这样的貌似要分离的场景？

秦沃说不出来为什么，但她能感觉到，到 2014 年中期的高山，似乎在游离。但她选择了默默做好自己，而不是指责或者怪罪。

有那么一些时刻，在她最欲哭无泪的阶段，在她身边的除了闺密们，就是许信了。

真爱，是应该打破时间、空间的。但是，处于现实世界的她，真实经历后，觉得时空才是最可怕的敌人。在一起时，你的爱人喜怒哀乐的言谈举止，可以亲自感觉得到的。但现在，需要好大的想象力。

在情感的世界，尤其是她这样太看重感情的女性，不是一个好的理性把控者。但是她能感觉到，恢复到特殊时期的高山，很明显成了极好的情感把控者。

她所知道的是，他把他能给的爱都给她了，但是问题在于，此刻的爱不是他最想要的东西。

所以，她忽然有一种无力感。

"若我也可以像你一样控制自己的感情，就好了。可是，在你这里好像我没有这种能力。"她更加理解许信了。

哪怕是 2014 年在伦敦期间，他还是要处理些事务，她知道他在最大限度地利用这一切的时间。偶尔，他也会露出些温情："沃，我在想，以后我们生三个小孩，好不好？生一个小孩，总是孤单。"

他是独子，自 18 岁开始过惯了一个人的生活，也不习惯于停下来胡思乱想，过去的飞速前进让他遗忘了自己的感受。

秦沃主动拥他入怀。

"不单小孩，我们若是总是一个人在美国，一个人在中国，也会孤单。若我在你身边，你可能会更好。但是猎脉现在也到了一个关键的时刻。"

"所以你可能不会在美国陪我，选择了这家公司，现在这样的规模，就得负责任。"

所以，他们商量的结果，是选择了暂时以事业为重。

"你知道，本来我的世界就只有你，但是现在我们却商量要各自走了。"在情感面前，秦沃对高山有天然的心理依赖感，就如同这么多年来，她在一直仰望他。

"总会到这一天的，我为你骄傲，而且，我相信我会越来越为你骄傲。"他依然是她的精神导师，"到了一定的时候，还是应该借资本市场的力量，来更规范地完成你的梦想。"

"别怕，"他说，"我在你身后。"

他又清了清嗓子："如同你过去为你的男人骄傲一样，未来你也会越来越为你的男人骄傲。"

所以，这是夫妻档的腔调。

这也意味着，身为女性创业者的她，也要如同他一样不能停步。

"好，我答应你。相对于男性而言，女性对于情感需求更强。就像我 30 岁那年，那时的思维是有些女性情感模式的。而现在的我，选择了男性的情感思维模式，用一种冷静的方式来处理我们的情感，我等你回来。"

那她还能说些什么呢？

她在爱里也很好强，但是一想到此刻的他，便心软了。

从伦敦回来后，便马上回到公司。所以，她现在周围都是创业者了：她的爱人高山也是在二次创业前期，他还是要回来的；她的闺密也在创业；她的客户也是创业公司居多。

创办公司的目的是为了实现自己的梦想，到了一定发展阶段有更高的使命——不单是她自己的梦想，也是团队所有人的梦想。现在的她，要跑步前进。

女性创业者最大的特点，是执着。

此刻的她，也在经受女性创业者的痛苦历程。

除了自己和团队的力量，她也需要来自外部的鼓励和支持。

为此，她参加了很多女企业家的聚会和俱乐部。她也见到了她所景仰的女企业家们，比如东方风行的李静女士、诺亚财富的汪静波女士。

在公司发展的高速增长期和这些已经成功的女企业家的交流和沟通，无疑又给了她极大的信心。

有一次她和许信说，她自18岁时就很敬仰香港"勤+缘"的主席梁凤仪女士。"梁小姐拥有香港中文大学文学博士学位，但是年轻时活跃在商界。20多岁时创建了一家人事外包公司，后遇到伯乐进入金融界，40岁时开始创作第一部小说，现已出版百余部作品，开创了新的文学品类"财经小说体"，其作品影响了千万读者；第二次创业的公司"勤+缘"在港交所上市，62岁再次提笔书写城市故事，勤奋低调，当然至今活跃在财经界。"

许信说："等你有了自己的作品，可以去拜访梁女士啊。"

但她现在还是在商业阶段。现在的状态，像是上了一台快速运转的机器，飞速转动，所以不但停不下来了，而且现在是公司在推动她前进。

她不想把这些紧张而琐碎的情绪压力带给高山，选择了自己消化。倒是许信实在看不下去的时候，经常会陪她去看个话剧或者电影。

"你若是累了，可以把头靠到我的肩上。"许信看着她疲惫的神情说，"别多想，我也是你最好的朋友，也是最了解你的人。大概高山都没有我这么了解你。"

他轻轻哼了声："朋友一生一起走。"周华健的《朋友》，当年学校毕业晚会上，几千人合唱的歌曲。

"他若在，多好。"

"他会在他会在的时候在。"内涵太深的人，说话就是这样让人费解。

"他是不是不爱我了？他还有朱珍和Tong。"

"别多想，他若爱朱珍早就在一起了，而且他们现在都在纽约，他们更有机会了。电视上不是有很多，女主角怀上了男主角的孩子，两人便结婚了吗？他们孩子都有了，但还是没在一起，说明是不相爱的。也许，高山只是想一个人默默奋斗。男人，每过段时间都会有自己的洞穴，那个洞穴和情感、爱人无关，只是关乎自己的人生。这是男人的不同之处。"

"你为何懂得这么多？"

"当年我在英国、非洲和日本，一个人的时候太久了，就会去挖掘自己的内心。男人都会经历这样一个阶段。对我而言，我已经经历过了。"

"所以，我可以把你当妇女之友？"她紧声接了句。

"对，你的妇女之友。"

从可能的希望，又退回到好朋友的位置。

年轻时，她会采用的方式，是直接拒绝。但她现在选择的方式是尊重，尊重他的关心。

谷东也有谷东的时代。他的房地产基金已经覆盖到温州本地、江浙一带，下一步他所瞄准的是上海及其周边地区。

趁着高山在圣诞节前夕的归来，他在上海做东，请心喜、易佳佳、刘裕康一起聚会，秦沃和高山也一起过来，高山还提议叫上许信。

木心喜俨然是女主人的身份。

在之前民国时期法租界的两层小洋房里，谷东请来了法餐的大厨。极美的开胃酒和菜之后，人们开始畅饮了。

谷东和木心喜、易佳佳和刘裕康、高山和秦沃，只剩下许信一个人。高山和谷东并没有见过，但是由于三闺密的原因，7 人很快热络起来。

"许信，不是叫你带个女伴吗？"

"圣诞节，好多朋友都去度假了，不忍心打扰她们。但真实的情况是，真是忙，没有时间恋爱了。"

"传闻中的钻石王老五吧。"刘裕康说话了，"我在佳佳毕业那年就把她娶回家了，我们选择走入围城。多多现在 6 岁了，以我的经验来说，若是碰到意中人的话，早些结婚比较好。就像狗熊掰玉米的故事，可能你觉得最好的在后面，一直等一直找，可能会错过最适合自己的人。所以，遇到佳佳，我就不放手了。"说完，他拉起佳佳的手，亲吻了一下。

"情不自禁的举动。我们为这对佳人美满幸福的婚姻生活举杯吧。"谷东提议，大家碰杯。

"这里面有很多牺牲的，佳佳为了家庭放弃了自己的事业，相夫教子。传统的观念里，男人在外面闯荡江湖，女人在家里做坚强后盾。现在时代不同了，若我的爱人有自己的理想和追求，我也会支持，这也是一种对爱的尊重。所以，当她在秦沃的感召下，也想做点自己的事情时，我是百分百支持。你要是问我，她是不是我遇到的最漂亮的女人、对我最好的女人，都不是。而是在那个最对的时机，遇到的最合适的人。婚姻也是种责任。我青年时，同宿舍的兄弟有位基督教徒，有次我也和他一起去教堂。刚好听到牧师在讲《圣经》里的爱，我至今还记得。"

"《哥林多前书》里的？爱是恒久忍耐，又有恩慈。爱是不忌妒，爱是不自夸，不张狂，不做害羞的事，不求自己的益处，不轻易发怒，不计算人的恶，不喜欢不义，只喜欢真理；凡事包容，凡事相信，凡事盼望，凡事忍耐。爱是永不止息。"木心喜交过几任欧美男友，所以还是略知道些《圣经》里面的典故。

"我们都是在经历大时代，创造自己的小时代。高山，你打算什么时候回国？"刘裕康相比较这几位同龄男性略微成熟些。

"这次再回来，就不会再走了，所以把能掌握的都先掌握了。作为中国人呢，我们最好的机会还是在国内。我之前从事投资银行，后来进入到投资界，从华尔街到硅谷，一级市场二级市场都涉猎过，算是也进入了金融领域的几个模块。等我回来时，除了我本身关注的行业，我也希望能在各位的传统行业上，帮助大家拓宽国际视野，做些更有深度的事。"

他回头看了一眼秦沃："只是，"他说，"我最内疚的事，是你在等我。而我何尝不是在等你。"

他本来想说："真相大白的时候，也是我回来的时候。"但还是没忍心提到秦盛生。

秦沃听到这话，第一次在大家面前流泪了，是笑着流泪的。

她知道，他的坚定。

"家，其实是我们最后的港湾。"刘裕康望着高山若有所指，"欢迎尽快回家。"

这个家，既是国内，也是他和秦沃的小家。

"是很重要的！我们三人，加上许信，毕业 14 年了！时光过得还真快，白驹过隙的形容还真不为过，我们要建设好大的家，同时也要建设好自己的小家。"木心喜正经起来的样子，有种刘胡兰大义凛然的味道。

在这个美丽的夜晚，7 人也仿佛脱胎换骨，成为新的自己。

"那么，让我们来庆祝新时代的来临吧。"在二楼的透明会所里，7 人到了凌晨依然兴致盎然。

Chapter 57
高山

每个人都在大时代里，
创造自己的小时代。

2014 年。

Robin 成为正德董事会主席了。

2014 年的冬天似乎没有那么寒冷。

Robin 从此也是国际投资界的核心管理层了。消息很快从美国华尔街传到硅谷，然后是英国、印度、中国、以色列。

高山在心里一如既往地敬重这位上司，他也是高山在华尔街的伯乐。高山本来想主动去见见他，但一想最近他那边肯定是门庭若市。那就等过段时间再见面，他给 Robin 发了封邮件，祝贺他达到新的高峰。没想到 Robin 立刻给他电话了，约高山周末去他家。

Robin 的家在曼哈顿上东区。

纽约曼哈顿岛寸土寸金，这里是世界上最繁华的地区。而中央公园东面的上东城，则是顶级的豪宅贵区，也是顶级富人居住的首选。比如俄罗斯钢铁巨头、拉美大亨、阿拉伯酋长及亚洲亿万富翁，当然这里也聚集了金融、投资银行的富豪们。

这座一千平方米豪宅共有三层，室内拥有宽大的大理石楼梯、楼下宽敞的接待大厅、五个露台。其中两个露台正对原生态的中央公园，你可以观赏到茂密的树林、湖泊，甚至能看到羊儿在农场里吃草。

Robin 看到高山后像个父亲一样，给了他一个大大的拥抱。

"山，给我讲讲你这一年多来的经历，我很想听听，尤其是新故事。"

"我在校友的对冲基金公司帮他做些直接投资，同时也参与他的对冲基金，在过去的一年时间，他的对冲基金的收益从之前的年平均 10% 上升到 19%。"

"哦，那对于对冲基金而言，相当不错了。你用了什么比较好的方法？"

"一方面增加其在直接投资方面的力度；另外一方面，在保守的定向增发与有风险的量化投资上，加大了量化投资的追加。"

"你将来想走哪条路线？"

"看起来这两者确实有些矛盾，但其实背后都是相通的。只不过，我更喜欢一级市场的投资。但是，在对冲基金的这段经历，加深了我对投资市场的理解。"

"正德在中国的总裁职位依然向你敞开大门，你知道过去一段时间，我们都没有找到满意的人，李隆平并不配做我们的中国区负责人。当然，由于中国市场的原因，我也建议董事会放缓对中国市场的投资。今年初，一切又会重新好起来。"

"这一点，我对中国市场有信心。好像时机刚刚好。Robin，我知道您想给我这个机会。就公司而言，我大概还是最合适的人选。只不过，我希望若是我再次担任了中国区总裁的职位，我更希望中国的分部，可以有更多的独立话语权。"

"你是指当地决策？在资本圈，未来中国市场的分量和话语权会越来越大，也可以考虑下这个方法。据我所知，外资投资机构进入中国，做得成功的并不多，决策机制问题是关键。当然另外一个典型的行业是互联网领域，国际性互联网公司在中国也不是很成功。"

"因为它越来越重要，所以更需要对本土市场更了解的人，进行快速决策。"

"我可以尽力和董事会去沟通。山，要准备好完成自己之前未完成的梦想了，在亚太市场。我想提前告诉你的是，你的新职位是我们亚太区总裁，这基于你过去几年在中国本土市场的投资业绩。你所投资的那些好公司虽然经历了低潮，但最后都成为资本市场的宠儿。这样的独角兽公司考验的就是投资人的眼光。而这次的高升，是你应得的。"

Robin 又补充一句："哪怕是在过去一年多的雪藏期，我还是知道你所做的努力。我也知道你对于新投资方向的把握。我知道你对于自己祖国的热爱，而且没准你还有想自己独立做基金的打算。我都很支持你，我甚至在想，你为什么不能把正德亚太当作自己的孩子，还继续做贡献呢？要知道最好的公司，不单单是投资人的作品，投资公司的作品，而且也是全社会的作品，推动社会进步的火车头呢。"

高山倒是很平静："我相信依靠正德资本在全球资本市场的力量，和中国的大时代背景，在中国也会投资出越来越多伟大的独角兽公司。"

Robin 的太太 Lucy（露西）走进来，看到谈论中的两人。她给高山倒了杯红酒，插话进来："山，我知道你喜欢红酒，我们最近收购了一家纳帕的家族酒庄。我在打理这家公司，你若是有需要，可以直接和酒庄那边联系。"

Lucy 之前是媒体记者和专栏作家，嫁给 Robin 之后，便过上了半家庭主妇半作家的生活，将更多的时间给了生活。

"上次我在聚会上见到的秦小姐，你们感情还好吗？"

"这一年我在纽约和加州，她还在北京。我之所以想回去，也是想在将来组建家庭。还有，中国的职业女性也越来越多地加入到创业者的团队了，秦沃的公司已经在行业颇有名气，而且她的好朋友也加入到创业的队伍了。"

"那姑娘不错。我这辈子最成功的投资，是遇到了 Lucy，并且组合成了一对有默契的夫妻。投资靠的是勤奋和运气，幸福靠的是投入和经营。哈佛大学商学院的一位教授所说的，他们的学生参加工作几年后回到学校，个个意气风发，美人在侧；十几年后回来，疲惫、沉默，不少人在打离婚官司；20 年后，他们基本不太回校园了，孩子跟着前妻在其他地方长大。商学院教成功学很在行，却没有教幸福学。而幸福，是需要自己去经营的。"

Robin 第一次和高山说着家庭的问题。简短，但深深触动了他。

若是世界末日，他会选择和秦沃在一起。

是的，他记得传言中世界末日的夜晚，秦沃是和她的好友一起度过的。

他们一起回忆和重温了过去这些年的沧桑变故，而每个人都在大时代的背景下经历自己的小时代。

中国有很多自己的机会，中国的年青一代也在快速发展。对，那才是他最后的战场和温床。

这种想法从来都没有变过，虽然他当时知道自己在一段时间里，还不得不远走他乡。

朱珍的电影基金，开始做得有声有色。她邀请高山和她一起参加电影的首映式。他很享受年轻时在华尔街、纽交所觥筹交错的日子。对于现在的他来说，这些已经不能激发他的热情了。

电影很成功，朱珍在庆功宴上有点喝多了，拉着高山来到露台。

"山，我需要你，可不可以在一起？"朱珍永远是个知道自己需要什么的女人。

"我已经有家人在中国等我。你知道的，她比你更需要我，而我比需要你更需要她。你已经有 Tong 了。"

"呵呵，我告诉你一个秘密。"朱珍真的是喝高了，"其实 Tong 根本不是你的小孩，他是我的小孩。"

"你生了他，他当然是你的小孩。"高山本来没有当回事儿。

"我是说，你其实不是他的父亲，他是别的男人的小孩。当年我和你在一起时，我知道你根本就不太爱我，所以我采取了避孕措施。在你回到中国期间，我有次喝醉了酒，和我以前的男朋友一块儿回家了。但他也不知道这事儿，我不会嫁给模特儿的，我要嫁给有钱人。我是嫁过了，现在我想要爱，但你不给我爱，不给我。"

她哈哈大笑起来："那次的亲子鉴定，我花了大价钱买通了化验师。花了我一大笔钱，你知道吗？我是不是很可恶？"

这原本是个大新闻，但是高山很安静地听朱珍讲完。

"而且，这背后我还是有金主的，秦盛生。对，就是秦沃的爸爸，我也不知道他是如何找到我的。他给了我一张我无法拒绝的支票，让我指认你就是我儿子的父亲。你那时候正在低谷期，这样，他断定，你事业和情感双双有愧疚感，是一定会离开秦沃的，正如以前的你。这样，秦沃就可以开始她自己的人生了，因为你对不起她，你抹黑了你们灵魂伴侣的约定。而秦盛生也可以拥有他的女儿了。他万万没想到的是，秦沃对你的感情太深，再加上你碰上一辈子的最低谷，秦沃更加不会离开你。"

朱珍耸了耸肩："我承认我也想拥有你，虽然我知道不太可能，但是我还是想拼一次。好吧，你和秦沃赢了，你们最后赢得了人生。"

然后朱珍把杯里的酒一饮而尽。

所有的事件可以串联起来了。只有他自己知道，在过去的这些年，秦盛生一直躲在幕后，操纵他的人生，屡次把他从人生阶段性的高点拉下。但生命力顽强的他，屡次站了起来。不单单是事业，还有最后秦盛生收买朱珍的离间计，把这些个包袱，压在自己和秦沃的身上。这些莫须有的罪名，让他一度不敢走出下一步，不敢去想象美好的生活。

但到最后，所有经历的这些，反而让他更坚强。

他还是很绅士地把烂醉的朱珍，送回了家。

走过 Tong 的房间时，他在熟睡的 Tong 额头上亲了下。不可否认，他喜欢这个小孩，以后还是会喜欢他的。但他们之间本来的关系是前女朋友的儿子，他一下子释然了。

在他放下这个包袱的时候，他才知道，原来这个包袱这么沉，这么重。

他还是决定取道香港去看看秦盛生。

秦盛生早已落户香港，护照上用的也是 Shengsheng Qin。

距离父亲在狱中去世近 10 年。

他的父亲也不曾想到，10 年后那位为了资本利益，把他间接送入监狱的老战友，最后的归宿也是监狱。

这时的秦盛生比几年前憔悴多了。

物是人非。

但他看到高山的时候，高山从他脸上看不到一丝的表情。

"你赢了，高丰。"说完这句，秦盛生忽然大声苦笑起来。

"为什么？我父亲从来都没有和你一较高下。"

"知道吗？你的父亲从来都是众人瞩目的焦点人物，在他身边我永远是陪衬。不管我怎么努力，他样样都比我牛，比我早升班长，比我早升连长，哪怕复员也比我去了更好的地方。一去就是厂里的台柱。哪像我，每一步都是战战兢兢。凭什么，我比他学历高，我比他努力，我就是不服。

"后来，机会终于来了。他厂里出了问题，来我们厂子借资。那时候我已经预见到他肯定是撑不过去的，摊子铺得太大了。后来果然如此，我也便顺水推舟，以极低的价格，把青润的优质资产装到大隆。大隆的上市也更顺利了。

"对，你父亲是善良的人，他从来都没有想和我一较高下，千算万算却没有算到你这位高山。你一定是把青润的破产记到我的头上，来复仇的吧？你总是和大隆作对，它是我的心血，我不允许任何人破坏它。对一切破坏它的行为，坚决予以反击。你阻碍我的并购业务，我便有手段使你离开香港；你支持大隆的叛徒创办的电子商务公司，我便打倒你投资的电商公司；你蒸蒸日上，我便收买你身边人来破坏你的名誉，使得大家都不会与你为伍。

"我都成功了，但我却没有算到，我最爱的小女儿却视你为珍宝，非你不嫁。为了你，她与我疏远；为了你，她远离家族产业选择自己打拼；为了你，她搭上了整个青春。我不希望她不幸福，我用尽一切办法打击你，包括收买朱珍。为什么？高山，你到最后实现了你想要的一切，而我却失去了我所有的一切。高丰，高丰，你听到了吗？你赢了，你的儿子赢了，你的儿子替你报仇了。"

20 年的恩怨，真相大白。

高山明白，秦盛生的执念和心魔彻底毁了他。

当年他把目光聚焦在高丰身上，后来是高山。

他平静地和秦盛生对视："在我刚失去父亲的那几年，我恨过您，我想这辈子我要替我父亲复仇，我从香港到华尔街到硅谷，最初也许潜意识有这样的规划，那个时候，我还是个男孩。但是，当我遇到这个时代，见识到资本市场神奇力量之后，我放弃了那个小我，而想成为这个时代里的一名好的投资家。尤其 2008 年之后，我所做的所有的事情，都是顺应这个时代，而不是想着复仇。

"当然，一来我想感谢时代，二来秦沃的爱也拯救了我。从一开始我知道她是您女儿的时候，我不断地疏远她，而她从来都没有怨言。有时我在想也许您亏欠我父亲的，她都还给了我。但我后来明白我是深爱她的，我骗不了自己，哪怕在我低谷的时候，我把她往许信身边推也推不走。她一直在那里。您也许很奇怪为什么你极力阻拦的两个人还是坚持到了最后，很简单，爱一直都在。而且因为这些年的经历，爱不但没有消失，反而更深沉了。

"岳父，请让我叫你声岳父。虽然你从来没有承认过我这个女婿，但我还是视你为父亲。我父亲 10 年前就去世了，以后每到时节我都会和秦沃一起来看望您。秦沃，从来都没有疏远你，她只是不太认同您的某些商业做法，她非常爱您。

"最后，我有个小小的请求。我觉得不用告诉秦沃这些，一是朱珍这个事件的背后人物是您；二是我这两年的遭遇的背后，也有您的参与。您是秦沃深爱的父亲，我希望以后她还是爱您并放下心结。我希望她见到您的时候，就像她小时候对您的期望和依赖一样。”

秦盛生许久没有说话，待到高山要告辞时，忽然和他说："高山，答应我。好好照顾秦沃，还有她妈妈。我对不起她们，并没有给她们完整的家庭。

"还有，替我去你父亲坟头上炷香。"

后来，他本来想专门回去一趟，和秦沃讲朱珍的事。

他觉得他会讲得很慢，仿佛这个故事和他们无关一样。

他能猜到秦沃一直在流泪。"我的父亲对你都做了什么啊。"她也会一边哭一边一直摇头。

然后茫然无措，不知如何面对高山，也不知如何面对秦盛生。

他也有过这样的经历和遭遇，他不想他的爱人也如此。

所以，他选择了沉默。

从此没有什么能把他们分开。

高山已经释然。

他打开微信，看了看秦沃的朋友圈。此时的微信，已经横扫互联网。

秦沃的微信很简洁，除了行业知识，就是些生活点滴，比如不时更换的鲜花：百合、粉色玫瑰、茉莉、莲花等；她放松的方式，大概是让自己的周围充满自然的勃勃生机。

他在那张茉莉的下面，留了首席慕容的小诗《茉莉》：

茉莉，好像没有什么季节 / 在日里在夜里 / 时时开着小朵的 / 清香的蓓蕾 / 想你 / 好像也没有什么分别 / 在日里在夜里 / 在每一个 / 恍惚的刹那间。

他好像又怕她看不出来他想说的话，于是又发了个私信，说："我好想你。"

他知道她一切都越来越好，也越来越忙。他并没有直接和她讲，他很快要回家了。他是想用一种特别的方式，给她惊喜。

爱，不是要并肩作战吗？

但他没有和她细说他近期的打算，回去之前他也想去趟杭州的灵隐寺。

2015 年春天，他给 Robin 去了个电话："我接受您的提议，但我还是坚持，中国市场能有更大的自主权。"

Robin 本人很支持高山的提议。作为老上司，他也希望高山在中国实现他一直以来的梦想。

这时的投资行业的环境经历了很大的改变，曾经企业 IPO 受阻，募资变得更为困难，过去赚快钱的投资时代已经一去不复返了。而这段时间，随着行业整体的降温，投资节奏的放慢，问题的暴露，整个行业都在反思，投资人的"灵魂"似乎终于追上了曾经不顾一切极速前进的躯体。

投资也要心存敬畏。它真的不是一个有钱就可以做好的职业，有些人殚精竭虑仅得到些皮毛；就连世人公认的投资大师，如果不能与时俱进也无法"永葆青春"。

人们的心中，从来都有两匹狼，一头善良的狼和一头恶狼，就看人们一直喂养哪头狼。

资本的善在善意的人的手中从来都是好事情，而资本的恶若是遇到恶人便造成了灾难。

秦盛生败北，不在于他的资本运作能力不够深厚，方法不够精巧，只是因为他最终未能战胜自己心中的那头恶狼，还妄图阻拦时代前进的车轮来保住自己的江山。

到最后满盘皆输。

高山知道，是时候结束在美国进行的这场沉淀之旅了。

新的时机也来临了，阶段性最坏的时期快过去了，最美好的时光就要来临了。

高山也请教他心中的投资界泰斗 Robin，他的回答也鼓舞了高山：

"以后的好时光，很值得期待！"

新源也成了国内电商的重要组成部分，这也是他的心血。

还有充满机遇和挑战的中国投资市场。

我该回去了，他想。

Chapter 58
秦沃

若我想与你共度余生，
我希望余生尽早开始。

2015 年。

对于秦沃和她的猎脉咨询机构而言，2015 年是突飞猛进的一年。

传统的线下业务平稳发展，并没有什么过人之处。倒是她无意中拓展的互联网招聘的模式扩张速度超过预期。

从 2014 年开始，秦沃连续有不少投资界的朋友找她谈是否需要融资的事情。

"我们传统的猎头业务倒是可以养活线上业务模块，但是若是线上部分再扩大规模的话，可能真需要了。"

"未雨绸缪吧，抓紧机遇，抢占市场。等后来者看清楚行情，你已经处于行业领先位置了。否则要是被后来者抢先，那你就很被动了。被动的话，线上部分也会牵制线下部分。"

"线上部分再怎么做得好，领英都在前面。我本来的考虑是互联网的新技术要试验，但不是我们的强项和长处。况且领英在国内做得越来越好。"

"领英是行业先锋，但你们的关注点不一样。我们想投资你们公司，考虑的是将来的国内上市，哪怕新三板。"

确实，从 2008~2015 年，这 7 年的时间，猎脉从创立到成长，再到现在的线上快速增长期，秦沃和她的团队也在面临新的挑战。

除了技术上的，还有就是运营问题。

"我是不是需要去上个商学院？"秦沃问正在欧亚商学院上 EMBA 的许信。许信 2012 年回国的时候，在欧亚校友的推荐下，上了欧亚商学院。

"有这个必要，就我个人而言，除了将之前的知识回笼一下，更重要的是来自周围同学的实际工作中的分享，当然在这里你还可以遇到志同道合的同学。不过你在现在这个阶段，我更推荐你上欧亚商学院的创业营，上课就在上地的中关村科技园。相比于其他的商学院，欧亚商学院更适合于有梦想有创业想法的同学加入。"

她把这个想法告诉了高山，他也很赞同："牛文文的黑马营也很适合。他在商学院念 EMBA 时有了这样的创业想法，后来毅然从《中国企业家》杂志社辞职，开始创业，做得很不错。此外，清科集团的《创业邦》也很不错，他们也经常会有创业者的交流活动，你也可以参加，其创始人南立新也是位女士，菁华系。"

以前是一个人闷头走，现在是一群创业者在一起。

秦沃终于有种找到组织的感觉，这种把梦想变成现实的状态真好！

谈到是否需要融资的问题，她还在犹豫。身边有太多的朋友通过融资，把公司带到了另外一个阶段，虽然身处其中的他们也在辉煌的背后，身心受到煎熬。

高山把自己的好朋友蓝树资本的周明介绍给秦沃。

"秦沃，我和高山都认识这么多年了，你也一直在这个圈子里，见多识广，自然谨慎些是更好。创始人和投资人之间，最好的描述是利益共同体。比如你打造了一辆车，你既是创造者，又是火车头，还是驱动机。投资人好比是给你加些油，让你可以跑得快点，装的货也多点，生意做得大点。当然了，等你做到行业领先的时候，投资人希望能从你的大盆子里分些利润，我们有可能中途下车，有可能陪你到最后，但你不能停下。"

"我们还是用人民币投资你的公司，我们的募资来自 LP，和 LP 之间也有约定，到了一定的期限也是需要归还本金和收益的。"

一天早上醒来，她打开微信。

看到高山给她发的一条私信："我好想你。"

然后又看到他在她发的茉莉花的图片下面，留的那首席慕蓉的小诗《茉莉》。

她给他回了："我也想你。"刚一发出去，他的电话过来。

"有件事，压在我们之间太久了，本来这是和我们无关的事情。我说的是，Tong 不是我的小孩，朱珍在醉酒后亲自承认了。这 5 年来，压在我心底，让我想要逃避你。现在，我没有那么多压力了，这个多的压力原来是我自己给的。你并没有给我压力。现在我要真正面对你了，用最真实的我。"

他还说："年初的时候，我会去趟杭州的灵隐寺。"

秦沃和木心喜、易佳佳说完 Tong 的事情的时候，三人欢呼起来。

"朱珍，这坏女人，恶有恶报，怪不得不招人爱，这种招数都想得出来。"易佳佳马上替秦沃抱不平。

木心喜还是比较冷静："嗯，我在想她得出多少钱才能买通那医师啊，这可是诈骗罪啊。心机还是挺重，但到头来还不是竹篮打水一场空。"

许信倒是很冷静："秦沃，我感觉一切不好的事情都过去了，你和高山会重新好起来。

"那样的事情，对于一个未婚男人，尤其是一个已经有未婚妻的男人来说，是心头的一块大石头。现在他心头的大石头放下了，他应该很快就从洞穴里出来了。秦沃，你和高山的秋天就要来了。"

"为何是秋天？人们对于美好事物的形容不是春天吗？"

"傻丫头。春天形容的是刚萌芽的事物，而对于你们俩而言，春天你们已经经历了，夏天的炎热和烦躁期也快到头了，下面该是收获的秋天了。"

"你为什么对他这么有信心？他都没说他要回来。"

"因为我和他一样，是男人。有追求有梦想想要赢的男人，也就是会把秦沃你放心上的男人。"

他说这话的时候，看了她一眼。

"等我 2015 年冬天上完欧亚的 EMBA 之后，我就调回香港总部去了。一直说让我回总部，但因为上学，所以更愿意待在北京。"他又看了她一眼，"也是，人们经常说，对一座城市的热爱是因为一个人；对一座城市的恨也是因为一个人。若这个人不属于你，你忽然觉得自己也不再属于这个城市了。你可能不能属于我，但我永远属于我爱过的人。"

他还是如此斩钉截铁，一如当年。

她本来想开个玩笑转移话题："住香港真好，不仅购物方便，还能看到很多国内看不到的电影，很多电影内地不知得等到什么时候才能上映。"

但秦沃这话还没说完，眼泪就流下来："对不起，就算你对我再好，我也不能为你做什么。"

"我懂。我也无法控制自己的感情，让我感觉自己好悲惨。要过新年了，本来不应该让你哭的。"

许信做出一副苦瓜脸，但是即使是苦瓜脸，配上那么帅气的一张脸，还是很帅。

他目不转睛地看着她，替她擦干净眼泪："这可能是我最后一次和你说这样的话了，我准备去趟泰国，然后找个树洞，把这些话封起来。人生，总是有别离。"

他们终究还会是最好的朋友，并不会远离。

2015 年，从 2014 年走过的 2015 年，是个很特别的年份。

喜事连连。

秦沃接受了蓝树资本的投资，虽然这是阶段性的认可，但依然很值得庆幸。虽然高山不在国内，但细节性问题，他依然给了极大的指导和支持。

有他在，她内心安好。

还有她的闺密们。

易佳佳的婚纱品牌虽然还是比较新，但借助互联网营销，依然变成了中产阶级最看好的新兴品牌。Jiajia Yi 卖的不是婚纱，而是一种对美好生活的向往和体验。她又根据客户的需要，打造了"Rose++"（Rose Jiajia），寓意是幸福满满，很快也获得了成功。不得不说，刘裕康无意中送给易佳佳的野兽派花束，给了她极大的灵感。现在她也是位很有潜质有文艺范儿的 80 后女创业家了。

木心喜居然紧跟其后，在易佳佳开发新的鲜花产品线时，也爆出猛料：谷东向她求婚了，她是连一秒都没有考虑，就答应了。

秦沃本以为 2016 年情人节的时候可能是她一个人了。职场得意，情场未知，做人不能太贪心。

孰料，许信又给她快递了易佳佳花店的鲜花，上面写的是，给我一辈子的朋友；又给她从香港快递了很多最新的碟片，说："托朋友从美国带回来的，你近期不来香港，怕你来时已经下线了。怕你盼着，所以让人买了碟片给你寄回去。"他总是那么暖心，哪怕这样的小事，他也总是照顾着她。

刚想着给许信回个微信，Joanna 在门口叫她："Mary，前台已经爆啦！"

她跟着 Joanna 来到公司门口。

原来是快递员一直在等她签收的 1 600 朵玫瑰已经铺满公司前台。

里面有个卡片，没有署名，只画了一颗心。

"16 年，每年 100 朵玫瑰。1 600 朵玫瑰的求婚。秦沃，嫁给我吧，我回来了，在家。

"若我想与你共度余生，我希望余生尽早开始。"

她笑了。

周边小伙伴们的尖叫声，她是一声也听不到了。

若我想与你共度余生，我也希望余生尽早开始。